Doris Bezler

Unheimlich nah

Foto: © privat

DIE AUTORIN

Doris Bezler schreibt seit vielen Jahren für Jugendliche und Erwachsene, am liebsten Psychothriller. Die Autorin ist Lehrerin im Ruhestand und Mutter von drei erwachsenen Kindern. Sie lebt mit Mann und Hund in Bad Soden im Taunus.

Von der Autorin bei cbt bereits erschienen:

Geisterfahrt (14746)
Dunkler Zwilling (14760)
Blinder Rausch (07606)

Mehr zu cbt auf Instagram @hey_reader

Doris Bezler

Unheimlich nah

Der Verlag weist ausdrücklich darauf hin, dass im Text enthaltene externe Links vom Verlag nur bis zum Zeitpunkt der Buchveröffentlichung eingesehen werden konnten. Auf spätere Veränderungen hat der Verlag keinerlei Einfluss. Eine Haftung des Verlags ist daher ausgeschlossen.

Dieses Buch ist auch als E-Book erhältlich.

MIX
Papier aus verantwortungsvollen Quellen
FSC® C014496
FSC www.fsc.org

Verlagsgruppe Random House FSC® N001967

1. Auflage
Originalausgabe September 2017

in der Verlagsgruppe Random House GmbH,
Neumarkter Str. 28, 81673 München

Lektorat: Silvia Schröer
Umschlaggestaltung: Suse Kopp, Hamburg
Umschlagfoto: © Oleg Oprisco/Trevillion Images
MI · Herstellung: eS
Satz: KompetenzCenter, Mönchengladbach
Druck und Bindung: GGP Media GmbH, Pößneck
ISBN: 978-3-570-31082-3
Printed in Germany

www.cbt-buecher.de

PROLOG

Eine verschleierte Herbstsonne goss mildes Nachmittagslicht über die wabernden Menschenströme, die sich kreuz und quer über den zentralen Platz der Großstadt ergossen. Manche mit gehetzten Mienen, manche untergehakt und lachend, wenige mit einem Ausdruck tiefer Gelassenheit. Ein Zeitungsverkäufer hielt das zusammengefaltete Blatt der neuesten Ausgabe in die Höhe und versuchte damit aus dem Meer der abwesenden Blicke einige zu erhaschen, die sich von den großen Blockbuchstaben der Schlagzeile bannen ließen. Er hatte wenig Erfolg und konnte nicht ahnen, dass man ihm morgen die Blätter förmlich aus der Hand reißen würde. Denn dann würde die Schlagzeile genau diesen Ort betreffen.

ERSTES OPFER EINES U-BAHN-RIPPERS?
Junge Frau vor den einfahrenden Zug gestoßen.

Anna beugte sich vor, um im düsteren Halbrund des Tunnels nach dem Zug Ausschau zu halten. Jetzt schoss ein Lichtstrahl gleißend gegen die Wände und glitt blitzschnell den Schienenstrang entlang auf sie zu. Gleich darauf tauchten die Lichter des Triebwagens auf wie die glühenden Augen eines Ungeheuers aus der Dunkelheit. Der Zug schob eine Welle modriger Luft vor sich her, die den Wartenden entgegenwehte und sie die Augen zukneifen ließ. *Todeshauch,* durchfuhr es Anna schaudernd und sie fühlte sich ganz klein und verlassen. Plötzlich fiel ihr Körper nach vorne den Schienen entgegen. Es gab kein Halten mehr. Bremsen kreischten. Das Geheul der Zugsirene vermischte sich mit den Schreckensschreien der Umstehenden.

* * *

NUR WENIGE MINUTEN VORHER hatte Anna in der Nähe des Zeitungsverkäufers an den breit angelegten Treppen zum Untergrund gestanden, die vom zentralen Platz der Großstadt hinab in die B-Ebene und zu den unterirdischen Tunnelröhren führten. *Kann man den Tod riechen?,* war ihr plötzlich durch den Kopf geschossen. Was ihr von unten her entgegenwehte, war eigentlich der altbekannte Mief. Trocken, warm, staubig. Dazu eine unsägliche Beimengung aus abgestandenem Urin, fauligem Fisch und Desinfektionsmitteln. Anna rümpfte die Nase. Die Wände der Präpariersäle in der Uni waren ähnlich gekachelt wie der städtische Untergrund. Heute fiel ihr das plötzlich auf. Und dieser Geruch. War der heute stärker als sonst? Hatte sie diese Ähnlichkeit in den ersten Wochen des Studiums aufgrund ihrer begeisterten Aufbruchsstimmung nicht bemerkt? Kursus der Anatomie 1: Bindegewebe, Gefäßversorgung, Nerven. Dieser Lernstoff wurde nicht nur an sauberen, bunten Plastikmodellen wie in der Schule vermittelt, sondern »ganz echt«, an toten Menschen. Als Kind vom Land kannte sie eigentlich Verwesungsgeruch in verschiedensten Varianten. Am schlimmsten war vergammeltes Blut. Nichts davon durchzog die Luft im Sektionssaal der Uni. Dort roch es auf eine ganz andere Art widerlich.

Anna verzog das Gesicht und steckte die Brezel, die sie gerade drüben am Stand gekauft hatte, zurück in die Tüte. Gedankenverloren schaute sie dem Strudel der tanzenden Köpfe hinterher, der, wie von einem riesigen Abfluss angezogen, dem Untergrund entgegenströmte. Anna klopfte die Krümel von ihrem Anorak und zog sich die pelzbesetzte Kapuze über das lockige braune Haar. Das war ihre Vorbereitung auf den Nahkampf im Bahnsteig-Gedrängel. Sie atmete tief durch und schloss sich dann mit beherztem Schritt den anderen an.

Eigentlich müsste sie doch bester Stimmung sein, weil sie die anstrengende Einführungszeit so gut überstanden hatte. Sie hatte eine Ahnung davon bekommen, was in den nächsten Monaten auf sie zukommen würde, und war sich sicher, dass sie das schaffen konnte. Wo war ihr Hochgefühl aus den ersten Tagen geblieben?

Fahles Neonlicht flackerte. Da war er wieder, dieser muffige Hauch nach vergammelter Wäsche und abgestandenem Fleischsaft. Klinische Kacheln überall. *Todeshauch*, war ihr vorhin am Seziertisch dazu eingefallen, als sie mit dem Skalpell einen tiefen Schnitt gesetzt hatte, aus dem sofort dieser Dunst entwichen war. Der Geruch schien plötzlich aus allen Winkeln des unterirdischen Labyrinths zu kommen. Als rauschte ein unsichtbarer Geist durch die Gänge, dessen Atem sie widerlich streifte. Anna sah sich verzweifelt um. All die leeren Gesichter um sie herum schienen nichts zu bemerken. Sie strebten im gleichgültigen Alltagsmodus ihren Zielen entgegen. Der Geruchssinn stumpft am schnellsten ab, hatte der Professor erklärt. Meiner nicht, hätte Anna gerne erwidert.

Anna zog die Schultern hoch und durchquerte die B-Ebene. Sie strebte dem nächsten Abgang in Richtung der S-Bahnsteige zu. Blitzartig schoss ihr eine Bemerkung ihrer Kommilitonin Dina durch den Kopf: »Wenn du Medizin studieren willst, musst du dir das Ekeln abgewöhnen.«

Wütendes Hundegebell riss Anna aus ihren Gedanken. Kurz vor dem Treppenabgang drehte sie sich noch einmal um. Dort drüben an der Säule versuchten zwei Sanitäter, sich über eine Obdachlose zu beugen, was der Hund zähnefletschend und bellend verhinderte. Die Sanitäter in ihrer grellen Kleidung und den steril behandschuhten Händen bildeten einen seltsamen Kontrast zu dem Bild grauer Verwahrlosung auf dem Boden. Einige Schaulustige blieben stehen.

Anna zuckte zusammen. War das nicht ihr ehemaliger Mitschüler Tobias Mott, der dort stand? Zwar sah sie ihn nur im Halbprofil, doch die gedrungene Gestalt und das knubbelige Doppelkinn passten. Der Rest des Gesichts war von einer tief sitzenden Basecap verdeckt. Motte mit dem keckernden Lachen, der sich für keinen üblen Scherz zu schade war! Es reichte schon, wenn sie ihn vielleicht morgen auf dem Treffen der alten Tutorengruppe ertragen müsste.

Anna wandte sich schnell um und trippelte eilig die Treppe zu den S-Bahngleisen hinab. Nichts wie weg! Trotzdem konnte sie ihren Gedanken nicht entfliehen. Die Sanitäter würden die Frau vermutlich ins Krankenhaus bringen. Eines Tages würde Anna dort als Ärztin stehen und sie in Empfang nehmen. Welke, verwahrloste Haut mit Parasiten und schwärenden Wunden, die sie dann zu versorgen hätte. Wollte sie das wirklich? Warum fiel ihr das jetzt plötzlich ein? Sollte sie nicht besser schnellstmöglich den Studiengang wechseln? Das könnte sie ihrem Vater nicht antun. Sie dachte an ihre Mutter, die vor sieben Jahren gestorben war. *Das bin ich auch dir schuldig, Mama.* Sie würde Medizin studieren und den Krebs besiegen. Weniger ging nicht.

Vor Anna verschwammen die Konturen der dicht gedrängten Menschen auf dem Bahnsteig zu einer unförmigen Masse. Jetzt nicht auch noch mitten unter den Leuten anfangen zu heulen! Sie spürte bereits, wie sich erstaunte Blicke in ihr Gesicht bohrten. War da nicht ein Augenpaar, das sie besonders fixierte? Am Ende noch jemand, den sie kannte? Bloß nicht! Sie zog die Kapuze tiefer ins Gesicht, senkte den Kopf und überwand sich zum Tauchbad in der Menge.

Hört auf, mich anzuglotzen! Lasst mich! Lasst mich doch alle in Ruhe! Anna war groß gewachsen und hatte eine sportliche Figur. Sie fuhr die Ellenbogen aus und bahnte sich einen Weg in Richtung der Bahnsteigkante. Dort eroberte sie sich eine Position vor allen anderen Wartenden auf der weißen geriffelten Linie, die als Sicherheitsgrenze eigentlich nicht übertreten werden durfte. *Mir doch egal,* dachte sie und beugte sich vor, um nach dem Zug Ausschau zu halten.

* * *

»EINE KNOCHENMARKSPENDE KANN ihr helfen«, erklärte Professor Dr. Renz, der Chefarzt der Onkologie. Das sagte er ihr einfach so hier auf dem Krankenhausflur! Sarah Fechner fühlte sich dadurch wie ausgeliefert und abgefertigt. Ihre dunklen Augen saßen wie zwei nasse Steine in ihrem blassen und übernächtigten Gesicht. Es fiel ihr schwer zu sprechen nach den vielen Stunden des stummen Wartens am Bett ihrer todkranken Tochter.

»Knochenmarkspende? Ich kann mir darunter nichts vorstellen«, flüsterte sie und sah dem Arzt direkt ins Gesicht.

Er wich ihrem Blick aus, zog seine Hornbrille von der Nase, um sie mit einem Zipfel seines Kittels zu putzen, und blinzelte dabei zum Fenster des Krankenhausflures hinaus.

Er räusperte sich. »Ich meine Chemotherapie und Bestrahlung in Kombination oder nur Chemotherapie, dann aber äußerst hoch dosiert. Aber damit würden wir nicht nur die Krebszellen, sondern auch ihr Immunsystem vollständig zerstören, und sie könnte an der kleinsten Infektion sterben.«

Sarah Fechner hatte ihm mit stummem Kopfschütteln zugehört. »Das will ich nicht«, flüsterte sie. »Nicht noch eine größere Qual! Diese ganzen Chemos sind doch alleine schon die Hölle! Nicht auch noch Bestrahlung oder eine höhere Dosis von diesen schrecklichen Giften!«

»Aber danach sind die Heilungschancen wirklich gut. Durch die Knochenmarkspende werden nach der Behandlung überlebensnotwendige Stammzellen übertragen«, erklärte der Professor.

»Was bedeutet das?«

Der Arzt sog ungeduldig die Luft ein. »Jeder Mensch hat solche Zellen in seinem Knochenmark. Sie haben die Eigenschaft, sich in fast alle anderen Arten von Körperzellen verwandeln und damit alle Aufgaben des zerstörten Immunsystems wieder übernehmen zu können.«

Sarah Fechner nickte nachdenklich. Dann huschte ein bitterer Zug um ihre Mundwinkel. »Wenn die Bestrahlung und die zusätzliche Chemotherapie den Patienten nicht schon vorher umbringen.«

Der Professor verzog das Gesicht und sah auf seine Armbanduhr. Er zuckte stumm mit den Schultern. Sarah Fechner verstand seine Signale und stellte nur noch einige kurze

Fragen. Nach den entsprechend knappen Antworten verließ sie das Krankenhaus.

Wenig später hastete sie in der Innenstadt auf die U-Bahn-Station zu. Bereits in der B-Ebene wunderte sie sich über die vielen Polizisten, die dort herumstanden, Leute befragten und sich Notizen machten. Die Rolltreppe zu der Linie, die sie nehmen wollte, war mit einem rot-weiß gestreiften Band abgesperrt. Zwei Sanitäter stapften gerade mit ihren schweren Koffern die Treppe hinauf. Sie wandte sich an sie. »Ist hier noch länger gesperrt? Ich muss dringend die U-Bahn erwischen!«

»Das dauert noch. Laufen Sie lieber zur nächsten Station.«

Sarah Fechner verzog das Gesicht. Hatte sich heute denn alles gegen sie verschworen? »Was ist denn passiert?«, fragte sie gehetzt, als könnte sie damit beschleunigen, dass die Station wieder geöffnet würde.

Den Mienen der Sanitäter war deutlich anzusehen, dass sie keinen Wert darauf legten, längere Gespräche zu führen. Der eine drückte das Absperrband vor der Treppe nach unten und beide kletterten umständlich darüber. Dabei wandte der andere sich ihr kurz zu und sagte: »Personenschaden.«

Sarah Fechner spürte, wie sich ein eisernes Band um ihre Brust legte. Sie atmete mühsam dagegen an und machte sich auf den Weg, um die Station zügig zu verlassen. Aus verschiedenen Richtungen schnappte sie Worte auf. »Suizid«, sagte eine Jungmännerstimme in gespielt sachlichem Ton. Eine ältere Frau rief einer anderen zu: »Die hat richtig

Anlauf genommen. Mich hat sie noch weggestoßen und dann ...«

Lara wird nächsten Monat achtzehn. Vielleicht erlebt sie das nicht mehr, dachte Sarah Fechner. *Wie schrecklich. An diesem elenden Tag liegt der Tod in der Luft.* Sie hob den Kopf und sah sehnsüchtig dem Lichtschacht des Ausgangs entgegen. Als sie oben angekommen war, hielt sie nach einem Taxi Ausschau.

* * *

ANNA SASS ALLEIN auf einer der harten Sitzschalen in der Wartenische der U-Bahnstation und hielt sich den verbundenen Arm. Es war völlig übertrieben gewesen, dass dieser übereifrige Sanitäter ihr einen solch üppigen Verband angelegt hatte. Ihre Eigendiagnose lautete ganz klar: nichts gebrochen, ein paar blaue Flecken und eine lange Schürfwunde am Unterarm. Anna lehnte sich mit dem Kopf gegen die Wand und atmete tief durch. Mit halb geschlossenen Lidern beobachtete sie die Polizistin in Zivil, die sie eben gerade noch mit Fragen traktiert hatte und die jetzt etwa einen Meter entfernt vor der Sitzreihe stand und sich mit einem Kollegen unterhielt. Wie lange würde das hier noch dauern? Ihr Blick fiel auf die Bahnsteiguhr. Fast eine Stunde war sie schon hier! Inzwischen war der Bahnsteig weitgehend leer. Einige wenige Leute wurden noch von Polizisten befragt. Nach und nach gingen auch sie davon. Nur ein Typ blieb. Immer wieder schienen sie ihn dasselbe zu fragen. Immer wieder schüttelte er den Kopf, sah manchmal zu ihr herüber, zuckte mit den Schultern und tat sehr unschuldig. Gruselig sah der aus! Ein breiter Kerl an der Grenze zu fett. Glatze. Eingezwängt in eine Art Uniform in Dunkelblau. Auf dem Rücken in weißen Blockbuchstaben SECURITY. Ha, ha, sehr vertrauenerweckend so eine Glatze mit Tattoo im Nacken. Schien eine Zahl zu sein. Vielleicht etwas Rechtsradikales. Die hatten doch solche Zahlencodes. Und der, ausgerechnet der, hatte sie gerettet! Eigentlich konnte man alles glauben, nur das nicht. Hatte sie ihn vorher denn in ihrer Nähe bemerkt? Sie musste sich eingestehen, dass sie vorher eigentlich kaum etwas wahrgenommen hatte. Schon gar nicht konnte sie sich an Details erinnern.

Eine S-Bahn schwebte mit verminderter Geschwindigkeit durch die Station. Wie ein Geisterzug. Die Leute hinter den Fenstern wirkten wie starre Scherenschnitte. Sie blickten zu ihr herüber. Anna verspürte den Drang, ihnen allen die Zunge herauszustrecken. Doch da kam die Polizistin zurück und setzte sich wieder neben sie. »Blum«, hatte sie sich vorhin so kurz und knapp vorgestellt, dass es wie »Bumm« geklungen hatte. Ihr fester Händedruck hatte Anna zusammenzucken lassen. *Willkommen in der Realität! Bumm. Quetsch. Aua. Ich will hier weg! Ich will nach Hause!*, dachte Anna. Die erste Schockstarre hatte sich gelöst und einer sich ständig steigernden Unruhe Platz gemacht.

Mit düsteren Blicken musterte sie die Polizistin von der Seite. In Anna begann eine ungekannte Wut zu wachsen. Wut auf den, der ihr das angetan hatte. Wut auf all die, die so viel Unsinn erzählten. Wut auf die Polizisten, die eher denen glaubten als ihr.

»Einige Zeugen behaupten, dass Sie sich in suizidaler Absicht vor den Zug geworfen haben. Stimmt das? Haben Sie Probleme? Brauchen Sie Hilfe?«, ratterte die Polizistin los.

»Ist mein Bruder noch nicht da?«, fragte Anna ungehalten.

»Doch, er wartet oben«, ließ die Polizistin sie mit eisiger Stimme wissen. Dabei musterte sie Anna eindringlich. »Sie sind also nicht mit Absicht vor den Zug gesprungen?«

»Nein, das habe ich Ihnen schon mindestens fünfzig Mal gesagt.«

»Die Zeugen sagen etwas anderes.«

»Die Zeugen haben nicht richtig hingeguckt. Ich habe einen deutlichen Stoß im Rücken gespürt. Dann lag ich auf den Gleisen. Ich hörte die Bremsen quietschen und sah, wie der Mann dort drüben an der Bahnsteigkante kniete und mir die Hand entgegenstreckte. Ich griff danach und er hat mich noch vor dem Zug nach oben ziehen können. Es war so und nicht anders. Und bevor Sie mich wie eine Täterin behandeln, sollten Sie lieber nach demjenigen fahnden, der mir das angetan hat!«

Das Gesicht der Polizistin blieb regungslos. Das provozierte Anna, noch eins draufzusetzen: »Am Ende treibt sich hier unten einer rum, so eine Art U-Bahn-Ripper, der Spaß daran hat, junge Frauen auf die Schienen zu stoßen.«

Nicht weit von Anna stand ein Mann und notierte sich

eifrig etwas auf seinem iPad. Als er es anhob, um ein Foto zu machen, sprang die Beamtin auf und schimpfte: »Hey, wer hat denn die Presse hier runtergelassen!«

Zwei Uniformierte kamen und brachten den Reporter freundlich, aber bestimmt nach oben. Die Polizistin setzte sich wieder neben Anna. »Haben Sie denn einen konkreten Verdacht?«

Anna schüttelte den Kopf, deutete dann aber in Richtung des Glatzköpfigen. »Vielleicht war er es ja selber.«

»Kennen Sie ihn?«

»Nein, nie gesehen.«

»Haben Sie sonst jemanden, den Sie kennen, hier in der Nähe gesehen?«

»Nein. Ich möchte jetzt endlich nach Hause.«

»Wir werden Sie erst einmal in eine Klinik bringen.«

Anna fuhr auf: »Klinik? Das ist nicht nötig! Mir ist nichts passiert.« Sie starrte auf ihren verbundenen Arm und von dort über den Bahnsteig zu der dunklen Grube mit den Schienen. Ein eiskalter Schauer schüttelte sie plötzlich. Bebend rang sie nach Atem. Tränen schossen ihr in die Augen und erstickten ihre Stimme. Dann setzte ein unkontrolliertes Zittern ein, das sich über ihren ganzen Körper ausbreitete.

Die Polizistin legte ihr sanft die Hand auf den Unterarm. »Sie stehen noch völlig unter Schock, Frau Dembowski! Es ist besser, wenn Sie wenigstens ein paar Stunden zur Beobachtung ...«

Anna schüttelte schluchzend den Kopf. »Wo ist mein Bruder? Jan soll kommen!«

* * *

AM TAXISTAND WAR kein einziges Fahrzeug zu finden. Sarah Fechner biss sich verzweifelt auf die Unterlippe. Ihre Miene hellte sich auf, als sie vor dem Rotlicht der Verkehrsampel ein Fahrzeug mit einem Insassen entdeckte, den sie kannte. Sie öffnete die Beifahrertür und beugte sich ins Wageninnere.

»Hallo Florian!«, begrüßte sie den jungen Mann am Steuer und deutete auf den Beifahrersitz. »Nimmst du mich ein Stück mit? Bitte! Es ist sehr dringend!«

Der Angesprochene war beim plötzlichen Öffnen der Tür erschrocken zusammengefahren. Als er die Frau erkannte, entspannte sich seine Miene ein wenig.

Sarah Fechner schwang sich auf den Sitz und schnallte sich hastig an. Die Ampel war auf Grün gesprungen. Der junge Mann beschleunigte den Wagen. »Wohin?«, fragte er.

Sarah Fechner atmete tief durch und gab ihrer Stimme einen entschlossenen Klang. »Zu deinem Vater! In die Praxis.«

Florian starrte geradeaus durch die Scheibe, schaltete einen Gang höher und gab Gas. Der Motor heulte auf. Sarah Fechner musterte den jungen Mann stumm von der Seite. Dass er nicht gerade begeistert auf ihre Gegenwart reagierte, konnte sie verstehen. Schließlich war sie die Frau, wegen der sein Vater Florians Mutter verlassen hatte, als er noch ein kleiner Junge war. Ein Grundschulkind kurz vor dem Übergang ins Gymnasium. Genau an diesem entscheidenden Lebensabschnitt war für ihn damals eine Welt zusammengebrochen.

Florian lenkte mit hektischen Bewegungen. Er wechselte häufig die Spur und handelte sich wütendes Hupen ein. »Ich weiß nicht, ob du bei diesem Verkehr nicht besser mit der U-Bahn gefahren wärst«, knurrte er.

»Wollte ich ja, aber da unten ist alles weiträumig abgesperrt.«

»Warum?«

»Suizid. Eine junge Frau soll sich vor die Bahn geworfen haben.«

Eine Weile fuhren sie schweigend weiter. Inzwischen war Florian von der Hauptverkehrsstraße in ein Netz kleiner Nebenstraßen abgebogen. Das führte in ein Stadtviertel mit sehr teuer und edel renovierten Altbaufassaden. In die Auffahrt eines dieser Häuser bog er ab und fuhr nach hinten durch. Alle Parkplätze waren besetzt. Florian stellte sich quer hinter einen noblen Sportflitzer und sagte: »Na, da hast du ja Glück. Der Herr Doktor ist sogar höchstpersönlich anwesend. Oder hast du dir einen Termin geben lassen?«

Sarah Fechner schüttelte den Kopf. Sie legte ihre Hand auf Florians Oberarm und spürte, wie sich seine Muskeln anspannten.

Er starrte geradeaus. »Wir sind da.«

Sarah Fechner strich zaghaft über seinen Hemdsärmel. »Sei doch nicht so bitter, Florian, du machst dir doch selbst das Leben schwer!«

Er umfasste das Lenkrad, sodass die Fingerknöchel weiß

hervortraten. »Ich hab's jetzt wirklich eilig. Taxi mit dir hatte ich nicht eingeplant!«

Sarah Fechner löste den Verschluss ihres Gurtes. Dabei sagte sie: »Du hast gar nicht gefragt, wie es Lara geht!«

Er sah auf der anderen Seite zum Fenster hinaus. »Wie geht es ihr?«, fragte er.

»Schlecht«, antwortete sie mit spröder Stimme.

Nachdem sie ausgestiegen war, beugte sie sich noch einmal in den Wagen. Florian starrte geradeaus durch die Frontscheibe. Sarah Fechner atmete tief ein. »Florian, es tut mir leid. Alles tut mir wirklich sehr leid für dich. Auch wenn es dir vielleicht nicht gefallen wird, so muss ich doch in nächster Zeit einmal länger mit dir sprechen. Wohnst du noch unter der alten Adresse bei deiner Mutter?«

Florian lächelte bitter und sah sie herausfordernd an. »Wo sonst?«

»Es ist wegen Lara«, erklärte sie noch, bevor sie die Tür zuschlug und ihm nachblickte, bis der Wagen durch die Einfahrt verschwunden war.

Sie schüttelte den Kopf und schaute sorgenvoll an der Fassade des Hauses empor, in der sich die Privatpraxis von Dr. Bernhard Flink befand. Als sie das Schild studierte, fiel ihr auf, dass außer seinem auch noch die Namen von zwei weiteren Ärzten aufgeführt waren. Anscheinend ging die Praxis so gut, dass er sie noch vergrößert hatte. Es schien eine Goldgrube zu sein.

* * *

DIE ALTE FRAU DEMBOWSKI war damit beschäftigt, den Salat mit Wasser zu benetzen und die Stiegen in das Kühlhaus zu räumen. So würde morgen alles taufrisch aussehen, wie gerade geerntet, wenn die ersten Kunden den Hofladen betraten. Nebenan im Lagerraum räumte Iris Grebe die letzten Stiegen beiseite und wusch sich ausgiebig die Hände an dem alten Waschbeckentrog mit dem fleckigen Spiegel darüber. In dem Moment meldete sich ihr Handy in der Schürzentasche. Kurz darauf trat sie in den Laden, versicherte sich, dass keine Kunden mehr anwesend waren, und sagte zu der alten Frau: »Jan hat angerufen. Anna ist etwas passiert!«

»Jesus Maria!«, stieß die Alte hervor, schlug ein Kreuz über der Brust und hörte zu, was Iris Grebe ihr zu berichten hatte. »Ich nehm das Rad und fahre raus zu Jakob«, schloss Iris ihren Bericht.

Die alte Frau ließ sich auf einen Stuhl sinken und starrte vor sich hin. »Da ist unser Mädchen wieder einmal dem Tod entkommen«, sagte sie leise vor sich hin. »Das ist beinahe wie ein Fluch. Wir müssen weiter für sie beten! Herr im Himmel, warum prüfst du sie so sehr?«

Iris Grebe war wieder im Lagerraum verschwunden. Vor dem Waschbecken löste sie ihr langes braunes Haar, in das sorgfältig goldene Strähnen eingefärbt waren, und schüttelte es über die Schulter. Sie schenkte ihrem Spiegelbild ein kleines Lächeln. Obwohl sie dieses Jahr bereits ihren fünfundvierzigsten Geburtstag gefeiert hatte, sah sie aus wie Anfang dreißig. Nach dem Tod ihrer jüngeren Schwester war sie in eine kleine Dachgeschosswohnung des Haupthauses gezogen. Vor fünf Jahren hatte sie ihre Prüfung als Reitlehrerin abgelegt und gab seitdem Reitstunden in der großen Halle, die Jakob Dembowski damals im Anschluss an die Pferdeställe hatte errichten lassen. Gemeinsam mit seiner alten Mutter führte sie außerdem den Hofladen. Sie zog die Schürze ab und zupfte ihre ärmellose Bluse zurecht. Nach einem weiteren zufriedenen Blick in den Spiegel holte sie ihren Lederblouson vom Haken und ging nach draußen zu den Fahrradständern.

Schon von Weitem hörte sie das sonore Tuckern des Treckers auf dem Rapsfeld. Jakob Dembowski fuhr die Furchen ab und brachte Dünger aus. Iris wartete geduldig, bis er in ihre Richtung wendete, und winkte ihm zu. Wenig später hielt er an und beugte sich aus der Maschine. Sein borstiges blondes Haar stand dicht über dem tief gebräunten Gesicht, aus dem zwei sehr helle Augen ihr wie undurchdringliche Spiegel entgegenblickten. Der Mann wirkte durch den vollen Haarschopf und die drahtige Gestalt viel jünger als Ende vierzig. Er sah seinem etwas größer gewachsenen Sohn Jan eher wie ein älterer Bruder ähnlich als wie ein Vater. Nachdem Iris ihre Neuigkeit in knapp gerufenen Worten losgeworden war, schaltete er endlich den Motor aus, starrte einen Moment vor sich hin und schüttelte ungläubig den Kopf. »So was aber auch«, flüsterte er heiser und glitt von seinem Sitz herab neben sie. Er ließ sich noch einmal ausführlicher schildern, was Iris über das Unglück wusste. Danach standen sie eine Weile gegen den Trecker gelehnt und rauchten, jeder seinen Gedanken nachhängend.

»Und warum soll sie das getan haben?«, fragte er plötzlich in die Stille hinein.

»Ich habe während der Fahrt hierher nachgedacht. Vielleicht hat sie es herausgefunden«, spekulierte sie.

Jakob Dembowski schüttelte heftig den Kopf. »Jan hat mir hoch und heilig geschworen, nichts zu sagen. Auf den Jungen ist Verlass.«

In Iris' Miene standen deutliche Zweifel. »Vielleicht hat er auch nur etwas angedeutet. Sie ist ein kluges Mädchen und kann sich schnell einen Reim machen.«

Jakob Dembowski verzog unwillig das Gesicht, schleuderte seine Zigarette auf den Boden und trat sie mit heftigen Bewegungen aus. »Er hat all die Jahre nichts gesagt, warum sollte er jetzt plötzlich?«

Iris fixierte ihn angriffslustig. »Warum? Warum? Jakob Dembowski, wann verstehst du endlich, dass die Menschen um dich herum nicht so einfach funktionieren wie deine Ackermaschinen.«

* * *

»PSYCHIATRIE?«, RIEF ANNA.

Jan, der neben ihr auf der Bettkante saß, zuckte zusammen und legte den Zeigefinger auf seine Lippen: »Nicht so laut, Anna! Du musst dich jetzt unbedingt beruhigen, sonst denken die hier wirklich noch, dass du hysterisch bist!«

Anna setzte sich auf, verschränkte die Arme vor der Brust und schaute mit finsterer Miene in die andere Richtung zum Fenster hinaus. »Sollen sie doch denken, was sie wollen. Die haben sowieso keine Ahnung. Ich bin nicht plemplem!«

In dem Moment hatte sich die Tür geöffnet und eine Ärztin mit einer Akte unter den Arm geklemmt betrat den Raum. Dass sie Annas Worte mitbekommen hatte, war ihrer Miene deutlich anzusehen, in der sich ein schmales Lächeln ausbreitete. »Na, Ihnen scheint es ja Gott sei Dank wieder recht gut zu gehen!«

Jan erhob sich ein wenig ungelenk und stellte sich neben das Bett.

Die Ärztin streckte ihm die Hand entgegen. »Kravczyk«, stellte sie sich vor.

»Dembowski«, antwortete Jan.

»Ah, Sie haben wohl auch polnische Vorfahren?«, diagnostizierte die Ärztin.

»Die Urgroßeltern«, erklärte Jan und grinste, während sein Gesicht dunkelrot anlief.

»Ja, bei mir auch«, erklärte Frau Kravczyk und strahlte Jan voller Sympathie an. »Dann sollten Sie unbedingt Blut spenden gehen. Blutgruppe B ist hier sehr selten, kommt in Polen aber zehnmal häufiger vor.«

Jan nickte lächelnd wie ein braver Schüler, was Anna mit finsterer Miene registrierte. Die Ärztin trat näher an das Bett heran und streckte auch Anna die Hand entgegen. Anna sah ihr provozierend in die Augen. Ihre Arme blieben jedoch verschränkt, sodass die Ärztin ihre Hand schnell wieder zurückzog. Das Lächeln in ihrem Gesicht erstarrte ein wenig. »Wie fühlen Sie sich, Frau Dembowski?«

»Wie man sich eben so fühlt, wenn einem keiner glaubt«, antwortete Anna patzig.

Dr. Kravczyk deutete ein Kopfnicken an und rückte ihre Brille zurecht. Das grellrote Gestell bildete einen scharfen Kontrast zu dem schmalen, blassen Gesicht und den kurz geschnittenen graublonden Haaren. »Sie bleiben bei der Version, dass jemand Sie gestoßen hat?«

»Ja. Ich habe einen deutlichen Schlag im Rücken gespürt.«

Der Blick der Ärztin fiel auf Annas Rucksack, der prall gefüllt die gesamte Fläche des Nachttisches neben dem Bett einnahm. Sie deutete mit ihrem Stift darauf. »Hatten Sie den auf dem Rücken, als es passierte?«, fragte sie.

Anna nickte stumm und schielte beinahe liebevoll zu dem mit Fransen und Stickereien verzierten dunklen Rindslederrucksack. Den hatten die Großeltern ihr letztes Jahr zum Geburtstag geschenkt. Ein geräumiges und robustes Teil, das auch diesen schweren Sturz auf die Gleise ohne nennenswerte Schäden überstanden hatte.

Die Ärztin schrieb etwas auf das Papier ihres Klemmbrettes und stülpte nachdenklich die Unterlippe vor. »Und Sie haben den Stoß trotz des Rucksackes gespürt, sagen Sie?«

Anna verzog trotzig den Mund. »Ja, sage ich. Ein Stoß ist ein Stoß. So was merkt man, weil man plötzlich aus dem Gleichgewicht gebracht wird.«

»Aus dem Gleichgewicht«, wiederholte die Ärztin nachdenklich und schrieb weiter.

Anna beobachtete sie misstrauisch. »Warum sagen Sie das so komisch?«

Die Ärztin sah erstaunt auf. »Was meinen Sie?«

Anna funkelte sie an. »Gleichgewicht. Sie haben das Wort so betont, als wollten Sie damit andeuten, dass ich ein Problem mit dem Gleichgewicht habe, also nicht nur körperlich. Sie meinen auch psychisch!«

Die Ärztin richtete den Oberkörper auf und sah Anna durch ihre Brillengläser an wie ein Forschungsobjekt. »Das war nicht meine Absicht.«

»Klang aber so. Nur damit Sie es wissen: Ich habe keine psychischen Probleme!«

Annas Stimme war bei den letzten Worten schrill geworden, was die Ärztin zu einer beschwichtigenden Handbewegung veranlasste. »Das will Ihnen hier auch niemand unterstellen. Es ist überhaupt nicht nötig, dass Sie laut werden. Sie bleiben also dabei, dass Sie einen gezielten Schlag gegen den Rücken gespürt haben wollen? Also schließen Sie aus, dass jemand im Gedrängel Sie aus Versehen …«

Anna unterbrach sie und sog die Luft schnaubend ein: »Nicht aus Versehen! Ein deutlicher, heftiger, absichtlicher Schlag in den Rücken! Ge – zielt! Und mit Wucht! Genau das versuche ich seit Stunden zu erklären. Lesen Sie die Polizeiakte, da steht alles genau drin!«

Dr. Kravczyk ließ sich von Annas heftigem Ton wenig beeindrucken. Sie brachte es sogar fertig, sich auf die Bettkante zu setzen und ihr mit stummer Geste anzudeuten, dass sie den Puls fühlen wollte, obwohl Anna nicht einen

Millimeter zur Seite gerückt war. Immerhin hielt Anna ihr das Handgelenk entgegen. Die Ärztin griff sanft danach und drehte Annas Hand ein wenig um. Plötzlich erstarrte sie. »Was ist das für eine Narbe?«, rief sie.

Anna schaute teilnahmslos auf die helle Hautstelle, die sich etwa drei Zentimeter lang und zwei Zentimeter breit an ihrem Unterarm entlangzog. Eine jähe Eingebung durchzuckte sie und sie schaute auffordernd zu ihrem Bruder hinüber: »Jan, sag ihr, was das ist! Mir würde das im Moment sowieso keiner glauben!«

Jan beugte sich vor. »War das nicht die Stelle, wo sie dir den Leberfleck wegoperiert haben? Das war, glaube ich, kurz bevor du in die Schule gekommen bist.«

Anna wirkte sichtlich unzufrieden über seine zögerliche Antwort. »Ja, das ist die Stelle! Ja, da wurde mir ein Leberfleck weggemacht. Der war nämlich sehr groß und sehr dunkel! Hatte eine Form wie ein verstümmeltes Kreuz. Teufelsmal hat meine abergläubische Oma dazu immer gesagt. Und Mama hat es jedes Mal mit der Angst zu tun gekriegt, wenn sie dieses Ding sah. Meistens musste ich lange Ärmel tragen oder ein Pflaster drauf. Bevor ich eingeschult wurde, sollte es dann weg, damit die anderen nicht das Gruseln vor mir kriegen.« Wütend fixierte sie den brillenbewehrten Blick der Ärztin. »Und nicht, was Sie gerade gedacht haben. Dass das die Spuren eines Suizidversuches sind. Nein, ich wollte mich nicht umbringen! Nein, ich habe mich nie geritzt! Nein, ich bin nicht vor diese verdammte Bahn gesprungen! Ich – wurde – gestoßen!« Annas letzter Satz ging in ein heiseres Schluchzen über, das sie schnell wieder unter Kontrolle brachte. Sie spürte, wie sich Schweißtröpfchen von ihrer Stirn lösten, obwohl ihre Hände eiskalt waren, und schaute wieder mit verschränkten Armen zur anderen Seite in Richtung des Fensters.

Dr. Kravczyks Gesicht blieb regungslos. Dann zog sie ohne weiteren Kommentar ihr Blutdruckmessgerät aus der Kitteltasche. Anna behielt bewusst ihre Blickrichtung bei, beobachtete die Ärztin jedoch aus dem Augenwinkel und hob stumm den Arm zum Anlegen der Manschette. Nach der Messung zog Dr. Kravczyk die Metallstöpsel aus den Ohren und ließ sie auf ihre Schultern gleiten. »Hoher, flatternder Puls. Sehr niedriger Druck. Kaltschweißig. Ich denke, es ist besser, wenn Sie über Nacht zur Beobachtung hierbleiben. Sie stehen noch unter den Auswirkungen des Schocks. Davon abgesehen rate ich Ihnen dringend, sich möglichst bald in psychotherapeutische Behandlung zu begeben.«

Anna fuhr herum. »Behandlung? Ich bin nicht krank und ich kann mich zu Hause wesentlich besser erholen!«

Dr. Kravczyk wendete sich an Jan und säuselte mit mildem Lächeln: »Es ist besser, wenn sie hierbleibt. Wenigstens über Nacht und bis zur Visite morgen.«

Jans Wangen zierten immer noch zwei rote Flecken. Er nickte artig. Anna funkelte ihn wütend an.

Dr. Kravczyk drehte sich wieder zu ihr. »Bedenken Sie, dass es hilfreich ist, wenn ein ärztliches Gutachten vorliegt. Schließlich läuft ein Verfahren gegen Sie.«

»Gegen mich?«, schrie Anna auf.

Dr. Kravczyk nahm ihre Sachen, stand auf und wendete sich nur noch an Jan: »Erklären Sie es ihr! Ich werde heute Abend noch einmal nach Ihrer Schwester sehen.« Dann verschwand sie.

Anna war aufgestanden und lief mit wehendem Krankenhaushemd im Zimmer auf und ab. Jan saß mit betroffener Miene an dem kleinen Tisch, auf dem ein unberührtes Abendessen stand, und schaute ihr zu.

»Schwerer Eingriff in den Schienenverkehr! Körperverletzung!«, schimpfte Anna. »Wer denkt sich nur so was aus?«

Jan zuckte hilflos mit den Schultern. »In dem Zug sollen sich Leute verletzt haben, als er so plötzlich bremsen musste. Solange sich nichts anderes ergibt, hast du diese Anzeige erst mal an der Backe.«

Anna lief kopfschüttelnd weiter. Dann blieb sie plötzlich vor Jan stehen. »Das mit den Leuten im Zug tut mir leid! Aber wer fragt eigentlich nach mir? Sieh mich an! Ich bin das Opfer! Aber sie machen mich zur Täterin! Wer, bitte schön, tickt hier nicht ganz richtig? Die oder ich?« Jan holte tief Luft. Doch bevor er sprechen konnte, redete Anna schon weiter. »Ach so, ich verstehe! Du bist auch ihrer Meinung. Du denkst auch, dass ich mich vor den Zug geworfen habe und mir das alles als Ausrede einfallen lasse.«

Jan stand langsam auf. »Anna, ich …«, begann er.

Anna sah ihn kriegerisch an.

Jans Hände und Schultern sanken. »Anna. Annabel, ich würde doch niemals …«

Er konnte nicht fortfahren. Als er sie bei ihrem Kosenamen genannt hatte, war mit Anna eine seltsame Verwandlung vor sich gegangen. Zitternd tastete sie sich am Tisch entlang und ließ sich auf dem zweiten Stuhl nieder. Dort sank sie weinend in sich zusammen. Jan setzte sich wieder ihr gegenüber und ergriff über die Tischplatte hinweg ihre Hände. Anna weinte und schüttelte abwehrend den Kopf. »Sorry, sorry, sorry«, flüsterte sie. »Ich habe sie echt nicht alle! Ich bin so was von durcheinander! Ich glaub, ich werde das Studium gar nicht schaffen!«

Jans Daumen massierten ihre Handrücken. »Das ist doch jetzt alles erst mal nicht wichtig. Wichtig ist, dass du wieder in Ordnung kommst.«

Anna nickte stumm. »Hast du ein Taschentuch?«

Jan nestelte ein zerknäultes Päckchen Papiertaschentücher aus der Hosentasche und reichte es ihr über den Tisch.

Plötzlich fuhr Anna auf. »Hast du Papa schon Bescheid gesagt?«

Jan nickte. »Auf dem Trecker hört er das Handy nicht. Aber Iris hab ich erreicht. Sie wollte es ihm sagen.«

»Haben sie sich noch einmal gemeldet?«

Jan schüttelte den Kopf. »Ich habe ihnen vorhin eine Nachricht aufs Handy geschickt, dass wir in der Klinik sind, es dir aber gut geht.«

»Haben sie darauf geantwortet?«

Jan nickte und hielt Anna das Display hin. Die Antwort von Annas Vater lautete: »OK.«

Ein bitteres Lächeln zuckte um ihre Mundwinkel. »Okay«,

wiederholte sie. »Sonst nichts. Weißt du was? Manchmal glaube ich, dass es an Iris liegt.«

Jan sah sie erstaunt an. »Iris?«

»Ja, Iris! Ich glaube, sie wiegelt ihn gegen mich auf.«

»Warum sollte sie das tun?«

»Keine Ahnung. Aber seit sie bei uns wohnt, ist Papa bei mir immer mehr auf Abstand gegangen. Was hab ich alles angestellt, nur damit er mal ein nettes Wort zu mir sagt! Zu Iris ist er immer nett. Wenn sie was will, bekommt sie es. Denk bloß an diese Rieseninvestition von Pferdestall und Reithalle.«

»Die hat er doch nicht für Iris gebaut. Er hat uns damals seine Gründe ganz klar genannt. Dass er den Kuhstall für Pferde umbaut und die Reithalle anbaut, weil sich mit Pensionspferden gutes Geld verdienen lässt. Dass er bei den Milchpreisen keine Milchkühe mehr halten, sondern nur noch Fleischrinder züchten will, die den größten Teil des Jahres draußen auf den Weiden sind. Das hat doch alles nichts mit Iris zu tun!«

»Und wenn doch? Wenn das alles ihre Pläne sind? Wenn sie unseren Vater ganz allmählich von sich abhängig macht, damit er ihr ihre Zukunft sichert?«

»Anna, das sind böse Unterstellungen. Iris arbeitet den ganzen Tag wie ein Brunnenputzer. Ohne sie würde vieles nicht so gut laufen auf dem Hof. Oma allein könnte den Laden nicht stemmen. Iris macht die Buchhaltung, kümmert sich um die Mietverträge mit den Pferdebesitzern. Und, und, und … Ohne sie würde Papa …«

Anna unterbrach ihn. »Genau! Sie macht sich unentbehrlich. Denk bitte daran, dass sie einmal eine ganz einfache Blumenverkäuferin war. Sie hat von Mamas Tod nur profitiert …«

»Anna, sag so etwas nicht! Auch für Iris war das damals ein Schock. Dann hat sie noch ihre Stelle bei der Gärtnerei verloren. Unter anderem auch deshalb, weil sie sich so oft frei genommen hat, um ihrer kranken Schwester zu helfen.«

»Alles Berechnung!«, kommentierte Anna finster.

Jan schaute Anna fest in die Augen. »Keiner verlangt von dir, dass du Iris magst. Aber unfair solltest du ihr gegenüber auch nicht sein. Dass sie zu uns auf den Hof kam und uns alle unterstützt, ist ihr doch eigentlich hoch anzurechnen.«

Anna konnte darauf nichts mehr erwidern, weil eine Krankenschwester dazwischen platzte. Sie lud ein Fieberthermometer auf dem Nachttisch ab und eine Sammelbox mit Medikamenten. »Ach, halt, ich soll Sie ja fragen, ob Sie regelmäßig bestimmte Medikamente nehmen.«

»Nein«, sagte Anna.

»Ja«, sagte Jan.

Die Krankenschwester schaute irritiert zwischen beiden hin und her.

»Ach so. Er hat recht«, erklärte Anna. »Ich vergesse das manchmal, weil es bei mir schon seit Jahren dazugehört wie die tägliche Ernährung. Ich nehme TAH.«

Die Schwester zog das Klemmbrett hervor und notierte. »Wie viel Milligramm?«

»Hundert«, antwortete Anna. »Ich hatte einen Unfall vor vielen Jahren. Milzriss. Ich habe keine Milz mehr.«

Die Schwester notierte alles, ohne weiter nachzufragen. Dann nahm sie die Box mit den Medikamenten wieder an sich und sagte im Hinausgehen: »Da muss ich jetzt erst noch einmal nachfragen, ob Sie dann das alles trotzdem nehmen dürfen.«

»Siehst du, sie sind sehr gewissenhaft hier und kümmern sich gut um dich«, sagte Jan und schaute Anna aufmunternd an.

Dennoch bemerkte sie den Schatten in seinem Gesicht.

* * *

ER HATTE SIE fast eine Stunde in dem nobel ausgestatteten Wartezimmer sitzen lassen. Im Gegensatz zu den hin und wieder für kurze Zeit dort anwesenden Patientinnen hatte sie weder die reichhaltige Auswahl an Lifestyle-Magazinen noch die Kaffeemaschine in Anspruch genommen. Mit der Zeit des Wartens wuchs ihre Wut auf ihn. Eine nach der anderen dieser teuer gekleideten Möchtegern-Barbiepuppen betraten die verschiedenen Behandlungszimmer, um sich beraten zu lassen, wie man mit ein wenig Silikon oder Botox die sichtbaren Zeichen des Alterns oder die mangelnde Erfüllung der Schönheitsnorm ein wenig vertuschen konnte. Als gäbe es nichts Wichtigeres auf der Welt! In ihrer wachsenden Abscheu vor diesem Bereich der Medizin verdrängte sie nur zu gerne die Tatsache, dass ihr Exmann mit seinem chirurgischen Können nicht nur diese Schönheitspatientinnen versorgte. Er hatte auch vielen Menschen, die durch Unfälle oder Krankheiten schwer entstellt worden waren, wieder zu einem ansehnlichen Äußeren verholfen. Inzwischen genoss sie alles, was über ihn in irgendeiner Weise abfällig geäußert wurde. Zu sehr hatte er sie erniedrigt und verletzt, als er sich eines Tages plötzlich einer deutlich jüngeren Sprechstundenhilfe aus seiner Praxis zugewandt hatte.

Sarah Fechner öffnete ein wenig verwirrt die Augen, als eine freundliche Mädchenstimme sie ansprach. »Frau Fechner? Herr Dr. Flink lässt jetzt bitten.«

Sarah Fechner sprang auf. Als die junge Dame ihr den Weg weisen wollte, antwortete sie barsch: »Danke, ich weiß schon, wo es hier langgeht!« Sie drängte sich an ihr vorbei in das Sprechzimmer. Durch die senkrechten Lamellen der halb geöffneten Jalousie flutete mildes Licht. Seine Silhouette zeichnete sich hinter dem Schreibtisch ab. Er blieb sitzen und wies mit müder Geste auf den Stuhl davor. Sein weißer Kittel war salopp geöffnet. Er trug ein cremefarbenes Hemd, keine Krawatte und einen Pullunder im englischen Stil. Ein wenig erschrocken musste Sarah Fechner feststellen, dass die gepflegte Kleidung in einem deutlichen Gegensatz zu seinem sonstigen Erscheinungsbild stand. Wie lange hatte sie ihn nicht gesehen? Fünf Jahre? Es hatte ein paar E-Mails und Telefonate gegeben. Mehr nicht. Er wirkte wie um zwanzig Jahre gealtert. Die Haare waren sehr kurz geschnitten und größtenteils ergraut. Das Gesicht wirkte knochig und ausgezehrt. »Setz dich«, kommentierte er seine eigene Handbewegung. Auch seine Stimme klang leise und brüchig, längst nicht mehr so forsch und selbstsicher wie früher. Einen Moment zögerte Sarah Fechner noch, dann ließ sie sich mit entschlossenem Schwung auf dem Stuhl nieder. Sie beugte sich ein wenig vor und schilderte ihm in kurzen, aber inhaltsvollen Sätzen Laras aktuelle Situation. Anfangs folgte er ihren Ausführungen mit versteinertem Gesicht. Seine dunklen Augen lagen tief in den Höhlen. Allmählich kam ein wenig Bewegung in die maskenhaften Züge. Über der Nasenwurzel vertieften sich nachdenkliche Falten und um den Mund huschte ein schmerzlicher Zug. Sie hatte das sehr genau registriert und kam zum Punkt: »Das Einzige, worum ich dich zunächst bitten möchte, ist … Beratung. Ich weiß nicht, ob ich dieser Knochenmarktransplantation zustimmen soll. Kann ich ihr wirklich diese qualvolle Behandlung zumuten?«

Er wandte sich in seinem Drehstuhl seitlich ab, drückte die Fingerspitzen aufeinander, so wie er es auch früher schon getan hatte, wenn ein schwieriges Problem anstand. Er schaute durch die Zwischenräume der Jalousie hinaus ins scheinbar Weite. Sie beobachtete ihn dabei und musste sich eingestehen, dass er gerade in diesen Momenten der inneren Einkehr in ihr immer noch Saiten zum Klingen brachte, die sie eigentlich längst gekappt haben wollte. So sehr er vielleicht im Privatleben ein unsteter und spontaner Mensch war, so sehr zeigte er sich im Beruf planvoll und korrekt. Er räusperte sich. »Ich kann verstehen, dass du ihr nicht noch mehr Leid zufügen willst. Aber glaube mir, auch die behandelnden Ärzte wollen alles andere als das. Das verbietet schon die ärztliche Ethik. In Laras Fall verspricht die Knochenmarktransplantation eine große Aussicht auf Heilung. Aber ich werde auf jeden Fall mit dem behandelnden Arzt noch einmal von Kollege zu Kollege sprechen.« Er schaute sie eindringlich an.

Sie hielt seinem Blick stand und grübelte, ob er noch mehr wusste, was er vor ihr verbarg. Zu ihrer Überraschung war er es, der den Blick als Erster niederschlug.

Er nahm einen Stift von der Schreibplatte auf und drehte ihn wahllos in seinen schmalen, blassen Händen. Sarah Fechner beobachtete mit wachsendem Schrecken, dass er dabei merklich zitterte. *Chirurgenhände müssen absolut ruhig sein!*, schoss es ihr durch den Kopf.

Sein Blick sprang plötzlich von seinem Spielzeug zu ihr. »Ich operiere nicht mehr. Das machen meine Kollegen. Ich bin nur noch für die Beratung und die Nachsorge zuständig.«

Sie nickte nur stumm. Er legte den Stift mit einer heftigen Bewegung beiseite und sog aufgebracht die Luft ein. »Ist das alles immer noch so schlimm? Arbeitet es immer noch so sehr in dir, dass du es bis auf den heutigen Tag nicht fertiggebracht hast, mich über Laras Krankheit zu informieren? Ich habe sie seit Monaten nicht erreicht und dachte, dein Einfluss hätte sich endgültig durchgesetzt. Auch wenn du es nicht glauben willst, ich interessiere mich für unsere Tochter! Ich hätte gerne gewusst, wie es nach dem Abitur für sie weiterging.«

»Das hättest du auf ihrer Abiturfeier erfahren können, aber da bist du zu ihrer großen Enttäuschung einfach nicht erschienen«, konterte sie mit kühler Miene.

Er beugte sich weit nach vorne und zischte: »Glaub mir, hundertmal lieber wäre ich auf dieser Feier gewesen als … als …« Er stockte, als er Sarah Fechners lauerndem Blick begegnete, und winkte ab. Dann kramte er nach einem gefalteten Stofftaschentuch in seiner Kitteltasche und tupfte sich damit kleine Schweißtropfen von der Stirn. »Ich hätte gerne gewusst, was sie studiert. Du weißt, wie sehr es mich gefreut hätte, wenn ihre Wahl auf Medizin gefallen wäre. Du magst es glauben oder nicht«, sagte er mit müder Stimme. Er wies in die Runde des Raums. »Das alles hier dürfte sie eines Tages übernehmen. Ich würde sie unterstützen, wo ich es nur kann. Und natürlich werde ich auch jetzt alles dafür tun, dass sie wieder gesund wird.«

Sein letzter Satz hatte Sarah Fechner unmerklich aufatmen lassen. »Danke, das ist gut zu wissen«, sagte sie leise.

Er wiegte den Kopf. »Dafür brauchst du mir nicht zu danken. Ich sagte doch: Es ist für mich selbstverständlich. Also, was kann ich noch tun?« In seinen Augen schimmerten Tränen, die er hastig mit den Ecken des Taschentuchs wegtupfte.

Sarah Fechner spannte die Schultern und redete mit bemüht fester Stimme weiter: »Professor Dr. Renz sagt, die Wahrscheinlichkeit, einen Spender innerhalb der Familie zu finden, wäre am größten. Wir sollten uns so schnell wie möglich typisieren lassen.«

»Kein … Problem«, antwortete Bernhard Flink und schaute wieder zum Fenster hinaus.

Sein leichtes Zögern hatte Sarah Fechner sehr wohl bemerkt. Ihre Miene verdüsterte sich. »Florian käme auch infrage, obwohl er nur ihr Halbbruder ist. Aber man darf nichts unversucht lassen.«

Bernhard Flink schob die Unterlippe vor und nickte. »Ja, alle, die annähernd blutsverwandt sind. Du solltest ihn auf jeden Fall ansprechen!«

»Er hat mich gerade hierhergefahren.«

Bernhard Flink wandte sich ihr wieder zu und stützte die Unterarme auf die Schreibtischplatte. »Und, hast du ihm schon etwas gesagt?«

»Nur, dass ich ihn demnächst wegen Lara ansprechen würde.«

»Weiß er von ihrer Krankheit?«

Sarah Fechner nickte. »Er wusste es erstaunlicherweise schon sehr früh. Ich vermute, sie hatten Handy-Kontakt miteinander.«

»Sein Interesse ist immerhin so etwas wie ein Hinweis, dass er sich auch bereit erklären würde, ihr zu helfen.«

Sarah Fechner starrte einen Moment ins Leere. »Ich kann das sehr schwer einschätzen. Vorhin im Auto konnte er seine Abneigung gegen mich kaum verbergen.« Sie atmete bebend ein. Ihre Augen schimmerten feucht. »Es ist aber so wichtig, dass wir ihn gewinnen! Könntest du nicht mit ihm sprechen? Ich fürchte, wegen mir würde er nichts für Lara tun wollen.«

Aus Bernhard Flinks Kehle löste sich ein trockener Laut, eine Art bitteres Lachen, das er sofort wieder verschluckte. »Florian? Außer seiner Kontonummer habe ich in den letzten Jahren wenig von ihm gesehen, und er meldet sich nur, wenn er Geld braucht. In nicht allzu ferner Zeit werde ich allerdings den Geldhahn zudrehen, jedenfalls habe ich das mit einem Schreiben meines Rechtsanwalts angedroht, wenn ich von Florian nicht endlich Signale bezüglich eines vernünftigen Studien- oder Berufsabschlusses zu sehen bekomme. Insofern wäre es wohl eher kontraproduktiv, wenn ausgerechnet ich jetzt mit einer solchen Bitte an ihn heranträte.«

Sarah Fechner verzog das Gesicht und tupfte sich mit einem zerknäulten Papiertaschentuch die Tränen aus den Augenwinkeln. »Und wenn man ihm Geld anbietet?«

Jetzt konnte Bernhard Flink ein bitteres Lachen nicht mehr zurückhalten. »Fünfundzwanzigtausend kann ich dir sofort geben, von mir aus auch fünfzigtausend. Vielleicht ist das wirklich eine Chance für Lara. Gekaufte Geschwisterliebe!«

* * *

DIE SCHEIBENWISCHER FUHREN träge und mit leichtem Quietschen über die Windschutzscheibe. Im Gegensatz zu gestern hatte sich der Novembernebel den ganzen Tag nicht gelichtet. Inzwischen hatten sie die Stadt hinter sich gelassen und fuhren auf der Autobahn. Der Anblick der wabernden grauen Schleier verschlechterte Annas Laune noch mehr. »Warum bist du vorhin überhaupt erst so spät gekommen? Ich habe geschlagene drei Stunden auf dich gewartet«, fuhr Anna ihn plötzlich an und brach das finstere Schweigen.

»Ah, du kannst ja doch reden. Ich dachte schon, sie hätten dein Mundwerk in der Klinik behalten.«

»Ha, ha. Und wozu das, bitte schön?«

»Zu Reparaturzwecken. Einbau eines Freundlichkeitsmoduls.«

»Du hältst dich wohl für oberwitzig, was?«

Jan löste eine Hand vom Steuer und fasste Anna sanft am Oberarm. Seine Miene blieb auch noch entspannt und freundlich, als Anna abwehrend die Schulter hochzog und ihm auszuweichen versuchte. Jan zog die Hand schnell zurück. »Mensch, Annabel, stell dich nicht so an! Ich bin so froh, dass gestern alles gut ausgegangen ist. Und es tut mir echt leid, dass ich nicht früher kommen konnte, aber ich musste die Angusrinder noch auf eine andere Weide treiben. Dafür war es höchste Zeit. Papa konnte nicht. Er hat es wieder mit dem Kreuz.«

»Oh. Schlimm?«

Jan registrierte zufrieden Annas sichtliche Anteilnahme. »Bestimmt ziemlich schlimm. Aber du kennst ihn ja. Er sagt nichts. Meinte nur heute Morgen beim Frühstück: Jan, die Rinder müssen auf die Weide am Antoniusberg und Anna muss abgeholt werden.«

Anna lachte bitter auf. »Oh, Mann, typisch Papa. Erst die Rinder, dann das Kind.«

Jan lächelte und nickte bestätigend. Er bog von der Autobahn auf die Landstraße ab, die durch ein kleines Waldstück führte. Obwohl es erst später Nachmittag war, herrschte hier bereits nächtliche Dunkelheit.

Anna zog ihr Handy hervor und las eine Nachricht. »Macht es dir was aus, da vorne nicht zum Hof abzubiegen, sondern weiter geradeaus zu fahren und mich ins Dorf zu bringen?«

»Wieso das? Willst du noch etwas einkaufen?«

»Nein. Ich treffe mich nachher im Bistro mit der alten Tutorengruppe. Das erste Mal seit dem Abi. Es lohnt sich nicht mehr, vorher noch nach Hause zu fahren.«

Jan starrte konzentriert durch die Windschutzscheibe. »Hältst du das wirklich für eine gute Idee? Wäre es nicht besser, dich zu Hause auszuruhen?«

Anna funkelte ihn von der Seite an. »Ich bin nicht krank! Ich brauche keine Ruhe.«

Er verzog unwillig das Gesicht und fuhr geradeaus in Richtung Dorf.

* * *

DIE GARDEROBE BEFAND sich im vorderen Bereich des kleinen, mit dunklen Holzmöbeln gemütlich eingerichteten Lokals. Jan half Anna, sich aus ihrer Winterjacke herauszuschälen, ohne dass sie ihren Arm zu sehr durchbiegen musste.

»Jetzt guck nicht so. Das ist echt nichts Schlimmes! Du kannst jetzt ruhig gehen«, drängelte sie.

Jan zog sich langsam zurück. Noch in der Tür sagte er zu ihr: »Schick mir eine WhatsApp, wenn ich dich abholen soll.«

»Es könnte aber spät werden«, entgegnete sie.

»Egal.«

»Ich komme auch alleine nach Hause.«

»Zu Fuß? Bei dem Wetter und bei der Dunkelheit? So ein Blödsinn. Mit dem Auto bin ich in zehn Minuten da.«

»Du bist nicht mein Erziehungsberechtigter.«

»Und du nicht die Alltagsheldin vom Dienst!«

Anna gab sich geschlagen. Eigentlich hatte sie auch wirklich keine Lust, bei Nacht und Nebel nach Hause zu laufen. Da wäre sie fast eine halbe Stunde unterwegs. »Okay, also dann bis später!«

Jan verschwand und Anna wandte sich dem Innenraum zu. Der Geruch nach frischem Brot und blumigen Gewürzkräutern schlug ihr entgegen. Nach der schalen Krankenhauskost meldete sich sofort ein angenehmer Appetit. Anna begrüßte Nina hinter dem Tresen und rief ihr zu, dass sie ihr einen vegetarischen Flammkuchen und einen Exotic-Cocktail bringen sollte. Gegenüber der Eingangstür war der lang gezogene, für das Schultreffen reservierte Tisch erst spärlich besetzt. Neugierige Augenpaare blickten ihr entgegen. Am Kopfende flegelte sich Motte in seiner üblichen Haltung, nämlich auf die Ellenbogen gestützt und mit dem Stuhl sehr weit von der Platte abgerückt. Ob er das tat, weil sein speckiger Bauch sonst ungemütlich an der Kante reiben würde oder weil er das für besonders lässig hielt, wollte Anna nicht wirklich wissen. Vor ihm auf der Tischplatte stand ein großes, fast geleertes Bierglas. Seine Augen wirkten bereits verdächtig glasig. Auf der Oberlippe klebte ein wenig Schaum. Er schien wie üblich bester Laune zu sein und lachte Anna entgegen, sodass seine breiten Schneidezähne mit der auffälligen Lücke dazwischen deutlich hervortraten.

»Hey, Anna! Super, dass du kommst. Setz dich zu mir!« Er klopfte auf die Sitzfläche des Stuhles, der an der Längsseite neben ihm stand.

Gegenüber auf der Bank saßen bereits Annika und Maike. Bei diesen Zicken wollte sie auf keinen Fall sitzen. Typisch, dass die schlimmsten Freaks immer vor den netten Leuten eintrafen, damit keine Zeit war, in Abwesenheit über sie herzuziehen. Anna ärgerte sich, dass sie nicht später gekommen war, und hoffte sehr, dass ihre Freunde nicht allzu lange auf sich warten ließen. Erst einmal blieb ihr nichts anderes übrig, als sich bei Motte niederzulassen. Sie rückte den Stuhl ein bisschen von ihm ab und setzte sich. Ein leichter Schatten in Mottes Blick verriet ihr, dass er diese Geste sehr wohl verstanden hatte. Dennoch drehte er den Gute-Laune-Schalter noch weiter auf.

»Habe ich richtig gehört, dass unsere Anna da gerade einen E-ro-tik-Cocktail bestellt hat? Na das lässt ja hoffen!«

Annika kicherte. »Ja und dich wohl ganz besonders.«

»Das sagt gerade die Richtige«, konterte Motte. »Dieser knackige, große Blonde, der unsere Anna hergebracht hat, das war doch Jan, nicht wahr? Warum hast du ihn nicht mit an unseren Tisch genommen, Anna?«

Anna verzog das Gesicht und bereute bereits heftig, dass sie gekommen war. »Warum sollte ich? Er war ja nicht in unserem Jahrgang.«

Motte kicherte. »Aber du hättest der lieben Annika damit eine echte Freude gemacht.«

Annikas Augen wurden schmal. »Ach Motte, wie billig. Du willst nur davon ablenken, dass Anna deine Traumprinzessin ist. Kümmere dich lieber um deine Angelegenheiten, da hast du genug zu tun!«

Motte leerte sein Glas bis auf den Grund und hielt es als Zeichen für Nina in die Höhe. Er lachte keckernd und sein Blick wanderte dabei von Annika zu Anna und wieder zurück. »Leider muss ich dich enttäuschen, Nika, der schöne Blonde hat sein Herz längst verschenkt.«

Annikas Blick flackerte einen Moment. Dann nahm sie hektisch einen Schluck von ihrem Cocktail und sah Motte finster an. »Was du immer weißt, Motte. An wen denn?«

Motte setzte eine geheimnisvolle Miene auf. »Sie sitzt hier am Tisch!«

Annikas und Annas Blicke flogen sofort zu Maike. Ihr Gesicht glühte. Sie schlug sich mit der flachen Hand vor die Brust. »Ich? Wie kommst du darauf, Motte? Der hat mich noch nie auch nur mal angeguckt.«

Motte grinste. »Dich meine ich auch gar nicht.« Er drehte den Kopf theatralisch langsam zu Anna.

Annika und Anna riefen fast wie aus einem Mund: »Spinnst du?«

Mottes Lachen entlud sich wie eine Explosion. Feine

Tröpfchen verteilten sich über die Tischplatte und die Mädchen wichen angewidert zurück. Als Motte sich wieder im Griff hatte, sagte er mit betont sanfter Stimme: »Ich wollte nur sagen, dass ich halt Augen im Kopf habe.« Seine Blicke bohrten sich in Anna. Als er ihre erstarrte Miene registrierte, lachte er kurz auf. »Macht, was ihr wollt. Mir völlig egal!«

In dem Moment brachte Nina ein gut gefülltes Bierglas und einen Cocktail. Motte griff zu, hob sein Glas und sah mit gespielter Fröhlichkeit in die Runde. »Ach Leute, eigentlich wollen wir ja gar nicht streiten, nicht wahr, Anna? Wie geht es euch allen denn so, was macht ihr zurzeit?«

Einen Moment herrschte betretenes Schweigen. Dann jedoch ergriff Annika das Wort und berichtete, dass sie für ein Jahr nach Australien gehen würde. Maike hatte in der Stadt eine Banklehre angefangen und echauffierte sich über die Kleiderordnung. Das gab erst einmal genug Gesprächsstoff für die beiden Mädchen, sodass Motte und Anna sich schweigend ihren Getränken widmen konnten. Irgendwann unterbrach Motte die Gespräche über Blazerzwang und Hosenverbot, indem er sein Glas laut auf dem Tisch abstellte und Anna ansprach: »Nun, Anna, du Superstar unseres Jahrgangs, wie ist es denn so beim Medizinstudium? Schnippelst du schon fleißig an wabbeligen Leichen herum?«

Vor Anna landete genau in diesem Moment ein dampfender Flammkuchen, auf dem sich undefinierbare Pflanzenteile ringelten. Beherzt griff sie zu Messer und Gabel und säbelte sich ein mundgerechtes Stück zurecht. »Klar schnippeln wir.«

Motte nahm einen tiefen Schluck aus seinem Glas. »Tja, unsere Anna. Die war schon immer hart im Nehmen. Leider auch im Austeilen. So ein Leben in der Ackerfurche mit 'nem Kuhflüsterer als Papa, das stählt.«

»Genau«, bestätigte Anna kühl und schluckte ihren Bissen herunter. »Kuhflüfterer«, äffte sie dann. »Du solltest endlich mal etwas gegen deinen Sigmatismus unternehmen, du klingst wie ein Zweijähriger.«

»Sigma… was?«, schaltete sich Annika ein.

Motte beugte sich über den Tisch, weit in Annas Richtung, schielte dabei aber hinüber zu Annika. »Unsere gute Anna möchte mir auf ihre einfühlsame medizinische Art mitteilen, dass ich lispele.« Er klaubte sich eine Zwiebel von Annas Essen.

Sie beobachtete ihn mit finsterer Miene. »Es heißt lispeln und nicht lifpeln. Das solltest du echt mal üben.«

Motte lachte. »Gerne! Am besten mit dir. Was machst du denn so am Wochenende?«

Seine Finger schwebten erneut über Annas Flammkuchen. Kriegerisch brachte sie ihre Gabel in Stellung. Motte grinste. »Nun echt, sag schon, was machst du am Wochenende?

Anna kniff die Augen zusammen. »Zum Beispiel meine Freizeit genießen.«

»Und das heißt bei dir?«

»Geht dich nichts an.«

»Darf ich raten?«

»Du lässt es doch eh raus, egal ob ich das will.«

Motte grinste bestätigend und vollführte ruckartige Bewegungen auf seinem Stuhl, sodass dieser laut ächzend über den Boden glitt. »Hoppe, hoppe, Reiter. Hab ich recht?«

Anna saugte hörbar an ihrem Trinkhalm und schob das Glas dann mit einer heftigen Bewegung von sich. »Was ich tue, kann dir so was von egal sein!«, fauchte sie.

Motte beugte sich zu ihr. »Ist es mir aber nicht. Kennst du übrigens schon den Spruch: Das größte Glück der Pferde, ist der Reiter auf der Erde?«

Annika und Maike lachten schallend. In dem Moment kamen weitere ehemalige Schulkameraden dazu und fielen sofort in die gute Stimmung ein. Anna nutzte den Begrüßungstrubel, um ihr Glas und ihr Essen aufzunehmen und ans andere Ende des Tisches zu transportieren. Motte sah ihr nach wie ein Kind, dem man sein Spielzeug abgenommen hatte.

* * *

AM SAMSTAGABEND DRÜCKTE Sarah Fechner nach einigem Zögern beherzt auf den Klingelknopf. »Sabine und Florian Hermann« verriet das verblasste Klingelschild der zehnstöckigen Mietskaserne. Mit einem Knacken erklang Florians Stimme durch die Lautsprecheranlage und Sarah Fechner bat ihn, ihr zu öffnen. Im Hintergrund hörte sie die raue Stimme einer Frau, die etwas Unwilliges von sich gab, was im Einzelnen nicht zu verstehen war. Dann hörte man sein Atmen, als er sich wieder der Sprechanlage zuwandte. »Meine Mutter möchte nicht, dass Sie uns besuchen!«, erklärte er.

Sarah Fechners Schultern sanken. Aha. Vor den Ohren seiner Mutter wagte er es noch nicht einmal, sie zu duzen. Sie raffte sich mühsam auf und erklärte in die knisternden Schlitze des verschmierten Lautsprechers, warum sie unbedingt mit den beiden sprechen müsste, warum sie deren Hilfe dringend benötigte. Ihre Stimme brach, als sie erklärte, dass es um Laras Leben ginge.

Aus dem Lautsprecher kam keine Reaktion.

»Bitte!«, flehte Sarah Fechner.

Die Verzerrung durch die Anlage verstärkte die spröde Härte von Florians Stimme noch: »Ich kann Lara nicht helfen! Wirklich nicht!«

Wieder ertönte ein Knacken und dann war nichts mehr zu hören.

Sarah Fechner starrte eine Weile auf das Gerät. Sie war ihr Geldangebot noch gar nicht losgeworden, weil sie diese Trumpfkarte bis zum Schluss hatte aufheben wollen.

* * *

ANNA SCHLUG DIE Augen auf. Sie spürte die Nachwirkungen eines beklemmenden Traums, wusste aber schon jetzt nicht mehr, welche Nachtbilder sie gequält hatten. Wo war sie überhaupt? Beruhigt stellte sie mit einem Blick zu der bunten Glaslampe an der Decke fest, dass sie sich nicht mehr im Krankenhaus befand.

Kopfschmerzen. Jetzt erinnerte sie sich. Das kam wohl von den süßen Cocktails gestern Abend! Die Unterhaltung in der kleinen Runde am anderen Ende des Tisches war noch recht nett geworden. Anna hatte es darauf angelegt, ganz besonders gute Laune zu demonstrieren, und genüsslich registriert, wenn Mottes kritische Blicke sie trafen. Dieser Spinner!

Anna wollte sich aufrichten und spürte sofort einen brennenden Schmerz im Unterarm, als die Bettdecke darüber schabte. Sie betrachtete die lang gezogenen Schürfspuren. Alles nur halb so wild! Sie würde keinen Verband mehr anlegen.

Anna wandte den Kopf zum Fenster und ließ ihre Blicke und Gedanken mit schläfriger Zufriedenheit wandern. Eine frühe Morgensonne fiel mit blassem Licht durch die hellen Baumwollvorhänge. Der Novembernebel hatte sich verzogen. Endlich besseres Wetter! Heute wollte sie nur Schönes erleben. Ihr Blick wanderte weiter durch das Zimmer. Vor dem Fenster stand ihr ordentlich aufgeräumter Schreibtisch. Ein kleiner Bilderrahmen stand darauf. Ein Porträtfoto. Nicht von Freund oder Freundin, sondern von Moritz, ihrem Pferd.

Die meisten ihrer Klassenkameraden hatten von ihren Eltern zum Abitur ein Auto oder eine Reise geschenkt bekommen. Anna hatte keinerlei große Geschenke erwartet. Sie wusste, wie schlecht es um die Finanzen des Hofes bestellt war. Als sie nach der Abiturfeier, zu der nur Jan sie begleitet hatte, mit dem Zeugnis in der Tasche nach Hause kam, gab es bei Oma in der Küche ein kleines Festessen. Über Annas Stuhllehne hing wie achtlos vergessen ein altes Zaumzeug und roch nach frischem Lederfett. Als sie es aufnahm, um es wegzuräumen, fiel ihr das schmale Metallschildchen mit dem eingravierten Namen auf: Moritz. »Huch, wer hat denn das hier liegen lassen? Einen Moritz haben wir doch nicht im Stall, oder?« Alle Augen waren auf sie gerichtet. Papa wie immer mit versteinerter Miene und diesem bitteren, inzwischen tief eingekerbten Zug um den Mund. In seinen Augen schien dennoch etwas zu glänzen. Oma wie üblich ungeduldig, weil sie nicht wollte, dass das Essen kalt wurde. Opa mit seinem ewig freundlichen Grinsen auf dem Gesicht, dessen Fältchen sich so tief in die alte Haut gegraben hatten, dass er immer gut gelaunt aussah, auch wenn es ihm schlecht ging. »Ein Groninger«, schwärmte er mit unverhohlenem Stolz. Anna sah ihren Großvater interessiert an, was ihm sichtlich gefiel. »Groninger? Das sagt mir nicht viel. Was ist das für einer?« Die Antwort kam wie eine gut vorbereitete Ansprache. »Da steckt ein bisschen Kaltblut drin. Daher hat er ein breites Kreuz und starke Knochen. Stockmaß ein Meter siebzig!« Ein verschmitztes Grinsen zog sein Gesicht noch mehr in die Breite. »Solltest du ihn zufällig mal reiten, läufst du nicht Gefahr, dass deine langen Beine auf dem Boden schleifen. Hi, hi. Ist aber sanft wie ein Lamm und lässt sich nicht so schnell aus der Ruhe bringen wie der verrückte Gaul von deinem Bruder. Trotzdem hat er auch ein bisschen Araberblut. Ein wirklich feiner Wallach.«

Über Annas Gesicht glitt ein sanftes Lächeln in Erinnerung an diesen besonderen Tag. Voller Elan richtete sie sich im Bett auf und schwang die Beine über die Kante. Also, was würde sie nun mit diesem Tag anfangen? Anatomie lernen? Nein! Sie fühlte in sich dermaßen viel angestaute Energie, dass sie Lust auf etwas ganz Wildes, Abenteuerliches hatte. Ein Ausritt! Aber nicht mit dem gemütlichen Moritz. Das könnte sie sich für den Nachmittag aufheben. In Gedanken sah sie sich schon das samtig schimmernde Fell von Taras Hals tätscheln. Eigentlich war die Stute einmal als Schulpferd für Iris' Reitstunden vorgesehen gewesen. Doch das Tier hatte ein schwer zu zügelndes Temperament und scheute beim leisesten Knacken. Eine Zumutung, wenn nicht gar Lebensgefahr für jeden Reiter. Bisher konnten nur Iris, Jan und Anna auf dieses Pferd. Jan fühlte sich besonders in der Pflicht, da er den Vater damals zum Kauf überredet hatte. Er wollte verhindern, dass dieses schwierige Pferd zum Abdecker kam, denn das waren die Pläne seines damaligen Besitzers gewesen, des Vaters eines Studienkollegen. Anna hatte Jans Wunsch bettelnd unterstützt, nachdem sie Tara das erste Mal gesehen hatte. Ein edles Pferd mit schimmerndem Rappenfell. Ein Französischer Traber. Allerdings fiel die Stute vom Trab immer wieder in den Galopp, wenn es besonders schnell gehen sollte. Jan nannte das witzelnd Tralopp.

Wenig später lief Anna über den Hof Richtung Stall und blickte sich zufrieden um. In dieser frühen Sonntagsstunde war es noch sehr ruhig. Nanu? Was war denn das? Weit hinten, auf der kleinen Anhöhe unter dem alten Kastanienbaum, parkte ein Auto. In der Frontscheibe spiegelte sich wie ein gleißender Stern die Morgensonne. Anna kannte den

Wagen nicht. Wieso parkte jemand so weit draußen, dort, wo es außer den Feldern und Weiden nichts mehr gab? Die Reiter stellten ihre Fahrzeuge immer auf dem Hof ab. Für einen kurzen Augenblick durchzuckte sie der Gedanke, dass jemand dort oben stand, um den Hof zu beobachten. Blödsinn! Warum sollte einer das tun? Schulterzuckend betrat Anna den Stall. Nein, sie wollte heute keine finsteren Gedanken zulassen! Oder sich gar in einen Verfolgungswahn hineinsteigern. Das würde all denen, die sie seit Freitag in die Psycho-Kiste stecken wollten, gut passen!

Die Türen an beiden Enden des Stalles waren weit geöffnet und die Herbstluft trieb einzelne Halme durch die Stallgasse. Anna genoss diese ruhige Morgenatmosphäre. Das wohlige Schnauben der Tiere, sonore Kaugeräusche. Sie lief an der Box von Moritz vorbei, zog eine Möhre von der Futterkarre und reichte sie ihm durch die Stäbe. Plötzlich schoss etwas Dunkles hinter ihr die Stallgasse entlang, dem gegenüberliegenden Ausgang zu. Anna fuhr erschrocken zusammen. Moritz warf den Kopf und ließ die Möhre fallen. Anna sah dem dunklen Bündel hinterher und erkannte eine der Hofkatzen, die jetzt abgebremst hatte und mit Katzenbuckel zurück in ihre Fluchtrichtung schaute. Irgendetwas musste sie dort an der vorderen Tür erschreckt haben. Anna folgte dem Blick des Tieres. Neben der Eingangstür waren einige Strohballen fast bis zur Decke aufgeschichtet. Verbarg sich dahinter etwas? Anna überlegte, ob sie nachsehen sollte. Die Katze jedenfalls schien sich wieder beruhigt zu haben. Sie hatte sich abgewandt und tigerte jetzt in gemütlichem

Trott dem anderen Ausgang zu. Dort erschien plötzlich Iris mit klingelndem Zaumzeug über der Schulter und einem Putzkasten in der Hand. Sie hielt sofort inne, als sie Anna entdeckte.

»Oh, so früh schon auf? Konntest oder wolltest du nicht mehr schlafen?« Immer schwang bei Iris dieser ironische Unterton mit.

»Ich wollte nicht mehr«, erklärte Anna.

Iris kam näher heran und stellte das Putzzeug auf dem Boden ab. Sie deutete auf Moritz. »Der hätte ein bisschen Pflege nötig. Es wäre gut, wenn du dich heute mal um ihn kümmern würdest.«

Anna hielt dem Pferd eine neue Möhre hin, nach der es mit spitzen Lippen fasste. »Tu ich doch gerade, wie du unschwer feststellen kannst.«

Über Iris' Gesicht glitt ein abschätziges Lächeln. »Nur mit Verwöhnen ist es aber nicht getan. Die ganze Woche habe ich eure Pferde am Hals!«, klagte sie.

Anna stupste Moritz den Zeigefinder gegen die Nase, als er um Nachschub bettelte. »Das reicht erst einmal«, erklärte sie und wandte sich dann an Iris: »Zuerst werde ich heute mit Tara ausreiten. Dieses Wetter und die Ruhe heute Morgen sind ideal. Bestimmt war sie die ganze Woche nicht im Gelände!«

Iris stellte den Putzkasten auf dem Boden ab. »Wie denn auch? Es ist schlimmer geworden mit ihr, weil sich keiner kümmert. Sie scheut bei jedem Knacks. Wo willst du denn heute eigentlich entlangreiten?«

Anna presste eine Handfläche gegen das Gitter und ließ Moritz schnuppern. »Weiß ich noch nicht so genau. Warum willst du das wissen?«

Iris zuckte mit den Schultern. »Du weißt doch, dass es zu den allgemeinen Sicherheitsbestimmungen dieser Einrichtung gehört, seinen Weg zu nennen, wenn man alleine ausreitet, und außerdem …«

Anna unterbrach sie. »Ich reite hinten hinaus durch den Raps, dann über die kleine Holzbrücke am Moorbach und von dort an den Forellenteichen entlang zum Wald, wenn es genehm ist.«

»Na, das ist ja mal eine ordentliche Beschreibung!«, klang Iris' gespieltes Lob.

»Danke für die Anerkennung, Frau Sicherheitsministerin!«, konterte Anna.

Beide lagen sich lauernd in den Augen, jede auf eine Regung der anderen wartend. Iris verzog schließlich das Gesicht, als habe sie auf etwas Saures gebissen. »Wenn du mich fragst …«

Sie kam nicht mehr dazu, ihren Satz zu beenden, denn sie wurde von einem lauten metallischen Geräusch unterbrochen, das von der Eingangstür hinter Annas Rücken herkam.

»Was war das?«, rief Anna und wandte sich um.

Iris schüttelte nachdenklich den Kopf. »Seltsam! Da muss jemand hinter den Strohballen gewesen sein. Jedenfalls habe ich einen Schatten durch die Tür huschen sehen. Dabei ist er da vorne über den Wassernapf für die Katzen gestolpert.«

Anna sah am Boden entlang zur Tür. Tatsächlich stand der Blechnapf jetzt mitten in der Stallgasse. Das Wasser war heftig übergeschwappt und hatte ein wolkiges Muster auf dem staubigen Beton hinterlassen. Anna bewegte sich mit zögerlichen Schritten in Richtung der Strohballen. Bis zur Wand war genügend Abstand, sodass sich durchaus jemand dahinter hätte verbergen können. Die Halme auf dem Boden waren platt getreten. »Hier scheint echt jemand gestanden zu haben. Der muss mir nachgeschlichen sein. Denn eben, als ich hereinkam, war da noch niemand. Das hätte ich bemerkt. Hast du jemanden erkannt?«

Iris beugte sich vor und betrachtete mit kritischer Miene die Stelle, auf die Anna deutete. Dann schaute sie durch die Türöffnung hinaus auf den menschenleeren Hof. »Nein. Im Gegenlicht habe ich nur dunkle Umrisse gesehen. Etwas größer als du und ich. Ein Pulli mit hochgezogener Kapuze. Ein Mann vielleicht, aber eine groß gewachsene Frau könnte es auch gewesen sein.«

Motorengebrumm dröhnte in der Ferne. Anna drängte sich an Iris vorbei hinaus auf den Hof und schaute den Weg entlang bis zur Kastanie. Das Auto war verschwunden. Eine Staubwolke hing in der Luft. Annas Herz klopfte. Nein, sie wollte sich nicht aufregen! Nein, das hatte alles nichts mit Freitag zu tun. Und wenn doch? Wenn es da jemanden gab, der es auf sie abgesehen hatte? Anna räusperte sich, um den Kloß im Hals zu lösen. »Vorhin stand oben auf dem Hügel ein Auto. Ich glaube, da wollte uns einer beobachten.«

»Unter der Kastanie?«, fragte Iris.

Anna nickte. Iris schaute nachdenklich vor sich hin. »Möglich«, sagte sie. »War das so ein silberner Kleinwagen?«

»Silbern oder grau«, bestätigte Anna.

»Der stand letzte Woche auch schon einmal da. Ich dachte, das sei vielleicht Kundschaft für den Hofladen und im Hof sei kein Parkplatz mehr frei gewesen. Aber heute, am helllichten Sonntagmorgen, wo alles leer ist?« Iris drängte sich an Anna vorbei und deutete im Gehen auf das Putzzeug. Mit leichtem Triumph in der Stimme sagte sie: »Wenn du mich fragst, kannst du natürlich gerne reiten, wohin du willst. Mit Tara hast du nur leider Pech. Mit der ist Jan schon weg.«

Anna blickte erstaunt auf? »Jan? Wieso das denn?«

Iris' Antwort kam schnippisch: »Erstens, weil es sein Pferd ist. Und zweitens wollte er oben im Wald Stämme markieren für die Holzfäller. Eine ruhige, reizarme Beschäftigung, wenn man mit so einem Sensibelchen unterwegs ist.«

Anna trat einige Schritte zurück und vergewisserte sich, dass Taras Box wirklich leer war.

Iris schob Anna den Putzkasten mit dem Fuß zu. »Hier, kannst das Putzzeug für Moritz nehmen. Ich brauche es erst einmal nicht. Wenn du unbedingt mit Tara ausreiten willst, kannst du ja oben im Wald mit Jan tauschen. Aber ich empfehle dir, dass ihr dann gemeinsam weiterreitet. Tara ist neben Moritz deutlich sicherer, wobei sie sich lustigerweise ihm gegenüber inzwischen ganz klar zur Chefin gemacht hat.«

Anna klopfte auf Moritz' Hals und lächelte. »Wie bitte, mein großer Dicker? Du hast dich dieser verrückten Dame untergeordnet? Na ja. Kann man verstehen. Sie ist ja auch wunderschön.«

Wenig später war Anna auf Moritz' Rücken unterwegs. Das große braune Pferd mit der breiten Blässe auf der Nase trottete mit ausgreifenden Schritten und sog die Luft durch die Nüstern, als schiene ihm der Ausritt genauso viel Vergnügen zu bereiten wie Anna. Die franseligen Fellohren waren aufmerksam nach vorne gerichtet und die wachen Augen musterten die Umgebung. Auch Anna genoss bei diesem gemütlichen Tempo die Aussicht. Bald rückten als grünliches Band die mit Schilf bestandenen Ufer des Moorbaches in ihr Blickfeld. Die Holzbrücke wölbte sich dunkel darüber. Moritz' Ohren spielten ein wenig nervös hin und her. Anna tätschelte ihm den Hals. »Sei ruhig, du weißt doch inzwischen, dass das nichts Schlimmes ist. Das haben wir doch oft genug geübt!«

Dennoch verrieten seine Ohren, dass er sich eine gewisse Anspannung bewahrt hatte. Oder war das nur heute so? War etwas anders? Zu Annas Überraschung blieb Moritz plötzlich stehen und äugte schnaubend in Richtung der Brücke. Die lag leer und ohne jede Auffälligkeit vor ihnen. Zu beiden Seiten wiegten sich die Schilfhalme im Wind. Einige Blätter waren bereits abgestorben und knisterten. Vielleicht war es dieses Geräusch, das ihr Pferd irritierte. Anna wurde ärgerlich. »Oh, Moritz, hast du dir solche Allüren von Tara abgeguckt? Das geht gar nicht!« Sie ließ Moritz einen kurzen Moment vor dem Hindernis stehen, damit er sich mit der Situation vertraut machen konnte, und nutzte selbst die Zeit, um den Sattelgurt noch einmal fester zu ziehen. Dann trieb sie vorsichtig an. Moritz setzte gehorsam seine ersten Schritte auf das Holz der Brücke, das mit dumpfem Klang erbebte. Der Bann schien gebrochen. Doch was war das? Ein brenzliger Geruch stach ihr in die Nase. Das Pferd hatte das längst wahrgenommen und warf den Kopf hoch. Ihre eigene Schreckbewegung sprang nun über in das Zucken des Tieres. Und in dem Moment brach die Hölle los. Sie entlud sich mit zischenden Geräuschen zwischen Moritz' Hufen. Anna erkannte grünliche Papierwürste, die laut knallend über die Planken hüpften. Als erfahrene Reiterin schwor sie sich reflexartig auf die Grundregeln für solche Fälle ein: Bleib ruhig! Bleib im Sattel!

Moritz knickte blitzschnell mit den Hinterbeinen ein, vollzog einen katzenartigen Sprung von der Brücke und riss den Kopf nach unten, sodass Anna Mühe hatte die Zügel zu halten. Mit panischem Wiehern stieg das Pferd auf die Hinterbeine. Annas rechter Fuß rutschte aus dem Steigbügel. Sie umklammerte den Pferdehals, presste sich in den Sattel und spürte schmerzhaft den Aufprall, als Moritz' Vorderhufe wieder mit voller Wucht in den Boden stießen. *Hoffentlich buckelt er jetzt nicht,* durchzuckte es Anna. Moritz machte er einen langen Satz nach vorne und fiel sofort in einen ausgreifenden Galopp..

Vor Anna wogte der muskulöse Hals des Pferdes. Feuchter Schaum wirbelte ihr aus seinem Maul entgegen und benetzte mit eiskaltem Luftzug ihre Beine. Eine Ewigkeit schien vergangen zu sein, bis es ihr gelungen war, den einen verlorenen Steigbügel mit der Fußspitze wiederzufinden. Geschafft! Wenigstens das! Sie wagte einen Blick über den Pferdehals nach vorne. Mit gewisser Erleichterung stellte sie fest, dass sie quer über ein Stoppelfeld stoben, das weit und breit keinen Baum aufwies. Anna kannte dieses Feld und wusste, dass es an seiner Längsseite von einem breiten Weg mit Wassergraben und danach von grobem Buschwerk begrenzt war. Die Silhouette dieser strauchigen Pflanzen und kleinen Bäumchen war jetzt als vielfarbiges Band vor ihr zu erkennen. Wenn das Pferd den Wassergraben nicht rechtzeitig erkannte, um mit einem weiten Sprung darüber zu setzen, wäre dies das verhängnisvolle Ende ihres Ritts. Aber selbst, wenn das gut gehen sollte, lauerte danach eine noch viel grausamere Gefahr. Anna blinzelte in Richtung des in feurigen Herbstfarben glühenden Gehölzstreifens, der immer größer zu werden schien. Dahinter verlief die vierspurige Bundesstraße. Trotz der Windgeräusche und dem Keuchen des Pferdes hörte Anna bereits das auf- und abschwellende Brummen der Motoren. Sie war sich sicher, dass Moritz nicht in dieses Dickicht laufen würde. Das war eine gute Chance, ihn zum Abdrehen zu bringen. Sie verlagerte ihr Gewicht und versuchte eine leichte Hilfe am Zügel, damit er verstand, dass er einen Bogen reiten sollte. Der Wind trieb ihr die Tränen aus den Augenwinkeln. Dennoch versuchte sie immer wieder einen Blick über den Pferdehals zu erhaschen. Mit tödlicher Gewissheit rückte der Gehölzstreifen näher und näher. Wieso drehte dieses dumme Tier nicht von selbst ab?

Plötzlich merkte sie, dass Moritz begann, sich etwas mehr nach rechts zu halten. Also doch, atmete sie erleichtert auf. Aber in der nächsten Sekunde erkannte sie mit eisigem Schrecken, was das Pferd vorhatte. Es hielt auf eine Lücke im Gehölz zu, die sie erst jetzt bemerkte. Jetzt erinnerte sie sich, dass es im Sommer dort an der Bundesstraße eine größere Baustelle gegeben hatte und im Zuge der Bauarbeiten eine etwa zehn Meter breite Schneise in die Randbepflanzung geschlagen worden war. Weiß blinkte das Band der Leitplanke. Dahinter zischten als dunkle Schatten die Fahrzeuge vorbei.

»Nein!«, schluchzte Anna auf und griff verzweifelt in die Zügel. Moritz warf einen Moment den Kopf zurück. Statt jedoch langsamer zu werden, vollzog er einen Luftsprung über ein imaginäres Hindernis und versuchte den Kopf wieder frei zu tauchen. Anna flog mit und landete schwer im Sattel. Moritz' Rücken knickte durch, er schüttelte sich wie ein nasser Hund und erhob sich wieder in die Luft. Die Zügel entglitten Anna trotz der Handschuhe und das Pferd verfolgte schnurstracks weiter seinen Weg in Richtung der Schneise. Eigentlich gab es für sie nur noch eine vage Möglichkeit, nämlich sich selbst noch rechtzeitig vom Pferderücken gleiten zu lassen und das Tier seinem Schicksal zu überlassen. Doch bei dem höllischen Tempo war auch diese scheinbare Lösung ein lebensgefährliches Roulette. Allerdings mit einer winzigen Chance, wenigstens schwer verletzt zu überleben, gegenüber dem sonst sicheren, grausamen Tod im Graben oder auf der Straße.

Sie hatte nur noch wenige Sekunden, um eine Entscheidung zu treffen. Für sich und gegen ihr Pferd. Anna schloss die Augen und presste sich aufschluchzend noch einmal eng an den feuchten Hals des Tieres. Dann versuchte sie aus den Steigbügeln zu kommen. Das war nicht so einfach. Ihre Muskeln waren von der permanenten Anspannung verkrampft und die Knie ließen sich kaum noch beugen. Sie hielt inne und zwang sich, trotz ihrer Verzweiflung noch einmal nachzudenken, bevor sie sich wahllos fallen ließ und alles riskierte. Wie konnte sie diesen Abstieg aus vollem Galopp planvoll durchführen? Zirkusartisten konnten das vielleicht.

Einen Augenblick lag Anna eng an den Körper des Pferdes geschmiegt. Das Geräusch der fahrenden Autos kam immer näher. *Entscheide dich. Jetzt!*, pulste es in ihren Ohren. Sie sog die Luft tief ein und versuchte langsam, ihr Gewicht zu verlagern. Doch war da nicht plötzlich noch etwas anderes zu hören? Anna öffnete die Augen. Neben ihr breitete sich das weite Feld aus. Das Geräusch kam von der anderen Seite. Dicht an den Hals des Pferdes gepresst schaute sie hinüber. Was sie sah, war so unglaublich, dass sie kurz an eine Täuschung ihrer überspannten Sinne dachte. Dicht neben ihr schob sich ein lang gestreckter Pferdehals ins Bild. Die schwarze Mähne flatterte im Wind und dem Reiter ins Gesicht, der sich wie Anna tief gebeugt auf sein Pferd presste. Jan! Er hatte sie eingeholt! Für den Bruchteil einer Sekunde glaubte Anna mit Schrecken, Tara sei wie Moritz an der Brücke durchgegangen und sie beide ritten nun ins Verderben. Doch sie konnte deutlich hören, dass Jan sein Pferd anfeuerte. Trotz seiner Körpergröße stand er beinahe wie ein Jockey im Sattel und gab die Zügel so weit wie möglich frei. Tara reckte den Kopf und setzte alles daran, die Nase vor Moritz zu bringen. Ihre Sprünge waren deutlich länger als seine. Möglich, dass sie mehr Ausdauer hatte als er. Vielleicht erinnerte sich etwas in ihr an eine Vergangenheit auf der Rennbahn. Anna glaubte zu spüren, dass Moritz sein Tempo verlangsamte. Es schien, als ließe er Tara passieren. Noch zwei Galoppsprünge, und sie hatte sich vor ihn gesetzt. Moritz reckte den Hals in ihre Richtung. Er schien sich tatsächlich an ihr zu orientieren.

Von der Bundesstraße her dröhnten die Fahrzeuge. Gleich würden die Reiter das Ende des Feldes erreicht haben. Noch war die Gefahr nicht gebannt! Der Wassergraben! Anna setzte sich zurecht. *Bitte nicht,* flehte es in ihr. Dann spürte sie, dass sich der Pferdehals ein wenig aus der Fluchtlinie bog. Kurz vor Erreichen des Feldrandes schwenkte Moritz tatsächlich in die Kurve ein, weil es Jan offensichtlich gelungen war, Tara in die Biegung zu lenken. Und Moritz schloss sich der Leitstute an!

Über Annas Gesicht strömten Tränen der Erleichterung.

* * *

DIE ERSTEN ABENDLICHEN Nebelschleier hoben sich bereits aus den Wiesen. Eine milchige Spätnachmittagssonne fiel schräg durch das fachwerkartige Geländer der Holzbrücke und zeichnete ein zackiges Muster auf die Planken. Die wirkten wie frisch gekehrt.

Jan stand mitten auf der Brücke und suchte mit den Augen die Umgebung ab. »Hier ist aber weit und breit nichts zu sehen«, erklärte er.

Iris kletterte seitlich neben der Brücke die Böschung hinab. Ihre Reitstiefel versanken im Schlamm. »Du meinst, hier unten hätte jemand gestanden?«

Anna beugte sich über den breiten Holm des Geländers. »Irgendwelche Spuren muss es doch geben!«, rief sie mit schriller Stimme.

Iris schaute kopfschüttelnd zu ihren Füßen. Das schwarze Wasser des breiten Baches floss träge unter der Brücke durch. An beiden Seiten waren Schilfhalme abgeknickt. Ob durch den Wind oder durch menschliche Einwirkung, war kaum auszumachen. Im weichen Morast des Ufers blieben Abdrücke nicht lange bestehen. Weiter oben und unter der Brücke war der Uferbereich mit Steinen befestigt. Iris bückte sich und schaute unter der Brücke hindurch. »Du kannst dich gerne selbst überzeugen, Anna. Aber hier unten ist nichts.«

Anna wandte sich mit einer heftigen Bewegung ab und schaute zu Jan. »Ihr glaubt mir nicht!«, stieß sie hervor.

Iris kletterte zurück auf die Brücke. »Und du meinst, das waren so grüne Knallfrösche, wie man sie an Silvester hat?« Da schwang wieder dieser spöttische Ton in ihrer Stimme mit.

»Ja, genau solche!«, rief Anna. Dann lief sie zum Anfang der Brücke und deutete zum Geländer. »Ich war mitten auf der Brücke. Er muss unter der Brücke gewesen sein und dann von schräg hinten die Knallfrösche unter das Pferd geworfen haben. Hätte ich bloß besser auf Moritz geachtet! Er muss es gemerkt haben. Jedenfalls wollte er nicht über die Brücke!«

Jan zuckte mit den Schultern. »Die meisten Pferde wollen erst einmal nicht über die Brücke. Man muss es ihnen geduldig beibringen!«

»Das habe ich getan!«, zischte Anna. »Er wollte nicht, weil er die Gefahr gewittert hat!«

»Ein Pferd ist kein Hund«, sagte Iris lapidar. »Außerdem sind weit und breit keine Reste von deinen ominösen Knallfröschen zu entdecken!«

Anna stampfte mit dem Fuß auf, dass die Brücke dröhnte. »Weil der Typ seine Spuren beseitigt hat! Und was soll das heißen, deine Knallfrösche? Meinst du, ich hätte mir das alles ausgedacht?«

Iris' Gesicht blieb regungslos.

Jan schüttelte den Kopf. »Mannomann, Anna, du musst keine Knallfrösche erfinden, um einen triftigen Grund zu haben, warum du die Kontrolle über Moritz verloren hast. Du hast ihn noch nicht lange und jeder Reiter macht mal Fehler. Wir haben beide unheimliches Glück gehabt, dass das noch mal so gut ausgegangen ist.«

Iris nickte zustimmend mit gespielt vernünftiger Miene. Aber in ihren Augen funkelte leichter Triumph.

Anna sah von einem zum anderen. »Ihr glaubt mir nicht! Ihr wollt mir gar nicht glauben!«

Jan rang hilflos die Hände. »Annabel! Was ist nur los mit dir in den letzten Tagen? Erst glaubst du, jemand wollte dich vor die U-Bahn stoßen. Dann denkst du plötzlich, einer verübt einen Anschlag mit Knallfröschen auf dich.«

»Weil es so war!«, schrie Anna und trat einen Schritt näher auf Jan zu.

Er wich nicht zurück, sondern beugte sich zu ihr hinab. »Warum, Anna? Warum sollte das jemand tun?«

Annas Stimme versagte. Sie schluchzte mit heftigen Atemstößen. Die Tränen strömten ihr über das Gesicht. Verschwommen sah sie, dass Iris dieser Auseinandersetzung mit einer seltsam genüsslichen Miene folgte. Anna deutete auf Iris. »Iris ist Zeugin! Gib zu, dass mir jemand heute Morgen im Stall aufgelauert hat!«

Iris zuckte mit den Schultern. »Ja. Da war jemand. Aber das muss nicht unbedingt etwas mit dir zu tun gehabt haben. Du solltest dich allmählich mit dem Gedanken anfreunden, dass sich nicht alles im Leben nur um dich dreht!«

In Annas Miene flackerte es. Jan und Iris warfen sich vielsagende Blicke zu. Anna starrte ins Leere, dann sagte sie mit deutlicher Überzeugung: »Dieser Jemand hat zugehört, als wir darüber sprachen, dass ich Tara reiten würde. Auch die Wegbeschreibung hat er belauscht. Dann ist er verschwunden, um sich unter der Brücke in Stellung zu bringen. Er hat nicht mitbekommen, dass ich dann Moritz genommen habe. Versteht ihr?« Annas Stimme wurde schrill. »Das war ein klarer Mordanschlag! Das mit der U-Bahn hat nicht geklappt und jetzt hat er es noch einmal probiert! Wenn Tara durchgegangen wäre, hätte niemand mehr sie aufhalten können!«

Jan hob besänftigend die Hände. »Anna! Das müsste doch ein absoluter Insider sein, der so etwas ausnutzt und dann auch noch gezielt vorbereitet. Woher soll ein Fremder wissen, dass …«

Anna fuhr Jan heftig ins Wort. »Taras Problem kennt jeder hier. Du brauchst nur eine Stunde hier auf dem Hof zu sein, und schon würden Iris' plappernde Reitermädchen dir alles erzählen, was du wissen willst. Er war da! Er hat das fein säuberlich ausspioniert! Mehrfach muss er auf dem Hof gewesen sein, wie Iris selbst gesagt hat. Er hatte alle Zeit der Welt, seinen teuflischen Plan zu schmieden!« Anna starrte die beiden mit glasigen Augen an. Sie wirkte wie im Fieber.

Jan räusperte sich.

Iris beugte sich über das Geländer und schaute in die blinkenden Wirbel des fließenden Wassers. Über ihr Gesicht tanzten Lichtpunkte. »Das ist alles völlig abstrus«, sagte sie. Dann drehte sie sich zu den beiden um, zog den Autoschlüssel aus der Hosentasche und klimperte damit. »Kommt, wir fahren wieder nach Hause. Oma mag nicht gerne, wenn man zu spät zum Sonntagsbraten kommt.«

Anna stapfte wie ein gescholtenes Kind hinter Jan und Iris her.

Sie duschte ausgiebig und kam etwas später. Als sie den Flur des großelterlichen Hauses betrat, war sie sofort eingehüllt in die Gerüche von Braten und Rotkohl. Von der großen Wohnküche her drangen die klirrenden Geräusche der Bestecke, die eifrig gegen Teller schlugen. Anna atmete ein wenig auf. Also waren sie noch bei der Suppe und Oma würde nicht ganz so böse auf sie sein.

Gerade wollte Anna die Küche betreten, als Opa sich räusperte. Das tat er immer, wenn er etwas Bedeutendes sagen wollte. Anna blieb lauschend stehen. Vielleicht kam jetzt die Rede auf sie. Sie wollte sich unbedingt anhören, was die Familie in ihrer Abwesenheit über die Vorfälle der letzten Tage dachte. Wer von ihnen war auf ihrer Seite? Wer nicht? Vor allem Jans und Papas Positionen waren ihr wichtig.

»Jan, kannst du mir mal erklären, was da wirklich dahintersteckt?«, fragte der Großvater.

»Ich weiß jetzt echt nicht, was du meinst, Opa«, nuschelte Jan, der offensichtlich noch den Mund voll hatte.

Opa hüstelte wieder. »Na, worüber wir gerade gesprochen haben. Diese Gelbbauchunken. In meinem Leben habe ich so was noch nicht gesehen. Was sind das für Viecher? Du studierst das doch!«

Anna ließ erleichtert, aber auch irgendwie enttäuscht die Schultern sinken. Denn dass ihre Familie sich über Gelbbauchunken unterhielt anstatt über ihre Unfälle, ließ auch tief blicken. Sie spürte, wie der Ärger in ihr aufstieg, und wollte noch einen Augenblick warten, um sich zu sammeln, damit sie die Küche mit einem freundlichen Gesicht betreten konnte. Jan hielt inzwischen einen ausführlichen Vortrag über Gelbbauchunken. Das tat er mit jener fachkundigen Ernsthaftigkeit, die sie nur allzu gut von ihm kannte. Plötzlich musste sie still in sich hineinlachen. Irgendwie hatte es auch etwas berührend Komisches, wie diese Familie es fertigbrachte, dramatische Ereignisse möglichst schnell zu verdrängen. Sie widmete sich konsequent den profanen Dingen des Alltags. Gelbbauchunken!

Mit einem leichten Grinsen im Gesicht betrat sie die Küche und wunderte sich, dass Jan sofort verstummte, als hätte er ein Staatsgeheimnis zu bewahren. Anna grinste fröhlich in die Runde. Die Blicke der anderen wichen ihr aus. Beim weiteren Abendessen herrschte beklommenes Schweigen. Der Vater und die Großeltern schienen von Iris eingehend über die Vorfälle informiert worden zu sein. Anna war sich sicher, dass Iris eine ganz eigene Version geschildert hatte.

Niemand wollte von ihr wissen, wie sich das aus ihrer Sicht zugetragen hatte. Es wurde einfach ausgeschwiegen.

Nur der Großvater nahm Anna nach dem Essen beiseite. »Sei nich' immer so stolz, Mädchen! Gib auch mal einen Fehler zu! Und bedank dich mal bei deinem Bruder. Der hat heute Kopf und Kragen für dich riskiert. Ist ein feiner Junge, der Jan«, sagte er und klopfte ihr aufmunternd auf die Schulter.

Anna wischte seine Hand mit einer heftigen Bewegung fort und rannte hinaus und in den Stall. Sie zog Moritz die

Decke vom Körper und befühlte mit den Fingern vorsichtig die Stellen, an denen der Sattel deutliche Druckspuren hinterlassen hatte. Plötzlich hatte sie Mottes keckerndes Lachen in den Ohren und seinen Spruch, den er gestern über das größte Glück der Pferde losgelassen hatte. Der Reiter auf der Erde. Zufall? Oder hatte Motte ihr damit etwas sagen wollen? War ihm eine solche Tat zuzutrauen? Bisher waren seine dummen Scherze immer ohne größere Schäden geblieben. Welches Motiv könnte er haben?

Anna tätschelte gedankenverloren Moritz' Hals. Er wendete seinen Kopf, um in ihrer Hosentasche etwas Leckeres zu erschnuppern. Dazu trat er einen Schritt zur Seite. Anna zog schnell ihren Fuß zurück, damit er sie nicht traf. Sie erstarrte. Im Stroh des Bodenbelags hatte sie etwas entdeckt. Sie hob es mit spitzen Fingern auf und hielt es in das Licht der Deckenlampe. Es war ein kleines Fetzchen angebranntes grünes Papier. Sie spürte den Impuls, damit nach draußen zu laufen und allen entgegenzuschreien: Seht ihr es! Hier ist der Beweis! Das ist eindeutig der Rest eines Knallfroschs!

Doch Anna konnte sich sofort die skeptischen Mienen vorstellen. Ein Stückchen grünes Papier im Stall! Das konnte alles bedeuten. Immer wieder fanden sich irgendwelche Müllreste im Stroh. Am Ende würde man ihr unterstellen, diesen »Beweis« selbst hergestellt zu haben. Iris allemal. Und auf Jan konnte sie auch nicht mehr zählen. Es gab nur noch einen Weg aus der Misere. Egal, was kam: Sie musste es für sich behalten und auf eigene Faust herausfinden, was es mit diesen Anschlägen auf sich hatte. Mit einem Scherzkeks wie Motte würde sie sowieso alleine fertigwerden. Und selbst wenn es keinen Täter gab und das alles nur unglückliche Zufälle gewesen waren. Auch gut. Auf jeden Fall wollte sie eine Antwort und die würde sie alleine finden müssen.

Sie schaute auf das Papierfetzchen in ihrer Hand. Wie konnte das denn hier ins Stroh gekommen sein? Hatte der Täter es verloren? Oder war es vorhin beim Auskratzen von Moritz' Hufen unbemerkt zu Boden gefallen? Sie würde diese Frage nicht beantworten können. Noch nicht!

Später in ihrem Zimmer leerte sie eine Blechdose und legte das Beweisstück dort hinein. In Zukunft würde sie sehr aufmerksam sein und jeden Hinweis hier in dieser Dose sammeln. Was war der Plan ihres Feindes, der im Schatten lauerte? *Schattenfeind,* dachte Anna. Sie spürte, dass allein die Tatsache, ihrem Bedroher einen Namen gegeben zu haben, sie zuversichtlicher stimmte.

* * *

WÄHREND DES SONNTAGNACHMITTAGS war Sarah Fechner mehrfach vor der Haustür von Sabine und Florian Hermann erschienen und hatte geklingelt. Offensichtlich war niemand da. Oder hatten die beiden beschlossen, sich von ihr nicht weiter stören zu lassen? Inzwischen war es dunkel geworden. Sie schaute suchend an der Fassade hinauf. Hinter den meisten Fenstern war inzwischen das Licht angegangen. In einigen flimmerte bereits kitschige Weihnachtsdekoration. Was gäbe sie jetzt für so ein kleines Spießerleben? *Möchtest du noch ein paar Salznüsschen, Lara, oder lieber eine Cola? – Keine Cola, Mama, die macht doch tierisch fett.* Inzwischen bestand Lara, die immer für ihre Figur hatte kämpfen müssen, nur noch aus Haut und Knochen. Sie hatte kaum Appetit. Kauen und Schlucken fielen ihr schwer, weil die Mundschleimhaut überall entzündet war. Eine Nebenwirkung der Medikamente. Heute Nachmittag war Laras Körpertemperatur leicht erhöht gewesen. Was hatte das nun wieder zu bedeuten? Der Professor war nicht da. Wollte den Sonntag wohl auch mit seiner Familie verbringen. Vielleicht ging er gerade in die Oper oder saß auch vor dem *Tatort*.

Sarah Fechner blinzelte. Oben im vierten Stock war eine Reihe der Fenster dunkel. Entsprechend der Anordnung der Klingelschilder vermutete sie dort die Wohnung der Hermanns. Also waren sie wirklich nicht da. Sollte sie noch länger warten? Es grauste sie davor, jetzt nach Hause in ihre menschenleere Wohnung zu gehen.

Zwei Autoscheinwerfer flammten auf. Ein Wagen war auf den Parkplatz vor den Häusern eingebogen und hatte wohl irgendwo im hinteren Bereich eine letzte freie Bucht gefunden. Der Motor verstummte. Mit einem Blick stellte Sarah Fechner fest, dass sie Glück hatte. Sie zog sich neben der Haustür in den Schatten eines Ziergehölzes zurück. Florian sollte sie erst im letzten Moment erkennen. Ein Schlüssel klimperte. Unvermittelt trat sie hervor und presste eine Hand gegen die offene Tür.

Florian drehte sich um und sah sie erstaunt an. »Was willst du hier?«

»Noch einmal reden«, erklärte sie und drückte die Tür weiter auf.

»Es gibt nichts zu reden, hast du doch gestern schon gesagt bekommen.«

»Ja, von deiner Mutter. Ich möchte aber jetzt mit dir reden.«

»Ich sage aber auch nichts anderes.«

»Deine Mutter ist sehr verbittert, Florian. Teilweise kann ich das sogar verstehen. Aber jetzt geht es nicht um alte Streitigkeiten. Es geht um das Leben deiner Schwester. Wir müssen dringend einen Knochenmarkspender finden.«

Florian Hermann wich einen halben Schritt zurück. »Ich sagte doch gestern schon, dass ich das nicht mache. Und bestimmt gibt es Leute, die eher infrage kommen. Ich bin doch nur ihr Halbbruder.«

»Dennoch könnte es auch bei dir Übereinstimmungen geben. Die Gene gehen manchmal seltsame Wege, hat der Professor gesagt. Ob du ein Spender sein könntest, kann man wirklich erst sagen, wenn du dich hast typisieren lassen. Bitte melde dich morgen früh im Universitätsklinikum! Dort sagst du, dass …«

Florian unterbrach sie, indem er abwinkte. Er zog den Schlüssel aus dem Türschloss und versuchte, sich an Sarah Fechner vorbei in den Treppenflur zu drängen.

Sarah Fechner hob die Hände, als wollte sie nach ihm greifen. Sie stockte in der Bewegung und rief: »Zehntausend Euro!«

Ihre Worte hallten durch das düstere Treppenhaus. Nur

das spärliche Licht der Außenlaternen, das durch die milchigen Scheiben fiel, erhellte die Szene. Sie betätigte beherzt den funselig glimmenden Lichtschalter und sah Florian beschwörend an. »Zehntausend Euro nur fürs Typisieren. Und wenn du als Spender infrage kommst, kriegst du noch einmal vierzigtausend.«

»Vierzigtausend?« Das Echo hallte von Wand zu Wand. »So viel lässt mein alter Herr springen? Alle Achtung! Das hätte ich nicht von ihm gedacht!«

»Florian! Hör auf mit diesem Ton. Es geht jetzt nicht um eure Streitigkeiten. Bitte! Tu es für Lara! Ihr beide habt doch eigentlich keine Probleme miteinander. Für Lara bist du der große Bruder, den sie mag und ...«

Er fiel ihr ins Wort. »Und was muss ich tun für dieses Typisieren?«

Sarah Fechners Gesicht erhellte sich trotz der deutlichen Spuren von Erschöpfung. »Danke, Florian! Oh, ich danke dir so sehr!«

»Was muss ich tun?«

»Du meldest dich morgen früh ab sieben im Zentrallabor. Sagst, dass du dich wegen Lara Flink typisieren lassen willst. Die wissen dort Bescheid. Sie machen mit so einem Wattestäbchen einen Abstrich von der Mundschleimhaut, vielleicht nehmen sie dir auch Blut ab. Mehr ist das erst einmal nicht. Ein kleiner Pikser. Ich habe das schon machen lassen.«

Florian Hermann nickte langsam. »Und wann kriege ich das Geld?«

Sarah Fechner wühlte aus ihrer Handtasche einen Umschlag hervor und hielt ihn hoch.

»Jetzt!«, sagte sie triumphierend. »Hier, nimm, ich vertraue dir, dass du das morgen machst.«

Er zog ihr den Umschlag aus der Hand, wandte sich um und stapfte die Treppe hinauf. »Ja, mache ich!«

Das klang plötzlich wie von einem artigen Kind, dem man aufgetragen hatte, seine Hausaufgaben zu erledigen. Sarah Fechner stand unten am Geländer und schaute ihm ein wenig verwundert nach. Dann klirrten wieder Schlüssel, eine Tür schlug zu, und das Treppenhauslicht verlosch.

Sarah Fechner stand noch eine Weile im Dunkeln. Ihre Gedanken flogen zurück in die Vergangenheit an das Bett einer Intensivstation. Vor lauter Schläuchen und Technik konnte man das winzige Baby in dem Bett kaum erkennen. Damals bei der Herzoperation, die Lara wenige Monate nach der Geburt überstehen musste, war sie wieder vollständig genesen. *Jetzt wird auch wieder alles gut werden,* dachte sie.

* * *

DIE HÄLFTE DER neuen Woche war sehr schnell vergangen. Die Anforderungen des Studiums waren so vielfältig, dass Anna kaum zum Nachdenken gekommen war. Das gefiel ihr. Sie war ein wenig stolz auf sich, dass sie so gut in den Alltag zurückgefunden hatte. Sie fuhr mit der S-Bahn an die Universität und abends wieder nach Hause. Dort beschäftigte sie sich als Erstes mit ihrem Pferd, dem der

Tierarzt wegen Satteldruck Reitverbot erteilt hatte. Die monotone Tätigkeit, Moritz an der Longe Kreise drehen zu lassen, war genau der richtige Ausgleich für Anna.

Am Montagabend war Iris unverhofft aufgetaucht, als Anna auf Knien den Boden in und um Moritz' Box absuchte. »Hast du etwas verloren?«

Ihr Interesse wertete Anna sofort als »gespielt«.

»Nur einen Ohrring«, antwortete sie. »Nichts Kostbares.«

Iris war wieder abgezogen und Anna hatte weiter Ausschau gehalten, doch keine weiteren Spuren entdeckt. Wie denn auch? Der Stall war inzwischen mehrfach gefegt worden.

Jedes Mal nach dem Abendessen versuchte Anna sich auf das Lernen zu konzentrieren, was ihr sichtlich schwerfiel. Immer wieder tauchten vor ihr die unterschiedlichsten Schreckensbilder auf. Tagsüber konnte sie das kontrollieren. In der Nacht war es schlimm. Wilde Albträume quälten sie. »Ich sehe dich«, dröhnte eine hohle Stimme. »Ich sehe dich, und ich werde dich kriegen!«

* * *

ANNA BETRAT WIE jeden Tag kurz vor Beginn der großen Mittagsvorlesung den verglasten Aufenthaltsbereich vor dem Hörsaal 1, der zwei Gebäude der medizinischen Fakultät miteinander verband. Es gab hier mehrere Sitzgruppen, die durch Pflanzen voneinander abgetrennt waren, aber auch lang gezogene Tische mit acht bis zehn Plätzen, an denen man essen oder wie an einem Schreibtisch arbeiten konnte. Der Raum war groß genug, sodass sich hier etwa fünfzig Studierende aufhalten konnten, jedoch lange nicht so groß wie die Cafeteria oder die Mensa, wo man die meisten um die Mittagszeit antraf. Daher waren die Stühle nur spärlich besetzt, und es herrschte eine angenehme Ruhe, die Anna zu schätzen wusste. Eine Auswahl an Automaten bot verschiedene Getränke und Snacks an. Das reichte ihr. Ansonsten hatte sie ihr Lunchpaket dabei.

Nach kurzer Ausschau entdeckte sie Dina in einer der Sitzecken, wie immer in einen Spiralblock vertieft. Gleich zu Beginn des Studiums war Anna aufgefallen, dass die Kommilitonin, die mit ihr in der gleichen Anatomiegruppe war, die Mittagspause ebenfalls lieber hier verbrachte. So hatte es sich ergeben, dass sie miteinander ins Gespräch gekommen waren und schließlich regelmäßig in der Vorlesung nebeneinander saßen.

Anna schmunzelte. Dina war so auf ihren Text konzentriert, dass sie Anna noch nicht bemerkt hatte. Wie immer trug sie ihr Kopftuch locker drapiert, mehr ein Schmuck als ein strenges religiöses Symbol. Jeden Tag ein anderes Tuch, jeden Tag farblich abgestimmt auf die übrige Kleidung. Sie wirkte nicht nur älter, sondern war tatsächlich bereits Mitte zwanzig, weil sie lange auf den Studienplatz gewartet hatte.

Dina sah auf. Über ihr eben noch sehr ernstes Gesicht breitete sich sofort ein herzliches Lächeln aus, als sie Anna entdeckte. Anna ging näher, stellte ihren Rucksack mit leichtem Schwung in einem der Sessel ab und ließ sich dann gegenüber der Studienkollegin in eines der Sitzmöbel fallen. Dina strahlte und zeigte eine Reihe ebenmäßiger Zähne zwischen sanft geschwungenen Lippen. Ihre großen braunen Augen mit den langen Wimpern verstärkten den Ausdruck madonnenhafter Sanftheit, während das breite Lachen und die kecken Grübchen in den Wangen einen aufreizenden Gegensatz dazu bildeten.

»Lernst du schon wieder, Streberin!«, neckte Anna.

Dina lachte noch breiter. »Und wie! Ich lerne diese ganzen Anatomiebegriffe auf Deutsch, auf Lateinisch und ...« Sie drehte ihren Schreibblock um und hielt ihn Anna entgegen.

Anna kniff die Augen zusammen und irrte über das Wirrwarr an handschriftlichen Notizen.

»... auf Arabisch«, ergänzte Dina kichernd.

»Uff«, stöhnte Anna. »So was muss man wollen. Mir reichen schon die ganzen lateinischen Begriffe.«

Dina legte den Block wieder auf dem Tisch ab und musterte Anna ein wenig besorgt. »Du hast Ringe unter den Augen. Kannst du nachts immer noch nicht gut schlafen?«

Anna zuckte mit den Schultern. »Wird schon wieder. Vielleicht sollte ich lieber mittags hier lernen und zu Hause dann nichts mehr tun.«

Dina packte ihren Block in die Tasche und zog daraus einen Kunststoffbehälter hervor, der mit vorbereiteten Obst- und Gemüseschnitzen bis an den Rand gefüllt war. »Hier, nimm, du brauchst Vitamine!«

Anna griff zu und Dina nahm sich ebenfalls. Nachdem sie

weitgehend ausgekaut hatte, sagte sie: »Und du meinst wirklich, dass dich da einer letzten Freitag auf die Schienen stoßen wollte?« Dinas Augen schimmerten voll freundlicher Anteilnahme.

Anna lächelte scheu: »Ich habe einen deutlichen Stoß gespürt. Für mich war das Absicht.«

Dina kaute und zuckte mit den Schultern. »Na ja, wie so manche Leute drängeln, wenn die eine Bahn kriegen wollen, kann man sich auch eine wüste Rempelei vorstellen. Und dass sich derjenige dann weder entschuldigt noch sich gemeldet hat, passt in dem Fall ins Bild.«

Annas Gesicht verdüsterte sich. »Schade, ich dachte, wenigstens du glaubst mir!«

Dina beugte sich über den Tisch zu Anna hinüber und fasste sie leicht am Unterarm. »Wenn du sagst, es war ein Stoß, dann war es ein Stoß. Ob absichtlich oder nicht, tut erst einmal nichts zur Sache. Auf jeden Fall war der Typ ein gewaltiges Arschloch!« Dinas Augen funkelten. Sie lachte und steckte Anna damit an.

»Ja, ein gewaltiges Arschloch!«, wiederholte Anna. Sie griff nach Dinas Hand und schlug ein. Dann erzählte sie Dina von dem Anschlag mit den Knallfröschen.

Dinas Miene wurde immer ernster. »Wenn das wirklich miteinander zusammenhängt, dann klingt das ziemlich übel.«

»Keiner glaubt mir. Mein Bruder, Iris …«

»So was klingt ja auch erst einmal unglaublich. Man will das gar nicht wahrhaben, dass es solche Leute gibt, obwohl ...« Dinas Blick verlor sich plötzlich in der Ferne. »Bei meinen Eltern hatte es vor ein paar Jahren öfter mal im Treppenhaus gebrannt, weil Kinderwagen und Spielzeuge, die dort abgestellt waren, Feuer fingen. Das hatte auch eine Weile gedauert, bis die Polizei uns glaubte, dass das ein Brandstifter war und keine Unachtsamkeit von uns.« Ihr Blick wanderte wieder zu Anna. »Ich kann echt gut verstehen, wie du dich fühlst. Hast du denn einen Verdacht? Gibt es jemanden, der dir so schlimm schaden will?«

Anna lehnte sich wieder zurück und sah sich hilflos um. »Nein. Niemand. Jedenfalls fällt mir wirklich niemand ein. Gut, es gab immer wieder mal Ärger mit irgendwelchen Leuten in der Schule, aber nie so schlimm, dass man unterstellen könnte, dass da jemand Mordpläne ausheckt.«

»Mordpläne«, wiederholte Dina nachdenklich. »Vielleicht will dich jemand ja gar nicht ermorden, sondern nur durch diese krassen Aktionen völlig aus dem Takt bringen.«

Als würde es das besser machen, dachte Anna, sagte aber mit einem gequälten Lächeln: »Wahrscheinlich hast du recht. Ich nenne ihn Schattenfeind.«

»Schattenfeind?«, wiederholte Dina. »Das klingt gruselig.« Plötzlich kicherte sie. »›Schattenfreund‹ wäre doch was Besseres, oder? Hast du einen?«

Annas Gesicht war sofort rot übergossen. Sie schüttelte stumm den Kopf.

Dinas Augen blitzten ihr voller Tatendrang entgegen. »Dann solltest du das mal in Angriff nehmen, damit du auf andere Gedanken kommst.« Sie hob ihr Handy hoch, tippte mit dem Finger darauf und legte es vor Anna auf den Tisch. Anna schaute blinzelnd auf das Gerät und erkannte, dass Dina den Raum hinter ihr fotografiert hatte. Dort saßen und standen mehrere Studenten. Dina tippte auf das Display und zoomte aus dem Foto eine Person heran. Es war ein Student mit leicht gelocktem dunklem Haar, der offensichtlich in der Tischreihe hinter Anna saß. Sein Gesicht war nicht genau zu erkennen, da er mit der Nase tief in sein Lehrbuch versunken war. »Ist der nicht süß?«, wisperte Dina.

»Man kann nicht viel erkennen«, versuchte Anna abzuwehren.

Doch Dina blieb hartnäckig. »Der kommt fast jeden Tag hierher. Sitzt da wie ein Lesedenkmal und lernt und lernt. Ich glaube, dem müsste mal jemand zeigen, dass es noch etwas anderes auf der Welt gibt. Und er sieht echt tierisch gut aus!«

Anna beugte sich zu Dina und flüsterte: »Und warum machst du dich nicht an ihn ran?«

Dina strahlte wie ein Baby auf der Breiwerbung. Sie hielt die Hand ein wenig vor den Mund und tuschelte: »Ich bin schon vergeben. Aber bitte nicht weitersagen, sonst flippt meine Familie aus!«

Anna grinste. Diese Dina schaffte es, Laune zu machen. Mit zufriedener Miene sammelte Anna die beiden Kaffeebecher ein, erhob sich und schaute dabei wie beiläufig zu dem Tisch hinter sich. Der junge Mann ließ sich nicht stören, sondern klebte förmlich an seinem Text. Dina hatte recht. Das fein geschnittene Jungmännergesicht und der gut gebaute Oberkörper sahen vielversprechend aus. Anna zwinkerte Dina zu. Die hielt kurz den Daumen hoch, grinste und sagte laut: »Komm, wir gehen in den Hörsaal und sichern uns einen guten Platz.«

Anna schnallte ihren Rucksack um. Aus dem Augenwinkel glaubte sie bemerkt zu haben, dass der junge Mann aufgeblickt hatte. Sie ging jedoch, ohne zu zögern, weiter.

Dina war mit einem Schritt neben ihr und wisperte ihr ins Ohr: »Er hat dir hinterhergeguckt.«

»Oder dir!«, antwortete Anna. Sie drehte sich ein wenig um. Der junge Mann schaute schon wieder in sein Buch. »Besonderen Eindruck haben wir auf jeden Fall nicht gemacht. Sein Buch gefällt ihm besser«, kommentierte Anna mit gespielter Enttäuschung.

Beide steckten die Köpfe zusammen und lachten. Anna atmete erleichtert aus. Es tat so gut, mit Dina einfach albernen Mädchenkram zu machen und dabei alle Sorgen zu vergessen. Anna trat zwei Schritte zur Seite, um die Kaffeebecher im Abfallbehälter zu entsorgen. Erstaunt hielt sie in der Bewegung inne. Neben ihr am Kaffeeautomaten stand jemand, der mit etwas ungelenken Handgriffen versuchte, sich ein Getränk zu ziehen.

»Huch, Motte, was machst du denn hier?«, fragte Anna.

Tobias Mott schaute sie an und wirkte nicht halb so überrascht wie sie. Allerdings nahm sein weichliches Pickelgesicht sofort eine tiefrote Färbung an, was Anna an eine Erdbeere denken ließ.

»Kennst du dich mit diesem Scheißteil hier aus?«, lispelte er als Gegenfrage.

Anna drückte flink einen blinkenden Knopf. »Mit Milch oder ohne?«

Mottes Gesichtsfarbe verdunkelte sich noch mehr. »Mit.«

Der Becher sprang heraus und wurde blubbernd und zischend befüllt. Tobias Mott bückte sich, beäugte blinzelnd das Geschehen und holte dann vorsichtig mit zwei Fingern den dampfenden Becher heraus, der in seinen klobigen Händen noch filigraner wirkte. Er spitzte die Lippen, trank einen Schluck und sagte: »Das Glashaus hier ist ein echter Geheimtipp, wenn man in Ruhe Mittag machen will. Ein Kumpel hat zu mir gesagt: Geh rüber zu den Medizinern, da ist es echt feudal.«

Anna grinste herablassend. »Ich wusste gar nicht, dass du überhaupt etwas studierst.«

Tobias Mott lachte bitter. »Zufälligerweise habe ich die Hochschulreife erworben wie du, nur halt nicht so sensationell gut. Aber für Sozialpädagogik reicht's.«

»Sozialpädagogik?«, prustete Anna. »Willst du etwa in den Kindergarten?«

Tobias Motts Gesicht zeigte einen Anflug von Traurigkeit. »Vielleicht. Kannst du dir wohl gar nicht vorstellen, was?«

Anna grinste. »Vielleicht doch. Auf jeden Fall war Kindergarten das, was du in der Schule am besten konntest.«

Tobias Mott hob seinen Becher, als wolle er Anna zuprosten. »Jeder macht halt, was er kann.«

Annas Augen wurden schmal. »Ja, zum Beispiel zu Hause im Keller heimlich Knallfrösche züchten.«

Mottes Augen wurden noch runder, als sie ohnehin schon waren. In seinem Gesicht stand völlige Ahnungslosigkeit. Konnte er sich so gut verstellen oder war das echt? Plötzlich lachte er los, dass der Kaffee in seinem Becher schwappte. Es war ein merkwürdig unsicheres Lachen, bei dem er ständig in Annas Gesicht nach Bestätigung suchte. Doch sie fixierte ihn mit kühler Miene.

Das Lachen in Mottes Gesicht verlosch schlagartig. »Spielst du da auf etwas Bestimmtes an?«, fragte er vorsichtig.

»Wenn du es warst, weißt du genau, was ich meine. Ich will dir nur sagen, diese Art von Scherzen geht eindeutig zu weit! Ich rate dir, mach in Zukunft gefälligst einen weiten Bogen um mich!«, zischte sie.

Mottes Gesicht war sehr blass geworden. »Ey, Anna, ich weiß echt nicht, was du meinst!«

Anna fixierte ihn mit Schlangenblick. »Okay. Dann ist ja gut. Aber wenn du es warst und so was noch einmal machst, zeige ich dich an. Dein Vater ist doch sogar bei der Polizei, stimmt's? Das wird ihm nicht gerade Laune machen, oder?«

Mottes Gesichtsfarbe wurde um noch einige Töne blasser.

»Schönen Tag noch«, flötete sie, machte schwungvoll auf dem Absatz kehrt und lief zielstrebig hinüber zu Dina.

Die trat auf Anna zu und fragte leise: »Was war das denn für ein Freak? Jetzt steht er da mit hängender Unterlippe und starrt dir nach, als wärst du eine Erscheinung aus dem Jenseits.«

Anna grinste. »Der ging mal bei mir in die Klasse, war ein ziemlicher Chaot.« Das sagte sie laut genug, damit Motte, der immer noch völlig regungslos neben dem Kaffeeautomaten stand, es hören konnte.

Dina beugte sich im Gehen dicht an Annas Ohr und raunte: »Den habe ich schon öfter hier gesehen. Vielleicht bist du seine heimliche Liebe, und er hat ein Ortungssystem, das ihm verrät, wo du gerade bist?«

Anna stieß Dina in die Seite und rief: »Bist du verrückt? So ein Krümelmonster mit Glubschaugen!«

Kichernd betraten die beiden durch die große Flügeltür den Hörsaal.

* * *

SARAH FECHNER SASS in dem engen Behandlungszimmer auf einem schmalen Stuhl neben dem Schreibtisch des Professors. Ihr Herz schlug rasend im Hals. Der Arzt war dicht neben ihr über die Schreibplatte gebeugt und bediente konzentriert mit einem umständlichen Zweifingersystem die Tastatur. Immer wieder kontrollierte er blinzelnd den Bildschirm. Die Frau neben sich schien er völlig vergessen zu haben. Sie schloss einen Moment die Augen und lehnte den Kopf an die kühle Wand hinter sich. Sie wollte jetzt nur noch diese profanen Klickgeräusche hören und die gedämpften Signale aus dem Klinikalltag rundherum, die aus allen Ritzen zu kommen schienen. Sich einfach vom Alltag umspülen lassen. Normales Alltagsleben. Gab es das noch für sie? Ein böser Dämon schien es auf sie abgesehen zu haben und zeigte, dass er noch lange nicht fertig war mit ihr. Was sie vor wenigen Minuten aus dem Mund des Arztes hatte hören müssen, klang so ungeheuerlich, dass es einfach nur einem wirren Traum entsprungen sein konnte. Einem Albtraum. *Ich will aufwachen,* dachte sie flehentlich. Doch als sie die Augen wieder öffnete, war vor ihr immer noch die gleiche Szenerie.

»Ich kann das einfach nicht glauben«, sagte sie in den Raum hinein. Sie hörte ihre Stimme wie aus weiter Ferne. In ihren Ohren rauschte es. Also doch nur ein Traum!

Professor Dr. Renz unterbrach seine Tätigkeit und schaute sie einen Moment an. Seine Mimik offenbarte große Hilflosigkeit.

Kein Wunder, dachte Sarah, *so etwas ist auch ihm noch nicht untergekommen.* Sie richtete den Oberkörper auf und sah ihn direkt an. »Sagen Sie mir, wie das zu erklären ist, heutzutage bei dieser perfektionierten Medizin? So etwas darf doch einfach nicht passieren!«

Dem Arzt war sichtlich unwohl. »Nein, eigentlich nicht. Aber wir sollten uns jetzt nicht auf Ursachenforschung konzentrieren, sondern dann eben auf einem anderen Weg nach einem Spender suchen.«

Sarah Fechner versuchte Dr. Renz' Blick zu erhaschen, was gar nicht so einfach war, da er immer wieder woanders hinschaute. »Und wie soll das jetzt gehen?«

Dr. Renz rollte ein wenig mit dem Schreibtischstuhl hin

und her. »Es gibt Datenbanken über potenzielle Spender. Dort sind deren Übereinstimmungsfaktoren vermerkt. Das sind bestimmte Merkmale auf den weißen Blutkörperchen.«

»Und wie hoch ist die Wahrscheinlichkeit, dass es in dieser Datei einen Spender gibt, der zu Lara passt?«

Der Arzt zuckte ein wenig hilflos mit den Schultern. »Nun, ich will Ihnen nichts vormachen. Es gibt in der Tat um die siebentausend verschiedene Typen der weißen Blutkörperchen. Es ist die Suche nach der Nadel im Heuhaufen.«

Sarah traten die Tränen in die Augen. »Also aussichtslos!«

Professor Dr. Renz drehte sich in ihre Richtung. »Nein, eben nicht. Früher oder später ...«

Sarah Fechner unterbrach ihn. »Auf früher oder später kann ich nicht warten. Wie hoch ist die Wahrscheinlichkeit der Übereinstimmung bei Geschwistern?«

»Bei Geschwistern beträgt die Möglichkeit der Übereinstimmung etwa dreißig Prozent. Das ist viel!«

»Geschwister«, wiederholte Sarah Fechner mit spröder Stimme. »Ich kann das nicht! Ich kann nicht einfach rumsitzen und abwarten, dass es sich fügt. Ich jedenfalls werde alles tun – wirklich alles –, um meiner Tochter ...« Ihre Stimme brach und verlor sich in einem heiseren Schluchzen. »... um Lara zu helfen.«

Dann sprang sie auf, verabschiedete sich hastig und lief davon. Dr. Renz sah ihr erschöpft hinterher.

* * *

DER REST DER Woche war sehr schnell vergangen. Anna konnte kaum glauben, dass es nur sieben Tage waren, die sie von dem schrecklichen Ereignis im S-Bahn-Schacht trennten.

Wie üblich trafen sich Anna und Dina auch an diesem Mittag in dem verglasten Durchgang, den sie beide inzwischen als »Wintergarten« bezeichneten. Anna zog sich gerade einen Kaffee am Automaten, als Dina den Raum betrat.

»Sorry, ich bin ein bisschen später«, entschuldigte sie sich ein wenig atemlos und hauchte Anna einen Kuss auf die Wange, den diese hastig erwiderte, bevor sie ihren Kaffeebecher entnahm und Dina hinhielt. »Möchtest du? Ich kann mir noch einen ziehen.«

Dina wehrte ab. »Nein, ich will die Hände frei haben.« Sie deutete zu dem mit vielen Zetteln überhäuften Aushangbrett, welches an der langen Wand neben den Automaten angebracht war. Dina nestelte einen Bogen Papier aus ihrer Tasche. »Ich will noch eine Anzeige ans Schwarze Brett hängen, vielleicht lesen es dann ein paar Leute, wenn sie nach der Vorlesung hier rauskommen, und ich habe schnell Erfolg.« Das wehende Blatt in der Hand, lief Dina zu der Wand mit den Anschlägen und suchte nach einer freien Stelle.

Anna war ihr neugierig gefolgt. »Worum geht es denn?«

Dina verschaffte sich Platz an dem Brett, indem sie einige andere Blätter umhängte. Sie hielt Anna ihre Anzeige hin. »Lies mal durch, ob das gut klingt. Bei uns wird ein Zimmer frei. Salima zieht nämlich plötzlich aus unserer WG aus. Der Hammer! Hängt nach zwei Wochen das Studium an den Nagel. Und weißt du warum? Weil sie heiratet! So was

Verrücktes! Ich habe ihr gesagt, dass ein Mann, der sie nicht studieren lässt, nicht viel taugen kann, aber … hey, Anna, hörst du mir überhaupt noch zu? Anna?«

Anna war in tiefes Nachdenken versunken. Noch einmal las sie Dinas Anzeige durch, dann sagte sie: »Du, Dina, ich glaube, das brauchst du gar nicht aufzuhängen. Dreihundert Euro. Warm oder kalt?«

»Leider kalt. Das Haus hat nämlich einen Aufzug und Zentralheizung. Es ist ein renovierter Nachkriegsbau. Außerdem liegt es verkehrsmäßig absolut super in der Innenstadt.«

Anna schaute suchend über die Anzeige. Die Adresse war nicht angegeben. »In welcher Straße wohnst du denn?«

Dina zückte einen Stift und notierte es ihr in deutlichen Druckbuchstaben auf der Anzeige. »Kannst ja einmal bei mir vorbeikommen und es dir ansehen.«

Anna nickte begeistert. »Ich rede mal mit meinem Vater. Wenn er es mir nicht vorschießt, würde ich nebenbei arbeiten gehen. Da findet sich bestimmt schnell etwas. Und ich wäre dem ganzen Ärger zu Hause aus dem Weg. Reicht es dir, wenn ich dir am Montag Bescheid gebe?«

Dinas Augen leuchteten. »Mensch, Anna, du willst bei uns einziehen? Ey, das wäre ja absolut genial! Du und ich in einer WG! Und mit der anderen Mitbewohnerin würdest du dich auch auf Anhieb verstehen. Youssra ist meine Cousine. Studiert schon seit zwei Jahren. Deutsch und Englisch. Will Lehrerin werden. Oh, super! Hier, ich schreib dir auch noch meine Festnetznummer auf.«

Anna faltete das Papier zusammen und steckte es in ihren Rucksack. Dina griff nach einer Anzeige an der Pinnwand und löste die Reißzwecke. »Ich hänge die anderen wieder zurück. Schließlich hatten sich die Leute was dabei gedacht, als sie ihre Blätter hier in Augenhöhe angebracht haben.« Sie pinnte ein grellrot beschriebenes Plakat mit einer energischen Bewegung an seine alte Position zurück. »Da hat sich jemand ganz schön Mühe gemacht, einen absoluten Hingucker zu erzeugen«, kommentierte sie. »Signalfarbe. Und dann gleich eine Geldsumme. So was leuchtet jedem Studenten sofort ins Hirn. Schau mal! Fünfundzwanzigtausend Euro kannst du dir hier auf Anhieb verdienen.«

Anna hörte ihr nicht richtig zu, in Gedanken spielte sie schon das Gespräch mit ihrem Vater durch. Und mit Jan. Sie ahnte, dass er nicht gerade begeistert sein würde, wenn sie auszog. Er hatte seine Freude damals kaum verbergen können, als er erfuhr, dass sie einen Studienplatz nicht weit von zu Hause bekommen hatte.

Dina zupfte Anna am Ärmel und zog sie vor das Plakat. »Hier, lies doch mal! Vielleicht trifft das ja auf eine von uns zu. Da hätte man für das ganze Studium auf Anhieb die Miete raus.«

Anna ließ die Blicke über den Text wandern.

25.000 Euro Belohnung! Für unsere an AML erkrankte Tochter suchen wir dringend einen passenden Knochenmarkspender. Bitte lassen Sie sich umgehend im Zentrallabor des Univer-

```
sitätsklinikums unter dem Stichwort »Lara«
typisieren. Dazu wird lediglich eine kleine
Gewebeprobe benötigt. Sollten Sie als Spen-
der infrage kommen, erhalten Sie den o. g.
Betrag sofort nach erfolgter Spende.
Vielen Dank!
```

Dann folgte noch eine Fußnote in kleinerer Schriftgröße, die Anna erst gar nicht las. »Was ist überhaupt AML?«

Dinas Antwort kam sofort wie aus dem Lexikon: »Akute Myelotische Leukämie. Eine ziemlich aggressive Variante von Blutkrebs. Die Eltern dachten wahrscheinlich, dass sie das nicht zu erklären brauchen, wenn sie es bei den Medizinern ans Schwarze Brett hängen.«

Anna nickte nachdenklich. »Die Arme. Eigentlich müsste man da helfen.«

»Wir können ja gleich am Montag früh hinfahren. Das geht sicher schnell«, schlug Dina vor. Dann beugte sie sich noch einmal über das Blatt und fuhr mit dem Finger über die Zeilen der Fußnote. »Was hier steht, ist allerdings sehr merkwürdig. Verstehst du das?«

Anna las den Text durch. Er klang etwas verwirrend. Es wurden noch einmal fünfundzwanzigtausend Euro in Aussicht gestellt. Anna legte die Stirn in Falten. »Verstehst du, wofür man diese fünfundzwanzigtausend Euro zusätzlich bekommen soll?«

Dinas Finger fuhr erneut über die Zeilen. »Na ja, es heißt bis zu fünfundzwanzigtausend Euro. Die bekommt man anscheinend je nachdem, wie viele dieser Kriterien man erfüllt. Also wenn nur Teile davon zutreffen oder du nur kleine Hinweise geben kannst, geben sie dir nur einen entsprechenden Anteil.«

»Und was genau suchen die?«

Dina las noch einmal aufmerksam. Dann referierte sie: »Die suchen nicht etwas, sondern jemanden. Hier steht:

Ferner zahlen wir aus dringendem Anlass für folgende Hinweise bis zu 25.000 € Belohnung, falls diese für uns nützlich sind:

- Sie sind 17 Jahre alt und zwischen dem 20. und 25. Dezember im Universitätsklinikum geboren.
- Sie haben die Blutgruppe A+.
- Sie haben Verwandte ersten Grades mit der Blutgruppe B+.

Blutgruppe A+ trifft auf mich schon einmal zu, aber der Rest leider nicht«, erklärte Dina.

Anna war inzwischen völlig gebannt von dem Text und las ihn wieder und wieder.

Dina beobachtete Anna. »Hey, Anna und bei dir? Hast du mehr Übereinstimmungen? Auch Blutgruppe A+?«

Anna nickte. »Ja, ich habe A+. Und ich weiß auch, dass mein Bruder B+ hat. Ich bin siebzehn Jahre alt. Ich habe am dreiundzwanzigsten Dezember Geburtstag.« Dann sah sie Dina plötzlich an, riss das Plakat ab, sah sich gehetzt um und zog Dina in den noch spärlich besetzten Hörsaal. Sie suchte zwei Plätze in der obersten Reihe und breitete das Papier zwischen ihnen auf dem Tisch aus. »Mit diesem Text stimmt etwas nicht. Da stecken Botschaften drin, bei denen es gar nicht um eine Knochenmarkspende geht. Oder kannst du mir erklären, was das Geburtsdatum und die Klinik, in der man geboren wurde, damit zu tun haben, ob man der richtige Spendertyp ist?«

Dina nickte. »Da hast du recht. Das ist wirklich äußerst dubios. Auch die Blutgruppe spielt für eine Knochenmarkspende überhaupt keine Rolle.«

»Echt nicht?«

»Nee. Sie typisieren die HLA. Humane Leukozyten-Antigene. Das sind Eiweißstrukturen auf der Oberfläche der weißen Blutkörperchen und nicht auf den roten. Die Blutgruppen dagegen beziehen sich nur auf die roten Blutkörperchen. Also, wer das geschrieben hat, versteht entweder überhaupt nichts von Medizin, oder er sucht eine bestimmte Person.«

»Wen sucht man, wenn man außer diesen weißen Blutkörperchen auch noch die Blutgruppe braucht?«

Dina schob nachdenklich die Unterlippe vor. »Das ist eine Riesenübereinstimmung, die man da sucht. Also wie für … ich hab's! Eine Organspende!«

»Organspende?«, rief Anna. Von den anwesenden Studenten, wandten sich einige erstaunt zu den beiden um.

Dina legte den Zeigefinger auf den Mund. »Pssst«, zischte sie und sah sich mit unheilvollen Blicken um.

»Warum schreiben die das so verschlüsselt?«, wisperte Anna. »Warum schreiben sie nicht, wir brauchen … was weiß ich … eine Spenderniere, bitte melden Sie sich …«

Dina wiegte den Kopf. »Das ist gar nicht so einfach. Weißt du, wie lang die Wartelisten für Organe sind? Und wenn man sich selbst auf die Suche macht und vielleicht einen Spender gefunden hat, dann kriegt man nicht automatisch dessen Organ, sondern es kommt immer der dran, der auf der Warteliste weiter vorne steht, und nicht der, der gegen viel Bargeld einen Spender findet. Das wäre ja auch nicht gerecht, dass die Reichen bevorzugt würden.«

Anna schloss die Augen und flüsterte: »Das bedeutet also, da sucht jemand für sein Kind illegal nach einem Organspender. Daher sagt er das nicht direkt, sondern fingiert das als Suche nach einem Knochenmarkspender. Um den Kreis einzugrenzen, verlangt er noch die Blutgruppe. Wenn er dann die Person mit der größten Übereinstimmung gefunden hat …«

Dina nickte und fuhr fort: »… fragt er sie, ob sie für ein ziemlich großes Entgelt bereit wäre, eine Niere zu spenden, um sie von einem gekauften Arzt einpflanzen zu lassen.«

»Und wenn er keine Niere braucht, sondern ein Herz?«, flüsterte Anna.

»Das wäre nicht ganz so günstig für den Spender«, sagte Dina sarkastisch. »Dann würden sich nur noch seine Erben über das Geld freuen.«

»Mach jetzt bitte keine Witze, Dina! Das ist mehr als gruselig! Stell dir vor, da unterhält jemand irgendwo eine geheime Klinik, wo er für viel Geld Organe transplantiert. Die nötigen Spender werden mit solchen Anzeigen gesucht und dann umgebracht.«

»So was gibt es nicht!«, sagte Dina.

»Und wenn es das doch gibt?«

Dina lächelte verschmitzt. »Dann sind wir zwei schlaue Mädchen, die das durchschaut haben und am Montag natürlich nicht dorthin gehen und sich typisieren lassen. Sicher ist sicher.«

Annas Blicke flogen noch einmal über das Plakat. »Sie suchen nach HLA und Blutgruppe. Das verstehe ich, aber wieso nennen sie ein Geburtsdatum und die Klinik?«

Dina schien das Interesse verloren zu haben. Sie zog ihre Unterlagen aus der Tasche und breitete sie vor sich auf dem schmalen Brett aus. »Das verstehe ich auch nicht. Kann uns aber auch egal sein.«

»Ich bin am dreiundzwanzigsten Dezember geboren ... Die suchen mich, Dina!«

Dina schaltete ihr iPad ein. »Warum ausgerechnet dich? Weißt du, wie viele Menschen am dreiundzwanzigsten Dezember geboren sind? Und die suchen doch auch nicht nur jemanden vom dreiundzwanzigsten Dezember, sondern von der Zeitspanne zwanzigster bis fünfundzwanzigster. Es gibt also eine Menge Leute, auf die das zutreffen könnte. Bist du denn überhaupt im Universitätsklinikum geboren?«

Anna schüttelte den Kopf. Ihre Augen glänzten fiebrig. »Soweit ich weiß, bin ich im St.-Vinzenz-Krankenhaus geboren.«

»Na, siehst du«, beruhigte Dina sie und tätschelte sanft Annas Arm.

Anna zitterte. Dann streifte sie hektisch Dinas Hand ab und starrte sie alarmiert an: »Aber ich war in der Uniklinik, als ich etwa elf Jahre alt war. Bei meiner Milzoperation. Bestimmt gibt es da noch Unterlagen. Die haben Leute in den Kliniken, die ihnen diese Informationen weitergeben. So konnten sie herausfinden, ob ich als Spenderin infrage komme. Dina! Die suchen gezielt nach mir!«

Dina verzog ungläubig das Gesicht. »Wenn sie deine Unterlagen haben, kennen sie doch auch deine Adresse. Dann brauchen sie doch keine Plakataktion, sondern tauchen einfach bei dir zu Hause auf, kidnappen dich und ...« Dina fuhr sich mit der Handkante am Hals entlang, was Anna schaudernd beobachtete.

»Du nimmst das nicht ernst!«, stellte sie resigniert fest.

Dina zuckte mit den Schultern und bediente lächelnd ihr iPad. »Oder seid ihr in den letzten Jahren umgezogen?«, ergänzte sie kichernd.

Anna schüttelte den Kopf, während ihre Gedanken fieberhaft arbeiteten. Sie dachte an das silberne Auto. »Meine Adresse hat er längst. Er hat schon auf mich gewartet.«

Dina legte ihre Hand wieder auf Annas Unterarm und drückte ihn fest. »Anna, das klingt dermaßen nach Horrorthriller. Das gibt es einfach nicht in dem Land, das man Realität nennt! Du solltest dich da nicht in etwas hineinsteigern!«

Anna sah sich panisch im Hörsaal um. »Und wenn ich recht habe? Sie haben in der Uniklinik Patientendaten von möglichen Spendern ausspioniert. Nicht immer stimmen die Adressen noch, deshalb suchen sie zusätzlich mit Plakaten nach ihnen. Damit niemand Verdacht schöpft, lassen sie es aussehen wie ein harmloses Screening für eine Knochenmarkspende. Sie haben einen darauf angesetzt, den passenden Spender ausfindig zu machen und … zu töten. Dann lassen sie die Leiche verschwinden …«

Dina lachte und schlug sich mit der flachen Hand vor die Stirn. »Anna! Komm wieder runter! Hallo, Erde an Anna! Das ist völlig absurd!«

Anna beugte sich mit fiebrigem Blick zu Dina. »Das ist kein Argument! Was weißt du, wie weit Leute gehen, die nur weiterleben können, wenn sie ein passendes Spenderorgan bekommen?«

Dina seufzte. »Bestimmt sehr weit. Aber es wäre doch völlig dumm, jemanden, dessen Organe man haben will, ausgerechnet vor die U-Bahn zu stoßen. Da würde man anschließend nicht mehr viel mit anfangen können.« Dina sah in Annas schreckgeweitete Augen und verzog zerknirscht die Mundwinkel. »Oh, 'tschuldigung, Anna, ich wollte dich eigentlich damit beruhigen.«

Aus Annas Hals löste sich ein trockener Schluchzer. Einige sahen sich erschrocken zu ihr um. Sie sprang in der engen Reihe auf und raffte in gekrümmter Haltung ihre Sachen zusammen. Mit Schwung schleuderte sie ihren Rucksack über die Schulter. Sie schrie: »Du findest das anscheinend auch noch komisch! Weißt du eigentlich, wie scheiße es mir geht dabei?«

Anna quetschte sich durch die Reihe und lief mit riesigen Schritten über die lange Treppe davon. Dina sah ihr betroffen hinterher. Dann zog sie ihren Schreibblock hervor und versuchte sich auf ihre Notizen zu konzentrieren.

Anna verließ das Unigebäude. Laufen, nur noch laufen wollte sie jetzt. Daher nahm sie nicht die U-Bahn, sondern machte sich zu Fuß auf den Weg zur S-Bahn-Station in der Stadtmitte. Die gleichförmige Bewegung tat gut. Ihr Herz klopfte heftig im Hals. *Mein Herz,* dachte sie, *jemand hat es auf mein Herz abgesehen. Was kostet ein Herz?* Kurz vor der Brücke über den großen Fluss, der die Stadt in zwei Hälften teilte, hielt sie an und schaute sich vorsichtig um. Die Gestalt, die ihr gefolgt war, konnte sie nicht sehen, da sie sich rechtzeitig hinter dem Stamm einer großen Platane verborgen hatte. Heftig atmend setzte Anna ihren Weg über die Brücke fort.

* * *

DIE EIN WENIG zittrige Hand des alten Mannes strich behutsam über den Schaft der Waffe, die vor ihm auf seinem edlen Mahagonischreibtisch lag. Er griff nach einem leicht öligen Stofflappen und polierte das Holz. Dann legte er das Gewehr an und peilte durch das Zielfernrohr in Richtung eines großflächigen Fensters seiner Villa. Mit konzentriertem Gesichtsausdruck nahm er eine Elster ins Visier, die auf einem der hohen Bäume im dicht bewachsenen Garten herumturnte. Nachbarn hatten keinen Einblick auf das, was sich hier abspielte. Der Alte krümmte den Zeigefinger,

DER HEISSE KAFFEE tat gut. Anna trank mehrere Schlucke, setzte den Becher auf dem Tisch ab, nahm das Sandwich in beide Hände und biss genüsslich hinein. Ihr Handy, das vor ihr auf der Platte lag, summte. Anna beugte sich neugierig über das Display. Eine Nachricht von Jan. Umständlich hantierte sie mit dem freien kleinen Finger, um den Text lesen zu können.

Hi Annabel. Bin heute früher zurück und kann dich von der Uni mit nach Hause nehmen. Wo sollen wir uns treffen? Vielleicht noch einen Kaffee trinken gehen?

Leichter Groll stieg in ihr auf. Warum tat Jan jetzt so harmlos, als sei die dicke Luft vom letzten Wochenende wieder völlig verflogen? Auch war es ungewöhnlich, dass er bereits Freitagmittag wieder auf dem Nachhauseweg war. Jan studierte Forstwissenschaften in einer anderen Stadt, die etwa drei Autostunden entfernt lag. Die Woche über wohnte er dort im Studentenheim. Jedes Wochenende kam er nach Hause. Wenn es nicht zu viele Staus gab, traf er frühestens um vier Uhr nachmittags ein. Jetzt war es erst halb zwei! Hatte er auch eine Vorlesung geschwänzt? Warum?

Anna schlang die letzten Bissen herunter, reinigte sich notdürftig die Finger an der Papierserviette und schrieb eine Antwort. *Nicht nötig. Bin schon auf dem Weg zur S-Bahn.* Er sollte ruhig merken, dass sie seine gute Laune nicht teilte.

Sie verließ die Bäckerei und schlenderte weiter durch die Fußgängerzone. Nach wenigen Metern geriet der Menschenstrom ins Stocken. Einige blieben stehen, während sich andere an beiden Seiten des Hindernisses vorbeidrängten. Anna hatte Zeit. Den noch halbvollen Coffee-to-go-Becher in der Hand, reihte sie sich unter die Zuschauer.

Eine Gruppe von neun Menschen hatte sich zu einer Formation in Dreierreihen aufgestellt und führte eine Art öffentlicher Meditation vor. Dem Äußeren nach schienen einige von ihnen aus einem asiatischen Land zu kommen. Anna überlegte, ob nach dem Psychostress der letzten Tage Meditation nicht vielleicht hilfreich für sie wäre. Ihr Blick fiel auf einen Zeltpavillon hinter der Gruppe. Plakate waren daran aufgehängt, innen befanden sich Tische mit Stapeln von Prospekten. Anscheinend gab es dort Informationen. *Hoffentlich ist das nicht so eine abgedrehte Sekte,* dachte Anna und las die Aufschrift auf dem großen Banner, das vor dem Informationsstand aufgestellt war. Es handelte sich um den Namen einer Menschenrechtsorganisation. Seit wann warben die mit so einer Meditationsperformance? Anna war neugierig geworden und trat unter das Dach des Pavillons.

Eine helle, freundliche Stimme sprach sie sofort von der Seite an. »Guten Tag. Danke für dein Interesse!«

Anna blickte in das zarte Gesicht einer jungen Asiatin, die gut zwei Kopf kleiner war als sie und ihr ein Klemmbrett mit einer Unterschriftenliste entgegenhielt. »Möchtest du auch unterschreiben, bitte?«

Anna schaute auf die bereits gut gefüllte Liste. »Worum geht es?«, fragte sie.

Die Asiatin deutete auf die Kopfzeile. *Tötung auf Bestel-*

lung. Wir fordern: Einstellung der medizinischen Zusammenarbeit mit Ländern, die Spenderorgane von Gefangenen transplantieren!

Ein tiefer Schreck durchfuhr Anna. Spenderorgane. War es der Fluch dieses Tages, dass sie ständig mit diesem Thema konfrontiert wurde? Tötung auf Bestellung. Ihre Blicke kreisten über die kleine Ausstellung.

»Du kannst dich gerne auch erst einmal umsehen. Wenn du Fragen hast, frag mich. Ich heiße Liu und studiere hier an der Uni Biologie.«

Anna musterte die junge Chinesin neugierig. Sie hatte langes schwarzes Haar, trug einen sportlichen Strickpullover und Jeans. Sie wirkte nicht wie eine abgehobene Sektenanhängerin, sondern wie jemand, der entschlossen für seine Sache eintrat. Für Politik hatte Anna sich bisher nur am Rande interessiert, aber sie hatte Respekt vor Menschen, die sich engagierten. Die kleine Chinesin gefiel ihr. »Ich heiße Anna«, stellte sie sich ebenfalls vor. »Ich studiere auch hier an der Uni. Medizin.«

Lius Augen leuchteten auf. »Oh. Das ist gut. Dann müsste dich das alles hier ganz besonders interessieren.«

Annas Blick fiel auf ein Plakat, das in ihrer Nähe hing. Der Oberkörper eines asiatischen Mannes war abgebildet, der von einer grob genähten, wulstigen Naht überzogen war, einem blutunterlaufenen Kreuz, das sich über Brust und Bauch ausdehnte. Solche Nähte kannte Anna bereits. Das waren die Stiche des Pathologen. Ausgehöhlte, tote Körper wurden damit zusammengehalten.

»Sogar die Augäpfel haben sie ihm herausgeschnitten«, erklärte Liu. »Wahrscheinlich sogar bei lebendigem Leib.«

Anna fuhr herum. »Was?« Sie erschauderte sichtlich und sah Liu entsetzt an. »Das glaube ich nicht!«

Liu sah Anna mit festem Blick an. »Überall gibt es Menschen, die für Geld alles tun. Die Transplantationsmedizin ist ein riesiges Geschäft. China ist weltweit nach den USA an zweiter Stelle. Zehntausend Nieren, Herzen, Lebern verpflanzen die jährlich. Was denkst du, wo die Organe herkommen?«

»China hat viele Einwohner. Die werden auch viele Verkehrstote haben. Und viele Leute mit Spenderausweisen«, argumentierte Anna.

Liu deutete auf ein Plakat, das eine Statistik zeigte. »Sechzig Prozent der Organe stammen von Hingerichteten. Entlassene Gefangene haben berichtet, dass sie von Ärzteteams untersucht und ihre Blutwerte festgestellt wurden. Vermutlich haben sie einfach nur Glück gehabt, dass ihre Organe gerade nicht gebraucht wurden.«

Die Stichworte Blut- und Gewebedaten hatten Anna alarmiert. Liu schien zu spüren, dass ihre Worte bei Anna angekommen waren, und fuhr fort: »Wenn du einmal eine verantwortungsvolle Medizinerin werden willst, dann bitte ich dich, hier zu unterschreiben!«

Anna griff nach dem Stift und schaute auf die Reihe der Namen. Man sollte nicht nur unterschreiben, sondern auch die vollständige Anschrift und E-Mail-Adresse angeben. Anna begann auszufüllen, sie schrieb ANNA.

Dann zögerte sie und schrieb schließlich einen erfundenen Nachnamen und eine Fantasieanschrift auf das Blatt.

Sie reichte das Brett zurück an Liu, die sich überschwänglich bedankte. Sofort hatte Anna ein rabenschwarzes Gewissen. Der Einladung Lius, sich noch weiteres Informationsmaterial mitzunehmen, folgte sie, indem sie schnell einige Flyer zusammenraffte und davonstürmte.

Erst als sie um die nächste Ecke war, nahm sie ihren Rucksack ab und stopfte die Zettel dort hinein. Dann setzte sie ihren Weg Richtung Stadtmitte fort. Vor einem Schuhgeschäft blieb sie stehen und betrachtete lustlos die Auslagen. Warum hatte sie Lius Engagement nicht unterstützt? Hatte der Schattenfeind sie schon so sehr im Griff? Würde sie sich immer mehr abkapseln und von allen Seiten belauert fühlen?

Anna fixierte ihr Spiegelbild in der Scheibe. »Diagnose Paranoia«, flüsterte sie. »Verfolgungswahn. Erste Anzeichen: Tunnelblick. Realitätsverlust.«

Sie fuhr sich mit gespreizten Händen durch die Locken. Ein heftiger Windstoß machte ihre Frisur sofort wieder zunichte und fuhr ihr eiskalt um die Ohren. *Demnächst muss ich mir eine Mütze kaufen,* dachte sie und setzte ihren Weg fort. Heute aber nicht mehr. Jetzt nur noch nach Hause.

Nach wenigen Minuten hatte sie den Zentralplatz erreicht. Dort traf sie auf das gleiche Bild wie am letzten Freitag. Als hätten sich alle verabredet, die Filmszene noch einmal zu drehen. Klappe, die nächste, Anna Dembowski begibt sich zum S-Bahnsteig im Untergrund. Anna hielt inne und schaute beklommen hinüber zu der halbhohen

Mauer mit den Glasfüllungen, die den Abstieg nach unten u-förmig umrahmte. Dort lehnte lässig ein groß gewachsener, blonder Mann und war über eine ausgebreitete Zeitung gebeugt. Mit heftigen Schritten setzte sich Anna in Bewegung. Ohne Begrüßung zeterte sie sofort los: »Ich hab dir doch geschrieben, dass ich nicht mit dir fahren will!«

Jan faltete die Zeitung zusammen und richtete sich vor ihr zu seiner vollen Größe auf. Ihre Wut schien ihn wenig zu beeindrucken.

»Ich dachte aber, dass es besser für dich ist, wenn du ausgerechnet am Freitag danach nicht wieder in die S-Bahn steigst. Zumal heute auch noch der Dreizehnte ist.«

»Freitag danach! Freitag der Dreizehnte! Wie theatralisch das klingt«, brauste Anna auf. »Vielleicht kannst du mal akzeptieren, dass ich gerade heute unbedingt S-Bahn fahren will. Ich bin nämlich nicht abergläubisch, und ich mag es überhaupt nicht, wenn andere entscheiden wollen, was gut für mich ist.«

Jan faltete die Zeitung zusammen und steckte sie in seine Jackentasche. Betont ruhig sagte er: »Oh Mann, Annabel, stell dich nicht so an! Es ist bequemer mit dem Auto. Das steht da drüben im Parkhaus. Komm!«

Anna verschränkte die Arme vor der Brust. »Bestimmt nicht! Woher wusstest du überhaupt, dass ich ausgerechnet jetzt und hier an dieser Stelle vorbeikomme? Bist du mir am Ende von der Uni aus nachgeschlichen?«

Jan grinste breit. »Nicht nötig. Telepathie! Geheime Mächte ketten uns aneinander.«

Anna verdrehte die Augen und schnaubte. »Hör auf, mich zu veräppeln!«

Jans Gesicht wurde wieder ernst. »Ich war schon hier in der Stadt, als ich dir die WhatsApp geschrieben habe. Du hast geantwortet, dass du auf dem Weg zur S-Bahn bist. Also habe ich mich hierhin gestellt.«

»Ich hätte auch mit der U-Bahn herfahren können und wäre zum Umsteigen gleich unten geblieben«, bemerkte sie spitzfindig.

»Nein, wärst du nicht. Du musst immer mindestens fünfzehn Minuten auf die S-Bahn warten. Das tust du nicht da unten, weil es dir da im wahrsten Sinne des Wortes stinkt. Du kommst täglich nach oben, um dir genau dort drüben eine Brezel zu kaufen.« Jan deutete mit dem ausgestreckten Zeigefinger auf den Brezelstand.

Anna sah zu dem Wagen mit dem aufgeklappten Vordach, von dem ein verführerischer Duft herüberwehte. Sie kniff die Augen zusammen. »Und woher weißt du das schon wieder, Mister Kontrolletti?«

Jan grinste breit. »Weil du es mir erzählt hast, Miss Plapperazzi.«

Anna sah ihn misstrauisch an. »Hab ich das?«

Er nickte, griff sanft nach ihrem Oberarm und schob sie ein bisschen an.

Anna entwand sich mit einer heftigen Bewegung. »Lass mich«, fauchte sie. »Ich brauch keinen Bodyguard. Ich finde es so was von zum Kotzen, wie du dich hier gerade aufspielst!«

Jan ließ sie los und rang die Hände. »Annabel, jetzt mach bitte nicht so einen Aufstand und komm mit!«

»Wer hier einen Aufstand macht, bist du, weil du einfach nicht kapieren kannst, dass ich mal alleine ...«

Sie wurde unterbrochen von einer Jungmännerstimme hinter ihr, die sie nicht kannte, die aber auf Anhieb sehr sympathisch klang. »Belästigt er dich? Kann ich dir helfen?«

Anna registrierte, dass Jan den anderen anschaute, als sei er gerade mit einem Weihnachtsmannkostüm vom Himmel gefallen. Anna wandte sich neugierig um. Der da hinter ihr stand, den kannte sie doch! Es war der fleißige Leser aus dem Wintergarten vor dem Hörsaal. Über Annas Gesicht breitete sich sofort ein sanftes Lächeln aus.

Jans Blicke flogen zwischen ihr und dem anderen Studenten hin und her. »Was willst du?«, fragte Jan eisig.

Der andere grinste spöttisch. »Von dir nichts, ich habe nur sie etwas gefragt.« Er schaute Anna freundlich ins Gesicht. Jetzt, wo er direkt vor ihr stand, gefiel er ihr noch besser als in der Uni. Er war genauso groß gewachsen wie Jan, schlank und hatte eine sportliche Figur. Mit seinen kurz geschnittenen dunklen Locken spielte der Wind und blies ihm immer wieder die ein oder andere Franse in die Stirn. Seine braunen Augen wirkten sehr sanft, aber es lag auch etwas Freches, Aufmüpfiges in ihnen, das Anna sofort für ihn einnahm und ansteckte.

»Oh, da bist du ja!«, rief sie begeistert. »Ich dachte schon, du kommst gar nicht mehr!« Anna weidete sich an Jans verblüfftem Gesicht und legte noch eins drauf. »Wo gehen wir hin?«

Der andere hatte sofort verstanden. Sein lachender Mund zeigte eine Reihe schöner Zähne. »Ich dachte, vielleicht ins Eden? Die haben gute Cocktails zu vernünftigen Preisen.«

»Gute Idee!«, rief Anna und stellte sich neben ihn. Er legte sofort den Arm um ihre Schultern und marschierte mit ihr grußlos an Jan vorbei. Anna kicherte. Sie spürte Jans Blicke im Rücken und hätte gerne sein Gesicht gesehen. Allerdings genügte bereits die Vorstellung davon, um ihre Laune zu heben.

Ihr Begleiter bog mit ihr zügig in eine schmale Gasse ein, die in die Altstadt führte. Hier hielten sie an. Er löste den Arm von ihren Schultern und schaute zurück. »Die Luft ist rein«, grinste er.

Anna folgte seinen Blicken. Jan war ihnen offensichtlich nicht nachgekommen. »Du hast mich eben echt gerettet. Danke!«, strahlte sie ihn an.

Er schnickte eine Locke aus der Stirn und sah sie schmunzelnd an. »Und was war das eben? Stress mit dem Ex?«

Anna lachte. »Nee. So schlimm war es nicht. War nur mein großer Bruder, der manchmal nicht kapiert, dass ich keinen Aufpasser mehr brauche.«

»Na ja, manchmal ist so ein großer Bruder gar nicht so schlecht.«

»Und manchmal ziemlich ätzend.«

Sie standen ein Weilchen lächelnd voreinander. Seine Blicke glitten mit deutlichem Interesse über ihr Gesicht.

»Tja«, sagte er schließlich. »Vielleicht sollten wir jetzt wirklich ins Eden gehen. Was meinst du?«

Annas Herz hüpfte. »Ja, warum nicht? Ich heiße übrigens Anna Dembowski.« Sie hielt ihm die Hand hin.

Er zögerte einen winzigen Augenblick. Dann schlug er ein. Er hatte einen festen, vertrauenerweckenden Griff.

»Marius«, sagte er. »Marius Winkler.«

* * *

SARAH FECHNER BETRAT die Tiefgarage ihres Wohnhauses. Sie schaute hinüber zum Abstellplatz ihres Autos und erkannte auf Anhieb die große Limousine, die daneben parkte. Als der Fahrer bemerkte, dass sie sich näherte, stieg er steifbeinig aus dem Wagen. Sie lief schnell auf ihn zu, umarmte ihn und gab ihm einen flüchtigen Kuss. »Du hättest nicht extra kommen brauchen, ich hätte mir das heute Abend auch bei euch abholen können.«

Der alte Herr wehrte ab. »So ist es mir lieber. Die Leute wissen, dass ich Waffen im Haus habe, und ich möchte nicht, dass einer dir auflauert, dich verfolgt und …«

»Ach, Vater«, wehrte Sarah Fechner gutmütig lächelnd ab. »Immer diese Angst vor Mord und Totschlag!«

»Wenn man den Krieg erlebt hat, wird man die nie wieder los.«

»Scht!« Sarah Fechner hielt den ausgestreckten Zeigefinger vor die Lippen. »Nicht immer diese alten Geschichten!«

Sarah Fechners Vater nickte. In seinem Gesicht blieb jener schmerzlich versonnene Ausdruck, den er immer hatte, wenn sich die Bilder der Vergangenheit regten. »Wie geht es Lara? Meinst du, Mama und ich können sie am Wochenende mal besuchen?«

Sarah Fechners Augen füllten sich sofort mit Tränen. »Sie hat Fieber. Es ist jetzt noch eine Infektion mit einem Virus dazugekommen. Daher ist kein Besuch möglich. Selbst mich lassen sie nur kurz hinein und dann nur vollkommen verhüllt. Es ist furchtbar.«

Der alte Herr Fechner nickte. »Mama und ich hätten so gerne geholfen. Es ist ein Jammer, dass unsere Blutwerte nicht passen. Meinst du, wir sollen noch einmal weiter in der Familie nachfragen? Entfernte Cousins, Nichten, Neffen. Vielleicht gibt es einen Zufallstreffer?«

»Nein, das hat sich erledigt. Wir müssen jetzt ohnehin andere Wege gehen.«

»Dem Arzt kann man vertrauen?«

»Er ist ein Spezialist auf dem Gebiet. Bernhard hält auch viel von ihm. Und an medizinischem Sachverstand hat es meinem Ex ja nie gemangelt.«

Ihr Vater hörte die Bitternis in ihrem Ton. Er schaute sie einen Moment hilflos an. Dann wandte er sich dem Heck seines Autos zu und ließ den Kofferraumdeckel lautlos hochfahren. »Und bei alldem willst du morgen an einer Jagd teilnehmen?«

Sarah Fechner trat neben ihn und betrachtete die Tasche.

»Ich muss einfach mal raus. In den Wald. Mit Leuten unterwegs sein, die über ganz andere Themen reden, sonst werde ich verrückt.«

»Tja. In gewisser Weise kann ich das verstehen. Gehst du wie früher mit Bernhard auf die Jagd?«

Sie nickte. »Morgen gibt es eine Drückjagd. Auf Sauen. Daher wollte ich das große Kaliber haben.«

Der Alte deutete auf das Futteral mit dem Gewehr. »Das ist meine beste Büchse. Mit Zielfernrohr. Auch bei großer Entfernung absolut zuverlässig.«

Sarah Fechner lächelte, als sie den leisen Stolz in der Stimme ihres Vaters wahrnahm. Längst ging er selbst nicht mehr auf die Jagd, aber die Waffen hütete er zu Hause in seinem Stahlschrank wie einen Schatz.

Der alte Herr Fechner sah sich vorsichtig um und lud mithilfe seiner Tochter die Waffe in den Kofferraum ihres Wagens. »Hier ist sie sicherer als in deiner Wohnung. Dein Auto hat Alarmanlage?«

Sarah Fechner nickte. Sie wandte sich um und zeigte auf ein kleines Gehäuse an einer Betonsäule. »Und hier ist alles videoüberwacht.«

»Oh! Dann sieht man aber auch, was wir hier umgeladen haben.«

Sarah Fechner drehte sich wieder zu ihrem Vater. »Nein«, sagte sie beruhigend. »Ich habe mich genau ins Blickfeld gestellt. Außerdem sieht das doch aus wie das Futteral eines Musikinstrumentes.«

»Auch wieder richtig!«, sagte er und schloss seinen Kofferraum.

»Möchtest du noch einen Moment mit nach oben kommen? Ich habe allerdings kaum etwas im Haus«, sagte sie.

Es klang ein wenig gehetzt. Er verstand die Signale.

»Nein, nicht nötig. Ich fahre wieder. Wir essen gleich, und du weißt doch, dass Mama und ich dann gerne den Freitagskrimi gucken.«

Die beiden verabschiedeten sich voneinander. Sarah Fechner blieb stehen und schaute dem Wagen ihres Vaters nach. Dann sah sie hektisch auf ihre Armbanduhr. Es war gut, dass sie diesen Detektiv angeheuert hatte. Sein Tagessatz kostete sie ein kleines Vermögen. Daher verpflichtete sie ihn nur stundenweise mit gezielten Aufträgen. Heute hatte er ihr den präzisen Stundenplan ihrer Zielperson geliefert.

* * *

BEREITS DER ERSTE Cocktail hatte Anna das Blut in die Wangen steigen lassen. Sie spürte schnell, dass sie tagsüber viel zu wenig gegessen hatte. Die Nachmittagsbrezel fehlte. In dem gemütlichen Studentenlokal gab es auch etwas zu essen. Anna hatte schnell ihr Budget überschlagen und sich entschlossen, lieber einen zweiten Cocktail zu bestellen, da auch Marius nichts aß. Inzwischen wusste sie, dass er knapp zehn Jahre älter war als sie und Jurastudent kurz vor dem ersten Staatsexamen. Sein Vater war Banker. Sie hatte ihm ein wenig von ihrer Familie erzählt und ein paar Anekdoten aus der Schulzeit. Marius war ein aufmerksamer und humorvoller Zuhörer. Einige ihrer Berichte kommentierte er voller Selbstironie. Sie lachten viel miteinander, was Anna in tiefen Zügen genoss. Sie schlürfte am Trinkhalm ihres nächsten Cocktails und fragte ihn: »Wohnst du eigentlich hier in der Stadt?«

»Ja, im Musikerviertel.«

Vor Annas geistigem Auge tauchten Straßenbilder mit nobel renovierten Altbaufassaden auf.

»Wow! Das ist aber nicht gerade ein Wohngebiet für Studenten.«

»Ich wohne bei meinen Eltern. Ganz oben mit Dachterrasse und Skyline-Blick.«

»Wow. Und du verstehst dich gut mit ihnen?«

»Bestens. Sie sind ja meistens arbeiten.«

»Hast du Geschwister?«

»Nein.«

»Du hast es gut.«

»Ist er so schlimm, dein Kleiderschrank von Bruder?«

Anna kicherte. »Eigentlich nicht. Eigentlich ist er sogar ein echt netter Typ. Nur in letzter Zeit spinnt er ein bisschen.«

»Wahrscheinlich würde er jetzt von dir dasselbe sagen.«

»Wahrscheinlich.« Sie prostete ihm zu.

Den nächsten Cocktail würde sie unbedingt alkoholfrei nehmen müssen. Aber reichte ihr Geld überhaupt noch dafür? Das Zeug machte weiche Knie. Sie stellte das Glas beiseite und sah Marius glücklich lächelnd an. Er erwiderte ihr Lächeln, sagte aber nichts. In Gedanken suchte sie nach einem Thema, das nichts mit Familie zu tun hatte. Sie verschränkte die Arme auf der Tischplatte, beugte sich in seine Richtung und sah ihn keck an. »Und wie ist es zu erklären, dass ein Jurist sich in den heiligen Hallen der Medizin herumtreibt und nicht brav in seinem Juristenbunker Mittag macht?«

Marius saugte erst einmal ausgiebig an seinem Trinkhalm. Dann lächelte er ihr zu und erklärte: »Erstens kann man in diesem netten Ambiente besser lernen und zweitens besuche ich ab und an Medizin-Vorlesungen.«

»Huch? Willst du umsatteln?«

»Nein. Aber ich will mich später mal als Jurist auf den Schwerpunkt Medizin spezialisieren.«

»Oh, du meinst Kunstfehler und so. Das heißt, du willst mir später mal an den Kragen gehen?«

»Nur, wenn du dich auf illegale Sachen einlässt. Außer Kunstfehlern ist da noch 'ne Menge anderes drin, und Ärzte sind gut zahlende Kunden.«

»Sehr schlau. Immer schön gucken, dass die Kasse stimmt. Das hast du wohl von deinem Papa.«

Marius nickte lachend. »Geld alleine macht nicht glücklich, aber es hilft ungemein dabei.«

Anna verzog schmerzlich das Gesicht. »Da hast du recht. Ich habe zurzeit ständig Ebbe in der Kasse. Es schränkt ganz schön ein, wenn man immerzu nachrechnen muss.«

»Trink aus! Der nächste Drink geht auf mich«, sagte er großzügig und hielt nach der Bedienung Ausschau.

»So war das jetzt nicht gemeint.«

»Ich möchte dir aber einen ausgeben.«

»Warum?«

»Weil ich dich nett finde.«

»Ich finde dich auch nett.«

Die Bedienung kam an den Tisch. Marius bestellte. Anna wagte nicht zu widersprechen. Ihr war bereits ein bisschen schwindelig. In ihrem Rucksack, den sie auf dem Stuhl neben sich abgestellt hatte, meldete sich das Handy. Anna wühlte nach dem Gerät und räumte dabei einiges auf die Tischplatte. Das Display zeigte einen Anruf von Jan. Sie zögerte kurz, dann nahm sie ihn an.

»Anna, wo bist du?«, fragte er.

Anna stöhnte genervt. »Jan, das kann dir egal sein. Hast du es immer noch nicht kapiert?«

Einen kurzen Moment herrschte Schweigen, dann hörte sie ihn tief durchatmen. »Doch, ich habe verstanden. Aber falls du nachher im Dunkeln nicht alleine nach Hause kommen willst, wollte ich dir nur sagen, dass du mich anrufen kannst. Ich hole dich dann ab. Wo du willst.«

Anna stöhnte. »Großer Bruder-Bär! Ich komme auch ohne deine Hilfe nach Hause. Hast du außer mir keine Freunde, mit denen du was machen kannst?«

»Anna, pass mit dem Alkohol auf!«

»Klaro. Ich ziehe mir jetzt nur noch ein paar Joints rein und tanze dann nackt auf dem Tisch. War's das jetzt?«

Wieder Schweigen. Dann sagte er: »Okay, ruf mich an, wenn du mich brauchst, tschüss.«

Anna tippte auf das Display und warf das Gerät achtlos in den offenen Schlund des Rucksacks. Dann schaute sie zu Marius hinüber. Er hatte einen der Flyer aus Annas Sammelsurium von der Tischplatte in der Hand, las darin und tat so, als habe er von dem Telefongespräch nichts mitbekommen. Das rechnete sie ihm als sehr taktvoll an. Sie hatte wirklich keine Lust, das Thema Jan erneut zu erörtern, und sagte: »Da war vorhin in der Fußgängerzone so ein Stand von denen.«

Marius faltete den Flyer zusammen. Sein Gesicht wirkte mit diesem betroffenen Ernst noch anziehender als vorher. Er räusperte sich und sagte: »Ich weiß. Die sind da öfter. Eine schlimme Sache. Ich hab das auch unterschrieben. Da siehst du es mal. Schon wieder ein Gebiet, wo Medizin und Jura sich treffen.«

»Aber in China.«

»Auch hier. Da gab es doch vor gar nicht so langer Zeit ein Urteil gegen den Chefarzt einer Transplantationsabteilung. Er hatte Wartelisten manipuliert, damit seine Patienten eher drankamen als andere.«

Anna starrte ins Leere. Plötzlich war die Angst von heute Mittag wieder da. Zwar nicht so stark. Aber sie drückte dunkel auf ihre Stimmung. »Irgendwie ist das heute ein mieser Tag für mich. Ein echter Freitag der Dreizehnte«, erklärte sie.

Marius sah sie ernst und aufmerksam an. »Wieso?«

Anna nahm einen tiefen Schluck, einen Moment haderte sie, ob sie das wirklich erzählen sollte. Sie schaute in Marius' erwartungsvolle Augen. Dann berichtete sie ihm von dem dubiosen Aushang am Schwarzen Brett, wühlte ihn sogar zwischen den verstreuten Sachen auf dem Tisch hervor und ließ Marius lesen. Wort für Wort erklärte sie ihm, was sie daran alarmiert hatte.

»Und du glaubst echt, dass da jemand in Wirklichkeit keinen Knochenmark-, sondern einen Organspender sucht?«

Anna nickte heftig. »Klar. Nur dafür brauchst du die Blutgruppe. Und dann sind da noch die anderen Daten wie Geburtsklinik und Geburtstag. Da hat jemand gezielt in Krankenhausakten gesucht, um auf passende Leute zu stoßen.«

Marius ließ das Blatt auf den Tisch sinken und schaute sie an. »Das ist ja ein Ding! Du glaubst, dass es so etwas wie eine Organmafia gibt, die ähnlich wie in China Leute auf Bestellung tötet, um an deren Organe zu kommen?«

»Nenn mir eine andere plausible Erklärung für das!«, drängte Anna und tippte heftig auf das Plakat.

Marius atmete tief ein und ließ den Blick eine Weile nachdenklich in die Runde schweifen.

Anna beobachtete ihn gebannt dabei. »Sag! Was denkst du?«, drängelte sie schließlich.

Wie aus einem Traum erwacht, schaute er sie an: »Das klingt plausibel. Sogar sehr plausibel.«

Anna atmete auf. »Dina meint, ich bilde mir etwas ein.«

Marius wiegte den Kopf. »Weil es einfach ungeheuerlich klingt. Aber das, was sie da aus China berichten, klingt auch wie aus einem Horrorfilm und ist doch sehr wahrscheinlich wahr. Und … wenn man richtig darüber nachdenkt, ist das eigentlich sogar eine zwingende Konsequenz, dass sich auch hier bei uns so ein Organhandel entwickelt.«

»Wie meinst du das?«

»Die Wartelisten sind überfüllt. Seit diese Sache mit dem

deutschen Arzt vor Gericht kam, ist die Anzahl der freiwilligen Spender extrem gesunken. Auch in China geht das alles nicht mehr so einfach, weil die Weltöffentlichkeit aufmerksam wird. Es gibt deutsche Chirurgen, die keine Organe mehr aus China nehmen. Es ist schon irre: Je mehr Leute etwas aufdecken und dagegen protestieren, desto mehr illegale Schlupflöcher werden gesucht. Man kann schon beinahe sagen, dass diese Protestler ungewollt dafür sorgen, dass die Organmafia sich andere Wege sucht.«

Anna schaute Marius bewundernd an. »Mann, du hast ganz schön viel Ahnung.«

Er lächelte. »Ich halte immer schön die Augen und Ohren offen. Außerdem bin ich nun mal Jurist. Noch nicht ganz amtlich geprüfter Gerechtigkeitsfanatiker.« Er hielt mit einer theatralischen Geste die Hand aufs Herz. »Das steckt ganz tief in mir drin. Wenn es bei diesen Weißbekittelten irgendeinen gibt, der sich illegal verhält, mach ich ihn fertig!«

»Du magst wohl keine Mediziner?«

»Manchmal nicht. Aber es gibt Ausnahmen.«

»Oh, wen zum Beispiel?«

Er griff über den Tisch und umschloss Annas Hände. »Dich zum Beispiel.«

Anna schluckte. In ihr war ein Ameisenheer unterwegs. Ihr Herz hämmerte in den Ohren. Der Drehwurm im Kopf tanzte Rock'n'Roll. Zwei Tränen lösten sich aus ihren Augenwinkeln. »Das ist ein Wahnsinnsgefühl, wenn man plötzlich jemanden hat, der einem glaubt. Du denkst also, es war vollkommen okay, dass ich mich heute Mittag so aufgeregt habe und davongelaufen bin?«

Er verstärkte seinen Händedruck. »Auf jeden Fall verständlich. Du solltest das im Auge behalten und auf weitere Anzeichen achten.«

»Du meinst, ich bin nicht in direkter Gefahr?«

»Wenn du in direkter Gefahr wärst, dann hätten die dich doch schon gefunden und versucht, dich zu kidnappen oder so. Vermutlich lassen sie ihre Suchscheinwerfer nur über einen bestimmten Personenkreis laufen. Gut, wenn du dich auf jeden Fall auf dieses Plakat hin nicht irgendwo meldest und dich typisieren lässt.«

Anna schloss die Augen. Sollte sie Marius auch von den Anschlägen erzählen? Aber war das nicht ein bisschen viel auf einmal? Sie sog bebend die Luft ein und hob die Schultern gegen eine schwere Last. Ihre Daumen strichen sanft über Marius' Hände. »Das klingt alles so furchtbar. Ich habe echt Angst, jemand hat es auf mein Herz oder so abgesehen.«

Über Marius' Gesicht glitt ein spitzbübisches Lächeln. »Ja, so ist es. Und ich kann dir auch sagen, wer.« Er zog ihre Hände nach oben und küsste ihre Fingerspitzen.

* * *

SARAH FECHNER LIEF die Reihe der Fahrzeuge auf dem Klinikparkplatz ab. Der Detektiv hatte ihr mitgeteilt, dass Sabine Hermann heute Morgen mit dem Auto zu ihrem Arbeitsplatz in die Klinik gefahren war, und ihr genau beschrieben, wo ihr Wagen stand. Um neunzehn Uhr hatte sie Dienstschluss. Das war in einer Viertelstunde.

Wunderbar, alles lief nach Plan. Wie erwartet tauchte Sabine Hermanns Kopf über den Fahrzeugdächern auf. Die Fernbedienung ließ die Lichter ihres Autos aufblinken. Nur für den Bruchteil einer Sekunde war sie ganz zu sehen, dann drängte sie sich in die Gasse zwischen den geparkten Autos und öffnete die Tür. Noch ehe sie jedoch einsteigen konnte, hörte sie eine heisere Stimme aus dem Dunkel: »Halt! Stehen bleiben! Keine Bewegung!«

Ein wenig verwundert hielt sie inne und sah sich suchend um. Hatte sie richtig verstanden? Die Gestalt, die auf sie zukam, hielt so etwas wie einen unförmigen Stock im Anschlag. Jetzt kam wieder diese seltsame Stimme, die weniger bedrohlich als nervös und verzweifelt klang: »Keine Bewegung! Glauben Sie bloß nicht, dass es mir etwas ausmacht, Sie hier auf der Stelle niederzuschießen!« Die letzten Worte erstickten in einem trockenen Krächzen. Der Lauf des Gewehrs zitterte ein wenig.

Sabine Hermann hatte die Stimme erkannt. Sie entspannte sich merklich. »Ach, Sie sind das, Frau Fechner. Tun Sie um Himmels willen dieses schreckliche Ding da weg!«

»Gar nichts werde ich. Ich werde schießen, wenn Sie mir nicht …«

Sabine Hermann fiel ihr ins Wort: »Was wollen Sie denn noch? Florian hat den Test gemacht. Und es hat sich herausgestellt, dass er als Spender nicht infrage kommt. Mehr kann er nicht tun.« Sie deutete leicht mit dem Kopf in Richtung des Gewehrlaufs. »Was wollen Sie also damit jetzt noch erzwingen?«

Mit einem dermaßen forschen Auftreten ihrer Widersacherin hatte Sarah Fechner nicht gerechnet. Sie spürte, wie sie immer unsicherer wurde und ihre Kräfte nachließen. Die Waffe wog schwer in ihren übermüdeten Armen. Mit leiser Stimme sagte sie: »Sie wussten doch schon vorher, was dabei herauskommen würde, nicht wahr?«

War da ein leichtes Aufflackern in Sabine Hermanns Blick? Jedenfalls hatte sie diese Regung schnell wieder im Griff und sagte kühl: »Ich weiß jetzt wirklich nicht, was Sie meinen.«

Der Lauf des Gewehrs sank nach unten. Sarah Fechner bot ihre restlichen Kräfte auf, um ihn wieder anzuheben. Doch die Gegenbewegung geriet zu heftig und ließ die Waffe taumeln. Zwischen den Zähnen presste sie hervor: »Ich denke, das wissen Sie sehr wohl. Ich kann mir auch sehr gut vorstellen, wie verletzt und wütend Sie damals waren. Da entwickelt man üble Rachefantasien. Und vielleicht setzt man die dann sogar in die Tat um.«

Sabine Hermann hatte die Unsicherheit ihrer Kontrahentin längst registriert. »Na, Sie scheinen sich ja auszukennen. Aber richtig, Sie hat er ja auch nach einiger Zeit gegen etwas Frischeres ausgetauscht.«

Das Gewehr zitterte wieder. Sarah Fechner atmete hörbar ein und bemühte sich, ihrer Stimme Festigkeit zu verleihen. »Es geht mir jetzt gar nicht darum, mit Ihnen die Vergangenheit aufzuarbeiten. Vorbei ist vorbei. Wenn Sie aus Ihrem Handeln Genugtuung erfahren haben, dann ist es so. Mir oder Bernhard haben Sie nicht geschadet. Lara ist…« Sarah Fechner konnte nicht weitersprechen. Die Waffe sank nach unten. Ein heiseres Schluchzen kam aus ihrer Kehle.

Sabine Hermann nutzte die Gelegenheit nicht zur Flucht, sondern straffte ihre Schultern und blieb aufrecht neben ihrem Wagen stehen. »Ich weiß immer noch nicht, was Sie mit diesem Auftritt hier bezwecken wollen. Ihrer Tochter ist damit auf jeden Fall nicht geholfen.«

Sarah Fechner ließ die Waffe auf den Boden gleiten. Sie trat einen Schritt auf Sabine Hermann zu und hob flehend die Hände. »Bitte! Ich brauche jemanden, der ihr Knochenmark spenden kann. Und Sie wissen, wer das sein könnte. Bitte! Einen Namen, nur einen Namen oder wenigstens einen Hinweis, wo ich suchen muss. Mehr verlange ich nicht! Bitte!«

Über Sabine Hermanns Gesicht glitt ein leeres Lächeln. »Ich weiß wirklich nicht, wovon Sie reden. Ich kann Ihnen nur eines sagen: Kommen Sie nicht noch einmal auf die Idee, meinen Sohn oder mich zu verfolgen und unter Druck zu setzen, sonst zeige ich Sie an. Und jetzt lassen Sie mich endlich nach Hause fahren.«

Sarah Fechner stand wie erstarrt und sah zu, wie die andere einstieg, den Motor startete und mit einem leichten Schlenker an ihr vorbeifuhr.

* * *

ER IST EINER, *der einem Wünsche von den Augen ablesen kann,* schwärmte Anna in Gedanken und strahlte Marius an. Gerade hatte er für sie beide gemischte Tapas bestellt. »Ich glaube, du wirst einmal ein guter Anwalt«, lobte sie.

»Aha, und woraus schließt du das?«

»Aus deiner präzisen Beobachtungsgabe und tief gehenden Menschenkenntnis. Jedenfalls hast du bemerkt, dass ich großen Hunger habe.«

»Das war nicht schwer zu erraten, so wie du hier jedem Teller hinterhergeguckt hast.« Er lachte und prostete ihr zu. »Ich kann mir außerdem vorstellen, dass einem bei den praktischen Übungen, die ihr Mediziner hinter euch bringen müsst, tagsüber der Appetit vergeht. Oder sezierst du noch keine Leichen?«

Anna leerte ihr Glas. »Doch. Das geht gleich in der zweiten Studienwoche los. Gewöhnungsbedürftig ist das schon. Vor allem der Geruch.«

Er nickte verständnisvoll. »Ja, das stimmt. Aber ein Augenschmaus ist es auch nicht gerade.«

Anna sah erstaunt auf. »Woher weißt du das? Hast du auch mal mit Medizin angefangen?«

»Nein, ich war immer schon bei Jura. Aber bei uns gibt es ein Seminar in der Pathologie. Rechtsmedizin. Das ist einen Stock unter euch im Keller.«

»Ach ja, stimmt. Anatomie ist, wie es aussieht, und Pathologie ist, wonach es aussieht. Die Frage nach dem Warum, hat unser Prof gesagt. Also Klärung der Todesursache und so. Das kommt bei uns erst später.«

Marius bestellte mit einem Handzeichen neue Getränke, bevor Anna protestieren konnte, und lächelte ihre tadelnde Miene einfach weg. »Man sagt, diese intensiven Praktika in der Anatomie am Anfang des Studiums wären so eine Art zweite Aufnahmeprüfung für die Mediziner. So nach dem Motto: Wer das durchhält, hält auch das Studium durch.«

Anna nickte. »Ehrlich gesagt, bin ich auch gerade am Zweifeln, ob es wirklich das Richtige für mich ist.«

»Ehrlich?« In seinem Gesicht lag so viel offenherzige Anteilnahme, dass Anna spürte, wie sich in ihr eine stetig wachsende Zuversicht ausbreitete.

»Ehrlich!« Sie sah ihn fest an und schlug dann die Augen nieder. »Ehrlich gesagt, bin ich in der letzten Zeit so sehr aus dem Tritt gekommen wie seit der Beerdigung meiner Mutter nicht mehr.«

Sofort ergriff Marius ihre Hände und sah sie bestürzt an. »Deine Mutter ist gestorben? Das tut mir echt leid!«

Anna verzog abwehrend das Gesicht. »Sorry. Darüber wollte ich eigentlich gar nicht reden. Es ist ja auch schon so lange her. Ich war zehn Jahre alt. Ich bin nur im Moment etwas aus der Spur, weil … weißt du, jahrelang lief alles bestens. Zu Hause. In der Schule. Und dann plötzlich habe ich das Gefühl, dass alles infrage steht, und ich fühle mich von allen Seiten angegriffen.«

Marius' Händedruck wurde fester. »Das eine kann mit dem anderen zusammenhängen.«

Sie schaute ihn ängstlich an. »Wie meinst du das?«

»Wenn man unsicher ist, fühlt man sich eher bedroht, als wenn man selbstsicher durchs Leben geht. Plötzlich interpretiert man jeden Blick und jedes Lachen der anderen, als sei es gegen einen selbst gerichtet, auch wenn das vielleicht gar nicht so gemeint war.«

Anna schüttelte energisch den Kopf. »Wenn es nur so etwas wäre! Aber es gab regelrechte Anschläge auf mich. Letzten Freitag hat mich jemand vor die S-Bahn gestoßen. Als ich am Wochenende mit meinem Pferd im Gelände war, hat jemand mir aufgelauert und dem Pferd Knallfrösche zwischen die Beine geworfen.«

Marius schaute sie entsetzt an. »Das ist ja schrecklich! So was nennt man Mordanschlag.«

Anna begegnete Marius' besorgtem Blick und sagte leise: »Mordanschlag. Du bist der Erste, der das so klar sagt. Alle anderen wollten mir bis jetzt einreden, dass das nur Zufälle gewesen seien. Ein unachtsamer Drängler auf dem Bahnsteig. Ein verirrter Spaßvogel, der mit Feuerwerkskörpern gespielt und nicht an die Folgen gedacht hat. Mein Bruder meinte sogar, dass ich mir das mit den Knallfröschen nur ausgedacht hätte, um davon abzulenken, dass ich mein Pferd nicht im Griff habe.«

»Das ist bitter, wenn einem selbst die eigene Familie nicht glaubt.«

»Ja, finde ich auch. Aber ich habe Beweise.«

»Beweise? Wofür?«

»Beweise für die Existenz der Knallfrösche. Der Täter hatte nämlich alle Spuren auf der Brücke fein säuberlich be-

Anna kicherte über seine Faxen.

Sofort glättete sich sein Gesicht wieder. »Ich hoffe, du nimmst mich trotzdem ernst?«

Sie lachten. Marius bestellte Nachtisch und traf mit seiner Auswahl genau das, was Anna schmeckte. Sie hatte das Gefühl, als Ausgleich ein paar lustige Geschichten beisteuern zu müssen, und erzählte von Motte und seinen Streichen in der Schule. Es freute sie, Marius so heftig zum Lachen zu bringen. Das war ansteckend und ihre Laune schien sich in goldenen Spiralen himmelwärts zu drehen. *So fühlt sich Glück an,* dachte sie.

Die Stunden vergingen wie im Flug. Plötzlich meldete sich Marius' Handy. Für den Bruchteil einer Sekunde flog ein Schatten über sein Gesicht, als er auf das Display sah. Er nahm den Anruf mit »Ja, was ist?« entgegen und hörte eine Weile zu, was der andere Teilnehmer ihm in aller Ausführlichkeit zu berichten hatte. Marius blieb ohne jede Regung. Schließlich sagte er: »Hhm. Ja. Ich komme gleich.«

Die Enttäuschung durchfloss Anna wie ein eiskalter Strom. Auch Marius sah sichtlich abgekühlt aus. »Blöd. Muss nach Hause. Meine Mutter hat den Wohnungsschlüssel vergessen.«

»Und dein Vater?«

»Ist auf Geschäftsreise.«

»Huch, ich denke, du hast heute Mittag …?«

»Gleich danach ist er abgedüst. Schade, wäre auch noch gerne ein bisschen geblieben. Ein andermal.« Er zahlte und brach zügig auf.

FLUCHTARTIG WAR SARAH FECHNER vom Ort des Geschehens davongefahren. Ihre Hände zitterten noch immer, als sie ihren Wagen in den geöffneten Schlund der Tiefgarage lenkte und ihren Parkplatz aufsuchte. Das flimmernde Licht der Leuchtstoffröhren schaltete sich automatisch aus, nachdem die Bewegungsmelder nicht mehr anschlugen. In dieser grauschwarzen Finsternis blieb sie reglos hinter dem Steuer sitzen und starrte ins Leere, während sich vor ihrem inneren Auge die Bilder wahllos überschlugen. Eiskalt schüttelte es sie. Was hatte sie da eben getan? Wie hatte sie glauben können, in ihrem Zustand gegen Sabine Hermann bestehen zu können? Mit fahrigen Bewegungen zog sie ihr Handy hervor und wählte eine Nummer. Es dauerte nicht lange, da meldete sich eine rauchige Altmännerstimme: »Hupka?«

»Herr Hupka, ich hätte da noch einen weiteren Auftrag für Sie.«

»Hat das heute nicht geklappt? Sie wollten diese Frau doch zur Rede stellen.«

»Ja, ja. Das hat geklappt. Es ist ein Anschlussauftrag.«

»Recherche, Beschattung und Dokumentation? Alles Weitere kostet mehr.«

»Das weiß ich jetzt noch nicht so genau. Ich möchte das von Tag zu Tag entscheiden. Auch muss ich Ihnen einige Informationen zusammenstellen, die ich bereits habe. Kann ich morgen in Ihr Büro kommen?«

»Morgen um neun«, hüstelte der Detektiv.

»In Ordnung, ich komme.« Sie starrte noch eine Weile auf das erloschene Display in ihrer Hand.

UNTER DEN BOGENLAMPEN der Straßenbeleuchtung drängten gelbliche Lichtblasen gegen die dichten Schwaden des Novembernebels an. Das Pflaster der Altstadtstraßen wirkte wie matt lackiert und in den Rinnen schimmerten im fahlen Licht der Laternen schwarze Pfützen. Obwohl es noch nicht so spät war, waren kaum noch Menschen auf der Straße. Alle schienen es eilig zu haben, zu ihren Autos zu kommen oder in der nächsten Kneipe zu verschwinden.

Anna stand unschlüssig vor dem Lokal. In ihr nagte die Enttäuschung über Marius' hastigen Aufbruch. Sie hatten sich noch nicht einmal wieder verabredet. Vielleicht hatte er genau das beabsichtigt. Von wegen Mutter und Schlüssel vergessen! Vermutlich waren ihm im Laufe des Nachmittags doch Zweifel gekommen, ob er sich mit einer wie Anna einlassen sollte, auch wenn sie versucht hatte, die Stimmung mit ihren Gute-Laune-Geschichten zu retten. Bestimmt hatte er seinen plötzlichen Aufbruch selbst inszeniert, um sie loszuwerden. Sie ärgerte sich über ihre Dummheit und schwor sich, Marius beim nächsten Treffen nicht mehr mit ihren Sorgen zu belasten. Wenn es überhaupt zu einem nächsten Treffen kam! Sie wünschte es sich so sehr. Aber ihr war klar, dass ein supergut aussehender Junge aus gutem Hause ganz andere Mädchen klarmachen konnte. Der musste sich nicht mit so einem Psycho wie ihr abgeben. Wie konnte es ihr nur gelingen, wieder in einen Normalitätsmodus zurückzufinden?

Sie setzte sich mit energischen Schritten in Richtung S-Bahn in Bewegung. Wie leer die Innenstadt war! Und die

Typen, die ihr hier und da entgegenkamen und sie mit gespielt gleichgültigen Blicken musterten, sahen nicht gerade vertrauenerweckend aus. Da unten auf den Bahnsteigen und in der späten Bahn würde es ähnlich sein. Auf die dumme Anmache von bekifften und alkoholisierten Kerlen hatte sie wenig Lust. Diese Erfahrung hatte sie schon zur Genüge hinter sich. Jan anrufen? Den Triumph wollte sie ihm nicht gönnen. Also, was tun?

Sie blieb stehen und blickte sich um. War da hinten gerade jemand in einem Hauseingang verschwunden? Stand da einer und beobachtete sie? *Nein, Anna!*, befahl sie sich selbst. *Fang jetzt nicht schon wieder an, dir etwas einzubilden! Bleib ruhig und finde eine Lösung!* Ihr Blick fiel auf ein Straßenschild. Marktgasse. Tagsüber war diese schmale Straße, die parallel zu der breiten Hauptstraße durch die Altstadt führte, eine belebte kleine Einkaufsmeile mit Souvenirläden und Kunsthandwerk im Parterre der alten Fachwerkhäuser. Dort, wo der große Brand im Zweiten Weltkrieg Lücken gerissen hatte, waren nüchterne Zweckbauten mit glatten Fassaden errichtet worden. Einige waren inzwischen schick renoviert und zu sündhaft teuren Eigentumswohnungen umgewandelt worden. Der Wohntrend ging von der grünen Wiese wieder hinein in die Stadt.

Anna lief durch die Gasse und studierte die Hausnummern über den Eingängen. In der Hand hielt sie Dinas Anzeige. Marktgasse fünfundsiebzig. Anna war erst bei Nummer elf. Hoffentlich war Dina zu Hause. Auf ihrem Handy meldete sich nur die Mailbox. »Hallo Dina. Hier ist Anna.

Ich bin gerade in der Marktgasse unterwegs. Kann ich vielleicht heute Nacht bei dir pennen? Ich mach auch echt keine Umstände!«

Die Nummer fünfundsiebzig lag kurz vor der Einmündung zur Torstraße, die hinunter zum Fluss führte. Annas Blicke glitten die Fassade hinauf. Sie war hell getüncht. Dunkel gerahmte, bodentiefe Fenster gaben dem vierstöckigen Haus ein modernes Erscheinungsbild. Das sah nicht gerade wie eine Studentenbleibe aus. Anna inspizierte die Klingelschilder. Dinas Nachname oder auch nur ein Name, der im Entferntesten arabisch klang, war nicht zu finden. Hatte Dina die falsche Hausnummer angegeben?

Anna las das Anzeigenblatt erneut. Hier stand jedenfalls eindeutig Nummer fünfundsiebzig. Sie entdeckte neben Dinas Handynummer noch eine für das Festnetz und wählte. Nach einiger Zeit meldete sich eine Frauenstimme, die sehr schnell etwas sagte, das man durchaus als Dinas Nachnamen verstehen konnte.

»Dina, bist du es?«

»Nein. Wer sind Sie?«

»Anna Dembowski. Ich bin eine Kommilitonin von Dina. Kann ich sie sprechen?«

»Dina ist nicht da.«

»Wo ist sie denn? Ich müsste sie dringend erreichen.«

»Sie ist wahrscheinlich zu Hause.«

»Zu Hause? Rufe ich denn nicht gerade bei ihr an?«

»Doch. Sie wohnt auch hier.«

Anna schüttelte verwirrt den Kopf. »Wer sind Sie?«

»Warum wollen Sie das wissen?«

»Hören Sie, ich will einfach nur Dina dringend sprechen. Sagen Sie mir doch bitte, wo ich sie finden kann. Ich stehe hier in der Marktgasse vor ihrem Haus. Aber es gibt kein Klingelschild mit ihrem Namen. Fünfundsiebzig ist doch die richtige Nummer, oder?«

»Warum wollen Sie das wissen?«

»Weil ich Dina besuchen will.«

»Jetzt? Das können Sie doch gar nicht, wenn sie nicht da ist. Wenn Sie Dina erreichen wollen, müssten Sie doch ihre Handynummer haben.«

»Aber da geht nur die Mailbox dran. Wohnt sie denn überhaupt hier?«

»Probieren Sie es später noch einmal auf dem Handy.«

Anna betrachtete verblüfft ihr Display. Aufgelegt. Was war denn das?

* * *

FLORIAN HERMANN LUGTE um den Stamm des dicken Ahornbaumes herum, hinter dem er sich in Deckung gebracht hatte, und suchte den Parkplatz vor seinem Wohnhaus ab. Das Auto von Sarah Fechner stand nicht da, soweit er das bei dem Nebel und im spärlichen Licht der Laternen überhaupt erkennen konnte. Er traute ihr durchaus zu, dass sie nach seiner Mutter auch ihm noch auflauerte. Er schaute prüfend hinüber zur Haustür. Die Ziersträucher an beiden Seiten hatten inzwischen viel Laub gelassen. Auch dort schien sich niemand zu verbergen.

Plötzlich zuckte er zusammen. In einem Auto, das frontal gegenüber dem Hauseingang geparkt stand, glühte eine Zigarette auf. Jetzt erkannte er auch zwei massige Gestalten auf den Vordersitzen. Trotz der kriechenden Novemberkälte brach ihm sofort der Schweiß aus. Mit den beiden Schlägertypen von Rocco wollte er nicht noch einmal Bekanntschaft machen. Aber wieso schickte er die schon wieder vorbei? Heute Morgen erst hatte er Rocco sechstausend Euro vorbeigebracht, als erste Anzahlung. Zwanzigtausend standen noch aus. Bei Roccos Zinssatz von monatlich zehn Prozent gab es wenig Möglichkeiten, von seinen Schulden herunterzukommen. Zwanzigtausend. Für Florians Vater wäre das ein lächerlicher Betrag. *Das hat der in seiner Kaffeekasse,* dachte Florian bitter. Vor einigen Wochen hatte er sich überwunden und ihn um einen Kredit angebettelt. Bernhard Flink hatte eine Studienbescheinigung sehen wollen. Florian hatte sie ihm vorgelegt. »Und? Was studierst du gerade, oder bist du nur eingeschrieben, damit du kostenlos U-Bahn fahren kannst?«, war seine ironische Frage dazu gewesen.

»Ich bin auf WiWi umgesattelt«, hatte er erklärt.

»Wirtschaftswissenschaften? Meinst du, da lernst du endlich mit Geld vernünftig umzugehen?«

»Wie soll man mit etwas vernünftig umgehen, wovon man immer zu wenig hat?«

»An Schlagfertigkeit mangelt es dir nicht und an Geld auch nicht. Die meisten Studenten haben weniger als du. Aber die großen Ansprüche hast du von deiner Mutter. Die hat auch immer über ihre Verhältnisse gelebt und sich eingebildet, ich wäre so etwas wie ein lebendes Sparschwein, mit dem sie ihre Kaufsucht befriedigen kann. Jetzt kann sie sich vor Schulden nicht retten. Das ist übrigens der wahre Grund unserer Trennung und nicht das Verhältnis mit Sarah. Nur zu deiner Information. Denn deine Mutter wird dir eine andere Geschichte aufgetischt haben.«

»Bekomme ich den Kredit? Ich gehe auch arbeiten, damit ich ihn dir möglichst schnell zurückzahlen kann.«

»Arbeit? Hast du noch immer nicht verstanden, dass deine Arbeit das Studium ist? Zeig mir aus dem kommenden Semester eine positiv bewertete Seminararbeit, einen gut bewerteten Schein, und ich gebe es dir.«

»Das ist zu spät. Ich brauche das Geld gleich.«

»Wozu braucht ein Student zu Semesterbeginn zwanzigtausend Euro? Für Bücher? Die gibt es auch in der Unibibliothek.«

»Ich habe Schulden, und ich komme total in Schwierigkeiten, wenn ich sie nicht schnell zurückzahle.«

»Schulden?«, hatte sein Vater bitter gelächelt. »Dann halte dich besser an deine Mutter, dafür ist sie Spezialistin.«

In Erinnerung an dieses Gespräch wuchs in Florian wieder diese dumpfe, kalte Wut, die ihn seit frühester Kindheit begleitet hatte, wenn er das Leben des Vaters im Vergleich zu seinem sah. Dieser Mann enthielt ihm vor, was ihm als seinem Sohn eigentlich zustand. Und kein Tag verging, an dem seine Mutter das nicht beklagte. Einmal hatte er ihr voller Hass entgegengeschleudert: »Ich kann doch nichts dafür, dass ich jetzt hier mit dir von ein paar Kröten leben muss! Wenn du es geschickter angestellt hättest, wärst du heute seine Frau und ich der Sohn aus gutem Haus und nicht der Loser vom Block.« Daraufhin war sie weinend zusammengebrochen und er hatte sich noch schlechter gefühlt. Das Gift der ständigen Kränkungen fraß sich in seine Seele wie eine ätzende Säure. Die neutralisierende Lauge hieß Erfolg und Anerkennung. Darum hatte er sich auf das Internetgeschäft mit Rocco eingelassen. Anfangs lief alles gut. Er sah sich schon im Markenanzug und mit schickem Köfferchen herumlaufen wie die Jurastudenten. Zu spät hatte er gemerkt, dass er auf Roccos Tricks hereingefallen war.

Florian kniff die Augen zusammen. Am Ende kamen die beiden Typen da drüben im Auto gar nicht von Rocco, sondern handelten im Auftrag von Sarah Fechner? Zuzutrauen wäre ihr das. Gut, dass er inzwischen so vorsichtig geworden war. Ein Trick aus seiner Kindheit fiel ihm ein, den er angewandt hatte, wenn die Mobber aus der Schule vor seiner Haustür auf ihn gewartet hatten. Vorsichtig entfernte er sich rückwärts von dem Baum und lief im Schatten der Zierhecken zur Rückseite des Wohnblocks. Unten im Parterre wohnte die alte Frau Seidel. Ihre Balkontür stand immer einen Spaltbreit offen, damit ihre Katzen ein und aus gehen konnten.

Florian sah sich um. Niemand war weit und breit zu sehen. Er griff nach den Geländerstäben und schwang sich über die Brüstung.

OBWOHL DER AUTOBAHNABSCHNITT aus der Stadt heraus durch die gelb strahlenden Bogenlampen gut beleuchtet war, konnte Jan wegen des immer dichter werdenden Nebels nur langsam fahren. »Und? War es nett mit deinem Studienkollegen?«, fragte er.

»Ja. Das ist einer, der hat echt Humor und ist tiefenentspannt. Hat mir gut getan«, erklärte Anna.

»Klingt ja richtig gut. Studiert er auch Medizin?«

»Nein. Jura.«

»Da habe ich ihn aber nie gesehen.«

»Ich glaube nicht, dass dir bei deinen zwei Semestern Jura, die du vor deinem Wechsel an die Feld-Wald-und-Wiesen-Fakultät absolviert hast, sämtliche Jurastudenten dieser Uni begegnet sind. Marius ist auch schon viel weiter als du, er lernt nämlich bereits für das Examen.«

»Vermutlich ist er auch älter.«

»Kann sein.«

»Einem Marius bin ich damals bei Jura begegnet. Von seinem Vater haben wir Tara.«

»Aber es war wohl nicht der, der mich vorhin abgeholt hat, sonst hättest du ihn anders begrüßt.«

»Nee, der war es nicht. Der, den ich kenne, war netter.«

»Du hast Marius kaum gesehen und hast gleich etwas gegen ihn. Was soll das?«

»Aber du findest ihn gleich auf Anhieb sympathisch. ›Love at first sight‹, oder wie?«

Anna schnaubte wie ein Pferd. »Was gibt das hier eigentlich? Heiteres Vokabellernen oder Fragestunde mit Onkel

Jan? Auf jeden Fall ist das Kinderkanal, was du hier gerade abziehst!«

»Ich interessiere mich nun einmal für das, was du tust und mit wem du dich triffst.«

»Wenn du mich fragst, ein bisschen zu sehr. Wieso warst du überhaupt so schnell zur Stelle, nachdem ich dich vorhin angerufen hatte?«

»Ich war in der Stadt geblieben und gar nicht erst nach Hause gefahren.«

»Jetzt sag nicht, dass du mit meinem Anruf gerechnet hast?«

»Gut, dann sag ich das jetzt nicht.«

»Blödmann.«

»Aber jetzt bist du doch ganz froh, so bequem nach Hause zu kommen, oder?«

»Willst du jetzt gelobt werden, oder was? Ja, danke, lieber Jan, ich hatte echt keinen Bock auf S-Bahn-Fahren und Laufen. Danke, danke für deine brüderliche Fürsorge und Voraussicht. Werde ich das in meinem Leben je wieder gutmachen können?«

»Na bitte, geht doch.«

»Ha, ha. Im Übrigen wird das bald nicht mehr so häufig vorkommen.«

»Ich habe dir gesagt, dass es mir nichts ausmacht? Mir ist es lieber, dass du …«

»Es geht aber gerade nicht darum, was dir lieber ist, sondern darum, was besser für mich ist. Ich werde umziehen, und zwar in die Stadt.«

»Was ist denn das für eine Schnapsidee? Im Leben findest du dort so schnell keine bezahlbare Wohnung.«

»Die habe ich schon. Ein WG-Zimmer in bester Lage.«

»Jetzt sag bitte nicht bei diesem Jura-Fuzzi?«

»Nein, bei Dina und einer Cousine von ihr.«

»Diese Kopftuchtante?«

»Jan!«

»Sorry, sie scheint ja ganz nett zu sein.«

»Woher kennst du sie?«

»Heute Mittag war ich erst an der Uni, um dich nach der Vorlesung abzuholen. Sie sprach mich an und sagte, dass du schon weg bist.«

»Aha, und woher weiß sie, dass du mein Bruder bist?«

»Vielleicht hast du ihr gesagt, wenn da mal ein gut aussehender Blonder steht, um mich abzuholen, ist das mein Bruder.«

»Eingebildet bist du ja gar nicht. Aber es ist schon merkwürdig, dass sie dich erkannt hat, denn wir sehen uns ja nun wirklich alles andere als ähnlich.«

Jan zuckte mit den Schultern.

Einige Minuten hing jeder schweigend seinen Gedanken nach. Plötzlich fuhr Anna auf. »Und was hast du eigentlich heute Abend die ganze Zeit in der Stadt gemacht? Bist du mir am Ende hinterhergeschlichen?«

»Ich war im Kino.«

»Allein?«

»Ja. Willst du die Karte sehen wegen meines Alibis, Frau Kommissarin?«

»Geschenkt. Aber ich glaube, mir ist einer hinterhergeschlichen.«

»Echt?«

»Vielleicht auch nicht. Es gibt ja Leute, die sagen, dass ich mir ziemlich viel einbilde in letzter Zeit.«

»Annabel! Ich wollte dich beruhigen! Damit du dich nicht in etwas hineinsteigerst. Und diese Knallfroschattacke ohne jegliche Spuren klingt ja nun wirklich ziemlich absurd.«

»Sagst du! Marius glaubt mir.«

»Ma-ri-us, der süße Anwalt in spe mit dem Sixpack-Body.«

»Nur kein Neid.«

»Hab ich nicht nötig.«

* * *

»WIE SIEHST DU denn aus?«, fragte Sabine Hermann, als sie ihren Sohn im Flur der Wohnung empfing.

Er sah an sich herunter. Jacke und Hose waren mit feuchter Erde beschmiert. In seinen Haaren hingen winzige Kletten und trockene Blättchen. Er wuschelte sich durchs Haar und klopfte die Kleider ab. Dabei versuchte er sich eine Erklärung auszudenken. Er wollte seiner Mutter nicht sagen, dass er durch das Gebüsch auf den Balkon der alten Seidel geklettert war und dass die Erdspuren von den Blumenkästen stammten, die dort am Geländer hingen. »Ich musste mich vor zwei merkwürdigen Typen in die Büsche drücken. Vermutlich hat die Fechner uns die auf den Hals gehetzt.«

Die Augen seiner Mutter weiteten sich entsetzt. »Diese

Frau dreht langsam völlig durch!« Dann berichtete sie ihm in allen Einzelheiten, was heute auf dem Parkplatz des Klinikums vorgefallen war.

Florian hörte angespannt zu. »Mit einem Gewehr? Meinst du, das war echt?«

»Ich denke schon. Ich weiß, dass sie einen Jagdschein hat und ziemlich gut schießen kann.«

»Dann warst du aber ganz schön mutig!«

Sabine Hermann lächelte wehmütig. »Ich habe nichts mehr zu verlieren!« Dann fuhr sie mit gespreizten Fingern sanft durch Florians Haar und zupfte noch einzelne Pflanzenteile ab. »Außer dir! Du bist alles, was ich habe. Und wir beide, wir werden es schaffen. Die können uns alle nichts anhaben!«

Florian wich aus und schob ihre Hand vorsichtig beiseite. »Ich hoffe, du unterschätzt diese Fechner nicht. Die verhält sich wie eine Wölfin, die mit allen Mitteln um ihr Junges kämpft.«

»Ich bin aber auch so eine Wölfin«, erklärte Sabine Hermann mit sanftem Lächeln.

Florian wandte sich ab und ging in die Küche, um etwas zu trinken. Sie folgte ihm, stellte ihm das Glas hin, schraubte die Flasche auf und goss ein. Er trank schweigend und in gierigen Zügen. Sie beobachtete ihn mit den Blicken einer fürsorglichen Mutter.

Er stellte das Glas ab. »Woher kannte die Fechner deinen Dienstplan? Hat sie das etwa auf deiner Station ausspioniert?«

»Ausspionieren lassen! In den letzten Tagen hat sich dort ein merkwürdiger Mensch herumgetrieben und nach mir gefragt. Er hat so getan, als sei er ein alter Freund von mir, der mich unbedingt wiedersehen wollte.« Sabine Hermann zog ihr Handy hervor. »Hier! Alina ist das komisch vorgekommen, und sie hat ihn heimlich fotografiert, um ihn mir zu zeigen. Ich kenne den auf jeden Fall nicht. Hast du ihn schon einmal gesehen?«

Florian betrachtete das Foto. Es zeigte einen Mann um die fünfzig mit schütterem blondem Haar, das viele graue Strähnen zeigte. Das Gesicht wirkte verwittert, als sei er viel draußen unterwegs. Seine Kleidung bestand aus einer verwaschenen, ausgebeulten Jeanshose und einer abgetragenen Blousonjacke aus grauem Stoff. »Sieht beinahe aus wie ein Tippelbruder, doch dafür sind die Haare zu gut geschnitten und die Kleider zu sauber. Aber was Verlebtes hat er schon. Vielleicht ein Schnüffler? Am Ende hat sie einen Detektiv engagiert, um uns auszuspionieren?«

Sabine Hermann lachte trocken auf. »Das sähe ihr ähnlich. Geld genug hat sie ja!« Kopfschüttelnd ging sie davon. Florian verschwand im Bad. Als er wieder herauskam, hatte seine Mutter den Abendbrottisch liebevoll gedeckt und eine Kerze angezündet.

Er betrachtete das Arrangement lustlos. »Oh, sorry, ich habe jetzt echt keinen großen Hunger.«

Sie schob ihm einen Teller hin. »Dann wenigstens etwas Salat wegen der Vitamine.«

Er ließ sich breitschlagen und kaute langsam. Seine Mutter beobachtete ihn. Sie wirkte seltsam angespannt. Drängte sie noch etwas, das sie ihm unbedingt mitteilen wollte? Sein Bedarf an Neuigkeiten war für heute gedeckt. Er ließ sich absichtlich Zeit und trug anschließend seinen Teller in die Küche. Als er zurückkehrte, lag auf seinem Platz ein Ausdruck. »Was ist das?«

Sie saß ihm gegenüber am Tisch, hatte die Arme auf der Platte verschränkt und beugte sich nach vorne. Mit dem Kopf wies sie auf das Dokument. »Lies!«

Er setzte sich und studierte das Blatt. Der Briefkopf war der des Universitätsklinikums. Der Name des Patienten lautete Bernhard Flink. Seine Mutter hatte in den letzten Wochen öfter solche Auszüge der Patientenakte mitgebracht. Sabine Hermann beugte sich noch weiter vor und deutete auf einige Zahlen. »Das sind seine aktuellen Werte. Die Viruslast im Blut ist wieder angestiegen. Vermutlich haben sich Resistenzen gebildet.«

Florian sah auf. »Und was heißt das?«

»Es heißt, dass die Medikamente nicht mehr so gut wirken und er kurz davor steht, dass die Krankheit voll ausbricht.«

»Ich dachte immer, man könnte AIDS inzwischen gut behandeln?«

»Die Behandlung führt aber nicht zur Heilung. Sie zögert sie nur hinaus. Wann die Zeit abgelaufen ist, hängt vom Einzelfall ab, und bei ihm tickt die Uhr dem Ende entgegen.«

Florian starrte auf die Zahlen, die ihm nichts sagten, und versuchte zu verstehen, was das alles bedeutete.

»Es ist schon ein Ding, wie es dir gelungen ist, so einfach an seine Krankenakten zu kommen.«

»Einfach war es nicht. Aber ich kenne die Möglichkeiten. Es ist mir wichtig, dass wir wissen, woran wir sind. Hast du Neues von Lara gehört?«

Florian nickte. »Heute Morgen habe ich auf der Station angerufen. Die Schwester kennt mich schon. Sie sagte, Lara hat Fieber. Verdacht auf eine Infektion mit Züto… Züto… Irgendwas-Viren.«

»Cytomegalie?«

»Ja, so ähnlich klang es. Ist das schlimm?«

»Das sind eigentlich harmlose Viren, mit denen sich jeder irgendwann mal ansteckt, ohne größer daran zu erkranken. Bei Menschen mit geschwächtem Immunsystem kann das aber zu lebensgefährlichen Komplikationen führen.«

»Das ist hart«, sagte Florian.

»Schicksal«, sagte Sabine Hermann schulterzuckend.

* * *

AM MONTAG IN der Mittagszeit betrat Anna wie üblich den Wintergarten vor dem großen Hörsaal und blickte sich enttäuscht um. Weder Dina noch Marius waren unter den Anwesenden. Immerhin war ihre Lieblingsecke drüben vor dem Fenster noch nicht belegt. Vermutlich, weil sich dieser niedrige Couchtisch mit den drei Sesseln rundherum eigentlich nicht gut zum Essen oder Arbeiten eignete. Es sei denn, man gehörte wie Anna und Dina zu denen, die gerne ihre Tasche auf den Knien als eine Art »Bauchtisch« benutzten.

Anna ließ ihren Rucksack auf einen der Sitzplätze gleiten und ging dann zu der Pinnwand. Eine eisige Hand krallte sich in ihre Brust, als sie sah, dass das Plakat, welches so ominös nach einem Knochenmarkspender suchte, erneut aufgehängt worden war. Es erschien ihr größer als sein Vorgänger. Die Zahlen mit den Geldsummen waren noch auffälliger in Signalrot gestaltet als beim letzten Mal.

Anna zuckte zusammen. Neben ihr am Kaffeeautomaten zog sich jemand mit den üblichen Blubber- und Zischgeräuschen einen Becher Kaffee. Es war ein Mann mit einer Schiebermütze, unter der einige grau gesträhnte, blonde Haare hervorlugten. Der alte Typ mit seiner ausgewaschenen Schlabberjeans sah nicht gerade wie ein Student aus. Vielleicht war es einer von den Rentnern, die sich nach Eintritt in den Ruhestand noch einmal an der Uni einschrieben. Anna wartete geduldig, bis der Alte zur Seite getreten war. Als er sich umdrehte, war etwas im undurchdringlichen Blick seiner wässrigen grauen Augen, das Anna erschreckte. *Wolfsaugen,* dachte sie und sah dem Alten nach, wie er mit erstaunlich elastischen Schritten zu einem der langen Tische spazierte und sich dort niederließ. Zufall, dass er von seinem Platz aus freie Sicht zu Annas und Dinas Ecke hatte? Anna war seiner Blickrichtung gefolgt. Einen Sekundenbruchteil erhellte sich ihre Miene, um sich gleich wieder zu verdüstern.

Dina war eingetroffen. Ihre Tasche lag prall gefüllt und achtlos hingeworfen auf ihrem Platz. Aber Dina stand mit dem Rücken zu Anna vor dem Sessel mit Annas Rucksack und machte sich eindeutig daran zu schaffen. Das war doch das Letzte! Anna verzichtete auf den Kaffee und schlich sich hinüber. Dina fuhr mit einer heftigen Bewegung herum. »Huch, Anna, hast du mich erschreckt!«

In Annas Miene war kein Begrüßungslächeln. »Hast du mich nicht da drüben am Kaffeeautomaten gesehen?«

Dina errötete. »Doch, doch«, bestätigte sie hastig. »Aber ich dachte, du bist noch mit dem Kaffee beschäftigt. Ich wollte dir gerade zurufen, ob du mir einen mitbringst.«

Anna betrachtete ihren Rucksack. Der Reißverschluss der kleinen Fronttasche war aufgezogen. Dina war ihren Blicken gefolgt.

Anna deutete auf den Zipper. »Der klemmt ein bisschen. Das hätte ich dir gleich sagen können. Was wolltest du an meinem Rucksack?«

Dinas Augen flackerten nervös. Mit fahriger Stimme sagte sie: »Oh, sei bitte nicht sauer! Ich wollte da echt nicht drin herumkramen.« Sie wedelte mit einem bunten Faltblatt in der Größe einer Postkarte. »Ich wollte deine Tasche als eine Art Briefkasten benutzen und dir das hier einfach nur da vorne in den Schlitz stecken.«

Anna griff nach dem Prospekt und las. Es war eine Einladung zu einer Doc-Disco, die jeden Montag im *Back Yard* stattfand, einem Tanzlokal im Hinterhof eines Altstadthauses ganz in der Nähe der Uniklinik. Eingeladen waren Ärzte, Pflegepersonal, Medizinstudenten und ihre Freunde zu einer fröhlichen After-work-Party und als Einstimmung auf die neue Woche. Anna ließ das Faltblatt ungeöffnet, drehte es aber um und betrachtete die letzte Seite. Die war als Werbeanzeige gestaltet. Gerade wollte sie das Blatt achtlos wegwerfen, als ihr einige Stichworte entgegensprangen. Erstarrt las sie sich fest und hielt das Blatt schließlich wutentbrannt vor Dinas Gesicht. »Und was soll das, bitte schön?«

Dina überflog das Geschriebene, wurde blass und sagte: »Oh!«

Annas Augen funkelten sie wütend an. »Was heißt hier ›Oh‹? Wolltest du dir einen blöden Scherz mit mir erlauben oder was soll das?«

Dina verzog kläglich das Gesicht. »Sorry, nein, die Rückseite hatte ich gar nicht gelesen.«

»Ach so, hast du nicht? Dann lese ich dir das einmal vor: *Studenten helfen! Knochenmarkspenden können Leben retten. Komm zur nächsten Typisierungsaktion am Mittwoch, den 18. November, um zehn Uhr in den Glasbereich vor dem Hörsaal I. Übrigens: Hast du schon einen Organspendeausweis?*

Meine Antwort: Nein, Dina, den habe ich noch nicht. Ich bin nämlich noch keine achtzehn.«

»Den kann man schon ab sechzehn haben«, sagte Dina schnell und hielt sich sofort die Hand vor den Mund.

»Ach ja, da kennt sich aber jemand aus!«

Dina hob verzweifelt die Hände. »Anna, jetzt steigere dich da bitte nicht in etwas hinein. Wenn das mit dem Plakat da drüben nicht gewesen wäre, dann wäre das auch für dich die normalste Sache der Welt. Vor dem Studium habe ich vier Jahre als MTA in einer Arztpraxis gearbeitet. Da kennt man dann solche Bestimmungen. Jetzt komm, glaub mir, ich hätte dir das niemals in die Tasche gesteckt, wenn ich die Rückseite gelesen hätte. Ich weiß, wie sehr dich das in Panik gebracht hat, und könnte mir jetzt noch die Zunge abbeißen, dass ausgerechnet ich dich auf die Idee mit der Organspende gebracht habe.«

Anna schüttelte den Kopf. »Es war vielleicht ganz gut, dass dir das herausgerutscht ist. Und im Übrigen erklärt mir das alles nicht, warum du ohne Skrupel an meine Tasche gehst, anstatt mir das einfach in die Hand zu drücken!«

Dina lächelte gequält. »Ich wollte es doch nur so ein bisschen da vorne hineinstecken. Du hättest es sofort gefunden, sobald du dein Handy oder deine Medikamente herausgenommen hättest.«

Annas Augen wurden noch schmaler. »Ah, interessant, du weißt also ziemlich genau, was ich da in der Tasche habe?«

Ein Zucken durchfuhr Dinas Körper. Ihr Lächeln verschwand endgültig. »Ach Anna, jetzt sei bitte nicht sauer auf mich! Es sollte ein kleiner Anschubser sein. Ich wollte nachher noch so ein Blättchen heimlich in dem Juristenkoffer von unserem hübschen Lesedenkmal verschwinden lassen. Er lässt ihn doch immer mit halb geöffnetem Deckel da neben sich auf dem Tisch stehen. Ein idealer Briefkasten. Ich hatte mir ausgemalt, wie ihr dann diese Einladung findet und …« Sie zeichnete mit den Fingerspitzen Anführungszeichen in die Luft. »… rein zufällig euch heute Abend dort begegnet. Es hätte mir echt Spaß gemacht, bei euch heimlich Schicksal zu spielen. Sorry, es war wirklich nur nett gemeint.«

»Gut gemeint ist nicht immer gut gemacht. Ich mag es nicht, wenn man ungefragt an meine Sachen geht, merk dir das!«, zischte Anna und riss bis zum Anschlag am Reißverschluss. Dann warf sie sich mit Schwung den Rucksack über die Schulter, sodass Dina zur Seite springen musste, um nicht getroffen zu werden, und ging mit Stechschritten in Richtung Hörsaal.

Dina griff eilig nach ihrer Tasche und rannte Anna hinterher. »Anna! Sorry! Sorry, es tut mir leid, bitte sei nicht sauer!«

Anna beschleunigte ihren Schritt und suchte sich mit eisigem Schweigen demonstrativ einen Platz mitten in der ersten Reihe. Sie würde sich ganz sicher nicht neben Dina auf ihren Stammplatz ganz oben im Hörsaal setzen.

Dina lief außen an der Tischreihe entlang, bis sie Anna erreicht hatte, und beugte sich zu ihr. »Anna, was kann ich denn jetzt machen außer dir sagen, dass es mir leidtut? Ich habe diese Rückseite nicht bemerkt. Ich wollte dir echt nur die Disco-Einladung zustecken. Das klang einfach witzig. Die servieren Erdbeerlimes in Spritzen aufgezogen und Kühlpacks mit Fruchteis. Wenn du so was als doofe Einmischung von mir siehst, okay, dann weiß ich das für die Zukunft. Aber bitte lass uns nicht deswegen streiten. Wir verstehen uns doch eigentlich richtig gut!«

Anna hatte die Arme auf dem vor ihr liegenden Rucksack

verschränkt wie ein Hund, der seinen Knochen bewacht, und sah finster in eine andere Richtung.

Dina musterte sie mit deutlicher Verzweiflung. Sie wagte einen letzten Versuch. »Anna, du glaubst doch hoffentlich nicht im Ernst, dass ich dir dein Handy klauen wollte oder so? Dann sieh bitte nach! Es fehlt nichts.«

In der Tat kam Bewegung in Anna. Sie öffnete mit kühler Miene den Reißverschluss und fingerte aus der engen Tasche ein Handy, eine Packung Papiertaschentücher, ein Schlüsselbund, das an einer Schnur mit Karabinerhaken an einem Ring im Inneren der Tasche befestigt war, und ein rechteckiges Döschen aus gelbem Kunststoff heraus. Der Klappdeckel des Döschens war nicht richtig eingerastet, beim Herausnehmen kullerten einige weiße Pillen heraus und hüpften über die Tischplatte und auf den Boden. Dina half beim Aufsammeln und legte die gefundenen Tabletten in Annas bereitgehaltene hohle Hand.

Anna zählte nach.

Dina sah sich suchend um. »Sind das jetzt alle? Wusstest du, wie viele es waren?«

Anna nickte stumm. Dann sortierte sie jeweils zwei Tabletten in eines der drei Fächer des Behälters ein. »Sechs Stück. Meine Wochenration. Sonntags fülle ich das zu Hause immer auf.«

»Aha? Bist du krank oder warum nimmst du das?«, erkundigte sich Dina vorsichtig. Ihr war die Erleichterung darüber deutlich anzumerken, dass sie mit Anna ein neutrales Thema gefunden hatte.

»Eine fehlt«, konstatierte Anna und schaute suchend die lange, schmale Tischplatte entlang. Dina bückte sich schnell und legte mit spitzen Fingern eine Tablette in den Deckel des Döschens. »Hier, ich weiß nicht, ob du die noch nehmen kannst. Sie lag auf dem Boden.«

Energisch pickte Anna die weiße Pille zwischen Daumen und Zeigefinger auf, pustete kurz darüber und ließ sie dann mit gleichgültiger Miene zwischen den Lippen verschwinden. Aus einer Seitentasche des Rucksacks beförderte sie ihre Wasserflasche und setzte sie zum Nachspülen an. Dann packte sie ihre Frühstücksdose aus und biss mehrmals von ihrem Brot ab. Dina beobachtete sie dabei wie ein seltenes Tier im Zoo.

Als Anna ausgekaut hatte, erklärte sie: »Einmal am Tag muss ich sie zum Essen nehmen. Da ich morgens nie etwas herunterbekomme, muss ich bis später warten. Darum packe ich sie mir in die Dose zum Mitnehmen.«

»Und warum lässt du sie nicht in der üblichen Blister-Packung, das wäre doch hygienischer?«

»Weil ich dann immer vergesse, ob ich sie schon genommen habe oder nicht. Durch die Fächer in der Dose weiß ich das sofort. Erstes Fach Montag und Dienstag, zweites Fach Mittwoch und Do…«

»Schon gut«, unterbrach Dina. »Ich habe Abitur und hab's kapiert.« Ihr Versuch, Anna durch diese Bemerkung aufzuheitern, wurde mit einem winzigen Lächeln belohnt.

Anna hob den Zeigefinger. »Und bevor du jetzt denkst, dass ich abhängig bin von irgendwelchen Hallo-Wach-Pillen, muss ich dich beruhigen, denn das sind simple TAH in niedriger Dosierung.«

»Thrombozyten-Aggregationshemmer«, rasselte Dina herunter, als sei es ein völlig alltägliches Wort.

Anna pfiff leise durch die Zähne. »Na, da hat ja jemand richtig Ahnung. Wozu studierst du eigentlich noch?«

Dina lächelte stolz und setzte noch eins drauf. »Ich tippe auf fehlende Milz. Darf ich raten? Du hattest als Kind einen Fahrradunfall und hast dir die Lenkstange in den Bauch gerammt?«

»Mensch Dina, bist du jetzt auch noch Hellseherin?«

»Nee. Auch noch ausgebildete Rettungssanitäterin. Milzriss ist eine sehr häufige Verletzung bei Fahrrad- oder Motorradunfällen. Extreme Hautblässe, kalter Schweiß, bretharter Bauch und Prellmarken auf dem linken Brustkorb bedeuten Alarmstufe Rot.«

»Wow!«, staunte Anna. »Die Vorlesung hat schon begonnen!« Sie drückte den Sitz des Klappstuhls neben sich nach unten. »Komm! Bei uns sitzt man heute in der ersten Reihe!«

* * *

AN DEN FASSADEN der Kaufhäuser und an den Lampen der Straßenbeleuchtung in der Einkaufspassage der Innenstadt hingen in breiten Schleppen und Girlanden die verschiedensten Ausprägungen der Weihnachtsbeleuchtung. Manche Lichter waren bereits eingeschaltet, andere schienen noch auf ihren Einsatz zu warten. Dina und Anna ließen sich untergehakt in der Menge treiben, die in vorabendlicher Betriebsamkeit durch die Häuserschluchten flutete.

Dina deutete auf die bunt flimmernden Rentiere und Nikoläuse über dem Eingang eines Geschäftes. »Ich habe den Eindruck, das fängt jedes Jahr früher an.«

Anna betrachtete ein flutendes Lichtermeer, das sich aus dem ersten Stockwerk eines Kaufhauses bis zu den Schaufenstern im Parterre ergoss. »Möglich. Meine Oma regt sich jedes Jahr darüber auf, wenn jemand die Lichter vor Totensonntag einschaltet. Aber schön sieht es ja aus. Und in der dunklen Jahreszeit freut man sich über jeden Lichtblick.«

»Da hast du recht, mir gefällt es auch.«

»Huch, ich dachte, du hast mit Weihnachten nichts am Hut.« Sie kicherte. »Besser gesagt am Kopftuch.«

Dina ignorierte den Witz mit kühler Miene. »Ich bin hier geboren, zur Schule gegangen und habe mit Begeisterung Weihnachtssterne gebastelt und zu Hause die Fenster dekoriert.«

»Und deine Eltern hatten nichts dagegen?«

»Nein. Es steht sogar im Koran: Wenn du in ein anderes Land gehst, so achte die Sitten und Gebräuche und passe dich an.«

»Ah, siehst du, da habe ich endlich mal eine Expertin, die ich fragen kann: Wie ist das eigentlich mit dem Kopftuch? Musst du das tragen, weil es im Koran steht?«

»Nein, muss ich nicht. Es heißt, die Frau soll ihre Blöße bedecken, sich nicht aufreizend, sondern angemessen und unauffällig kleiden. Das gilt übrigens auch für die Männer. Aber es gibt wie überall verschiedene Arten, das auszulegen.«

»Bist du denn streng religiös?«

»Ehrlich gesagt finde ich, dass Religion absolute Privatsache ist.«

»Dann müsstest du aber auch so herumlaufen, dass nicht jeder gleich sieht, welcher Religion du angehörst.«

»Aha. Stört dich das? Und was ist mit dem goldenen Kreuz, das um deinen Hals baumelt? Das müsstest du dann auch ausziehen.«

»Das geht nicht. Es ist mir wichtig. Meine Oma hat es mir zur Erstkommunion geschenkt. Ich fühle mich damit sicher und beschützt.«

»Siehst du, so ist das bei mir auch.«

Sie scherten aus und betrachteten die Auslage eines Schaufensters. Anna deutete auf ein Schild. »Mensch, schau mal! Die Mützen sind schon total runtergesetzt. Können wir mal reingehen?«

Kurze Zeit später standen sie an einem großen Wühltisch und sondierten das Angebot. Dina zeigte auf das Schild, das aus der Mitte des Tisches herausragte: SALE 50 %.

»Das haben die garantiert runtergesetzt wegen der Fernsehsendung gestern. Die Empörung rauschte auch gleich kreuz und quer durchs Internet. Hast du davon nichts mitbekommen?«

Anna krempelte die Ärmel ihrer Jacke bis zu den Ellenbogen hoch und tauchte mit beiden Händen in den Warenberg ein. Schließlich zog sie eine weiche graue Pudelmütze hervor und ließ die langen Härchen der plusterigen Fellbommel durch die Finger gleiten.

Dina deutete darauf. »Ja, gerade deswegen. Das ist echtes Fell. Was du da hast, ist vermutlich Silberfuchs. Jahrelang waren Pelzsachen verpönt und jetzt kommt es über solche Anhängsel durch die Hintertür wieder herein.«

Anna betrachtete die Mütze und zögerte noch, sie wieder zurückzulegen. Dieses helle Grau würde gut zu ihren dunklen Haaren passen. Sie hielt Dina ihren Fang hin. »Und in dem Film ging es auch um diese Art von Mützen?«

Dina nickte und deutete auf Annas Kapuze. »Um diese ganzen modischen Sachen mit Fellbesatz. Der Markt wird zurzeit überschwemmt mit Billigfell. Das ist sogar preiswerter als Kunstfell oder eine Bommel aus Wolle. Sie haben gezeigt, wie die Tiere in verdreckten, engen Kästen in kilometerlangen Reihen eingepfercht werden. Sie sind krank, haben vereiterte Wunden. Im Film gestern hat ein Pelzhändler einem Tier bei lebendigem Leib das Fell abgezogen. Schrecklich.« Dina schüttelte sich.

Annas Finger zuckten von dem Fell zurück, als hätte es gerade angefangen zu brennen. »Ich dachte, in Deutschland gäbe es keine Pelztierfarmen mehr.«

»Der Film wurde in China gedreht. Außerdem guckt dort keiner danach, mit wie viel verbotener Chemie die Felle anschließend behandelt werden und wie es den Arbeitern dabei geht. Von wegen Arbeitsbedingungen und Menschenrechte und so.«

Bei dem Wort China war Anna zusammengezuckt und Lius zartes Gesicht war vor ihr aufgetaucht. Angewidert legte sie die Mütze unter eine andere, als würde sie sie dort beerdigen. Rundherum sah man, wie auch einige andere Hände zurückgezogen wurden. Am gegenüberliegenden Ende des Tisches stand eine blasse, schmale Frau und starrte die beiden Mädchen mit einem von tiefem Entsetzen geprägten Gesichtsausdruck an. Die Eindringlichkeit, mit der ihre kohlschwarzen Augen ihnen entgegensahen, erinnerte Anna erneut an Liu. Vielleicht war diese Frau auch so eine Engagierte, vielleicht eine Tierschützerin oder von einer Menschenrechtsorganisation? Anna beobachtete sie aus dem Augenwinkel und raunte Dina zu: »Guck dir an, was du erreicht hast. Da drüben steht eine Aktivistin und geht gleich auf mich los!«

Dina folgte Annas Blick und beugte sich dicht an ihr Ohr. »Die starrt auf deine Arme, als wollte sie gleich hineinbeißen!«

Anna kicherte. »Tierschützer sind doch eigentlich Veganer!«

Dina beobachtete amüsiert, wie Anna ihre Ärmel wieder bis zu den Handgelenken hinunterkrempelte. »Ich gehe mal zu den Wollschals da drüben. Willst du noch nach etwas Fellfreiem Ausschau halten?«

Anna nickte und schaute Dina nach, die zwischen den anderen Kunden verschwand. Als sie sich wieder dem Tisch mit den Mützen zuwendete, merkte sie, dass die seltsame Frau sich trotz des dichten Gedrängels bis zu ihr vorgearbeitet hatte und ihr jetzt direkt ins Gesicht starrte. So aus der Nähe sah sie noch beängstigender aus. Sie war nur ein wenig kleiner als Anna. In einem nicht genau schätzbaren Alter zwischen vierzig und sechzig. Tiefschwarze, eingekerbte Ringe unter den Augen. Eingefallene Wangen. Die kurzen schwarzen Haare hatten einen Schnitt, der mehr an praktischen als an modischen Vorstellungen orientiert war. Eine ovale Gesichtsform. Tiefe Falten neben einem blassen, geschwungenen Mund. In ihrer Jugend war sie vielleicht einmal sehr hübsch gewesen. Ein alterndes Model. Statt schlank wirkte sie jetzt knochig und ausgemergelt.

Das sind die Schlimmsten!, dachte Anna. *In ihrer Jugend tragen sie Mäntel aus Leopardenfell und im Alter päppeln sie Straßenköter aus Rumänien!*

Verächtlich wollte sie sich abwenden. Doch die Frau folgte ihr wie gebannt. Was wollte die bloß von ihr? Sie stierte jetzt auf Annas mit Fell besetzte Kapuze! Das Gesicht der Frau kam immer näher. Ihre Lippen zitterten. Sie krächzte etwas, das Anna nicht verstand. Dabei füllten sich die schwarzen Augen mit Tränen, als würden sie gleich überquellen.

Anna reichte es: »Hören Sie, ich wusste das nicht mit diesen gequälten Tieren. Ich werde keine Mütze kaufen und meine Kapuze, das ist bestimmt Kunstfell. Lassen Sie mich in Ruhe!«

Annas Worte schienen die Frau kein bisschen beeindruckt zu haben. Gleich würde sie zum nächsten Coup ausholen. Anna suchte hastig mit Blicken nach Dina. Die war verschwunden. Da half nur noch Flucht! Die Frau schien Annas

Gedanken erraten zu haben und griff nach ihrem Arm. Anna entwand sich sofort und versuchte trotz des Gedränges zurückzuweichen. Das war ganz klar eine Psychopathin! Eine Schizophrene! Eine innere Stimme erteilte ihr Aufträge. *Dieses Mädchen ist gefährlich und muss beseitigt werden! Wirf sie vor die S-Bahn!* Anna wich zurück.

»Halt, nicht weglaufen!«, rief die Frau und versuchte erneut nach Anna zu greifen.

Da war etwas Schrilles, Unerbittliches in dieser Stimme. Nichts wie weg hier! Anna drängte die nächste Kundin unsanft mit dem Ellenbogen beiseite und ließ sich von deren wütendem Gezeter nicht beeindrucken. So schnell wie möglich versuchte sie sich einen Weg durch die Schnäppchenjägerinnen zu bahnen.

Hinter ihr schrie ihre Verfolgerin gellend: »Nein! Nicht! Nein! Halt!«

Schaulustige kamen näher und versperrten Anna den Fluchtweg.

»Lasst mich durch! Haut ab!«, schrie Anna. Auch ihre Stimme überschlug sich jetzt in wilder Verzweiflung. Wo zum Teufel war Dina? Warum half sie ihr nicht?

Hinter ihr schrillte die unwirkliche Stimme der Frau: »Nicht weglaufen! Nein! Nein!«

Anna warf sich nach vorne und versuchte, durch die Kette der Neugierigen zu stoßen. Ihre Verfolgerin schrie wie eine Ertrinkende: »Nein! Bleib! Nicht! Nein!«

Die schrillen Schreie peitschten Annas Panik an wie der heiße Wind einen lodernden Steppenbrand. Nichts durfte sie an der Flucht hindern! Anna fuhr herum. Mit der freien Hand holte sie aus und schlug der Frau schallend mitten ins Gesicht. Entsetzte Blicke der Umstehenden. Schreie von ganz woanders her: »Halt, stehen bleiben! Security!« Zwei Uniformierte näherten sich.

Nein, ich bleib jetzt bestimmt nicht stehen! Anna schlug einen Haken in die entgegengesetzte Richtung und rannte weiter im Slalom zwischen den Tischen und Ständern dem hellen Viereck des Ausgangs entgegen. Auch hier stand einer im dunklen Anzug und trat ihr entgegen. Kannte sie den nicht? Das war doch der, der sie vor der S-Bahn gerettet hatte. Auch er hatte sie erkannt.

»Hilfe!«, rief Anna ihm zu. Dann zeigte sie in das Innere des Geschäftes. »Die Verrückte, die mich auf die Schienen gestoßen hat. Da hinten ist sie. Da! Beeilen Sie sich!«

Er nickte und setzte sich sofort in Bewegung. Anna rannte auf die Straße, blieb stehen und atmete tief durch. Sie war frei.

Immer noch zitternd saß Anna in einem kleinen Café, in das sie sich geflüchtet hatte. Die Kellnerin brachte ihr einen Espresso und ein Gläschen Wasser. Dazu gab es einen in durchsichtiges Zellophan gewickelten Keks. Gerade, als sie an dem roten Reißbändchen zog, um ihn zu öffnen, meldete sich ihr Handy. Dina!

»Anna, Mensch, wo steckst du? Ist alles gut?«

»Ja, alles gut. Ich habe mich in Sicherheit gebracht. Wo warst du auf einmal?«

»Bei den Schals. Ich hatte totalen Schiss und wusste gar nicht, wie ich dir helfen sollte.«

»Du hast also mitbekommen, wie diese Frau auf mich losgegangen ist?«

»Ja, hab ich gesehen und noch mehr. Erzähle ich dir gleich. Wo bist du?«

»Café Werner.«

»In der Torstraße?«

»Ja, genau da.«

»Ich bin gleich da!«

Wenig später traf Dina ein. Sie hatte ihre Uni-Tasche nicht mehr dabei und trug ein anderes Kopftuch. Anna musterte ihre Erscheinung. »Warst du inzwischen zu Hause?«

Dina nickte und winkte der Kellnerin. »Die Marktgasse ist ja gleich hier in der Nähe. Hey, schau dir das freie Zimmer doch gleich mal an.«

Über Annas Gesicht glitt ein geheimnisvolles Lächeln. »Gute Idee. Ich bin schon sehr gespannt.«

Dina nahm freundlich lächelnd ihren Espresso entgegen. »Du wirst nicht enttäuscht sein. Es ist ein wirklich schönes Zimmer, hell, fünfzehn Quadratmeter. Nicht riesig, aber groß genug. Leider nach vorne heraus. Aber im vierten Stock hört man nicht mehr viel und nach hinten haben wir vor der Wohnküche eine total schöne Dachterrasse! Im Sommer ist das der absolute Hit!«

Anna rührte langsam in ihrer Tasse und fragte lauernd: »Du meinst, das Zimmer wäre nach vorne zur Marktgasse hin?«

»Ja, zur Marktgasse. Warum fragst du das so merkwürdig?«

Anna ließ ihren Löffel klirrend auf die Untertasse fallen und sah Dina an. »Weil du da doch gar nicht wohnst.«

Dina sah sie verblüfft an. »Klar wohne ich da. Wie kommst du darauf?«

Anna berichtete von ihren vergeblichen Versuchen am Freitagabend.

Dina atmete auf. »Ach so, du warst das. Die Frau am Telefon war meine Mutter. Sie wusste nicht, wer du bist, und hat sich vorsichtshalber bedeckt gehalten.«

Anna zog die Augenbrauen hoch. »Vorsichtshalber?«

Dina räusperte sich. »Na ja, meine Mutter ist ein bisschen misstrauisch. Du hättest bei Schneider klingeln müssen. Das Klingelschild ganz oben.«

»Bei Schneider? So heißt du doch gar nicht.«

»Aber meine Cousine Youssra heißt so.«

»Und wie kommt man dazu, Schneider zu heißen, wenn man einen arabischen Vornamen hat?«

Dina verdrehte die Augen. »Oh, Anna, in deiner kleinen Welt ist aber auch alles schön in den üblichen Schubladen, was? Als Ergebnis einer binationalen Ehe kann es durchaus vorkommen, dass man eine entsprechende Namenskombination hat. Die Schwester meiner Mutter hat einen Herrn Ruben Schneider geheiratet. Ruben ist übrigens jüdisch, nur so für dein Weltbild. Diese Kombination gibt es auch. Onkel Ruben gehört dieses Haus und Youssra darf in einer der Wohnungen wohnen.«

Anna schien noch nicht zufrieden. »Das erklärt den Namen Schneider, aber nicht, warum von dir kein Schild an der Tür ist.«

Dina setzte ein bezauberndes Kinderlächeln auf. »Weil da kein Platz mehr auf dem Schild war?«

Entsprechend reagierte Anna mit skeptischer Pädagogenmiene und schüttelte den Kopf. »Keine ausreichende Erklärung.«

»Weil ich den ersten Wohnsitz immer noch bei meinen Eltern habe?«

»Und deine Post?«

»Kommt zu meiner Mutter. Das ist einfacher, denn ich bin oft nicht da, und der Briefkasten, nun äh, den kleben wir manchmal zu wegen der vielen Reklame.«

Anna runzelte die Stirn. Plausibel erschien ihr das immer noch nicht, aber sie wollte die Stimmung durch ihr beharrliches Nachfragen nicht gefährden.

Dina pustete über ihren Espresso und nippte ein wenig. Dann stellte sie die Tasse behutsam zurück. »Ganz schön heiß, aber gut. Vor allem nach all den Aufregungen. Diese Frau am Wühltisch war ja echt der Horror.«

»Das kann man laut sagen. Erzähl mal, was hast du davon mitbekommen?«

»Hhm, tja, ich stand wie gesagt ein wenig abseits an dem hohen Ständer mit den Schals. Dahinter bin ich erst einmal in Deckung gegangen, als es losging.«

»Na, super, du bist mir ja eine große Hilfe! Statt zu kommen und mich von diesem Monster zu befreien.«

»Ich hatte Angst, ob die uns vielleicht verwechselt und in Wirklichkeit mich meint.«

Anna musterte die Freundin misstrauisch. »Verwechseln? Uns? Wie denn?«

»Hätte doch sein können«, sagte Dina geheimnisvoll. »Und es gibt auch eine Frau, die ich nicht wirklich kenne, von der ich aber ziemlich genau weiß, dass sie mich zur Hölle wünscht.«

»Oh. Und da hast du erst einmal gehofft, dass sie stattdessen auf mich losgeht. Das ist ja wirklich nett.«

»Nein, ich hoffte, dass sie ihren Irrtum sofort bemerkt und dich in Ruhe lässt. Ich konnte ja nicht ahnen, dass sie nicht lockerlässt, und hatte einfach nur noch Angst.«

»Na, toll. Ich vielleicht nicht?«, konterte Anna. Sie nahm einen Schluck Wasser und schaute durch die zarte Gardine mit dem durchbrochenen Blumenmuster nach draußen. Plötzlich hielt sie inne. »Na, das ist vielleicht merkwürdig!«

Dina beugte sich nach vorne und folgte aufmerksam Annas Blickrichtung. »Was meinst du?«

»Siehst du den Typ mit der Mütze, der dort drüben vor dem Lampengeschäft steht?«

Es war Anna, als würde Dinas Hautfarbe auf Anhieb um einen Ton blasser. »Ja. Du meinst doch diesen zerknitterten Alten mit den Hängejeans?«

Anna nickte. »Genau der war heute am Kaffeeautomaten bei uns in der Uni.«

»In der Uni war der?« Dinas Stimme klang piepsig.

Anna musterte ihre Freundin kritisch. »Ja, in der Uni, hast du ihn dort nicht gesehen?«

»Nein, dort nicht. Aber vorhin ist er mir aufgefallen. Als ich noch mal kurz zu Hause war und aus meinem Zimmer auf die Marktgasse runtergeschaut habe. Er stand gegenüber auf dem Bürgersteig und suchte unsere Fassade mit Blicken ab. Eine ganze Weile. Das kam mir merkwürdig vor. Daher hatte ich mich umgezogen und bin erst losgegangen, als er nicht mehr zu sehen war.«

»Und jetzt taucht er hier auf. Zufall oder weil er dir doch nachgeschlichen ist?«

»Wenn ich das wüsste«, flüsterte Dina und starrte besorgt nach draußen.

Anna nagte an der Unterlippe und sah Dina an. Sie sah längst nicht mehr wie die lebensbejahende junge Frau aus, die Anna kennengelernt hatte.

»Wovor hast du Angst, Dina?«, fragte Anna sanft.

Dina schloss die Lider und atmete tief ein. Sie hob die Schultern und schaute dann mit beinahe stolz erhobenem Kopf nach draußen. »Angst ist eine Alarmklingel, die wichtig ist«, erklärte sie mit plötzlich wieder gefasster Stimme. Sie schaute Anna beschwörend an. »Aber man darf sich davon nicht zerfressen lassen, sondern sollte den Verstand immer schön beisammenhalten. Read your enemy, ein alter Kriegerspruch. Studiere deinen Feind und erkenne seine Absichten. So bist du ihm immer einen Schritt voraus. Das wäre auch wichtig für dich, Anna.«

Anna lächelte gequält. »Dazu müsste man erst einmal

wissen, ob es diesen Feind überhaupt gibt.« Sie deutete nach draußen. »Und was machen wir jetzt mit dem da?«

Dina schaute sich um und zeigte zu einer Tür im hinteren Bereich des Lokals, über der ein Schild den Weg zu den Toiletten wies. »Ich kenne mich hier aus. Hinten herum über den Hof gibt es eine Möglichkeit, bis zur Brunnenstraße zu kommen. Und von da kenne ich einen schönen Schleichweg zu mir nach Hause.«

Wenig später standen sie vor dem breiten Rolltor einer Garage. Mit leichtem Triumph in den Augen fragte Dina: »Na, ahnst du jetzt, wo wir sind?«

Anna blickte sich um. Es war schon sehr dunkel geworden. Die schmale Zufahrt, auf der sie sich befanden, war nur spärlich beleuchtet. Das Garagentor führte in einen flachen Anbau, hinter dem sich eine Reihe mit Häuserfronten erhob. Anna überlegte laut: »Die Häuser, die wir da drüben sehen, müssten zur Marktgasse gehören, stimmt's?«

»Sehr gut«, lobte Dina. »Und jetzt betätigt die Fee ihren Zauberstab!« Dina zog ihren Schlüsselbund hervor und drückte auf einen kleinen Anhänger, der sich daran befand. Ein roter Lichtpunkt glühte auf. »Sesam, öffne dich«, kicherte sie. Ein Ächzen und Knacken ertönte, dann hoben sich die Lamellen aus massivem Metall mit gespenstischer Langsamkeit. Dina sah sich noch einmal prüfend um und bedeutete Anna mit einer Handbewegung. »Komm! Hier geht's lang!«

Durch eine weitläufige Garage gelangten sie über eine gut gesicherte Eisentür in den Treppenflur von Dinas Wohnhaus. An vielen Stellen hingen Überwachungskameras. Dina hüpfte vor Anna ein paar Stufen hinauf. Anna folgte mit nachdenklichem Gesicht.

»Hast du eigentlich ein Auto?«, fragte sie plötzlich.

Die Antwort kam zögerlich. »Nicht wirklich.«

»Aha, und was heißt das?«

»Es heißt, dass ich … keins habe.«

»Und wofür hast du dann die Fernbedienung?«

»Hast du doch gesehen. Für das Rolltor.«

In Anna nagte der Verdacht, dass Dina es anscheinend häufiger nötig hatte, ihr Haus unerkannt durch die Hintertür zu betreten. Dass es kein Türschild mit ihrem Namen gab, war geplanter Bestandteil ihres Sicherheitspaketes. Annas Blicke bohrten sich voller Misstrauen in den Rücken der Kommilitonin.

Dina erklomm vor ihr leichtfüßig die Stufen der hellen Marmortreppe. »Falls du hier einziehst, musst du dir keine Sorgen mehr wegen deines Schattenfeindes machen, Anna. Fort Knox ist nichts gegen dieses Haus. Durch die Wohnungstür kommst du nur mit nicht kopierbarem Sicherheitsschlüssel und Fingerprint. Bevor du einziehst, musst du also deinen Fingerabdruck einprogrammieren lassen.«

»Meinen Fingerabdruck?«, rief Anna und sah vorsichtig an den Wänden entlang. Helle Farben. Große Fenster. Alles modern und exklusiv. Kein Grund zur Sorge? In jedem Stockwerk hingen künstlerische Fotografien von berühmten Gebäuden der Welt.

»So, hier sind wir«, erklärte Dina ein wenig atemlos, als

sie den Treppenabsatz des letzten Stockwerks erreichten. Auch hier hing ein Bild. Es zeigte im Breitformat ein Muster aus waagerechten und senkrechten Linien in Rußschwarz, durchzogen von einem feurigen Orange, das an manchen Stellen in Blutrot überging, und bildete einen schaurigen Kontrast zu der klinisch reinen Umgebung.

»Was ist das?«, hauchte Anna.

»Erkennst du es nicht? Das ist New York. Ein künstlerisch bearbeitetes Foto von Point Zero.«

»Da war ich noch nie«, erklärte Anna. »Du vielleicht?«

»Ja«, sagte Dina. »Sogar für ein halbes Jahr. Praktikum im Krankenhaus. Gewohnt habe ich bei Onkel Rubens Schwester. Die lebt dort mit ihrer Familie.«

»Das war bestimmt sehr spannend.«

»Ja, sehr, New York ist eine Wahnsinnsstadt und im Krankenhaus durfte ich sogar bei einer Nierentransplantation zuschauen.«

»Oh«, sagte Anna. Ein kalter Stich durchzuckte sie.

Dina machte sich daran, die Öffnungsprozedur an der Wohnungstür durchzuführen, indem sie ihren Zeigefinger auf ein kleines Display neben dem Namensschild legte. Dabei erklärte sie: »Weißt du, Anna, du bist nicht die Einzige hier, die sich bedroht fühlt. Das Haus unten wurde mit Hakenkreuzen beschmiert. Im Briefkasten lagen Zettel. Kanaken, verpisst euch. Judensau. Und was es da sonst noch an Absonderungen von diesen hirnlosen Anonymen gibt, von denen du nicht weißt, wie viele es in diesem Land inzwischen sind. Meine Eltern sind vor langer Zeit aus

Syrien hierhergekommen, weil ihre Familien dagegen waren, dass die beiden heiraten. Meine Mutter war damals schwanger und wollte, dass ihre Kinder in einer friedlichen Welt ohne Bedrohung aufwachsen. Vor zehn Jahren starb mein Vater. Inzwischen leben leider auch ein paar entfernte Cousins hier, die meinen, darauf achten zu müssen, dass alleinstehende Frauen wie meine Mutter und ich der Familie keine Schande machen. Und damit siehst du, seinen Frieden, den muss man mit Hightech sichern und wachsam sein, wie eine Gazelle in der Raubtiersteppe. Aber absolute Sicherheit gibt es nicht … nirgendwo.«

Die Tür sprang auf.

»Das heißt, auch du hast dich dein ganzes Leben nie wirklich sicher gefühlt?«

Dina trat ein und winkte Anna einladend zu. »Weißt du, dein Schattenfeind ist erst in letzter Zeit aufgetaucht. Meine kommen aus verschiedenen Richtungen, und es gibt sie, seit ich denken kann. So wirklich sicher und angekommen habe ich mich noch nie gefühlt. »

Anna folgte in einen hell gestrichenen Flur. »Und was macht das mit einem?«

Sie standen vor einem großen Spiegel. Dina zog ihr Tuch vom Kopf. »Was es mit einem macht? Man lebt seinen Alltag, denkt, man hat es im Griff, aber dann siehst du die Nachrichten und bist plötzlich völlig in Aufruhr. Und dann ist da manchmal diese Wut, dass man es satthat, dass man endlich eine andere Welt haben will. Und dafür kämpfen möchte.«

Anna hängte ihre Jacke an die Garderobe. »Verstehe. Glaubst du, diese Frau vorhin war eine Aktivistin mit einer ähnlichen Wut, oder war sie einfach nur verrückt?«

Dina fuhr mit den Fingern unter das zweite elastische Tuch, das eng an ihrem Kopf lag, zog es ab und löste ein Haargummi. Sofort entfaltete sich ein Schwall dunkler Locken und ergoss sich über ihre Schultern.

Anna riss erstaunt die Augen auf. »Oh, was für Superhaare du hast!«

Dina trat neben Anna vor den großen Wandspiegel. »Jetzt siehst du, warum ich denke, dass man uns durchaus verwechseln kann.«

Annas Blick glitt vergleichend über die beiden Gesichter im Spiegel. »Deine Augen und deine Haut sind schöner. Ich habe Sommersprossen und bei dir sieht es aus wie Milchkaffee.«

Dina lachte leise. Dann jedoch verdüsterte sich ihr Gesicht. »Ich hatte mich vorhin hinter den Schals versteckt, weil ich dachte, dass die eigentlich auf mich losgehen wollte.«

Anna betrachtete Dinas füllige Locken. »Du meinst, das ist eine, die dich mit offenem Haar kennt?«

Dina zuckte mit den Schultern. »Vielleicht hat sie ein Bild von mir gesehen oder so.«

»Woher soll sie ein Bild von dir haben? Meinst du so was wie ein Fahndungsfoto?«

Dina zuckte mit den Schultern. Anna spürte, dass da noch mehr hinter ihrer Stirn vorging. Als Dina im Spiegel Annas forschendem Blick begegnete, wandte sie sich schnell ab. »Keine Ahnung. Jedenfalls bin ich ihr hinterhergeschlichen.«

»Was?«, rief Anna.

Dina lächelte ein wenig stolz. »Zum einen, weil ich wissen wollte, was das für eine ist, und zum anderen, weil ich ein schlechtes Gewissen hatte, dass ich dir nicht zu Hilfe gekommen bin.«

»Dann hast du mitbekommen, wie das weiterging, nachdem ich weggelaufen war?«

Dina nickte. »Es war ein ziemlicher Aufruhr. Eine Frau hat ihre roten Flecke am Oberarm gezeigt und eine wilde Story erzählt, wie brutal du sie angegriffen hättest. Dann kam noch ein Security-Mann vom Eingang her. Sah aus wie ein fetter Rocker mit Glatze und rief, er wüsste, wer du bist, ob sie dich anzeigen möchte. Sie wollte erst nicht, aber da schaltete sich unsere Wilde plötzlich ein, tat total ruhig und vernünftig und redete auf die andere ein, dass sie dich unbedingt anzeigen soll und dass sie als Zeugin zur Verfügung steht, sie sei von dir grundlos ins Gesicht geschlagen worden, und das Handy hättest du ihr auch geklaut, echt verrückt, was?«

»Unglaublich!«, empörte sich Anna und fixierte Dina mit schmalen Augen. »Aber du bist meine Zeugin, dass diese Frau mich zuerst angegriffen hat!«

»Klar. Ich war auch total geschockt, wollte mich aber nicht gleich einmischen, weil ich erst einmal herausfinden wollte, was die eigentlich will und wieso sie so dreist gelogen hat.«

»Und andere Zeugen für meine Version gab es nicht?«

»Nein. Irgendwie hat niemand was gesehen. Das kennt man ja. Die beiden Frauen sind dann mit dem dicken Security-Mann in einem Büroraum verschwunden. Nach zehn Minuten kamen sie wieder heraus. Die Dunkelhaarige ist dann ins City-Parkhaus und in ein Auto gestiegen. Warte!« Dina zog ihr Handy aus der Tasche und hielt Anna ein Foto hin. Im Gegenlicht konnte man nur die Umrisse einer Frau mit wirr abstehenden Streichholzhaaren neben einem hell lackierten Kleinwagen erkennen.

»Das könnte sie gewesen sein«, spekulierte Anna. »Aber was nützt dieses unscharfe Foto?«

Dina tippte auf das Display. »Ich habe es hauptsächlich wegen der Autonummer fotografiert. Schau, die ist beim Zoomen gut zu erkennen. Ich schicke dir das Foto.«

Anna seufzte anerkennend. »Danke. Aber eigentlich will ich gar nicht wissen, wer sie ist, sondern nur, dass sie mich in Ruhe lässt.«

Dina nickte. »Verstehe ich einerseits. Aber manchmal ist es besser, wenn man seine Feinde kennt.« Nach einigen Wischbewegungen auf dem Handy triumphierte sie: »So, jetzt hast du es! So schnell lassen wir uns nicht aus der Spur bringen! Und Hauptsache ist: Wir sind ihr entkommen und dem anderen schrägen Vogel auch.«

Anna nickte. Dinas »Wir« tat ihr gut.

Plötzlich meldete sich Dinas Handy. Sie vertiefte sich für einige Sekunden in ihr Display, dann wurde sie plötzlich hektisch. »Du, ich zeige dir mal schnell Salimas Zimmer und dann muss ich dich leider rausschmeißen. Ich muss noch einmal weg.«

»Ist etwas passiert?«, fragte Anna besorgt.

»Nein, nein, no problem«, wiegelte Dina ab und strebte einer Zimmertür zu.

* * *

ANNA SCHOB IHR FAHRRAD in den heimischen Schuppen, nahm ihren Helm ab, schüttelte sich und raufte die nebelfeuchten Haare. Ihre Stimmung hatte sich deutlich gehoben. Sie war ein wenig stolz auf sich, dass sie die Herausforderungen heute so gut überstanden hatte. Mit aufmerksamen Sinnen ging sie zügig über den stillen Hof vor dem Wohnhaus und drückte die Klinke der Haustür. Offen! So war das den ganzen Tag über. Der Letzte schloss für die Nacht ab. Also waren Iris und ihr Vater noch irgendwo auf dem Gelände.

Anna trat in den Hausflur. Eine muffige Wärme schlug ihr entgegen. Sie betätigte den Lichtschalter. Vor ihr auf den Fliesen breiteten sich lehmige Pfützen aus. Auf dem Hof war es immer irgendwie schmutzig. Die meisten Jahre ihres Lebens hatte Anna in Gummistiefeln verbracht. Sie wendete sich der Treppe zu und hielt erstaunt inne. Die ersten Stufen der alten Holztreppe glänzten feucht und waren ebenfalls mit Lehmspuren verschmutzt. Annas Herz klopfte. »Hallo, ist da jemand?«, rief sie.

Keine Antwort.

Plötzlich ertönte vom Hof her eine Stimme. »Annachen!

Da bist du ja endlich! Sonst kommst du doch montags immer früher nach Hause!«

Anna entdeckte ihre Großmutter, wie sie mit ihrem hüftkranken Wackelgang über den Hof kam. Kittelschürze, Kopftuch, Gummistiefel. Mit beiden Händen schlenkerte sie einen großen Kochtopf vor sich her.

Anna atmete erleichtert auf. »Warte, Oma, ich helfe dir!« Sie lief der alten Frau entgegen und nahm ihr den Topf ab.

»Danke, Annachen. Das ist Rübeneintopf für euch. Ich habe die Wurst extra an den Rand gelegt, damit du sie dir raussortieren kannst.«

»Danke, Oma!« Anna hauchte ihr einen Kuss auf die zerknitterte Wange. Die Großmutter wollte umkehren, doch Anna hielt sie auf. »Komm doch und setz dich noch ein bisschen mit in die Küche!«

Ein kleines Seufzen war zu hören. »Na gut, Kind, aber nur für einen kurzen Moment. Dann erzählst du mir aus der Medizin!«

Anna eilte mit dem Topf in den Händen voraus. Sie deutete auf den Boden im Eingang. »Vorsicht, Oma, fall nicht, hier ist es glitschig.«

Nachdem sie den Topf in der Küche abgestellt hatte, holte sie Eimer und Putzwasser aus der Kammer und reinigte die Stufen und den Flurboden. Einen Moment lang blieb sie zögernd vor der Haustür stehen, dann nahm sie den Schlüssel vom Brett, schob die Tür zu und schloss ab. Sie dachte an Dinas Hochsicherheitstrakt. Wenn Anna ihr erzählen würde, dass hier den ganzen Tag die Tür unverschlossen blieb und im Flur griffbereit ein Schlüsselkasten hing, würde sie nur den Kopf schütteln. Sie würde mit Iris und ihrem Vater reden müssen.

* * *

ANNA SASS AN ihrem Schreibtisch in ein Lehrbuch vertieft. Sie schreckte zusammen, als irgendwo über ihr eine Holzdiele laut knarrte. Sie lauschte nach oben. Jetzt war ein leises Knirschen zu hören, als ob sich jemand bemühte, ganz besonders leise aufzutreten. Das Geräusch war nicht direkt über ihr, sondern kam von einer anderen Stelle unter dem Dach her. Dann polterte es auf den Treppenstufen von unten herauf. Anna schob ärgerlich ihr Buch von sich. Wie sollte man sich in diesem hellhörigen Haus konzentrieren? Sie sprang auf und riss ihre Zimmertür auf. Draußen stand Iris.

»Oh, ich wollte gerade anklopfen.«

»Nicht nötig, wenn du hier rauf- und runterrennst wie eine Horde Rindviecher!«, knurrte Anna.

Iris' Augenbrauen schnellten in die Höhe und um ihre Mundwinkel huschte ihr übliches Grinsen. »Erstens kam ich nur von unten. Zweitens habe ich mich wirklich bemüht, auf dieser knarzigen Treppe leise zu sein, viel leiser, als du manchmal bist. Drittens solltest du dir mal ein neues Nervenkostüm schneidern lassen und viertens bin ich so nett und bringe dir deine Post herauf.« Mit ihrer letzten Bemerkung hielt sie Anna ein Bündel vor die Nase.

Anna griff zu und warf es achtlos auf das Bett. Iris schaute der Wurfbahn hinterher und lugte an Anna vorbei ins Zimmer. Anna stöhnte unwillig und sah Iris scharf in die Augen. »Willst du sonst noch etwas?«

»Ich habe nur geguckt, ob du schon packst.«

»Wie bitte?«

»Ich denke, du willst so schnell wie möglich umziehen?«

Anna trat wütend mit dem Fuß auf. »Ah, das hat dir Jan gesteckt. Kein Wunder, so gut wie ihr beiden zurzeit miteinander könnt.«

Iris' Gesicht wurde ernst. »Du solltest deinem Vater möglichst bald Bescheid sagen. Er hat ja wohl ein Recht darauf, es als Erster zu erfahren.«

»Wahrscheinlich hast du es ihm längst gesagt, damit ich schlecht vor ihm dastehe.«

»Du irrst dich.«

Anna schob die Tür bis auf einen Spaltbreit zu. »Wer's glaubt. Aber du liegst falsch, wenn du denkst, dass du in Papas Hitparade bald auf Platz eins stehen wirst«, sagte sie, bevor sie die Tür endgültig vor Iris' Nase zufallen ließ. Zufrieden hatte Anna an Iris' entgleister Miene feststellen können, dass ihre Bemerkung gesessen hatte.

Die heutige Post bestand aus einer Ausgabe ihrer Reiterzeitschrift, aus einer persönlich adressierten Reklame, die ihr weitere Charm-Anhänger für ihr Bettelarmband verkaufen wollte, und aus einem Briefumschlag mit schwarzem Rand. Den fischte Anna sofort heraus und betrachtete ihn mit Herzklopfen. Solche Umschläge benutzte man für Traueranzeigen. Dieser hier war nicht frankiert, hatte keinen

Absender, aber auf der Vorderseite stand mit Filzstift in Blockbuchstaben: ANNABEL DEMBOWSKI.

Anna runzelte nachdenklich die Stirn. Wer außer Jan nannte sie noch Annabel? Annabel. Annabel. Prinzessin Annabel. Eine weibliche Stimme klang in Annas Ohren. Ganz deutlich konnte sie sich plötzlich wieder an diese Stimme erinnern. So viele Jahre war ihr das nicht gelungen. Jetzt sah sie sich vor ihrer Mutter auf dem Küchentisch stehen. Da war sie vielleicht sieben Jahre alt gewesen. Auf dem Flohmarkt hatte Mama für sie ein Prinzessinnenkostüm für Fasching erstanden, das sie ein wenig im Saum kürzen wollte. Ganz genau sah sie jetzt Mamas Gesicht vor sich. Die hellblauen Augen. Das kräftige, lange blonde Haar. Jan flegelte seinen Oberkörper gelangweilt auf der Tischplatte und sah der Prozedur zu. Voller Stolz erklang die Stimme der Mutter: *Sieht sie nicht hübsch aus, unsere Prinzessin Annabel?* Seitdem hatte sie bei Mama und Jan ihren Kosenamen weg.

Anna bog den Umschlag vorsichtig hin und her. Es fühlte sich in der Tat wie eine Karte an. Wer konnte gestorben sein? Am liebsten würde sie den Brief gar nicht öffnen. Ihr Bedarf an schlimmen Botschaften war gedeckt. Dennoch öffnete sie den Umschlag mit einem Einwegskalpell, das für diese Zwecke in der Box mit den Schreibstiften steckte, und zog den Inhalt vorsichtig heraus. Es war in der Tat eine aufklappbare Karte. Ein Computer-Ausdruck: ORGANSPENDEAUSWEIS. Er war mit Annas Daten vollständig ausgefüllt. Ferner war eine Erklärung angekreuzt, dass

Anna nach der ärztlichen Feststellung ihres Todes mit einer Entnahme von Organen und Geweben aus ihrem Körper ohne Einschränkung einverstanden sei. Der Ausweis trug ihre Unterschrift. Es war eine perfekte Fälschung. Wobei das kein Kunststück war. Anna wusste, dass ihr in Schönschrift hingemalter Name leicht nachzumachen war. Schon in der Schule war sie wegen ihrer Kinderschrift gehänselt worden.

Schule! Motte! Hatte der es immer noch nicht verstanden? War das wieder einer seiner blöden Scherze? Aber auch in der Uni konnte jemand leicht von irgendeiner Anwesenheitsliste an ihre Unterschrift kommen. Dina? Was sollte sie bloß von dieser Beinahe-Freundin halten?

Anna begann, den Ausweis zu zerreißen. Dann jedoch hielt sie in der Bewegung inne. Eigentlich gehörte der auch in ihre Beweissammlung. Den Ausweis zwischen den Zähnen, versuchte sie mit beiden Händen die widerspenstige Schublade aufzuziehen. Die glitt doch sonst ganz leicht auf! Es schepperte. Anscheinend hatte sich der Deckel der Blechkiste verklemmt. Anna ruckelte die Lade hin und her. Plötzlich gab sie mit einem Rutsch nach. Anna fiel mitsamt Schublade hinterrücks auf den Teppich und der Inhalt verteilte sich auf dem Boden. Der Deckel der Kiste war durch das unsanfte Öffnen der Lade leicht verbogen. Die Kiste war leer. Anna sammelte Stifte, Döschen und sonstigen Krimskrams ein. Wo war nur der grüne Papierfetzen? Anna suchte auf allen vieren akribisch den Boden ab. Konnte es sein, dass ihr Schattenfeind hier eingedrungen war und ihn gestohlen hatte? Ein winziges angekohltes Stück Papier? Hatte das überhaupt einen Wert als Beweis? Sie dachte an die Fußspuren im Hausflur. Hektisch sah sie sich um. Ihr Zimmer war ansonsten unverändert. Ihr Blick fiel auf die langen Flusen des Teppichs. Es war durchaus denkbar, dass das Papierstückchen hier noch irgendwo lag. Sie durfte sich nicht verrückt machen lassen! Das war offensichtlich das Hauptanliegen ihres Feindes.

Sie erhob sich vom Boden, dachte einen Moment nach und schlich zur Haustür. Der Schlüssel steckte und es war immer noch abgeschlossen. Beruhigt wollte Anna sich auf den Weg in die Küche machen. Omas gut gewürzter Eintopf hatte sie durstig gemacht. Eine schöne kühle Milch vor dem Schlafengehen wäre jetzt genau das Richtige. An der offenen Schlafzimmertür wollte sie jetzt allerdings nicht vorbei zur Küche gehen. Denn von dort war sanft glucksend Iris' Stimme zu vernehmen. Jakob grunzte zufrieden. Sie schlich wieder nach oben. Wut im Bauch. Sie wusste, dass auf dem Nachttisch ein Foto von Mama stand. Drehten die beiden das eigentlich um, wenn sie zusammen waren?

Anna verschwand im Bad, um sich für die Nacht fertig zu machen. Dabei trank sie von dem schalen Leitungswasser, was sie noch wütender auf Iris und ihren Vater machte. Der Ärger hatte ihre Müdigkeit vertrieben. Was sollte sie jetzt tun? Im Internet surfen? Das machte auch nicht gerade schläfrig. Morgen musste sie sehr früh aufstehen. Sie schaute zu ihrem Bücherregal. Lernen? Nein, jetzt nicht mehr. In der zweiten Reihe versteckt standen ihre alten Kinderbücher. Sie suchte sich ein Pferdeabenteuer heraus und machte es sich im Bett gemütlich. Zu ihrer Freude entdeckte sie auf dem Boden neben dem Bett noch die angebrochene Flasche Grapefruitsaft vom Wochenende. Ob das noch gut war? Anna nippte vorsichtig. Es war ein bisschen bitter. Aber war Grapefruit das nicht immer? Schimmelig oder vergoren schmeckte es auf jeden Fall nicht. Nach den ersten Zügen hatte sie sich an den herben Geschmack gewöhnt. Es war alle Mal besser als Leitungswasser und löschte den Durst. Eigentlich hatte sie Orangensaft haben wollen, doch Jan hatte die Flaschen verwechselt und ihr die falsche mit nach oben gebracht.

Ihr Handy meldete sich. Eine Nachricht von Jan: *Alles okay bei dir?*

Anna verdrehte die Augen. »Du nervst«, flüsterte sie und hätte ihm das am liebsten geschrieben. Stattdessen antwortete sie: *Alles bestens, will jetzt schlafen.*

Darauf antwortete er prompt: *Gute Nacht. Träum was Schönes!*

Anna schüttelte den Kopf und legte gähnend das Handy beiseite. Eine wohlige Schläfrigkeit breitete sich in ihr aus.

Die Dunkelheit umhüllte sie wie schwarzer Samt. Zuerst kuschelte sie sich wohlig hinein, doch dann breitete sich das fusselige Gewebe wie ein wachsendes Pilzgeflecht überall aus und kroch sogar in ihren Mund, der sich staubtrocken anfühlte. Aus ihrer Kehle kam röchelnder Atem. Sie rang nach Luft. »Durst!«, flüsterte sie und wusste nicht, ob sie überhaupt noch eine Stimme hatte. Sie wollte den schweren Samtvorhang zur Seite schieben, doch immer, wenn sie danach griff, fasste sie ins Leere, obwohl das schwarze Tuch wie ein dumpfer Ballast auf ihren Brustkorb drückte und ihr jede Bewegungsmöglichkeit nahm. Sie wollte sich aufsetzen, doch Arme und Beine gehorchten ihr nicht. Sie musste um Hilfe rufen. Aber sie brachte nur ein Röcheln zustande. Sie spürte eine Berührung an der Schulter. Noch einmal. War da jemand, der ihr helfen wollte? Wo? Wo? Die bleischweren Lider ließen sich nur mit äußerster Kraft öffnen. Wieder diese Dunkelheit, aber nicht mehr ganz so undurchdringlich wie eben. Durch die Vorhänge sickerte das nächtliche Hoflicht. Dann noch ein Licht. Es kam aus der Mitte des Zimmers. Mühsam drehte sie den Kopf. Aufrichten konnte sie sich nicht. Ihre Glieder waren schwer, als seien sie mit Wasser gefüllte Schläuche. Das Licht kam näher. Was war das? Ein Gesicht! Es war von unten angeleuchtet und wirkte durch die scharfen Schatten wie eine verzerrte Fratze. Ihre Lippen waren trocken wie Sandpapier und ließen sich nur mühsam bewegen. »Jan?«, röchelte sie. Die Gestalt bewegte sich. Schwebte ganz nah an sie heran. Jetzt erkannte Anna den grünen Mundschutz. Die Schutzhaube über den Haaren. Was waren das für schreckliche Augen? Riesig groß schillerten und flackerten sie wie bei einem überdimensionalen Insekt aus einem Horrorfilm. Das Untier kam immer näher. Kurzzeitig fiel das Licht auf einen grünen Oberkörper. Dann beleuchtete es eine behandschuhte Hand. Sie hielt ein Skalpell, das immer näher auf sie zuschwebte.

Nein, wollte Anna schreien. Ein Gurgeln entrann ihrer

Kehle. Das Licht blendete sie, gleichzeitig spürte sie einen scharfen Schmerz am Arm. Und noch einen und noch einen, als ziehe eine blutgierige Monsterkatze eine glühende Krallenpranke über ihren Unterarm. Fliehen war nicht möglich. Schreien war nicht möglich. Sie versuchte sich aufzubäumen und versank in tiefschwarzer Nacht.

* * *

IHR KOPF FÜHLTE sich an wie in einen Schraubstock eingepresst. Eine dumpfe Übelkeit würgte ihre trockene Kehle. Im Mund klebte eine Zunge wie aus Pappmaschee. Anna öffnete die Augen und blinzelte. Milchiges Tageslicht fiel durch den Vorhang. Draußen war es also bereits hell. Welcher Tag war heute? Sonntag?

Anna schloss die Augen und versuchte die Erinnerungen heraufzubeschwören. Mühsam setzte sie sich auf und tastete mit steifen Fingern nach ihrem Handy auf dem Nachttisch. Das war Schwerstarbeit. Ihr Oberkörper schwankte wie bei einer Betrunkenen. Mit großer Anstrengung gelang es ihr, das Display zu fixieren. Dienstag, der siebzehnte November. Neun Uhr fünfzehn. Sie brauchte eine Weile, bis ihr bleimüdes Gehirn das einordnen konnte. Langsam dämmerte es ihr: Längst schon müsste sie in der Uni sein!

Sie sank wieder in die Kissen und schloss erschöpft die Lider. Zu spät! Besser, sie ging erst gar nicht hin. Anscheinend war sie über Nacht krank geworden. Dann fiel ihr der Albtraum mit dem Chirurgen wieder ein, der neben ihrem Bett gestanden und mit dem Skalpell herumgefuchtelt hatte.

Ein müdes Lächeln breitete sich in ihrem Gesicht aus. So was Verrücktes! Wahrscheinlich hatte ihr Hirn durch den Schrecken mit dem Organspendeausweis diese Fantasien entstehen lassen. Sie tastete nach der Bettdecke und zog sie vorsichtig bis zum Kinn. Der raue Stoff verursachte ein leichtes Brennen auf ihrer Haut. Warum? Sie schob die Decke zurück, öffnete die Augen und hielt ihren Unterarm vors Gesicht. Der Schreck durchfuhr sie mit tausend Nadelstichen. Drei etwa zwei Zentimeter lange, blutverkrustete Linien zogen sich nebeneinander über die Innenseite ihres Unterarms. Woher kamen die? Vom Chirurgen? Aber der war doch nur eine Traumgestalt gewesen. Hatte sie sich etwa selbst im Schlaf dermaßen gekratzt? Sie betrachtete ihre Fingernägel. Die waren wegen des häufigen Tragens der feinen Schutzhandschuhe besonders kurz geschnitten. Es gab keinerlei Blutspuren unter den Nägeln. Sie betrachtete die Verletzungen auf ihrem Unterarm noch einmal genauer. Das waren glatte Schnitte. Kratzer wären unregelmäßiger. Ihr Herz begann zu pochen. Langsam, dann immer schneller, bis es in den Ohren dröhnte. In ihrem Kopf strudelten wilde Gedankenfetzen durcheinander. Aus dem tosenden Wirbel löste sich ein Satz, drängte alle anderen beiseite und wiederholte sich schließlich in einer gnadenlosen Endlosschleife: Er war da! Er war da! Er war da!

Anna schluckte mehrmals und presste die Lider zusammen. *Ich bleib jetzt hier liegen, bis dieser Wahnsinn vorbei ist. Das kann doch nicht möglich sein! Anna, schnell, finde eine andere Erklärung!*

Regungslos lag sie da und versuchte, ruhiger zu atmen. Das Pochen ihres Herzens wurde wirklich langsamer, zog sich aus dem Kopf wieder in die Brust zurück.

Anna! Eine vernünftige Erklärung!, forderte sie von sich selbst.

Ein Film lief vor ihrem inneren Auge ab. Sie sah eine schlafende Anna, die sich unruhig im Bett hin und her wälzte, gequält von den Fantasien, die der Organspendeausweis in ihr ausgelöst hatte.

Erzählte man sich in ihrer Familie nicht die Geschichte, dass Anna als kleines Kind geschlafwandelt war? *Das ist die Erklärung!* Der tiefe Schrecken hatte in ihr Muster aus tiefsten Kinderzeiten abgerufen! So was kam vor.

Der Film lief weiter und zeigte, wie Anna sich vom Bett erhob, sich über ihren Schreibtisch beugte, das Skalpell aus dem Stiftebehälter nahm und sich ritzte. Feine Blutstropfen quollen hervor und rannen über ihren Arm.

Anna setzte sich blitzschnell auf und starrte auf die verkrusteten bräunlich roten Linien. So weit war es also schon gekommen mit ihr! Sie ritzte sich im Schlaf. Wann würden die letzten Dämme brechen und sie auch am helllichten Tag nach dem Skalpell greifen lassen?

Verzweifelt biss sie sich auf die Lippe. Die war so trocken und spröde, dass sie sofort Blut schmeckte und entsetzt stillhielt. Wieder schloss sie die Augen. Was war nur mit ihr los? Alle festen Bestandteile ihres Lebens schienen plötzlich nachgiebig und instabil zu sein. Kein Boden mehr unter den Füßen! Ein Himmel voller Fragezeichen über ihr. *Wer bin ich? Warum tue ich Dinge, die ich mir selbst nicht erklären kann? Was steuert mich plötzlich?*

Bei aller Verzweiflung spürte sie dennoch ganz tief in sich drin ein warmes Glimmen. Es signalisierte ihr, nicht aufzugeben, sondern die Glut wieder anzufachen und weiterzumachen. Anna konzentrierte sich jetzt nur noch auf dieses kleine Kraftzentrum und spürte in der Tat, wie es wuchs.

Sie öffnete die Augen und schaute hinüber zu ihrem Schreibtisch. Dort auf der Platte lag achtlos hingeworfen das blutverschmierte Skalpell. War das ein Beweis für die reale Existenz des Chirurgen oder eher ein Hinweis darauf, dass Anna im Wahn eines Traumes gehandelt hatte?

Anna dachte nach und entschied sich für die zweite Variante. Dass dieser Organspendeausweis von ihrem Schattenfeind gekommen war, lag auf der Hand. Sie hatte sich davon jedoch völlig verängstigen lassen und damit genau das getan, was er erreichen wollte. Sie stand auf und wartete, bis der Schwindel in ihrem Kopf sich gelegt hatte. Dann ließ sie sich auf dem Drehstuhl nieder, öffnete verschiedene Schreibtischschubladen und kramte, bis sie ein Päckchen mit Heftpflaster gefunden hatte. Sie nahm Maß und schnitt ein ausreichend großes Stück ab. Dabei legte sie sich in Gedanken Antworten zurecht, für den Fall, dass sie jemand nach dem Verband fragen würde. Sie entschied sich dafür, vorzugeben, dass die Verletzung noch von ihrem Sturz vor die U-Bahn herrührte und sich nachträglich entzündet hätte. Mit der linken Hand versuchte sie, die Schutzstreifen des Pflasters zu lösen und es sich auf den Arm zu kleben. Dabei war sie äußerst ungeschickt und die Enden klebten faltig zusammen. »So ein Mist!«, fluchte sie und erstarrte plötzlich. Entgeistert begutachtete sie die präzisen Schnitte auf ihrem rechten Arm. War sie in der Nacht plötzlich zur geschickten Linkshänderin mutiert? Sie wandte sich mit steifem Hals Richtung Zimmertür. Also doch? *Unsinn!*, meldete sich ihr Verstand. *Anna, denk nach, was hätte er von so einem theatralischen Auftritt? Warum dieses Ritzen?*

In Annas Kopf entbrannte eine heftige Dikussion: *Welche Absichten verfolgt mein Schattenfeind? Was will er von mir?*

Er will dich um den Verstand bringen, er will, dass alle Leute glauben, du seist nicht zurechnungsfähig.

Was hat er davon?

Das musst du herausfinden.

Warum geht er zum Beispiel das Risiko ein, sich hier in unser Haus zu schleichen und diese Chirurgennummer aufzuführen?

Das macht schon einen gewissen Sinn. Niemand würde dir glauben, dass einer nachts in Chirurgenkluft in dein Zimmer kommt und dich ritzt, jeder würde insgeheim denken, dass du nur eine abstruse Ausrede für dein eigenes Handeln erfindest.

Außerdem war die Haustür abgeschlossen.

Er war längst drin, denk an die Spuren im Flur, das Knarren, das du oben im Haus gehört hast.

Er ist trotzdem ein hohes Risiko eingegangen. Wirklich nur, um mich zu erschrecken?

Er hatte noch andere Gründe.

Aber welche?

Denk nach, sieh dich um!

Wie soll ich nachdenken mit solchen Kopfschmerzen?

Dann überleg einmal, woher die wohl kommen!

Annas Blick fiel sofort auf den Boden neben ihrem Bett. Wo war die Flasche mit dem Grapefruitsaft? Sie fiel auf die Knie und sah unter dem Bett nach. Weg! Mühsam richtete sie sich auf und setzte sich wieder an den Schreibtisch. So war das also. Er hatte ihr etwas in den Saft geträufelt und dann in der Nacht die Flasche mitgenommen, weil die Reste darin ein Beweis hätten sein können. Er wollte Beweise vernichten! Mit fliegenden Fingern durchsuchte Anna die Post und lachte bitter auf. Weder der Umschlag noch der Ausweis waren zu finden.

Anna erschauderte. Und warum hatte er das blutverschmierte Skalpell dann nicht abgewischt und zurück in den Köcher zwischen die Stifte gesteckt? Klar, es sollte ja beweisen, dass Anna sich damit selbst geritzt hatte.

Dieser Feind war kein fehlgeleiteter Scherzkeks! Er war jemand, der einem präzise durchdachten Plan folgte. Aber welchem? Ihre Kopf-Talkshow ging weiter:

Warum hat er mich nicht getötet?

Denk mal daran, was hier los gewesen wäre, wenn man dich am nächsten Morgen tot in deinem Zimmer gefunden hätte. Das kennst du doch aus dem Fernsehen: Spurensicherung, ermittelnde Kommissare. Das Risiko, dass man ihn erwischt hätte, wäre viel zu groß gewesen bei den modernen Methoden.

Also kann ich nicht ausschließen, dass er mich nicht doch noch umbringen will? Nur anders?

Er will den perfekten Mord.

Ich denke, den gibt es nicht.

Doch, nämlich dann, wenn es nicht wie Mord aussieht.

Wie soll es denn aussehen?

Wie ein Unfall oder wie Selbstmord. Beides hat er bereits versucht. Es liegt an dir, hellwach zu sein und dafür zu sorgen, dass es ihm auch beim nächsten Mal nicht gelingt. Finde ihn vorher! Und sei extrem vorsichtig! Er ist dir schon sehr nahe.

Anna atmete bebend ein und aus und brauchte alle Kraft, um sich zur Ruhe zu zwingen. Ein Klopfen an der Tür riss sie aus ihren Gedanken. Sie drehte den Schreibtischstuhl in Richtung Tür. Die wurde geöffnet, bevor Anna reagieren konnte.

Iris trat verwundert ein. »Ah, bist du jetzt endlich wach? Als ich deine Schuhe heute Morgen noch unten stehen sah, bin ich raufgekommen, um dich zu wecken, aber du warst nicht wach zu kriegen.«

»Ich bin krank«, antwortete Anna und zog schnell den Ärmel ihres Schlafanzugs über den verarztеten Unterarm.

Iris' Adlerblick schien jedoch nichts zu entgehen. Sie trat näher, schaute alarmiert von Annas Arm zur Schreibplatte und entdeckte das Skalpell. »Krank?«, rief sie. »Das ist ja wohl leicht untertrieben! Was machst du in letzter Zeit für einen Scheiß, kannst du mir das mal verraten? Womit kommst du nicht klar?«

Anna hatte mit so einem heftigen Angriff nicht gerechnet. Sie sank in sich zusammen und ließ den Tränen freien Lauf.

Iris' Stimme wurde sanfter. »Entschuldige. Ich habe mich gerade ziemlich aufgeregt.« Blitzschnell griff sie nach Annas Handgelenk und lüpfte den Stoff. »Und zwar über das hier.« Das schlecht verklebte Pflaster löste sich und gab den Blick auf einen blutigen Schnitt frei. Iris schüttelte den Kopf und schaute Anna eindringlich an. »Warum?«

Anna zuckte mit den Schultern, zog den Arm zurück und starrte finster ins Leere.

Iris schaute kopfschüttelnd über die Blutspuren auf der Schreibtischplatte. »Ich hatte mich mit Jakob gestern Nacht mächtig gestritten, weil ich der Meinung war, dass du dringend in eine Psychotherapie solltest.«

Anna fuhr auf. »Papa hat recht. Ich brauche das nicht.«

Iris lachte bitter. »Nein? Ich denke schon. Ich habe gehört, wie du gestern Abend durchs Haus geschlichen bist und unten an der Tür warst. Heute Morgen war aufgesperrt.«

Annas Augen weiteten sich. »Die Tür war offen?«

Iris nickte. »Ja. Wohl die ganze Nacht über. Erst machst du gestern Abend am Tisch so ein Theater, damit wir hier den ganzen Tag zusperren, und dann schließt du selber für die Nacht auf. Was soll das?«

»Ich hatte nicht aufgesperrt!«, rief Anna. »Im Gegenteil! Ich hatte nachgeprüft, ob auch wirklich zugeschlossen ist.«

»Aha, und wer soll dann heute Nacht aufgesperrt haben? Der Heilige Geist oder was?«

Anna schüttelte stumm den Kopf. »Lass mich jetzt in Ruhe!«

Iris murmelte etwas Unverständliches und stapfte aus dem Zimmer.

Anna blieb nachdenklich zurück. In Zukunft würde sie ihr Zimmer abschließen. Nichts aus angebrochenen Flaschen oder Verpackungen trinken und essen! Straßenränder und Bahnsteigkanten meiden! Nicht mehr alleine ausreiten! Immer misstrauisch sein! Je mehr sie sich allerdings an diese selbstauferlegten Regeln hielt, desto mehr würde sie den Eindruck erwecken, an Verfolgungswahn zu leiden. Alles, was sie tat, um den Feind in Schach zu halten, richtete sich gleichzeitig gegen sie selbst und spielte ihm in die Hand. Dieser Schattenfeind hatte ihren Alltag schon völlig im Griff. Das durfte sie nicht weiter zulassen!

Sie erhob sich und machte sich auf den Weg zum Bad. An der Tür zögerte sie kurz, zog den Schlüssel innen in ihrem Zimmer ab und schloss von außen zu. Im Dämmerlicht des spärlich beleuchteten Flurs starrte sie auf den Schlüssel in ihrer Hand. Es war ein ganz einfacher Zimmertürschlüssel und leicht nachzumachen. Vielleicht war das schon längst geschehen?

Als sie barfuß den ersten Schritt über den faserigen Kokosteppich Richtung Bad lief, spürte sie plötzlich etwas an ihren Fußsohlen kleben. Sie griff danach und betrachtete ihre Handfläche. Lehm! Sie bückte sich und entdeckte in bestimmten Abständen über den Boden verteilt länglich geformte Lehmreste. Vor ihren Augen entstand ein Bild, wie ihr Feind gestern dort unten ins Haus gekommen und auf der Hälfte der Treppe bemerkt hatte, dass er Spuren hinterließ. Er hatte die Schuhe ausgezogen und war mit den Schuhen in der Hand weiter nach oben gegangen. Wohin? Was er offensichtlich nicht bemerkte, war, dass sich aus dem Profil der Sohlen immer noch einzelne Bröckchen gelöst hatten. *Na, bitte, auch du machst Fehler, mein oberschlauer Feind!* Ihr Zimmer schien er gestern Nacht ohne Schuhe betreten zu haben, denn dort gab es keine Lehmspuren. Also musste er sie irgendwo abgestellt haben. Wer weiß, wann er gestern hier eingetroffen war. Die Haustür stand normalerweise ab morgens sieben Uhr offen. Er hätte sich also schon stundenlang hier im Haus aufhalten können. Aber wo?

Anna folgte mit Blicken dem Weg der Lehmkrümel bis zum Ende des Flures. Dort führte die Treppe hinauf zu Iris' Dachwohnung und der Tür zum Speicher. Anna ging in die Hocke und kniff die Augen zusammen. Es war sehr duster hier. Ihr Blick fiel auf die Tür nebenan: Jans Zimmer. Seine Hochleistungstaschenlampe könnte sie jetzt gut brauchen.

Sie öffnete die Tür und fand Jans übliches Durcheinander vor. Ein ungemachtes Bett, daneben auf dem Boden ein Stapel Jagdzeitschriften von *Wild und Hund*. Über dem Bett an der Wand ein Hirschgeweih, an dessen einem Ende ein Ranger-Hut baumelte. Sie tat einen Schritt in das Zimmer und schaute erstaunt auf den glatten Holzboden. Auch hier gab es diese Lehmkrümel. Sie führten zum Schreibtisch, der seitlich an der Wand stand. Zwischen Papierstapeln und herumfliegenden Stiften lag eine verspiegelte Sonnenbrille.

Anna erinnerte sich an sie. Coole Brille, hatte sie Jan geneckt, als er mit diesem verrückten Teil aufgetaucht war. Die Brille! Die irisierenden Insektenaugen des Chirurgen! Hatte er sich hier in Jans Zimmer maskiert und auf seinen Auftritt gewartet? Anna trat an den Schreibtisch heran. In einer Ablageschale war Korrespondenz gestapelt. Zuoberst lag ein Brief, der mit ländlichen Motiven verziert den Kopf eines bekannten Öko-Verbandes trug. Eigentlich lag es Anna fern, die Post anderer zu lesen, doch sie stolperte über den ersten Satz des Schreibens, den sie flüchtig erfasst hatte. Schnell las sie weiter und wurde von dem Text in den Bann gezogen. Der Inhalt war leicht zu verstehen. Jan wollte genau wissen, welche Auflagen ein landwirtschaftlicher Betrieb erfüllen musste, um von diesem Verband das Bio-Gütesiegel für seine Produkte zu erhalten. Die Auflagen waren streng. Die möglichen Kosten hoch. Doch am meisten entsetzte sie, dass Jan so aufgetreten war, als sei er längst der alleinige Besitzer dieses Hofs. Klar, Papa lehnte eine Umstellung auf Bio kategorisch ab. Ganz unten in dem Stapel fand Anna eine Skizze des Hofes. Mit verschiedenen Farben hatte Jan dort akribisch eingetragen, welche Felder und Weiden in Zukunft wie genutzt werden könnten. Auch einen weiteren Pferdestall hatte er als Anbau eingezeichnet.

Ein bitteres Gefühl stieg in Anna auf. Was sie da in den Händen hielt, waren Jans heimliche Zukunftsträume. In keinen davon hatte er sie eingeweiht. Aber Iris schien mit von der Partie zu sein, denn die Planung mit der Erweiterung der Pferdeställe war hundertprozentig nicht auf seinem

Mist gewachsen. Deshalb hingen die beiden in letzter Zeit so einvernehmlich zusammen! Sie hatten einen gemeinsamen Traum. Und Papa? Glaubte Iris, sie könnte ihn überzeugen, wenn sie ihn nur genug um den Finger wickelte? Anna lachte trocken auf. *Nie im Leben würde Papa euch das erlauben! Ausgeträumt, ihr Fantasten!*

Plötzlich durchfuhr sie jedoch ein eiskalter Schrecken. Von wegen nie im Leben würde Papa zustimmen. Was, wenn dieser Plan für die Zeit nach Papas Tod zurechtlag? Gesundheitlich ging es ihm seit Jahren nicht besonders gut. Wie oft schon hatte Anna vermutet, dass die vermeintlichen Rückenschmerzen etwas mit seinem Herzen zu tun hatten. Letztes Jahr hatte er das auf Anraten des Arztes sogar überprüfen lassen und das Ergebnis nicht verraten. Seitdem schluckte er Tabletten und sprach manchmal mit bitterem Humor davon, dass das plötzliche Umfallen in der Ackerfurche sein schönster Tod wäre. Wusste Iris mehr von Papas Gesundheitszustand? Diese Schlange! Da wartete sie züngelnd, bis ihr Opfer sein Leben ausgehaucht hatte, um sich dann zu bedienen. Und Jan, dieser naive Träumer, ließ sich von ihr umschlingen!

Anna warf die Papiere wütend wieder zurück an ihren Platz. Na, die würden sich wundern! Die hatten ihre Rechnung ohne Anna gemacht. Denn sollte es eines Tages wirklich einmal so weit sein, erbte sie die andere Hälfte des Hofes. Ohne ihr Einverständnis wären Ökohof und Pferdeparadies nicht finanzierbar! Anna stockte in ihren wüsten Gedanken. Eigentlich war es doch dumm von den beiden,

Anna nicht frühzeitig einzuweihen. Was bedeutete das? Sie starrte nachdenklich vor sich hin.

Plötzlich schreckte ein Knarren im alten Gebälk sie auf. Warum war sie eigentlich in Jans Zimmer gekommen? Jetzt fiel es ihr wieder ein. Irgendwo in einer der Schubladen des Schreibtischs musste die Taschenlampe sein. Sie begann mit der obersten. Papiertaschentücher, Munitionspäckchen, Kaugummis. Ein typisches Jan-Sammelsurium.

Nächste Schublade! Igitt! Gewölle! Das waren jene Knäuel aus Haaren und Knöchelchen, welche die Nachtgreife als unverdauliche Reste auswürgten. Anna schob die Lade schnell wieder zu.

In der nächsten fanden sich Fotos verschiedener Größen wild durcheinander. Anna wollte schon wieder zuschieben, als sie plötzlich innehielt. Durcheinander war das nur auf den ersten Blick. Die Bilder waren nach Jahren geordnet. Obenauf lagen die aktuellsten. Sie blätterte schnell durch. Ihre Bewegungen wurden immer hastiger und fahriger. Doch so sehr sie sich auch bemühte, es war kein Bild zu finden, auf dem sie nicht zu sehen war. Zu Beginn der Sammlung mochte sie so etwa zwölf Jahre alt gewesen sein. Zahnspange. Zwei Erbsen unter dem T-Shirt, dort, wo die Brüste anfingen zu sprießen. Anna auf dem Pferd. Anna im Schwimmbad. Anna schlafend im Garten auf der Liege. An viele Situationen konnte sie sich gar nicht mehr erinnern. Hatte Jan sie so oft fotografiert? Am Ende gar heimlich? Warum?

Ganz oben auf dem Stapel und in die hinterste Ecke

geschoben lag ein Foto, das sie kannte. Ein Fotograf war auf dem Abiball herummarschiert und hatte fleißig Fotos geschossen. Später waren alle Paarfotos draußen im Flur aufgehängt worden. Jeder war aufgefordert, Punkte zu verteilen und das Abi-Traumpaar des Jahres zu küren. Anna und Jan wurden Sieger. »Meine Güte, wir sehen aber auch gut aus, ich hätte uns auch gewählt«, hatte Anna damals gesagt.

Das Foto war gleich beim Hereinkommen an der Abendkasse aufgenommen worden. Anna trug einen Traum von einem Kleid aus cremefarbener Naturseide, für das sie ihr Sparkonto geplündert hatte. Was für ein Dekolleté! Mamas Perlenkette um den Hals. Die Locken waren in einem lockeren Dutt gebändigt, aus dem sich zarte Strähnchen ringelten. Das machte sie viel älter. Daneben Jan im dunklen Anzug und weißen Hemd. Wenn man ihn nur in Gummistiefeln und Holzfällerjacke kannte, war man erstaunt über seine attraktive Erscheinung. Motte hatte gleich einen Spruch parat gehabt: »Ey, Jan, in dem Aufzug kannst du aber nicht bei *Bauer sucht Frau* auftreten, die denken, du schummelst, weil du wie ein Banker aussiehst.« Jan hatte sehr heftig reagiert und Motte am Kragen gepackt. »Wie wär's, Rumpelstilzchen, wenn du heute mal einfach nur deinen Rand hältst?« Motte hatte verstanden und war Anna und Jan den ganzen Abend aus dem Weg gegangen.

Anna wollte das Foto in die Schublade zurücklegen, doch etwas störte sie. Sie hielt es hoch gegen das Licht, um es noch einmal anzuschauen, und erschrak. Ihre Augen! Sie drehte das Foto um, zwei kleine Krater zeigten, dass sie mit einer

Nadel ausgestochen worden waren. Wer tat so etwas? Jan? Oder war der Schattenfeind an dieser Schublade gewesen?

Sie sah sich weiter im Zimmer um. Ihr Blick blieb an einem mit Kleidern beladenen Stuhl hängen. Zuoberst lag die Taschenlampe. Da war sie ja! Schnell griff sie nach dem Gerät und verschwand wieder in den Flur. Mithilfe des grellen Lichtstrahls gelang es ihr, die Spuren bis zum Dachboden zu verfolgen. Einer der alten Sessel stand unter dem schmalen Lukenfenster. Rundherum waren Spuren im Staub. Auf den groben Holzdielen entdeckte sie eine feuchte Stelle. Rundherum Lehmspuren und Erdbröckchen. Vielleicht hatte er hier seine Schuhe abgestellt.

Bevor Anna die Taschenlampe zurückbrachte, stellte sie sich vor den Spiegel, der über der schmalen Kommode hing, die zwischen Jans und ihrer Tür an der Wand stand. Sie leuchtete ihr Gesicht von unten an. Der Effekt war erschreckend und sie hatte ein weiteres Detail aus dem Szenario des Chirurgen geklärt.

Später suchte sie Lukasz auf, der gerade den Stall ausmistete. Nachdem er ihren Auftrag entgegengenommen hatte, wiegte er den Kopf. »Da muss ich Löcher in Holz und in Wand machen. Da muss ich Chef fragen.«

Umso erstaunter war Anna, als Lukasz am Nachmittag bei ihr anklopfte. »So, wo soll hin?«

Anna zeigte auf die Tür. »Ein Riegel oben, einer unten und der mit der Türkette in die Mitte über den Griff.«

Lukasz machte sich sofort an die Arbeit.

Anna betrachtete das Sortiment original verpackter Riegel, die Lukasz offensichtlich extra nach ihren Wünschen besorgt hatte, und war zufrieden über deren Größe und Stabilität. »Hast du meinen Vater gefragt?«

Lukasz nickte und zeichnete mit dem Stift an, wo er bohren musste.

Anna schaute ihm mit ungläubiger Miene zu. »Und er hatte echt nichts dagegen?«

Lukasz schüttelte den Kopf. »Hat gesagt, wenn Anna hat Angst, müssen wir machen.«

Anna setzte sich auf ihr Bett, nahm Bruno Bär, ihren Tröster aus Kindertagen, in den Arm und schaute Lukasz bei der Arbeit zu. Als er fertig war und das Zimmer wieder verlassen hatte, schloss sie alle Riegel und schlief erholsam bis zum Abend.

Als sie erwachte, warf sie einen Blick auf ihr Handy. Schon acht Uhr. Und zwei Nachrichten von Dina. Sie rief Dina zurück und erreichte sie sofort. »Hi, sorry, bin krank, konnte heute leider nicht kommen.«

»Schade, schade, du hast was versäumt. Dein Lesedenkmal hat mich heute nach dir gefragt.«

»Oh, echt?«

»Ja, er saß wieder im Wintergarten und hat gelernt. Aber er hat sich tatsächlich von Buch und Laptop losgerissen und ist aufgestanden, um zu mir herüberzukommen und mich zu fragen, ob ich wüsste, was mit dir los wäre.«

»Und was hast du gesagt?«

»Dass ich nichts weiß. Dass ich aber vermute, dass du krank bist. Kommst du denn morgen wieder?«

»Ich hatte es eigentlich vor.«

»Dann denk dran, morgen ist hier im Wintergarten viel los.«

»Wieso?«

»Na, du weißt doch – wegen der Typisierungsaktion.«

»Ach so. Willst du jetzt doch daran teilnehmen?«

»Klar! Hast du immer noch Angst, jemand könnte es auf deine Organe abgesehen haben? Das war ein Hirngespinst! Es ist eine gute Sache! Du solltest mitmachen! Gerade wir Mediziner sollten mit gutem Beispiel vorangehen.«

»Ah, kriegst du Geld dafür, wenn du mich dazu kriegst, oder was?«

»Anna!«

»Ich glaube, ich muss morgen doch noch einmal zu Hause bleiben. So ganz auf der Höhe fühle ich mich noch nicht.«

»Na ja, wenn das so ist, dann gute Besserung!«

»Danke! Er heißt übrigens Marius.«

»Wer?«

»Den du das ›Lesedenkmal‹ nennst.«

»Oh! Woher weißt du das?«

»Ich war mit ihm am Freitagabend etwas essen.«

»Wow! Und das sagst du mir erst jetzt? Da hätte ich mir meine ganze Aktion mit den Doc-Disco-Flyern sparen können!«

»Ja, hättest du.«

* * *

AM NÄCHSTEN TAG schlief Anna fast bis zum Mittag. Sie war sich sicher, dass sie ihren ruhigen Schlaf den Riegeln zu verdanken hatte. Bei deren Anblick wunderte sie sich erneut, dass ihr Vater dieser Maßnahme so schnell zugestimmt hatte.

Anna gab sich ausgiebig ihrer Morgentoilette hin, wusch die Haare, schminkte sich und streifte sich zu den engen schwarzen Reithosen einen grob gestrickten Pullover aus Naturwolle über. Nachdem sie mit ihrem Spiegelbild zufrieden war, machte sie sich auf den Weg zum Stall. Längst hatte sie beschlossen, den gewonnenen Tag zu ihrer Entspannung zu nutzen. Ihre gute Stimmung trübte sich sofort, als sie auf dem Hof plötzlich Motte begegnete. Wütend stapfte sie auf ihn zu. »Du hast mich wohl immer noch nicht verstanden?«

Motte blieb stehen und musterte ihre Erscheinung mit wohlwollenden Blicken. »Hallo, Anna, schön, dich zu sehen! Schon wieder auf dem Kriegspfad?«

»Lass deine dummen Sprüche! Ich hatte dir doch gesagt, dass du gefälligst einen weiten Bogen um mich machen sollst.«

»Ich dachte, das gilt nur für deinen Glaspalast in der Uni. Außerdem kann ich ja nicht ahnen, dass du zu dieser Zeit hier über den Hof läufst. Anständige Leute sind da bei der Arbeit oder beim Studium.«

»Haha, und was machst du dann hier?«

»Zumindest in deinen Augen sind Studenten der Sozialpädagogik doch keine anständigen Leute … Aber zu deiner

Information: Mittwochnachmittag habe ich keine Vorlesungen. Da bringe ich immer meine kleine Schwester zum Voltigieren. Du kannst mir also gar nicht verbieten, hierher zu kommen.«

»Aha, und in der Stunde, in der deine Schwester beschäftigt ist, treibst du dich auf dem Hof herum?«

»Es lohnt sich nicht, noch einmal nach Hause zu fahren. Also setze ich mich ins Auto und lese oder surfe ein bisschen, höre Musik, was man halt so tut.«

»Zu deiner Information: Unser Haus ist tagsüber jetzt abgeschlossen. Da kommst du nicht mehr rein.«

Mottes Augen traten noch weiter hervor als sonst. »Wie kommst du auf die Idee? Ich war noch nie bei euch drin. Ist was geklaut worden und du verdächtigst mich jetzt, oder was? Das sähe dir ähnlich!«

»Grün scheint jedenfalls so was wie deine Lieblingsfarbe zu sein.«

»Wie bitte?«

»Chirurgenkittel sind grün. Knallfrösche sind grün.«

Motte vollführte mit der Hand Wischbewegungen vor seiner Stirn. »Hast du sie noch alle? Jetzt kommst du schon wieder mit Knallfröschen. Vielleicht erklärst du mir mal endlich, was du damit meinst!«

Anna baute sich mit verschränkten Armen dicht vor ihm auf. »Moorbachtalbrücke. Einer wirft Knallfrösche zwischen die Beine meines Pferdes und das geht durch. Um ein Haar wären wir beide umgekommen.«

Motte wurde kreidebleich. »Das ist ja echt eine Sauerei!

Und du denkst, ich würde so etwas tun? Nie im Leben! Das schwör ich dir!«

Anna musterte mit spöttischem Grinsen seine drei erhobenen Finger. »Wer's glaubt! Tu nicht so, du warst auch in der Schule immer für äußerst grenzwertige Scherze zu haben.«

Motte schüttelte entrüstet den Kopf. »Aber doch nicht so was! Echt, Anna! Ich verstehe ja, dass du sauer auf mich bist, aber damals auf der Abifeier war das wirklich nur ein blöder Witz.«

Anna zog erstaunt die Augenbrauen hoch. »Abifeier? Was meinst du?«

Motte trat unruhig von einem Fuß auf den anderen. »Oh, ich dachte, das hätte dir längst jemand gesteckt. Ich war es, der alle möglichen Leute dazu gebracht hat, dich und deinen Bruder zum Traumpaar des Jahres zu wählen.«

Anna schüttelte böse lachend den Kopf. »Das hast du eingefädelt? Grandios! Aber damit kannst du mich nicht wirklich ärgern. Ich bin sowieso sicher, die hätten uns auch ohne deine Manipulation gewählt.«

Mottes Blick wurde ungewohnt ernst. »Aber ihr seid Geschwister und normalerweise gilt das nur für richtige Pärchen. Ihr scheint gar nicht zu merken, wie die Leute rundherum sich das Maul über euch zerreißen. Und ihr gebt auch noch ständig Grund dafür. Dein Bruder beißt sämtliche Typen weg, die etwas mit dir anfangen wollen, und du zickst alle Mädchen an, die etwas von ihm wollen. Eigentlich war das ziemlich böse, euch als Traumpaar zu wählen, verstehst du? Ich entschuldige mich auch dafür. Aber mich vor allen

Leuten Rumpelstilzchen zu nennen, war auch nicht gerade nett.«

»Das war für *Bauer sucht Frau.*«

»Und wofür waren Chaot und Krümelmonster mit Glubschaugen? Ich habe nämlich genau gehört, was du in der Uni zu deiner Freundin über mich gesagt hast.«

»Das hab ich gesagt?«

»Ja!«

Eine Weile standen sie sich schweigend gegenüber. Ihr Pulver war verschossen.

Plötzlich erhellte sich Mottes Gesicht. »Knallfrösche! Mir kommt da jetzt so eine Ahnung, wer das gewesen sein könnte.«

»Sag schon, wer?«, drängte Anna.

»Knall-Frösche. Verstehst du? Das passt doch zu Gelbbauch-Unken!«

»Gelbbauchunken?« In Anna wurde eine leise Erinnerung wach, die sie zunächst nicht zuordnen konnte.

Motte erklärte. »Vielleicht waren das welche von den Naturschutzfanatikern, die in dieser Bürgerinitiative stecken und deinem Vater die Hölle heißmachen wollen.«

»Wovon redest du?«

»Mensch, Anna, du scheinst ja wirklich nichts mitzubekommen von dem, was hier so rundherum läuft! Es geht um die Feuchtwiesen im Moorbachtal. Die gehören doch alle euch, oder? Also von der Moorbachtalbrücke bis zur Autobahn runter.«

Anna nickte. »Ja, jetzt weiß ich, was du meinst. Das sind

vier Hektar Land. Papa wollte das schon immer verkaufen, aber keiner wollte es haben. Die Wiesen sind teilweise so nass, dass du weder Angusrinder noch Schafe draufstellen kannst, und eine Brutstätte für Stechmücken.«

»Du bist anscheinend nicht auf dem neuesten Stand. Das soll Bauland werden, weil sie da ein Rieseneinkaufszentrum planen. Gut erreichbar über die Autobahn. Parkplätze ohne Ende! Das ist eine echte Konkurrenz für die Innenstadt. Man vermutet sogar, dass einige der Geschäftsleute dort die Bürgerinitiative unterstützen und die Leute überhaupt erst auf die Gelbbauchunke gebracht haben. Diese Kröten stehen nämlich unter Naturschutz. Inzwischen haben sie auch noch den blauen Moorfrosch und ein paar seltene Orchideenarten entdeckt. Das Ganze ist allerdings so weit gediehen, dass die Naturschützer den Kürzeren ziehen werden. Das Gericht hat eine Genehmigung mit Auflagen erteilt. Das heißt, dass die Bauherren des Einkaufszentrums einen gewissen Bereich als Naturschutzgebiet einrichten und pflegen sollen. Man könnte sich schon vorstellen, dass einige dieser Unkenfans sich nicht damit zufriedengeben wollen und nun deine Familie mit Anschlägen unter Druck zu setzen versuchen. Letztendlich liegt es ja an deinem Vater, ob er verkauft oder nicht. Und du wusstest echt nichts davon?«

Anna schüttelte nachdenklich den Kopf. »Ich denke, Papa würde sich nicht einschüchtern lassen und auf jeden Fall verkaufen. Dann könnte er endlich die Schulden des Hofes abbezahlen. Das sind einige Hunderttausend, soviel ich weiß.«

Motte lachte. »Schulden abbezahlen? Mehr als das! Wie viel Quadratmeter sind denn ein Hektar?«

»Zehntausend«, sagte Anna sofort.

Motte pfiff durch die Zähne. »Mein Vater hat gesagt, dreihundert Euro pro Quadratmeter sind mindestens drin. Das sind, lass mich mal rechnen …«

»Drei Millionen pro Hektar«, hauchte Anna.

»Genau!«, sagte Motte. »Nimm einen Hektar für das Naturschutzgebiet weg, dann bist du immer noch bei mindestens neun Millionen Euro. Das bedeutet, Anna, dass die Kerle in Zukunft nicht nur wegen deiner Schönheit bei dir Schlange stehen werden. Und du hast davon echt nichts gewusst?«

Anna starrte ins Leere. »Nein. Und ich verstehe nicht, warum sie mich da außen vor gelassen haben.«

Motte wiegte den Kopf. »Hhm, kein netter Zug von deiner Familie. Aber bei größeren Geldsummen hört ja bekanntlich die Freundschaft auf.«

Motte sah, dass Anna nahe daran war, die Fassung zu verlieren, und legte ihr tröstend eine Hand auf den Arm. »Aber vielleicht wollten sie dich ja überraschen?«

Anna schüttelte den Kopf. »Ich weiß nicht … Und du meinst echt, Naturschützer machen so etwas? Einen Anschlag auf ein Pferd?«

»Bei Demos werfen sie doch auch Steine und Knallkörper auf die berittenen Polizisten. Was denkst du, was mein Vater da manchmal erzählt? Ist dir an dem Tag denn irgendetwas Ungewöhnliches aufgefallen? Fremde Leute auf dem Hof oder so?«

Anna nickte. »Da war ein Auto. Ein silberfarbener Kleinwagen. Er parkte in der Nähe.«

»Na bitte, das ist ja schon etwas. Hast du das Kennzeichen? Ich könnte über meinen Vater ohne Probleme herausbekommen, wer das war.«

»Nein. Es war zu weit weg.«

»Schade.«

Plötzlich hellte sich Annas Gesicht auf. »Aber es gibt ein anderes Kennzeichen, bei dem du mir echt helfen könntest.«

Sie holte ihr Handy aus der Tasche und schickte Motte das Foto der Frau aus dem Parkhaus per WhatsApp. »Die hat mich in einem Kaufhaus angegriffen. Das war wohl auch eine von den Naturschützern.«

»Wird erledigt«, rief Motte und lächelte sichtlich zufrieden.

* * *

NACH DEM REITEN in der Halle saß Anna am Nachmittag gebannt vor ihrem Laptop und informierte sich eingehend über die Aktionen der Bürgerinitiative gegen das geplante Einkaufszentrum. Plötzlich waren im Flur schwere Schritte zu hören. Es pochte an ihrer Tür. Das Klopfen kam ihr bekannt vor. Anna drehte sich auf ihrem Schreibtischstuhl um und fragte verwundert: »Jan?«

Im selben Augenblick wurde die Tür kraftvoll aufgeschoben und blieb sogleich ächzend in der Kette hängen.

Jan fluchte: »Verdammt, was ist das?«

Anna sprang zum Türspalt, während ihr Bruder versuchte,

den Kopf so weit wie möglich hineinzustecken, um sich das Hindernis anzusehen. Sanft tippte Anna mit dem Zeigefinger gegen seine Stirn. »Das ist gegen unerwünschten Besuch. Sehr effektiv, wie du siehst.«

Jan gab ein ungnädiges Grunzen von sich. »Dürfte ich vielleicht eintreten oder gehöre ich in die Kategorie ›unerwünscht‹?«

Anna fasste nach der Klinke und schob die Tür ein wenig zu. »Wenn du deinen Rüssel bitte ganz zurückziehen würdest, könnte ich die Tür schließen und die Kette abziehen, anders geht das nämlich nicht.«

Jans Kopf verschwand und Anna öffnete die Tür.

Er trat mit einem großen Schritt ins Zimmer. In seinen Kleidern brachte er nebelfeuchte Herbstluft mit. Seine Wangen waren gerötet. Er betrachtete die verschiedenen Riegel. »Ist etwas passiert oder warum hast du dich hier so verbarrikadiert?«

»Ich schlafe besser, wenn ich weiß, dass niemand hereinkommen kann.«

»Wer soll denn hereinkommen?«

»Wer wohl?«, war Annas provozierende Gegenfrage.

Jan zog die Stirn in Falten. »Das ist jetzt aber bitte nicht wegen mir? Oder?«

»Wie kommst du darauf?«

Jan betrachtete mit düsterer Miene jeden einzelnen Riegel. »War das am Ende Papas Idee?«

»Die Frage verstehe ich jetzt überhaupt nicht. Es war meine Idee und Papa fand sie wohl auch gut.«

»Na bitte«, sagte Jan mit deutlicher Kränkung. »Da habt ihr wieder was, wo ihr euch einig seid.«

Einen Augenblick sahen sie einander schweigend an, beide bemüht, eine möglichst regungslose Miene zu zeigen, während sie versuchten, die Gedanken des anderen zu ergründen.

Anna gab zuerst auf. »Wieso bist du auf einmal hier? Ich denke, du hast bis Freitag Uni.«

»Habe ich auch. Aber heute Nachmittag habe ich die Vorlesung sausen lassen und bin hergekommen.«

»Ach. Und wieso?«

»Warum fragst du das so angepisst?«

Anna verschränkte die Arme vor der Brust und wies mit dem Kopf in Richtung ihres Schreibtischs. »Vielleicht weil ich ein Hühnchen mit dir zu rupfen habe?«

Jans Blick fiel auf den Bildschirm, wo eine Gelbbauchunke dem Betrachter entgegengrinste. »Bei diesem Tier ist nicht viel zu rupfen«, erklärte er.

»Jetzt hältst du dich mal wieder für oberschlau«, zischte Anna. »Bestimmt kannst du mir dann auch auf Anhieb sagen, was das für ein Tier ist.«

Jan ging näher heran, sah von dem Bild zu Anna und wieder zurück. »Das ist ein Froschlurch. Ich schätze, eine Gelbbauchunke. Brauchst du das für dein Studium?«

Anna sah ihn mit schmalen Augen an. »Nein, aber ich bin sicher, dir fällt zu dem Tier noch eine ganze Menge mehr ein.«

»Sicher. Aber ich bin jetzt eigentlich nicht gekommen,

um mich mit dir über Amphibien auszutauschen, sondern weil ich wissen wollte, wie es dir geht.«

»Und dafür setzt du dich in dein Auto und fährst drei Stunden hierher und nachher wieder zurück? Das ist ein bisschen übertrieben, findest du nicht?«

»Iris hat mir gesagt, dass du krank bist und im Bett liegst. Das ist seit Jahren nicht mehr vorgekommen. Was hast du denn?«

»Iris!«, zischte Anna. »Es ist überhaupt nicht nötig, dass du sie über meinen Gesundheitszustand ausfragst! Sie hat nämlich keine Ahnung.«

»Deshalb dachte ich auch, es ist besser, wenn ich dich selber frage. Darum bin ich hier. Bist du einfach nur krank im Sinne von Kopfschmerzen und Erkältung oder ist deine psychische Gesundheit in Mitleidenschaft gezogen?«

Anna verdrehte die Augen. »Meine Güte, du klingst ja wie ein Fragebogen. Kreuzen Sie bitte Zutreffendes an! Und weißt du, wo ich mein Kreuzchen setze? Bei psychischer Gesundheit.«

Jan sah sie bestürzt an. »Psychisch? Schlimm?«

»Ja, sehr schlimm. Wegen einer Familie, die hinter meinem Rücken über mich herzieht und mir einiges verschweigt.«

Jan erstarrte. »Verschweigt? Was meinst du damit?« Aus seinem Gesicht war plötzlich jegliche Farbe gewichen.

Also doch! Anna schien ins Schwarze getroffen zu haben. »Darf ich dir einige Stichworte nennen?«, fragte sie spitz.

»Ja, sag!«, antwortete er mit brüchiger Stimme.

»Einkaufszentrum. Moorbachwiesen. Neun Millionen im Jackpot. Zukunftsträume vom Biohof.«

Jans Schultern senkten sich. Mit einer Erleichterung, die Anna nicht verstand, sagte er: »Ach so, *das* meinst du!«

Anna wurde laut. »Jawohl, *das* meine ich, was denkst du denn? Warum habt ihr mich nicht über den Verkauf der Moorbachwiesen informiert, sondern alles schön hinter meinem Rücken verhandelt?«

Jan hatte seine Sicherheit zurückgewonnen und konterte: »Seit wann interessierst du dich für das, was hier auf dem Hof passiert? Du hast doch seit Jahren nur deine Schule und dein Studium im Kopf.«

»Ach, ist es dem Herrn nicht recht, dass ich vorhabe, mein Leben auf eigene Füße zu stellen?«

»Du kannst machen, was du willst, Anna. Aber erwarte nicht, dass man dich automatisch an etwas beteiligt, wofür du dich nicht wirklich interessierst.«

»Ich gehöre zur Familie und habe ein Recht darauf, in eure Pläne eingeweiht zu werden. Schließlich betrifft das auch meine Zukunft!«

»Na toll, wenn es um Geld geht, entdeckst du deinen Familiensinn! Im Übrigen hättest du dich über alles informieren können. Während der Prozess vor Gericht lief, war rundherum alles gepflastert mit Plakaten der Bürgerinitiative. Es gab Auftritte im Internet. Die Leute sind in Dreierreihen durch unsere Wiesen gestampft. Nichts davon hast du mitgekriegt. Du hast dich wie üblich in deinen Anna-Kokon eingesponnen und dein Ding gemacht. PoWi gelernt.

Französische Revolution. Einem Pferdchen die Mähne geflochten. Draußen vor deinem Fenster steppt der Bär und du … du merkst nichts!«

»Ich habe für meinen Studienplatz gekämpft. Das war hart genug.«

»Ja, und das erkennen wir auch alle an.«

»Ich glaube dir kein Wort!«

»Wieso das auf einmal?«

»Du bist nicht ehrlich mir gegenüber. Dein wahres Ich zeigst du nicht.«

»Das klingt jetzt ziemlich geschwollen. Worauf willst du hinaus?«

Anna zog mit kühler Miene das Foto vom Abiball unter ihrer Schreibunterlage hervor und hielt es ihm hin. »Deshalb!«

Jan nahm das Bild und betrachtete es. Seine Hand zitterte leicht. »Wo hast du das her?«, fragte er mit eisiger Stimme.

»Das weißt du doch.«

»Wieso durchwühlst du meine Sachen?«

»Vielleicht erkläre ich dir das. Aber erst will ich von dir wissen, warum du so etwas Abartiges tust!«

Jan hatte sich wieder im Griff. Er warf das Bild mit einer achtlosen Bewegung auf Annas Schreibtisch zurück. »Jetzt übertreib mal nicht gleich! Das war in einem Moment, in dem ich mal kurzzeitig sauer auf dich war. Ist längst vergessen!«

Anna hatte Tränen in den Augen und starrte zum Fenster hinaus. »Warum glaube ich dir das schon wieder nicht?«

»Das ist deine Sache.«

»Du machst dir das jetzt ein bisschen einfach, Jan. Ich verstehe dich nicht mehr.«

»Hast du das je getan?«

Anna fuhr herum. »Wenn man verstanden werden will, muss man vor allem reden und nicht hinter dem Rücken des anderen geheime Pläne schmieden. Stichwort: Biohof. Pferdeparadies. Und? Was hast du noch mit Iris ausgeheckt? Und alles ohne Anna. Von wegen Verständnis und Vertrauen! Du bist es, der mit falschen Karten spielt, Jan!«

Jan stand mit versteinerter Miene vor ihr. Nichts verriet, was jetzt gerade hinter seiner Stirn vor sich ging. Dann kam plötzlich Bewegung in ihn. Er zog seinen Autoschlüssel aus der Jackentasche. »Ja, ohne Anna! Du bestehst doch in letzter Zeit ganz doll darauf, dein eigenes Leben führen zu können. Ohne Jan. Mach doch! Mach dein Ding und ich mach meins. So einfach ist das. Aber dazu gehört auch, dass man nicht in den Sachen des anderen herumschnüffelt. Wer braucht hier eigentlich Riegel vor der Tür?«

Anna stampfte mit dem Fuß auf und schnaubte vor Wut. »Das ist jetzt wirklich das Allerletzte, dass du dich hier zum Opfer machst. Wann kapierst du endlich, dass du hier das Problem bist und nicht ich?«

Jan lachte bitter auf. »Ich frage mich wirklich, warum ich so blöd war, mir Sorgen um dich zu machen, und mich ins Auto gesetzt habe. Ich dachte echt, dass du dringend Hilfe brauchst. Aber dir ist wirklich nicht zu helfen. Da kann ich auch wieder fahren.«

»Ja, kannst du. Und du hättest nicht extra herkommen brauchen. Ein Anruf hätte genügt.«

»In letzter Zeit gehst du ungern dran, wenn ich es bin, und beantwortest nur äußerst knapp jede dritte Nachricht, die ich dir schreibe.«

»Kann schon sein. Aber vielleicht bist du ja auch aus einem ganz anderen Grund hier.«

»Aha, und aus welchem, bitte schön?«

Anna funkelte ihn böse an. »Für wie blöd hältst du mich eigentlich? Du willst doch mit eigenen Augen sehen, wie ich deine nächtlichen Aktionen überstanden habe.«

»Wie bitte?«

»Wer hat mir denn den Grapefruitsaft aufgeschwätzt?«

»Du tickst wirklich nicht mehr ganz richtig«, fauchte Jan und stürzte hinaus. Die Tür schlug hart ins Schloss, sodass die Kette scheppernd dagegenschlug.

* * *

ANNA ATMETE TIEF DURCH. Doch die Tränen ließen sich nicht mehr zurückhalten. Warum schmerzte sie jeder Streit mit Jan so stark? Es war, als verberge sich dahinter ein tiefes namenloses Gefühl, das mit Wut alleine nicht zu erklären war. Konnte man das noch als normalen Geschwisterstreit bezeichnen? Warum brach das alles jetzt hervor? Früher als Kinder hatten sie sich bestens verstanden und gegen alle Welt verschworen. Diesen vertrauten Freund, der mit ihr durch dick und dünn ging, brauchte sie gerade jetzt am dringendsten.

Ein verschmitzt lächelndes Gesicht tauchte in ihren Gedanken auf. Marius! Wie gerne hätte sie jetzt mit ihm telefoniert. Aber sie hatte seine Telefonnummer nicht. Sie setzte sich an ihr Laptop und begann zu recherchieren. Nach kurzer Zeit wusste sie, dass es in der Richard-Wagner-Straße 17 einen Alexander Winkler gab. Im Vorstand eines bekannten Bankhauses in der Innenstadt wurde sein Name ebenfalls genannt. Das musste er sein. Sie schrieb die Festnetznummer auf ihre Schreibunterlage. Dann schwebte sie neugierig über Google Earth in die Wohnstraße ein. Viele Häuser waren nur als weiße Umrisse abgebildet, weil die Besitzer ein Foto nicht genehmigt hatten. Das Haus der Winklers konnte man sich original anschauen. Es war eine alte eingeschossige Villa mit Sandsteingesimsen und Erkern. Das steile Mansarddach war ausgebaut, und der Blumenschmuck ließ erkennen, dass es dort oben eine Dachterrasse gab. Sie erinnerte sich, dass Marius davon gesprochen hatte, und malte sich aus, wie sie sich dort oben mit ihm gemütlich und sichtgeschützt auf einer Liege räkelte. Bei Facebook existierte Marius ebenfalls. Er hatte ein Foto von sich eingestellt, das ihn im Talar zeigte und auf einen gebeugten Kopf mit Doktorhut blicken ließ, sodass vom Gesicht nur die Kinnspitze zu sehen war.

Anna schmunzelte. Das sah ihm ähnlich! Immer schön korrekt auf Sicherheit bedacht! Mit zitternden Fingern wählte sie die Festnetznummer. Eine angenehme, jung klingende Frauenstimme meldete sich, vermutlich seine Mutter. »Winkler?«

»Guten Tag, hier ist Anna. Kann ich Marius sprechen?«

»Anna? Sind Sie eine Kommilitonin von Marius?«

»Mmh, ja.«

»Er ist bei Niklas. Sie lernen fürs Examen. Soll ich ihm etwas ausrichten? Melden Sie sich wegen des Koffers?«

Anna stutzte. Sie wusste nicht, was gemeint war, wollte jedoch nicht nachfragen. Es war ohnehin schon peinlich, dass sie Marius hinterhertelefonierte. Vielleicht hatte er gerade das vermeiden wollen und hatte ihr deshalb seine Nummer nicht gegeben. Wäre ja verständlich, bei einem so problembeladenen Mädchen wie ihr. »Nein, nicht deswegen. Ich wollte ihn einfach nur sprechen.«

»Wenn es wichtig ist, rufen Sie ihn doch auf dem Handy an!«

Anna nagte an der Unterlippe. Sie wagte es nicht, nach der Nummer zu fragen, und ärgerte sich, dass sie überhaupt angerufen hatte. Wie eine Vierzehnjährige, die den attraktiven Jungs hinterhertelefoniert. Oberpeinlich!

»Vielen Dank, Frau Winkler, das mache ich.«

Mit einem hastigen Tastendruck beendete Anna das Gespräch. Ihr Herz klopfte. Die Hitze war ihr in die Wangen gestiegen. Sie stellte sich sein strahlendes, offenherziges Gesicht vor und schämte sich noch mehr, ihn so hintergangen zu haben. Wie schön wäre es, wenn all ihre Probleme einfach nicht existieren würden und es zu Marius ein völlig unbelastetes, entspanntes Verhältnis geben könnte. *Hallo, Anna, was machst du heute Abend? Sollen wir uns noch sehen? – Klar doch. Kino oder Cocktailbar? – Beides. – Aber ich muss auch noch nach Hause kommen. – Kein Problem. Du kannst bei mir übernachten und morgen frühstücken wir auf der Dachterrasse.* In ihrem Traum war es Hochsommer. Ein blauer Himmel mit weißen Wolkentupfern strahlte hinter Marius' Gesicht, das sich zärtlich über sie beugte. Anna nahm Buntstifte aus dem Stiftbehälter und malte Herzen in verschiedener Größe und in immer gleichmäßigerem Schwung. In das schönste Herz schrieb sie »Marius und Anna«. In ein anderes schrieb sie Marius' Initialen MW und erfreute sich an deren Symmetrie. Sie probierte AW. Das passte auch nicht schlecht. Sie träumte, wie die Frau mit der angenehmen Stimme sie in einer kleinen Kirche in die Arme schloss. *Wir freuen uns so sehr, liebe Anna, dass ihr beiden euch gefunden habt.* Marius im dunklen Hochzeitsanzug vor dem Altar. *Alles wird gut!*

* * *

ANNA STIEG IM Anatomie-Gebäude die breite Steintreppe hinauf in den ersten Stock, wo sich die Sektionssäle befanden. Im Flurbereich davor reihten sich Spinde mit nummerierten Türen, in denen die Medizinstudenten ihre Sachen aufbewahren konnten. Es gab nicht genug dieser schmalen, verschließbaren Schränke, sodass viele doppelt belegt waren. Anna teilte sich einen mit Dina. Sie setzte den Rucksack ab, öffnete die Fronttasche, zog an dem dort befestigten Schlüsselband und stieß einen leisen Fluch aus. Der Karabinerhaken war leer. Irgendwie musste er sich geöffnet und die Schlüssel in das lose Sammelsurium im Inneren ihrer

Tasche entlassen haben. Anna sah sich ärgerlich um. Außer dem Boden gab es hier keine Ablagefläche. Sie musste aber irgendwo die Tasche umstülpen, um nach dem Schlüssel zu suchen, denn in dem vollen Rucksack herumzuwühlen, würde wenig erfolgreich sein.

In dem Moment erkannte sie Dina, die leichtfüßig die Treppe hinaufkam. Heute trug sie ein mit Goldfäden durchwirktes Tuch mit einem Muster aus Farbtönen, die an buntes Herbstlaub erinnerten. Als sie Anna entdeckte, ging in ihrem Gesicht sofort die Sonne auf. »Anna! Geht es dir wieder besser? Gut siehst du aus! So richtig frisch und ausgeschlafen! Ich freue mich, dass du wieder da bist.«

Sie begrüßten sich mit flüchtigem Wangenkuss. Dina roch nach Blumen und Pfefferminz. »Lutschst du gerade etwas?«, fragte Anna.

Dina lachte. »Den Trick habe ich von einem anderen Mediziner. Es hilft gegen den Geruch in der Anatomie. Pfefferminz in den Mund und Pfefferminzöl auf ein Tuch, das du dir um den Hals bindest. Ich kann dir gerne etwas abgeben. Ich hab's gestern schon ausprobiert. Es hilft. Jetzt habe ich in unserem Spind einen Vorrat angelegt.«

Dina schloss den Schrank auf und presste ihre große Tasche zuunterst hinein. Anna legte ihren Rucksack darauf. Dina zog für sie beide die Kittel von den Kleiderbügeln. Anna nahm die Behälter mit den verschiedenen Skalpellen vom oberen Ablagebrett. Bevor Dina ihr Handy dorthin legte, wischte sie mit den Fingern über das Display und hielt es Anna hin. »Hier habe ich noch etwas entdeckt, das du dir auch unbedingt zulegen musst! Eine geniale App. Atlas der menschlichen Anatomie, 3-D-Aufnahmen, Download nur 99 Cent. Das ist geschenkt und du kannst echt gut damit lernen. Schau mal, hier: Aufbau der Haut. Alle Schichten. Hautgefäße, Nerven. Machen wir doch gerade.«

Anna betrachtete die Abbildung interessiert. »Das ist echt super! Werde ich mir auf jeden Fall downloaden. Aber willst du jetzt dein Handy mit reinnehmen oder was?«

Dina tat so, als ob sie erschauerte. »Brrrr. Dann liegt es am Ende plötzlich in dem Siff. Es reicht schon, dass mein Buch inzwischen aussieht, als hätte ich es im Klo versenkt!«

Anna lachte. »Ich schlage vor, wir nehmen nur ein Buch für uns beide mit. Es gibt ja sowieso kaum Stellen, wo man es ungefährdet ablegen kann. Heute opfere ich meines.«

Dina legte ihr Buch auf den Taschenstapel im Schrank und band sich ein enges weißes Tuch um den Kopf, das fast wie eine Bademütze aussah. Anna beobachtete sie dabei und dachte, dass diese Art der Bekleidung durchaus auch praktischen Wert hatte. Sie band ihre Locken mit einem Gummi zusammen und steckte lose Strähnen mit Haarklammern fest, wohlwissend, dass die ein oder andere sich nachher lösen und ihr ins Blickfeld geraten würde. Anna fiel die Arbeit heute besonders leicht, und zufrieden stellte sie fest, dass Dina vorhin recht gehabt hatte. Sie fühlte sich ausgeruht und tatendurstig und arbeitete deutlich konzentrierter und exakter als Dina, die ihre Präparate zweimal völlig verhunzte. Die Zeit verging heute schneller als sonst.

Auf dem Rückweg zu den Schränken sagte Dina zu ihr: »Heute hast du mal gezeigt, was in dir steckt, Anna. Du solltest Chirurgin werden. Wie du mit diesem Fitzelkram klarkommst, das ist echt sensationell!« Dabei zog sie mit zwei Fingern den Spindschlüssel aus der Gesäßtasche ihrer engen Jeans und öffnete den Schrank.

Annas Gesicht wurde nachdenklich. »Warst du noch einmal am Spind, Dina?«

»Nein, ich war vorhin nur auf Toilette. Warum?«

»Dein Buch. Es steckt plötzlich an der Seite neben den Taschen. Du hattest es aber obendrauf gelegt.«

»Hatte ich das?«, fragte Dina.

»Ich bin mir ziemlich sicher. Meinst du, da war jemand am Spind?«

»Wie denn? Nur du und ich haben Schlüssel!« Dina schlug die Tür zurück und inspizierte das Schloss. »Sieht auch nicht aufgebrochen aus. Wahrscheinlich hast du dich geirrt. Ich kann mich jedenfalls nicht mehr daran erinnern, wo ich das Buch hingelegt habe. Meine Gedanken waren bei der App«, erklärte Dina. Sie sahen trotzdem nach, ob etwas fehlte. Aber Geld und Handys waren da. »Und dein Spindschlüssel?«, fragte Dina.

Anna zuckte mit den Schultern. »Fliegt irgendwo in meinem Rucksack herum. Der Karabiner ist anscheinend von selbst aufgegangen.«

»Das haben diese Dinger leider manchmal so an sich. Du solltest lieber einen richtigen Schlüsselring benutzen. Davon kann nichts abfallen!«

Sie machten sich auf den Fußweg zum Hörsaalgebäude, zu dem sie durch eine bepflanzte Anlage gelangten, wo sich die nassen Blätter türmten und rundherum die Laubbläser dröhnten, sodass an eine Unterhaltung nicht zu denken war. Dazu beschleunigte noch das kalte Nebelwetter ihre Schritte. Plötzlich wurde Dina langsamer und zupfte Anna am Arm. Anna beugte sich mit dem Ohr dicht an ihren Mund. »Dreh dich nicht um, Anna. Aber dieser Schnüffler ist wieder hinter uns her. Ich habe genau gesehen, wie er sich schnell hinter der Platane versteckte, als ich mich umgedreht habe! Was sollen wir jetzt machen?«

»Erst einmal so schnell wie möglich zum Wintergarten laufen. Mal sehen, ob er uns bis dahin folgt.«

Dina nickte und rief: »Eins, zwei, drei – los!«

Beide starteten wie zu einem Hundertmetersprint. Plötzlich spürte Anna, wie jemand sie am Rucksack festhielt. Sie taumelte und schrie auf. Dann fuhr sie entsetzt herum und schaute in Marius' lachendes Gesicht. »Ihr rennt ja hoffentlich nicht gerade vor mir davon, oder?«

Auch Dina war stehen geblieben und suchte mit Blicken den Weg hinter ihnen ab. »Er ist hinter dem weißen Kastenwagen verschwunden, der dort drüben am Straßenrand steht.«

Marius und Anna schauten beide in die angegebene Richtung.

»Nicht so auffällig!«, rief Dina. »Kommt, wir tun so, als würden wir hier herumstehen, um uns miteinander zu unterhalten.« Sie rückten zusammen.

Anna schielte zu dem Auto. »Jetzt kommt er wieder hervor und geht hinüber zu der Bushaltestelle. Dort steht er jetzt und tut so, als ob er den Fahrplan studiert.«

Marius rückte näher zu Anna, sodass er ihren Blickwinkel einnehmen konnte. »Meinst du etwa dieses graue Männchen mit den Klamotten aus der Altkleidertonne?«

Anna kicherte. »Ja, genau den. Der hat uns schon einmal aufgelauert. Da hatten wir es noch für einen Zufall gehalten.«

Dina schaltete sich ein. »Es gibt keine Zufälle.«

Marius grinste. »Okay, dann werde ich genau das jetzt mal überprüfen.«

Anna sah ihn erschrocken an. »Was hast du vor?«

»Na, ganz einfach: hingehen und ihn fragen, ob er ein Zufall ist oder ein Spanner.«

»Nicht! Am Ende ist er gefährlich!«

Marius sonnte sich in Annas besorgter Miene. »Im Gegenteil: Ich könnte ihm gefährlich werden. Wenn ich tief einatme, hängt mir dieses Fliegengewicht doch quer unter der Nase.«

Anna und Dina lachten. Marius drehte sich um und lief schnurstracks auf die Bushaltestelle zu. Unterwegs hielt er kurz die linke Hand hoch und zeigte den beiden mit zwei Fingern das Siegeszeichen.

Dina kicherte. »An Selbstbewusstsein scheint es dem künftigen Herrn Anwalt ja nicht zu mangeln.«

»Marius hat einfach was drauf«, sagte Anna, die ihm sehnsüchtig hinterherblickte.

Dina war Annas schwärmerischer Tonfall nicht entgangen. »Vor allem körperlich. Ganz schön knackiger Jeanshintern.«

Anna fuhr erstaunt herum. »Dina! Das sagst *du*?«

Dina lachte. »Ja, ich! Ich hab mein Tuch um den Kopf und nicht vor den Augen.«

Anna lachte kopfschüttelnd mit. Sie standen dicht nebeneinander wie zwei bestens gelaunte Zuschauerinnen und betrachteten aus gebührender Entfernung die Darbietung. Marius war bei dem Mann angekommen und schien ihn direkt zur Rede zu stellen. Beide schauten dabei ab und zu in Richtung der Mädchen.

»Er redet mit ihm über uns«, bemerkte Dina.

Anna interpretierte die Reaktionen des Alten. »Er zuckt mit den Schultern. Anscheinend tut er ganz unschuldig.«

»Aber der Herr Jurist textet ihn zu. Er rasselt ihm alle frisch gelernten oder frei erfundenen Paragrafen herunter.«

»Mach dich nicht lustig. Marius hat echt Ahnung«, schwärmte Anna.

»Oh, hast du ihn bereits juristisch konsultiert? Ich dachte, ihr beiden hättet andere Themen miteinander«, ulkte Dina.

Anna zuckte plötzlich mit einem kleinen Aufschrei zusammen. »Da! Was ist das? Der Alte rennt plötzlich weg.«

»Ganz schön flink für sein Alter!«

»Marius läuft ihm hinterher!«, rief Anna.

Nach wenigen Metern verschwand der Alte samt Verfolger in einer schmalen Seitenstraße. Anna und Dina fixierten eine Weile die Hausecke, an der die beiden verschwunden waren. Schließlich sagte Dina. »Komm, die Vorlesung fängt gleich an. Wir sollten gehen!«

Anna starrte sie entsetzt an. »Aber Marius! Wir können ihn doch jetzt nicht im Stich lassen!«

Dina winkte ab. »Der starke Kerl schafft das schon. Der kommt zurück, sobald er den Typen endgültig in die Flucht geschlagen hat. Er weiß doch, wo wir zu finden sind.«

Anna zeigte auf den Koffer aus schwarzem, glänzendem Leder zu ihren Füßen. Neben dem Griff zeigte ein silbriges Metallschild die verschlungenen Initialen MW. Anna betrachtete sie versonnen. Sie sahen den künstlerischen Versuchen, die seit gestern auf ihrer heimischen Schreibtischunterlage prangten, sehr ähnlich. »Aber sein Koffer! Den können wir doch nicht einfach hier stehen lassen!«, protestierte Anna.

Dina schaute sie tadelnd an. »Und du solltest nicht noch eine Vorlesung versäumen, Anna. Wir nehmen seine Sachen mit und geben sie ihm später. Du kannst ihm ja eine Nachricht schreiben!«

»Ich habe seine Nummer nicht«, klagte Anna.

Dina wurde ungeduldig. »Tauscht man das nicht als Erstes aus, nachdem man sich kennengelernt hat? Ich gehe jetzt auf jeden Fall.«

Anna hob widerwillig den Koffer auf und folgte ihr. Als sie den Hörsaal betraten, war der bereits so gut gefüllt, dass einige Studenten schon auf den Treppen saßen. Dina wandte sich zu Anna um. »Da haben wir den Salat! Jetzt ist nur noch auf den billigen Plätzen etwas frei!«

Sie zogen sich ganz nach oben zurück und suchten sich eine Stufe aus, von der aus sie die Projektionsfläche wenigstens teilweise sehen konnten. Anna drehte sich ein letztes Mal um und reckte den Hals, ob da unten in einer der Türen vielleicht doch noch Marius auftauchte. Dina hatte sich bereits gesetzt und machte sich an etwas zu schaffen. Als Anna darauf aufmerksam wurde, rief sie entgeistert: »Dina, was tust du da?«

Dina hatte den geöffneten Koffer auf den Knien und kramte zielstrebig in den Unterlagen. Gerade hatte sie ein Buch in der Hand und schaute in den Deckel. »Marius Alexander Winkler«, las sie vor. »Die Bücher gehören alle ihm. Er ist anscheinend nicht auf Leihmaterial angewiesen. Ich schließe auf ein wohlhabendes Elternhaus. Auch Laptop und Smartphone sind erste Liga.«

Anna klemmte sich neben Dina auf den Boden, riss ihr das Buch aus der Hand und legte es wieder zurück in den Koffer. Energisch griff sie nach dem Deckel. Dina hielt ihr ein Bündel geheftete Papiere entgegen. »Hier, die Unterlagen müssen auch noch hinein.« Anna schaute Dina mit düsterem Vorwurf an und bettete die Papiere zuoberst. Ihr Blick erhaschte das Titelblatt. Es schien sich um Material zur Examensvorbereitung für Juristen zu handeln. Dina tippte mit dem Finger darauf. »Dieses Repetitorium ist eines von den teuersten.«

Anna wischte Dinas Finger weg. »Ach, und woher weißt du das schon wieder?«

Dina schien unbeeindruckt und sagte ruhig: »Mein großer Bruder hat Jura studiert. Der konnte sich so was Privates damals nicht leisten und musste zu einer Prüfungsvorbereitung gehen, die von Studenten selbst organisiert war.«

»Nur kein Neid!«, schimpfte Anna. Es gelang ihr nicht, den Deckel zu schließen, weil Dina schon wieder mit der Hand dazwischen war.

»Schau doch, hier oben auf dem Titelblatt steht seine Adresse mit Handynummer. Schreib dir das auf, dann kannst du ihn anrufen oder ihm zumindest den Koffer zurückbringen, falls er uns nachher verpasst.«

Anna erkannte die Adresse, die sie gestern im Internet gefunden hatte. Tiefe Scham erfüllte sie. »Das werde ich mit Sicherheit nicht tun! Dann merkt er doch, dass wir an seinem Koffer waren. Du bist unmöglich, Dina!«

Dina zuckte mit den Schultern. »Nur wachsam. Ich weiß ganz gerne, mit wem ich es zu tun habe.«

Anna kniff die Augen zusammen. »Ah, und das war also der eigentliche Grund, warum du neulich an meinem Rucksack warst?«

In der Nähe zischte jemand. »Pssssst.« Die Vorlesung hatte begonnen. Anna wäre gerne von Dina abgerückt, was in der Enge nicht möglich war. Dem Stoff heute zu folgen, fiel ihr doppelt schwer. Sie hatte einiges versäumt und gestern alles andere getan, als sich vorzubereiten. Außerdem kreisten ihre Gedanken ständig um Marius. Sie wünschte sich so sehr, dass er keine schlechte Meinung von ihr hatte, und ärgerte sich daher umso mehr über Dina. Von wegen wachsam! Eine neugierige Schnüfflerin war sie! Anna musterte sie argwöhnisch von der Seite. Dina schien so zu tun, als bemerke sie Annas Blicke nicht. Sie saß kerzengerade, starrte gebannt auf den für sie einsehbaren Teil der Projektion und lauschte angestrengt.

Auch Anna versuchte zu folgen. Sie hatte den Anschluss völlig verpasst. Hilflos schaute sie auf Dinas Bildschirm, konnte aber kaum etwas erkennen. Ihr Blick fiel auf den Spiralblock, der, mit allerlei Notizen übersät, ein wenig achtlos zwischen ihnen lag. Anna erstarrte. Ein Satz schlug sie in Bann, sorgfältig in Druckbuchstaben geschrieben. Das hatte nichts mit Medizin zu tun! Es war etwas absolut Unverständliches. Ein Code? Eine geheime Botschaft? Sie schrieb sich den Satz heimlich auf und ließ das Blatt schnell zwischen ihren Unterlagen verschwinden. Lauernd beobachtete sie Dina. Die schien nichts bemerkt zu haben. *Auch ich bin wachsam, Dina,* dachte sie finster.

* * *

ANNA WAR FROH, als Dina sich nach der Vorlesung schnell verabschiedete. Dass sie ihr dabei noch viel Spaß bei der Kofferübergabe wünschte, empfand Anna als völlig überflüssig. Jetzt stand Anna etwas abseits im Wintergarten und ließ den Strom der Studenten vorbeifließen, der sich aus den Türen des Hörsaals ergoss. Sie reckte den Hals. Was, wenn Marius nicht hier, sondern draußen auf sie wartete?

Ein warmer Strom durchfloss sie, als Marius' gut gelauntes Gesicht plötzlich neben ihr auftauchte. »Ich sehe schon, du hast dich zu meiner Kofferträgerin ernannt. Nicht nötig. Du gefällst mir auch so.«

Er legte seine Hand um den Griff und berührte ihre dabei sanft, was in Anna sofort ein Ameisenheer in Bewegung setzte. Nur langsam löste sie ihre Finger und er zog ihr den Koffer aus der Hand. Sie strahlte ihn an. »Danke, Marius, dass du uns eben geholfen hast.«

Er lächelte. »Kein Problem. Der wird euch auf jeden Fall nicht mehr belästigen.«

»Hast du ihn noch erwischt?«

»Klar, und wie!« Er genoss einige Augenblicke Annas entsetztes Gesicht. »Ich habe ihn nach allen Regeln der Wortkunst in die Schranken verwiesen. Kein Faustkampf – wie du vielleicht denkst –, obwohl ich ihm auch da haushoch überlegen gewesen wäre.«

In Annas Miene kehrte die Sonne zurück. Warm. Strahlend. Hell. »Hast du noch ein bisschen Zeit und erzählst es mir?«

Er zog ein Handy aus der Jackentasche und prüfte die Uhrzeit.

Anna schaute verblüfft auf das Gerät. »Oh, hast du zwei Telefone?« Im selben Augenblick hätte sie sich am liebsten die Zunge abgebissen.

Marius hatte leider sofort verstanden. Er lächelte geheimnisvoll und gab im selben Tonfall zurück: »Oh, hast du die Nase in meinen Koffer gesteckt?«

Anna spürte, dass sie dunkelrot wurde. Viel zu rot für die anschließende Erklärung, die sie möglichst harmlos vorbringen wollte. »I-Ich dachte, ich schau mal, ob da deine Adresse drinsteht. Ich w-wollte dir den Koffer nach Hause bringen.«

»Und dann hast du es dir anders überlegt und gedacht, ach, warte ich erst einmal, ob er vielleicht in den Wintergarten kommt?«, ergänzte Marius und bewies damit wieder einmal seinen Scharfsinn.

Annas Herz schlug bis zum Hals. Sie suchte nach einem Schatten in Marius' Gesicht, doch er strahlte sie voller Zuversicht an. Umso mehr schämte sie sich. »Ja, so war es«, flüsterte sie heiser. Sie hätte auf Anhieb verstanden, wenn er jetzt gegangen wäre. Stattdessen schlug er vor, hier noch einen Kaffee zu trinken. Sie setzten sich ans Ende von einem der langen Tische. Die letzten Studenten hatten das Gebäude verlassen. Es wurde still um sie herum.

Marius stellte den Koffer auf dem Tisch ab. »Danke, dass du daran gedacht hast, ihn mitzunehmen. Es wäre ziemlich ärgerlich gewesen, wenn einer sich den unter den Nagel gerissen hätte. Nicht wegen Laptop und iPhone, so was lässt sich ersetzen. Aber meine ganzen persönlichen Randnotizen und mein Lernplan wären ein herber Verlust gewesen. Also danke noch mal.«

Jetzt fühlte Anna sich noch mieser. »Das war doch selbstverständlich. Nun erzähl mal von diesem Typen«, wechselte sie schnell das Thema. »Konntest du herausfinden, was er von uns wollte?«

Marius nickte. Er pustete in seinen Kaffee, nippte daran und genoss sichtlich, wie Anna ihn gespannt beobachtete.

Sein Lächeln berührte sie wie ein sanfter Sommerwind. »Er sagte, du hättest ihm total gut gefallen. Darum hätte er versucht, herauszufinden, wie du heißt. Er sagte, jeder Tag, an dem er dich wenigstens einmal sehen kann, sei für ihn ein gewonnener Tag.«

Anna schüttelte ärgerlich den Kopf. »Ach, was für ein Schmus! Das war doch gelogen! Oder hast du ihm das abgenommen?«

Marius grinste spitzbübisch. »Na ja, ein bisschen verstehen kann man das schon.«

Anna errötete erneut. »Das war gelogen. Den hatte jemand beauftragt!«

Marius wurde auf Anhieb ernst. »So kam er mir eigentlich nicht vor. Eher wie ein harmloser Spinner, der sich an jungen Mädchen die Augen ausguckt, weil ihm seine Alte zu Hause nichts zu bieten hat.«

Anna seufzte: »Schön wär's, aber leider ist es anders.«

Marius sah sie mit ernster Besorgnis an. »Wieso bist du dir da so sicher?«

Anna schüttelte traurig den Kopf. »Ich hatte dir doch schon von den Anschlägen auf mich erzählt. Jemand hat es auf mich abgesehen.«

»Hast du denn einen konkreten Verdacht?«

Anna schüttelte den Kopf. Marius stülpte nachdenklich die Unterlippe vor. Anna betrachtete ihn mit einem dankbaren Lächeln. »Ich habe weder einen Verdacht noch kann ich mir erklären, warum derjenige das tut. Seit Montag könnte ich allerdings auch von diejenige sprechen.«

Marius horchte auf. »Eine Frau?«

Anna erzählte ihm von ihrem Erlebnis am Montag und dass Dina mitbekommen hatte, wie die Frau Anna anzeigen wollte. »Die hat so was von glatt gelogen und es so dargestellt, als hätte ich sie angegriffen und ihr Handy geklaut.«

»Kanntest du die Frau?«

»Die habe ich in meinem Leben noch nicht gesehen. Ich denke, das war so eine fanatische Tierschützerin. Und als ich ihr davongelaufen bin, wollte sie mir wenigstens eins auswischen.«

Marius öffnete seinen Koffer und zog eines der Bücher heraus. Eine Weile blätterte er darin herum, und Anna sah ihm fasziniert zu, wie er sich durch das Buch wühlte, in dem viele Seiten mit Stichworten auf gelben Klebezetteln markiert waren. Er murmelte vor sich hin. »Könnte der 187 sein. Verleumdung, üble Nachrede … ach nein, hier habe ich noch etwas Besseres!« Er las murmelnd und schien dabei in den Text abzutauchen und rundherum alles zu vergessen.

Anna konnte den Blick nicht von ihm lösen. Was er da tat, tat er für sie. Es war, als sänge er ihr ein Liebeslied. Sie erschrak, als seine dunklen Augen sie plötzlich voller Enthusiasmus ansahen. »Hier, Absatz 1 gibt schon alles her, was du brauchst. Ich lese dir mal die wichtigsten Stichworte vor: Wer einen anderen bei einer Behörde … bla, bla, bla … wider besseres Wissen einer rechtswidrigen Tat … bla, bla … in der Absicht verdächtigt, ein behördliches Verfahren oder … bla, bla … gegen ihn herbeizuführen oder fortdauern zu lassen, wird mit Freiheitsstrafe bis zu fünf Jahren oder mit Geldstrafe bestraft. Das ist STGB, Paragraf 164, merk es dir!«

Anna klatschte anerkennend in die Hände und schrieb eine Notiz in ihr Handy. »Wow! Bis zu fünf Jahre? Haben wir eine Chance, Herr Anwalt?«

Er wiegte den Kopf. »Sieht nicht schlecht aus. Du brauchst den Namen deiner Angreiferin und Zeugen, also zum Beispiel deine Freundin Dina.«

Annas Gesicht verdüsterte sich. »Den Namen der Frau habe ich nicht. Und ob ich auf Dina zählen kann, weiß ich nicht.«

Anna genoss es, Marius wieder beim Nachdenken zuzusehen. Er raufte sich die dunklen Locken, sodass sie widerspenstig in verschiedene Richtungen abstanden. *So sieht er bestimmt morgens gleich nach dem Aufstehen aus,* dachte sie entzückt. Er sah einen Moment an ihr vorbei in die Ferne, dann holte er Luft wie zu einem Vortrag und verkündete: »Der Name der Frau ist erst mal nicht wichtig für dich. Es kann ja sein, dass sie nur mit der Anzeige gedroht und es sich noch einmal anders überlegt hat. Dann brauchst du den Paragrafen 164 nicht. Wenn sie dich anzeigt, wirst du von der ermittelnden Behörde vorgeladen. In dem Fall machst du deine Gegenanzeige. Was die Zeugen angeht: In allen Geschäften gibt es Überwachungsvideos. Für den Fall, dass ein Verfahren gegen dich eingeleitet wird, würden die Aufnahmen herangezogen werden. Vielleicht ist darauf dann schon deutlich zu sehen, dass die Frau lügt. Dann bräuchtest du sie noch nicht einmal anzuzeigen, weil die Polizei in dem

Fall sogar selbst verpflichtet wäre, gegen sie zu ermitteln. Insofern bräuchtest du deine Dina auch nicht als Zeugin.«

»Sie ist nicht meine Dina.«

»Oh, ich sehe euch immer zusammen abhängen und dachte, ihr seid allerbeste Freundinnen.«

»Sie ist eigentlich auch so was wie eine Freundin, aber ich kenne sie erst seit Beginn des Studiums. Also erst seit ein paar Wochen. Und ein paar Sachen machen mich misstrauisch. Sie war an meinem Rucksack. Sie war es übrigens, die vorhin deinen Koffer inspiziert hat. Mit der Begründung, sie sei wachsam.«

Marius hob den Zeigefinger und drohte damit lachend. »Hey, gerade noch hast du erzählt, du wärst es gewesen wegen meiner Adresse.«

Anna wurde rot. »Wenn ich dir vorhin gesagt hätte, dass meine Freundin an deinem Koffer war, hätte das doch gleich wie eine dumme Ausrede geklungen.«

Er ließ den Zeigefinger wieder sinken. »Stimmt. Aber ist ja auch egal.«

Annas Gesicht strahlte vor Glück. Marius schien ihr nichts übel zu nehmen. Diese Last war sie los.

Dann jedoch wurde seine Miene zu Annas Schrecken doch noch ernst. »So ganz ehrlich zu sich und anderen scheint sie allerdings wirklich nicht zu sein. Kennst du die Doc-Disco?«

Anna schaute Marius erwartungsvoll an. »Nicht wirklich«, sagte sie zögerlich.

»Am Montagabend vor zwei Wochen habe ich sie dort

gesehen«, berichtete er. »Sie hat ziemlich eng mit einem Typen getanzt, der so um die vierzig war. Ich schätze mal, es war ein Arzt. Erst hatte ich sie nicht erkannt, weil sie kein Kopftuch trug. Aber dann, als ich sie lachen hörte, wusste ich, dass sie es ist, weil mich das im Glasanbau immer beim Lernen nervt. Und dann hat der Mann sie auch noch beim Namen gerufen.«

»So nah warst du? Hat sie dich gesehen?«

»Nein, ich glaube nicht. Sie war ziemlich auf ihren Begleiter fixiert.«

Anna starrte ins Leere. »Das ist ja ein Ding. Ich habe auch irgendwie den Verdacht, dass sie etwas zu verbergen hat. Dazu passt, dass sie ständig auf der Hut ist und sehr genau weiß, wie sie ungesehen in ihr Haus kommt. Das ähnelt übrigens eher einem Hochsicherheitstrakt als einem Mietshaus. Sie hat mir angeboten, zu ihr in die WG zu ziehen.«

»Einspruch, euer Ehren!«, rief Marius.

»Huch?«, lachte Anna und sah ihn fragend an.

»Einerseits ist sie obervorsichtig, und andererseits will sie mit jemandem, den sie erst seit kurzer Zeit kennt, zusammenziehen. Da stimmt doch etwas nicht.«

Anna zog die Stirn in Falten. »Jetzt, wo du es sagst, finde ich das auch merkwürdig. Aber sie war total begeistert von der Idee.«

»Hattest du die Idee?«, forschte Marius.

Anna dachte nach. »Nein, der Vorschlag kam von ihr.«

»Was also bedeutet, sie hat aus irgendeinem Grund Interesse daran, dich in ihrer Nähe zu haben.«

Anna spürte, wie etwas ihre Kehle einschnürte. »Du meinst, sie könnte etwas mit den Anschlägen auf mich zu tun haben?«

Er zuckte mit den Schultern und schaute Anna lange besorgt an. Das war für sie wie ein klares Ja. »Aber warum?«, flüsterte sie.

»Könnte sie Verbindungen zu islamistischen Gruppen haben?«, fragte er vorsichtig.

Anna riss die Augen auf. »Du meinst Terroristen oder so?«

»Könnte doch sein. Man hört ja, dass die sogenannten Schläfer unter uns in scheinbar normalen Verhältnissen leben und dann plötzlich aktiv werden.«

»Aber ich bin doch alles andere als ein Anschlagsziel!«

»Das haben all die Leute am 11. September auch gedacht.«

Eine Erinnerung huschte ihr durch den Kopf. Anna kniff die Augen zusammen und flüsterte: »Ich weiß nicht, ob das etwas zu bedeuten hat, aber sie hat einen großformatigen Kunstdruck von Ground Zero in ihrem Treppenhaus hängen.«

Marius horchte auf. »Das sagt allerdings einiges.«

Anna schluckte nervös und starrte ihn gespannt an. »Wie meinst du das?«, hauchte sie.

Marius wirkte wie ein besonnener Richter, vor dessen geistigem Auge Für und Wider genauestens abgewogen wurden. »Vielleicht ist das für diese Leute so eine Art Trophäe.«

»Diese Leute?«, flüsterte Anna. »Denkst du wirklich, Dina sympathisiert mit Terroristen?«

»Absolut ausschließen kannst du es doch nicht, oder? Es ist so etwas wie ein Anfangsverdacht.«

»Aber warum? Was will sie von mir?«

Marius dachte wieder lange nach. »Hast du neulich nicht gesagt, dass du befürchtest, jemand könnte es auf deine Organe abgesehen haben, sozusagen für einen bestimmten Empfänger auf Bestellung?«

Organhandel. Das Stichwort löste in Anna ein tiefes inneres Zittern aus. »Aber was hat Terrorismus mit Organhandel zu tun?«

Marius betrachtete Annas Finger, die fahrig am Kaffeebecher zuckten. Anna spürte, dass er innerlich mit einer großen Unruhe kämpfte. Sein sichtliches Bemühen um Ruhe und Mitgefühl alarmierte sie mehr, als es jede eindringliche Warnung getan hätte. »Ich will dich jetzt wirklich nicht beunruhigen«, begann er zögerlich. »Aber im Internet kannst du nachlesen, dass der IS seine Waffen unter anderem auch mit Organhandel von Gefangenen finanziert.«

»Gefangene?«, rief Anna. *Aber ich bin doch keine Gefangene,* dachte sie. *Noch nicht,* sagte eine böse innere Stimme. Anna dachte an Dinas Wohnhaus, das durchaus etwas von einem Gefängnis hatte. Dann schossen ihr wieder die Bilder von Lius Stand durch den Kopf. Die Körper mit den wulstigen Nähten. Der Organspendeausweis auf ihren Namen. Der Chirurg nachts in ihrem Zimmer. Als hätte jemand einen Schuss abgefeuert, fuhr sie plötzlich zusammen, sprang auf und wühlte aus ihrem Rucksack den Zettel mit dem Satz hervor, den sie heimlich von Dina abgeschrieben hatte. Sie hielt ihn Marius unter die Nase. »Hier, lies! Das stand auf Dinas Notizblock.«

ICH SCHWOERE DIR BEIM HEILIGEN MEDIAN
DASS ICH, WENN ICH VOM RAD FALLE
DER ULNA DIE AUGEN AUSKRALLE.

»Was hältst du davon?«, wollte Anna wissen.

Marius beugte sich über das Blatt und las den Satz mehrfach langsam vor. »Das ist ganz schön gequirlter Blödsinn. Schlimmer als Juristendeutsch.«

»Es könnte eine verschlüsselte Botschaft sein.«

Marius wendete sich erneut dem Satz zu. »Hhm, na ja, das mit dem Schwören beim heiligen Median könnte auf einen religiösen Hintergrund schließen lassen. Aber in welche Götterwelt dieser Median gehört, weiß ich ehrlich gesagt nicht.«

»Das muss man auch nicht wissen, es kann ja sein, dass das der Tarnname für einen anderen Gott ist. Wenn da zum Beispiel Allah stünde, würde man sofort an radikalen Islam denken, also wird der Name ausgetauscht.«

»Aber Allah heißt ja nicht automatisch radikaler Islam. Die meisten Muslime sehen das völlig anders«, wandte Marius ein.

Anna lächelte sanft. »Der gute Jurist sieht immer beide Seiten. Das ehrt dich, Marius. Aber wenn du weiterliest, klingt es alles andere als friedlich. Am schlimmsten ist doch die letzte Zeile. Stell dir das doch einmal bildlich vor! Die Augen auskrallen. Brutaler geht's nicht!«

»Es ist auf jeden Fall Androhung von Gewalt und sie

richtet sich gegen eine Frau. Der Name Ulna steht für … Frauenname mit vier Buchstaben, die letzten beiden N-A.«

Anna hauchte: »A-N-N-A. Ulna ist Anna. Und dieses Augen-Auskrallen steht für Organentnahme. Und was bedeutet diese Zeile mit dem Radunfall?«

Marius fuhr mit dem Finger Wort für Wort an dem Text entlang. »Wenn ich vom Rad falle. Sinngemäß heißt das ja, dass jemand ziemlich abrupt eine Fahrt unterbricht oder vom Schicksal gezwungen wird, eine Fahrt oder Reise zu unterbrechen.«

»Reise«, wiederholte Anna nachdenklich. Sie las noch einmal den kompletten Satz und erklärte dann: »Eigentlich ist es ganz offensichtlich. Wenn dieser Satz von Dina stammt, dann bedeutet das, sie schwört bei ihrem Gott, dass sie mir ein Organ entnimmt, wenn sie ihre Reisepläne nicht umsetzen kann. Anders gesagt, sie kämpft für ihre Leute entweder im Nahen Osten oder aber hier, indem sie mit Organhandel für die nötige finanzielle Unterstützung sorgt.«

Wie in einem Schnelldurchlauf scannte Annas Fantasie plötzlich alle möglichen Anhaltspunkte, die diese Erklärung untermauerten. Dinas überladene Tasche. Ein Minilabor mit Operationsutensilien? Dina war in New York und bei einer Transplantation dabei gewesen. Wie unachtsam von ihr, zu verraten, dass man sie dort ausgebildet hatte. Sie gehört zu diesen Medizinern, die in mobilen OPs Organe auf Bestellung entnehmen. Ihr Studium ist nur Tarnung. Kommilitonen schlachtet sie im wahrsten Sinne des Wortes aus. Das Plakat im Wintergarten diente zum Ausspionieren von geeigneten Spendern. Dina hat es selbst aufgehängt. Stopp! Dina war es auch, die auf die Idee mit der Organspende kam. Ist sie so dumm, sich selbst zu verraten? Oder ist das gerade besonders schlau, um Anna in die gewünschte Richtung zu treiben?

Marius lehnte sich zurück und studierte eindringlich Annas Miene. Dann unterbrach er ihre Gedanken. »Jetzt, wo du es sagst, klingt das ziemlich plausibel. Das ist der Hammer!«

Anna kämpfte mit den Tränen. »Und das sagst du so ruhig? Das ist eine verschlüsselte Morddrohung! Was soll ich jetzt machen?«

Marius war plötzlich wieder ganz der Anwalt. »Auf jeden Fall wäre das etwas fürs Bundeskriminalamt. Die haben Spezialisten und könnten den Text bestimmt noch besser entschlüsseln als du.«

Anna lachte bitter auf. »Die werfen einen Blick in ihren Computer und sehen, ah, das ist die, die sich laufend einbildet, verfolgt zu werden, eine Spinnerin. Anzeigen liegen gegen sie auch schon vor. Die muss man nicht ernst nehmen.«

»Hmm ... Vielleicht ist es dann besser, wenn du noch ein paar mehr Hinweise sammelst, damit du etwas Konkretes in den Händen hast, bevor du Anzeige erstattest.«

»Und die ganze Zeit schwebe ich in Lebensgefahr! Das halte ich nicht durch, Marius!«

Er zog einen Stift aus der Tasche und schrieb eine Nummer an den Zettelrand.

»Mein Handy. Da kannst du mich immer erreichen. Ich komme sofort, wenn was ist.«

Anna strich mit dem Finger sanft lächelnd über die Zahlen. »Danke, Marius. Du weißt gar nicht, wie sehr du mir damit hilfst.« Anna gab ihm im Gegenzug ihre Nummer.

»Danke! Du solltest jetzt ganz ruhig bleiben und vor allem bei dieser Dina auf Abstand gehen. Fällt dir noch etwas ein, was sie verdächtig macht?«

Anna dachte nach. »Wenn man das Ganze auf einmal unter dem Gesichtspunkt betrachtet, dass sie zu einem radikalen Organhändlerring gehört, passen natürlich einige Dinge ins Bild, über die ich mich bisher nur einfach gewundert habe.«

»Und die wären?«

»Sie ist fünfundzwanzig und behauptet, vorher als Rettungsassistentin und MTA gearbeitet zu haben. Sie hat aber ein dermaßen umfangreiches medizinisches Wissen, sie könnte auch noch älter und schon längst Ärztin sein, vielleicht sogar Chirurgin. Und das Haus, in dem sie lebt, wäre als getarnte Klinik ideal. Zentral gelegen. In einer halben Stunde ist man am Flughafen. Durch die Tiefgarage könnte man unauffällig Transporte durchführen.« Anna schüttelte sich. »Es ist einfach nur gruselig. Kaum zu glauben, dass es so etwas gibt. Wo bin ich da nur hineingeraten?«

Marius griff über den Tisch nach ihrer Hand, während sich die Tränen unter ihren Lidern lösten.

* * *

ANNA HATTE LANGE überlegt, ob sie am nächsten Tag überhaupt in die Universität gehen sollte, und war zu dem Schluss gekommen, dass die Gefahr überall lauern konnte. Ihr Schattenfeind hatte sich inzwischen als eine komplette Organisation von Feinden herausgestellt. Ab sofort würde sie nie dieselben Wege zweimal gehen und sich von ihren üblichen Stammplätzen fernhalten. Die Mittagspause vor der Vorlesung verbrachte sie an diesem Freitag an einem Fenstertisch in einem kleinen Bistro. Kurz bevor der Professor mit seiner üblichen Begrüßung der Studenten begann, schlüpfte Anna in den Hörsaal. Die Tür knarrte. Ein missbilligender Blick traf sie. Sie nahm schnell ganz vorne auf der untersten Treppenstufe im voll besetzten Hörsaal Platz. Die Luft in Bodennähe war total abgestanden. Ein leichter Schwindel drehte sich in ihrem Kopf. Wo Dina saß, hatte sie nicht ausmachen können. Bestimmt hatte sie Anna bemerkt. Aber das war nicht wichtig. Anna hatte vor, am Ende der Veranstaltung sofort aufzuspringen und den Saal zu verlassen. Dina würde irgendwo hinter ihr hoffnungslos im Gedrängel stecken bleiben. Während sie sich das bildlich vorstellte, hatte sie plötzlich das Gefühl, mitten in diesem Erlebnis zu stecken. Sie rang nach Atem und roch Pfefferminz. Der Duft hüllte sie ein und färbte die Luft grün. Ihr Handy meldete sich und holte sie in den Hörsaal zurück. Ihr Oberkörper schwankte, als sie blinzelnd auf das Display schaute. Dina!

Ist etwas nicht in Ordnung? Treffen wir uns heute noch?

Anna antwortete nicht, auch als das Handy zum zweiten

Mal summte. Die Pfefferminzwolke war so schnell verschwunden, wie sie gekommen war. Der Blick des Professors traf sie erneut. Sein Kopf blähte sich auf wie ein Ballon. Anna kicherte leise. Als er sich wieder seiner Projektion zuwendete, schaute sie schnell auf das Display. Dort tanzten Buchstaben in vielen Farben. Marius!

Alles okay bei dir?

Das musste sie beantworten. Ihre Fingerspitzen kribbelten. So ganz gehorchen wollten sie ihr nicht. Mit viel Mühe schrieb sie: *Alles gut. Bin im Zoo. Holst du mich ab, Süßer?*

Sie schickte die Nachricht noch nicht ab. Etwas in ihr überlegte, ob das passte. Auf keinen Fall wollte sie, dass Marius sie für aufdringlich hielt. Sie hob nachdenklich den Kopf und blickte genau in die Augen des Professors. Auch andere Augen richteten sich auf sie. Der Professor hatte inzwischen einen lila Anzug an und redete weiter, ohne den Blick von ihr zu lassen. Augen, groß wie Suppenteller, fixierten sie und wurden größer und größer. Sein Gesicht wurde von den Augen verzerrt wie eine Gummimaske. Seine Stimme hallte in ihrem Kopf wider wie in einer Kathedrale: »Wir sprechen ja heute von der sogenannten Thumb-Generation. Der gegenständige bewegliche Daumen der Greifhand, die sich während der Evolution der baumbewohnenden Primaten entwickelt hat, dient der heutigen Generation weniger zum Umfassen der Äste als vielmehr zur Erfassung der medialen Welt. Die Bewegungen des Daumens auf dem Display des Handys erfordern eine besondere nervöse Steuerung der Unterarmmuskeln, die ja bekanntlich unsere Finger bewegen …«

Einige Studenten rundherum grinsten. Viele Augen waren jetzt auf Anna gerichtet, die offensichtlich nicht verstanden hatte, dass die scherzhaften Bemerkungen des Professors ihr galten. Ihre Blicke wanderten ausdruckslos von einem zum anderen und dann wieder zu ihrem Handy. Jetzt sah sie nicht nur ihre eigenen Finger, sondern ein Ballett schwebender Finger in der Luft. Die Worte des Professors ertönten in abgehacktem Sprechgesang. Warum lachte der so blöd dabei? »Das menschliche Nervennetz … ha, ha … steht neuerdings im Dienst des World Wide Web … ha, ha … und es ist plötzlich die Aufgabe des Daumens … vor ganz anderen Abstürzen zu bewahren … ha, ha.« Feurige Farbkreise tanzten vor ihren Augen. Die Stimme des Professors klang plötzlich gedehnt und tief, als habe jemand bei einer Tonaufnahme die Geschwindigkeit gedrosselt. »Die nervöse Steuerung der Armmuskulatur ist das heutige Thema …« Jetzt wich das Lachen aus dem Gesicht des Professors. Seine Augen blähten sich wässerig auf und ihr entgegen. Seine Stimme schnarrte überlaut in Annas Ohren: »Hören Sie, junge Frau, noch ist das Handy nicht mit Ihrem Unterarm verwachsen, noch ist es möglich, es beiseitezulegen, oder ist es bei Ihnen schon zum Körperteil mutiert?« Die Seifenblasenaugen schwebten auf sie zu. Der sprach sie gerade an! Dieser schreckliche Typ im lila Anzug mit dem Ballonkopf, der von blubbernden Farbnebeln umgeben war. »Unterarm«, war das einzige Wort, das sie aus dem Vortrag herausgefiltert hatte. Sie suchte mit flackerndem Blick nach ihrem Arm. Ein Feuerwerk aus bunten Fontänen schoss aus ihren Adern. Es gab keine Grenzen mehr. Arme, Beine, alles verschwunden. Es war, als sei sie aus ihrem Körper herausgestiegen und badete schwerelos in einem funkelnden Meer aus Seifenblasen. Das war so schön, dass sie Beifall klatschen wollte. Aber sie hatte keine Hände.

»Wer hat meine Handy-Hände geklaut?«, schrie sie. »Ihr seid verhaftet. Wo bleibt das BKA?« Von allen Seiten schwebten jetzt Augen auf sie zu. Schillernde Bälle wie Insektenaugen. Glühende Raubtieraugen. Blutunterlaufen. Schreckliche Zähne in tropfenden Mündern. »Nein!«, schrie sie. »Lasst mich!« Da war plötzlich eine erdrückende Nähe, die ihr die Luft nahm. Sie bäumte sich auf. Schrie, wie sie noch nie in ihrem Leben geschrien hatte, und versank in tiefe Dunkelheit.

* * *

IRGENDWANN FLACKERTE HELLIGKEIT vor ihren Augen auf. Sie war wieder in der Lage, den Kopf zu bewegen. Nur ein ganz kleines bisschen, denn der dumpf dröhnende Schmerz, der sich dort eingenistet hatte, schien sie zu lähmen. Wieder kam die Dunkelheit zurück. Beim nächsten Auftauchen aus einem Nirgendwo, das sie nicht beschreiben konnte, versuchte sie weitere Sinne zu aktivieren. Es roch nach Chemie. Irgendwo brummte ein Motor und entfernte sich langsam. Menschliche Stimmen hallten durch einen Gang. Quietschende Schritte mit Gummisohlen auf glattem

Boden. Etwas wurde auf metallischen Rollen davongeschoben. Diese Kombination aus Geräuschen kam ihr sehr bekannt vor. Aber ihr Gehirn war noch nicht in der Lage, sie einzuordnen. Sie sank wieder hinab und wurde wenig später von einer Stimme ganz in ihrer Nähe zurückgeholt.

»Frau Dembowski? Können Sie mich hören?«

Die kannte sie doch. Aber woher? Eigentlich wollte sie das gar nicht wissen. Sie wollte nur wieder zurück in die Dunkelheit. Dorthin, wo es das alles nicht gab, vor allem nicht diese Schmerzen im dröhnenden Kopf.

»Frau Dembowski? Können Sie sprechen?«

Sie versuchte, die Lippen zu öffnen. Doch in ihrem Mund war nur ein trockener, pelziger Kloß.

»Frau Dembowski, schauen Sie mich doch bitte einmal an!«

Wie denn, wenn die Lider aus Eisen waren? Festgeschweißt an dem Kopf, der schmerzte, schmerzte, schmerzte. Ihre rissigen Lippen versuchten Worte zu formen. »Ich … kann … nicht.«

Die Stimme über ihr gab keine Ruhe. »Frau Dembowski. Versuchen Sie, die Augen zu öffnen!«

Der Kloß im Mund wälzte sich mühsam herum. »Hab keine Augen. Ausgekrallt«, murmelte sie. Bei diesen Worten blitzte ein schrecklicher Gedanke in ihr auf. Alles vorbei. Sie hatten sie erwischt. Sie lag halb betäubt auf dem OP-Tisch. Gleich würden sie kommen und das Skalpell ansetzen. Auf welches Organ hatten sie es abgesehen? Oder sollte sie gänzlich ausgeschlachtet werden? Die Augen? Wo waren ihre Augen? Ihr Herz? Es hämmerte in wilder Todesangst. Weglaufen! Sie musste einen letzten Versuch wagen und ihre restlichen Kräfte bündeln. Sie brachte nicht mehr als ein klägliches Aufbäumen zustande. Jemand drückte ihre Oberarme nach unten. Sie schrie. Ein Druck wie Blei fixierte ihren Oberkörper. Ein tiefer Stich brannte in ihrem Arm. Sie wusste, dass sie jetzt verloren war, und sank in eine alles umfassende Finsternis.

* * *

ROBERT HUPKA, ERMITTLUNGEN aller Art, saß an seinem überfüllten Schreibtisch in einem kleinen, muffigen Kellerbüro. Er starrte ungläubig auf sein zwar schon etwas veraltetes, aber immer noch gut funktionierendes Banknotenprüfgerät. Es war nicht zu glauben: acht Fünfhunderteuroscheine. Und alle echt! Gestern Abend hatte der Umschlag mit dem Geld wie verabredet in seinem Briefkasten gelegen. Als er den Auftrag angenommen hatte, hatte er an einen dummen Scherz geglaubt. Aber man konnte ja nie wissen, was die Menschen trieb, das war seine berufliche Erfahrung. Und nun das! Er hatte als Detektiv schon sehr verworrene Aufträge erledigt, manche sehr erfolgreich, andere weniger. Bei Misserfolg gab es oft Ärger mit der Zahlungsmoral der Kunden. Aber so was war ihm noch nicht untergekommen! Viertausend Euro fürs Nichtstun! Es interessierte Robert Hupka nicht, warum es jemandem so viel Geld wert war, dass er seine momentane Ermittlungsarbeit in einem bestimmten Fall einstellen sollte. Wichtiger war, was für ihn persönlich dabei heraussprang. Und zwar deutlich mehr Geld, als in diesem Fall überhaupt noch zu holen gewesen wäre. Robert Hupka rückte das kleine Aktenregal von der Wand ab und verstaute seinen Schatz im Wandsafe. Dann setzte er sich wieder auf seinen Schreibtischstuhl und dachte lange nach. Da war noch etwas, das ihm keine Ruhe ließ, etwas, das gegen seinen, wenn auch schwach ausgeprägten, persönlichen Ehrenkodex verstieß. Er musste wenigstens Bescheid geben. Irgendwie tat ihm diese Frau leid. Er wählte ihre Nummer. Ihre Stimme klang noch verzagter als sonst. Ganz müde. Ganz weit weg. »Frau Fechner?«

»Ja?«

»Hier ist Hupka.«

Es gab eine lange Pause, als müsse sie sich erst daran erinnern, wer er überhaupt war.

»Hupka«, half er ihr auf die Sprünge. »Ermittlungen aller Art. Es geht um Ihren Auftrag.«

»Ja, ich weiß.«

Hupka runzelte die Stirn. Hatte sie Tabletten genommen? War sie überhaupt aufnahmefähig? »Frau Fechner, ich wollte Ihnen nur sagen, dass ich alle Adressen, die Sie mir genannt haben, überprüft habe. Einige Personen habe ich observiert. Doch leider konnte ich in Ihrem Sinne nichts Relevantes ermitteln. Ich fürchte, das ist nach dieser langen Zeit nicht mehr zu klären.«

»Ja«, kam es tonlos.

Hupka wunderte sich. So schnell gab sie sich plötzlich zufrieden? »Frau Fechner. Das bedeutet also, dass ich meine Recherchen jetzt einstelle.«

»Ja, ich habe verstanden. Schicken Sie mir Ihre Rechnung!«

»Ich werde also ab sofort nicht mehr für Sie arbeiten.«

»Ich habe das verstanden, Herr Hupka. Ich brauche Sie auch nicht mehr. Lara ist heute Morgen gestorben. Das hat jetzt alles keinen Sinn mehr.«

»Oh, das tut mir leid«, sagte er betreten.

* * *

ANNA SASS IN Dr. Kravczyks Sprechzimmer auf einem Stuhl vor deren mit allerlei medizinischen Utensilien überhäuftem Schreibtisch. An der Wand hingen Plakate. Das Nervensystem des Menschen. Die Ärztin schaute konzentriert auf ihren Bildschirm und schrieb. Die Klickgeräusche der Tastatur hatten etwas Beruhigendes. Die restliche Umgebung mit ihren Bezügen zu Anatomie und Medizin war genau das Gegenteil davon und rief in Anna heftigen Widerwillen hervor. Nach den Schilderungen von Dr. Kravczyk war Anna gestern mit dem Krankenwagen als psychiatrischer Notfall eingeliefert worden. Sie hatte während der Vorlesung randaliert, um sich geschlagen und geschrien. Anna wusste von alldem nichts. Sie erinnerte sich nur noch an das Konzert der Farben, das Ballett der tanzenden Finger und den Professor mit den Seifenblasenaugen.

Dr. Kravczyk unterbrach ihre Schreibarbeit und sah sie an. »Das sieht alles nach einer akuten Psychose aus. Können Sie sich denn an einen Auslöser erinnern?«

Anna zuckte mit den Schultern und verzog ein wenig trotzig den Mund. »Ich hatte das Handy in der Hand und der Professor hat mich deswegen angemeckert.«

»Fühlten sie sich von ihm bedroht?«

Anna brauste auf wie ein ertapptes Kind. »Alle anderen haben auch Handys, warum sucht er sich gerade mich aus?«

Die Miene der Ärztin blieb unbeeindruckt. »Wir haben in Ihrem Blut psychoaktive Substanzen gefunden. Daher frage ich Sie jetzt klar und deutlich: Was haben Sie sich kurz vor der Veranstaltung zugeführt?«

»Sie meinen Drogen? Ich nehme keine Drogen!«, rief Anna entrüstet. »Wenn, dann muss mir jemand etwas untergeschoben haben!«

Dr. Kravczyks Hände ruhten wieder. Sie schaute Anna eindringlich an. »Frau Dembowski, ich bin nicht die Polizei. Ich bin Ärztin und der Schweigepflicht unterworfen. Es wäre sehr hilfreich, wenn Sie mir sagen würden, was genau Sie genommen haben und ob das ein einmaliges Ausprobieren war oder ob Sie ein Drogenproblem haben. Auf Dauer kommen Sie mit ständigem Leugnen nicht weiter. Um Ihnen helfen zu können, brauchen wir eine Vertrauensbasis.«

Dr. Kravczyks Blicke waren an den leicht entzündeten Schnittwunden an Annas rechtem Unterarm hängen geblieben. Anna zog schnell den Ärmel des Nachthemds darüber. »Aber ich kann doch deshalb nicht etwas zugeben, was nicht so war.«

Dr. Kravczyk beugte sich vor. »Wie war es dann?«

Annas Blicke wanderten verzweifelt im Zimmer umher,

als könnte von dort Hilfe kommen. Sie versuchte die Zeit vor der Vorlesung zu rekonstruieren. Hatte ihr jemand im Bistro etwas in den Kaffee geschmuggelt? Sie hatte ein Croissant gegessen. Dazu noch ein Wasser bestellt wegen ihrer Tabletten. Sie hatte eine davon aus dem Döschen genommen. Und wenn sich darin gar nicht mehr ihre Tabletten befunden hatten, sondern andere Pillen? Drogen? Hätte sie im Halbdämmer des Bistros einen Unterschied erkannt? Wohl kaum. In den Tagen davor war sie nicht in der Uni gewesen und hatte ihre Tabletten aus dem Blister im heimischen Medizinschrank genommen. Im Prinzip hatte also bereits der Chirurg in der Dienstagnacht die Möglichkeit gehabt, ihre Medikamente auszutauschen. Oder jemand, der am Donnerstag an ihrem Spind war. Vermutlich waren auch alle übrigen Pillen in ihrer Vorratsdose Drogen. Das waren Beweise! Sie konnte der Kravczyk ganz klar zeigen, dass ihr jemand Drogen untergeschoben hatte. Die Ärztin hatte Annas Regungen genau beobachtet und sah sie erwartungsvoll an. Anna wollte schon aufspringen, in ihr Krankenzimmer laufen und das Döschen aus dem Rucksack holen, als ihr einfiel, dass dies auch ganz im Gegenteil ein Beweis dafür sein könnte, dass sie ganz allgemein auf Drogen war und ihren Vorrat wohlsortiert mit sich trug.

»Ich höre«, sagte Dr. Kravczyk.

Anna schluckte. Eine andere Erklärung musste her. »Es könnte mir jemand im Bistro etwas in den Kaffee geworfen haben, als ich auf der Toilette war.«

»Und dort sind Sie kurz vor der Vorlesung gewesen?«

Anna nickte.

Dr. Kravczyk schrieb. »Das heißt also, Sie sind immer noch der Meinung, dass es da jemanden gibt, der Ihnen Böses will?«

Anna nickte.

Die Ärztin schrieb auch das auf. »Haben Sie denn inzwischen eine psychotherapeutische Behandlung begonnen, wie ich es Ihnen beim letzten Mal empfohlen hatte?«

»Nein.«

»Sie sollten das aber unbedingt tun. Wie weit wollen Sie es denn noch kommen lassen? Ich hatte vorhin einen Anruf von der Polizei. Inzwischen liegen gegen Sie mehrere Anzeigen vor.« Dr. Kravczyk wendete sich ihrem Bildschirm zu und las vor: »Schwerer Eingriff in den Schienenverkehr, Körperverletzung gegen zwei Kundinnen in einem Kaufhaus, gegen einen Studenten, dem sie gestern im Hörsaal in die Hand gebissen haben, Sachbeschädigung, Störung des Unterrichtsfriedens. Verdacht auf Verstoß gegen das Betäubungsmittelgesetz … Sie sollten sich endlich kooperativer zeigen.«

»Tue ich doch«, sagte Anna und merkte, wie die Tränen in ihr aufstiegen. »Ich versuche Ihnen doch die ganze Zeit begreiflich zu machen, dass es da jemanden gibt, der es auf mich abgesehen hat. Dieser Jemand ist nicht irgendein Witzbold, der es nur ein bisschen zu weit treibt. Inzwischen weiß ich mehr: Dahinter steckt eine ganze Organisation. Es geht um Terrorismus und Organhandel. Ich will, dass Sie das BKA einschalten!«

»Das BKA?«, fragte die Ärztin leicht amüsiert.

Anna nickte beflissen. »Ich zeige es Ihnen. Bin gleich wieder da!« Sie sprang auf und lief zur Tür hinaus. Dr. Kravczyk schaute ihr kopfschüttelnd nach.

Kurz darauf kam Anna zurück und legte ihr schwungvoll das Blatt mit Dinas Satz auf den Tisch. »Ich habe inzwischen den Verdacht, dass eine Kommilitonin von mir in Wirklichkeit keine Studentin ist, sondern eine Ärztin, die illegal Organe entnimmt und auf Bestellung liefert. Sie scheint das aus Gründen von religiösem Fanatismus zu tun. Hier, sehen Sie, das habe ich heimlich aus ihren Unterlagen abgeschrieben. Da schreibt sie ›heiliger Median‹, in Wirklichkeit betet sie aber zu …«

»Stopp!«, rief Dr. Kravczyk. »Setzen Sie sich jetzt bitte erst einmal wieder ganz ruhig auf Ihren Stuhl!«

Anna gehorchte und beobachtete mit ängstlichem Blick, wie die Ärztin den Text las. Wie vorhin wirkte sie bemüht, eine ernste Miene zu bewahren. Anna fuhr auf: »Sie wollen mir schon wieder nicht glauben!«

»Ich möchte Ihnen etwas erklären«, sagte Dr. Kravczyk.

»Da gibt es doch nichts zu erklären, das ist doch ganz offensichtlich ein verschlüsselter Text!«, brauste Anna auf.

Dr. Kravczyk nickte. »Es ist eine Eselsbrücke. Zugegeben, ein bisschen derb. Aber schon zu meiner Studienzeit hat man sich damit die lateinischen Begriffe für die Nerven im Arm eingeprägt.«

Anna starrte die Ärztin entgeistert an. »Namen der Nerven? Welche denn, wie denn?«

Dr. Kravczyk zeigte auf eine ihrer Wandkarten. »Da können Sie es nachlesen. Die großen Nerven im Arm heißen Nervus medianus, Nervus radialis und Nervus ulnaris. Als Mediziner muss man sie in der Reihenfolge bezüglich ihrer Ausfallerscheinungen kennen und dazu gibt es diesen Hilfssatz. Was Sie von Ihrer Kommilitonin abgeschrieben haben, ist nichts Gefährliches, sondern einfach deren Vorbereitung auf den Lernstoff. Mit Sicherheit hätten Sie das selbst erkannt, wenn es Ihnen gelungen wäre, sich auf die Inhalte Ihres Studiums zu konzentrieren. Aber das geht zurzeit nicht, weil Sie krank sind, Anna, sehr krank. Sie müssen sich helfen lassen!«

Wenig später saß Anna wie eine Statue in ihrem Krankenzimmer und versuchte die Gedanken zu ordnen, die durch ihren Kopf wirbelten. Hatte sie Dina Unrecht getan? Aber es gab doch so viele Hinweise, dass mit ihr etwas nicht stimmte. War sie selbst am Ende wirklich krank? Aber die Drogen waren in ihrem Blut nachgewiesen worden! Und sie wusste ganz genau, dass sie keine genommen hatte. Wer hatte Gelegenheit gehabt, an ihren Rucksack zu kommen? Der Spindschlüssel! Plötzlich fiel Anna wieder ein, dass sie den am Donnerstag vermisst hatte. Sie sprang auf, leerte die vordere Tasche ihres Rucksacks und breitete den Inhalt auf der Tischplatte aus. Sie öffnete die kleine Dose mit ihren Tabletten. Im Tageslicht fiel ihr sofort auf, dass diese sich von ihren üblichen Medikamenten unterschieden. Sie waren ein bisschen größer. Die Oberfläche war rauer und die Farbe hatte einen Stich ins Bläuliche. Im spärlichen Licht des Bistros war ihr das nicht aufgefallen, auch hatte sie darauf gar nicht geachtet. Inzwischen war sie sich sicher, dass alle Pillen in ihrer Dose nicht ihr gehörten. Sie sortierte die einzelnen Schlüssel. Keiner fehlte. Sie überprüfte den Karabinerhaken. Er war völlig intakt und schloss ohne Zwischenraum. Was hatte das zu bedeuten?

* * *

AM DIENSTAGMITTAG HOLTE Iris Anna von der Klinik ab. Zu Iris' Erstaunen kamen keinerlei Proteste. Auf der Heimfahrt saß neben ihr im Auto eine sehr in sich gekehrte, blasse junge Frau, die sich willig in alles fügte, was man ihr vorschlug.

»Haben sie dir Medikamente gegeben?«, erkundigte sich Iris.

»Nur etwas zur Beruhigung und auch zum Schlafen, wenn schlimme Träume kommen.«

»Hast du denn schlimme Träume?«

»Nicht mehr.«

»Und stimmt es, dass du Drogen genommen hast?«

»Ja. Aber ich werde das nie mehr tun.«

»Das ist gut. Jan und Papa haben sich ganz schön aufgeregt, als sie gehört haben, was du angestellt hast. Wir hätten dich gerne besucht. Aber du wolltest ja nicht.«

»Nein, wollte ich nicht.«

»Unter Einfluss dieser Medikamente darfst du aber nicht auf ein Pferd, Anna. Ich hoffe, du weißt das?«

»Ja, weiß ich. Jan ist hoffentlich an der Uni?«

»Er ist gestern Morgen um die übliche Zeit gefahren. Ich soll dich von ihm grüßen. An dein Telefon gehst du ja leider nicht ran.«

»Ich brauche Ruhe.«

»Ja, natürlich. Ich muss dir aber trotzdem sagen, dass gestern Morgen die Polizei bei uns war.«

»Die Polizei?«

»Sie haben dein Zimmer durchsucht – wegen Drogen.«

»Oh, haben sie etwas gefunden?«

»Nein, zum Glück nicht. Sie waren trotzdem nicht überzeugt, meinten, dass die meisten Junkies ihre Drogen nicht zu Hause aufbewahren. Könnten sie denn etwas bei dir finden?«

»Was weiß ich.«

Iris schüttelte stumm den Kopf. »Sie waren etwas irritiert wegen der vielen Riegel an deiner Tür.«

»Die sollen mal ganz still sein, in ihrem Präsidium gibt es bestimmt mehr davon.«

Iris grinste. »Beruhigend, dass du so langsam wieder auftaust. Morgen sollst du dich übrigens in der Stadt auf dem Präsidium bei einer gewissen Frau Blum melden.«

»Die Bumm-Blum? Na toll.«

»Ah, du kennst sie also schon. Ich kann dich hinfahren, wenn du möchtest.«

»Nee, ich nehm die Bahn.«

Bevor Anna ausstieg, hielt Iris ihr einen funkelnagelneuen Schlüssel entgegen. »Hier. Unser neuer Haustürschlüssel. Jakob hat das Schloss austauschen lassen.«

Anna starrte einen Moment ungläubig auf Iris' Hand mit den sorgfältig manikürten Nägeln. Dann schnappte sie sich den Schlüssel und ließ ihn in ihre Jackentasche gleiten. Irgendwo in ihrem Innern ging eine kleine Sonne auf. Papa! Wenigstens einer, der sie verstand.

* * *

ANNA SCHAUTE SICH in ihrem Zimmer um. Alles sah unverändert aus. Beruhigend! Mit versonnenem Lächeln betrachtete sie die Herzchen auf ihrer Schreibunterlage. Sie zog ihr Handy aus dem Rucksack und schaltete es wieder ein. Es hatte etliche Anrufversuche gegeben. Von Jan. Von Dina. Von Marius. Sollte sie ihn anrufen? In dem Moment klingelte es. Er kam ihr zuvor. »Hallo, Anna, schön, dass ich dich endlich erreiche!«

»In der Klinik hatte ich das Telefon ausgeschaltet. Zwischen den vielen Therapiegesprächen und den Behandlungen will man irgendwann nur noch seine Ruhe haben.«

»Verstehe. War es schlimm?«

»Ziemlich.«

»Hier in der Uni wird viel über dich geredet. Was ist denn da am Freitag eigentlich passiert?«

»Jemand muss mir Drogen verabreicht haben, ohne dass ich es gemerkt habe.«

»Echt?« Eine kleine Pause entstand, bevor er weiterredete. »Meinst du, es war Dina?«

»Ich weiß ehrlich gesagt im Moment gar nicht mehr, was ich glauben soll. Alles ist so verwirrend und macht nicht wirklich Sinn. Manchmal denke ich schon, ich habe sie wirklich nicht alle.«

»Das darfst du nicht sagen, Anna!«

»Die in der Klinik meinen, ich sei auf dem besten Weg, eine Paranoia zu entwickeln. Sie denken, dass ich die Drogen freiwillig genommen habe und dass ich dadurch so etwas wie einen schizophrenen Schub ausgelöst habe.«

»Hast du denn etwas genommen?«

»Nein, Marius, habe ich nicht. Auch wenn ich daran manchmal selbst nicht mehr glaube. Vor den Ärzten habe ich es sogar zugegeben, weil das einfacher für mich war. Seitdem bekomme ich alle möglichen anderen Glückspillen und weiß nicht, ob das wirklich gut für mich ist.«

»Sollen wir uns treffen?«

»Bitte erst einmal nicht! Ich hoffe, du verstehst es, aber ich muss mir erst über einiges klar werden. Aber danke, dass du fragst.«

»Ich verstehe. Meldest du dich?«

»Ja, mach ich.« Anna legte auf. Ihr Herz zog sich zusammen. Marius hatte wirklich etwas Besseres verdient als eine, die so mit den Nerven herunter war wie sie. In der Klinik war sie nach vielen Gesprächen beinahe selbst zu der Überzeugung gekommen, dass der Schattenfeind ein Produkt ihrer desolaten Psyche war. Dr. Kravczyk hatte ihr erklärt, dass man in solch angespannten Situationen plötzlich alle Begebenheiten nur noch auf eine Art auslegte und damit diese Szenarien entwickelte, hinter denen die kranke Seele plötzlich ein System entdecken wollte, während es in

Wirklichkeit nur eine zufällige Verkettung unglücklicher Umstände gab. Anna hatte unter diesem Gesichtspunkt gemeinsam mit der Ärztin Bilanz gezogen. Der Stoß vor die S-Bahn war die Unachtsamkeit eines Passanten. Die Knallfrösche ein Anschlag der Gelbbauchunkenfreunde gegen den Hof und nicht gegen sie persönlich. Das Suchplakat für die Knochenmarkspende bezog sich auf einen ganzen Kreis von Personen und eben nicht auf sie persönlich. Bestes Beispiel war ihre völlige Fehlinterpretation von Dinas Notizen. Da hatte sie hinter einer freundlichen Kommilitonin plötzlich eine Terroristin gesehen. Wie peinlich! Sorry, Dina! Dina durfte Geheimnisse haben und die hatten nichts mit Anna zu tun! Vom Auftritt des Chirurgen hatte Anna der Ärztin nichts erzählt. Sie war sich selbst nicht mehr sicher, ob das trotz der vermeintlichen Spuren, die sie gefunden hatte, nicht doch nur ein böser Traum gewesen war und sie sich schlafwandelnd selbst geritzt hatte. Außerdem wollte sie nicht noch mehr Gründe liefern, damit man sie länger in der Klinik behielt. Und die Sache mit den Drogen? Am Schluss hatte sie gegenüber Dr. Kravczyk zugegeben, dass jemand in dem Bistro ihr welche verkauft hätte mit dem Versprechen, diese Pillen steigerten Konzentrations- und Leistungsfähigkeit. Sie hätte das gleich ausprobiert. Jetzt wisse sie, dass sie das niemals wieder tun würde. Mit dieser Antwort war die Ärztin sehr zufrieden gewesen und hatte mit Anna zum ersten Mal darüber gesprochen, dass sie nun bald nach Hause könne. Anna würde an dieser Legende festhalten, bis sie selbst daran glaubte.

Sie ließ sich erschöpft auf ihr Bett sinken. Und wie sollte es jetzt weitergehen? Alles hing nach wie vor von einer entscheidenden Frage ab: Gab es den Schattenfeind oder gab es ihn nicht?

Das Telefon riss sie aus ihren Gedanken. Es war Dina.

»Hallo, Anna, wie geht es dir?«

»Es geht so einigermaßen. Morgen muss ich zur Polizei wegen der ganzen Anzeigen. Und dann muss ich mir natürlich überlegen, ob ich mich an der Uni je in meinem Leben wieder blicken lassen kann. Mein Auftritt muss ja so etwas von peinlich gewesen sein!«

»Peinlich fand ich es nicht. Es war sehr schlimm und furchtbar traurig. Wie sie dich festgehalten haben! Du warst völlig außer dir. Auch ich konnte dich nicht beruhigen, du hast geschrien, ich sei eine Terrorbraut.«

»So was habe ich gesagt?«

»Nein, nicht du, sondern das, was die Drogen aus dir gemacht haben.«

»Dina, ich nehme keine Drogen.«

»Klar nimmst du keine Drogen, da muss dir jemand etwas untergeschoben haben. Hast du einmal darüber nachgedacht, wie das passiert sein könnte?«

»Ich glaube, jemand hat meine TAHs ausgetauscht. Du weißt doch, die ich in dem Döschen vorne in meinem Rucksack habe.«

»Möglich. Deine weißen, kleinen Pillen sehen wirklich sehr ähnlich aus.«

»Ähnlich wie was?«

»Pass auf! Am Montagmorgen tauchte die Polizei plötzlich in der Anatomie auf. Sie wollten unseren Spind durchsuchen. Der Hausmeister hat ihnen aufgeschlossen. Ich stand daneben und konnte nur noch zugucken. Sie sagten, jemand hätte ihnen den Tipp gegeben, dass du dort deine Drogen aufbewahrst. Mich haben sie auch sofort ganz misstrauisch angeguckt und gefragt, ob ich von deinem Drogenproblem wüsste oder gar selbst eines hätte.«

»Was? Das ist ja unglaublich! Und wer hat die Polizei informiert?«

»Anonymer Hinweis, haben sie behauptet. Dann haben sie alles auf den Kopf gestellt, sogar sämtliche Bretter ausgebaut, einen Hund schnüffeln lassen und nichts gefunden.«

»Wer macht so etwas, Dina? Wieso dieser gezielte Hinweis auf unseren Spind?«

»Weil sie etwas hätten finden können. Ich war am Freitagnachmittag noch einmal an unserem Spind und wollte mein Buch herausnehmen, damit ich übers Wochenende zu Hause lernen kann. Es lag schon wieder an einer anderen Stelle als dort, wo ich es abgelegt hatte, dazu noch aufgeschlagen und zerknickt. Da habe ich mir den Spind genauer angeschaut und ganz hinten auf der Ablage hinter deinem Chirurgiebesteck eine Tüte mit etwa hundert kleinen bläulichen Pillen gefunden. Sie sehen deinen sehr ähnlich. Das war eine ganz schöne Menge. Da hätten sie dich sofort als Dealerin drangekriegt. Mein erster Gedanke, als ich das Päckchen fand, war übrigens, dass du dir jetzt vielleicht auch Pfefferminzbonbons besorgt hast, du weißt doch, wir sprachen darüber. Erst wollte ich sie einfach liegen lassen, doch dann habe ich an das schreckliche Ereignis vom Vormittag gedacht und sie vorsichtshalber mitgenommen.«

»Ich habe auf jeden Fall keine Pfefferminzdrops dort abgelegt. Hast du eine Ahnung, was das für Pillen sein könnten?«

»Ich habe nicht nur eine Ahnung, ich weiß es inzwischen. Es ist eine hochkonzentrierte Mischung, hauptsächlich LSD. Das wirkt schon in geringster Dosierung fatal.«

»Und woher weißt du das?«

»Mein Freund ist Laborarzt. Ich habe ihm von deinem Zusammenbruch im Hörsaal erzählt und ihm die Symptome geschildert, soweit ich das konnte. Da waren wir schnell auf der Spur von Halluzinogenen. Wir sind noch am Abend ins Labor gefahren und haben die Pillen analysiert.«

»Und warum sagst du mir das erst jetzt?«

»Wann hätte ich es dir denn sonst sagen sollen? Du warst nicht erreichbar. Und der Klinik oder der Polizei über diesen Fund zu berichten, hätte dir nicht wirklich geholfen. Im Gegenteil, es hätte dich noch verdächtiger gemacht. Keiner glaubt dir doch, dass dich einer fertigmachen will.«

»Und du, Dina? Glaubst du mir?«

»Natürlich glaube ich dir.«

Anna biss sich auf die Lippe. Dina stand zu ihr – ohne Wenn und Aber.

»Anna? Bist du noch dran?«

»Ja, bin ich. Danke, dass du zu mir hältst. Ich weiß bald selbst nicht mehr, was ich noch glauben soll. Ich habe einfach keine Idee, aus welcher Richtung diese Bedrohung kommt.«

»Es muss ein starkes Motiv sein und starke Motive kommen meistens ganz aus der Nähe.«

»Aber was will der Schattenfeind von mir? Mich umbringen? Mich einschüchtern? Mich daran hindern, etwas Bestimmtes zu tun?«

»Meine Vermutung kennst du ja. Und nach allem, was passiert ist, sieht es doch klar danach aus, dass jemand alle Welt glauben lassen will, du seist psychisch schwer gestört.«

»Und warum hat mich dann dieser Spanner verfolgt? Das sah doch mehr nach einer Überwachung aus als danach, mich in den Wahnsinn treiben zu wollen?«

»Vielleicht war dieser Typ gar nicht hinter dir, sondern hinter mir her. Der sah doch irgendwie aus wie ein Detektiv, oder?«

»Und wieso hinter dir?«

»Anna, jetzt sage ich dir etwas, das du bitte unbedingt für dich behalten musst! Mein Freund ist verheiratet. Seine Frau ahnt etwas von unserem Verhältnis. Ich könnte mir gut vorstellen, dass sie mir einen Detektiv auf den Hals gehetzt hat. Die beiden führen eine Praxis zusammen. Da geht es um viel Geld, das Sorgerecht für die Kinder und eine ganze Existenz.«

»Oh. Warst du mit diesem Freund bei der Doc-Disco?«

»Ja, war ich. Woher weißt du das?«

»Marius hat dich gesehen. Er meinte, ohne Kopftuch hätte er dich beinahe nicht erkannt.«

»Ich ziehe es nur auf, wenn ich allein unterwegs bin. Aber das ist ja jetzt eigentlich nicht wichtig, oder?«

»Nein. Nicht wirklich.«

»Als diese Frau neulich im Kaufhaus auf dich losgegangen ist, dachte ich, dass sie es wäre. Ich weiß nämlich nicht, wie sie aussieht.«

»Du hast geglaubt, dass sich eine betrogene Ehefrau auf ihre Nebenbuhlerin stürzt?«

»Ich habe mit meinem Freund über den Vorfall gesprochen. Er hat mir ein Bild von ihr gezeigt. Sie war es nicht. Er hilft mir übrigens viel beim Lernen. Von ihm habe ich den Spruch für die Armnerven, den du neulich bei mir abgeschrieben hast.«

»Oh, ja, ähm … Und für diesen Freund hast du auch die Fernbedienung für die Tiefgarage?«

»Ja. Ich komme immer runter und öffne ihm das Tor. So kommt er ungesehen ins Haus. Er ist übrigens auch der Grund, warum mein Name nicht an der Tür steht. Seine Frau soll nicht herausfinden, dass ich dort wohne und wir uns heimlich bei mir treffen. Und meine Cousins erst recht nicht.«

In Annas Gedanken lief ein Film ab, den sie laut kommentierte: »Und es gibt nur spontane Verabredungen zwischen euch. Kurz bevor er kommt, ruft er dich an, damit du zur Garage kommst, wie neulich, als ich bei dir war.«

»Ja, tut mir leid, dass ich dich da so schnell rausgeschmissen habe. Aber da warst du noch nicht eingeweiht, und ich wusste nicht, wie du darauf reagierst.«

»Ich würde dich nicht verraten, Dina«, sagte Anna mit rabenschwarzem Gewissen.

»Danke, Anna. Tut mir leid, dass ich dir nicht gleich vertraut habe. Aber wenn man immer so vorsichtig sein muss, da wird man mit der Zeit misstrauisch gegen alles und jeden.«

»Wem sagst du das! Wäre es nicht einfacher, wenn du deinem Freund eine Fernbedienung für das Tor geben würdest? Irgendwie finde ich es unwürdig, dass du springst, wenn er pfeift.«

Dina stieß einen kleinen, wehmütigen Lacher aus. »Was denkst du, wie oft ich schon über diese Situation nachgedacht habe? Manchmal glaube ich, dass er mir nur etwas vormacht und sich in Wirklichkeit gar nicht scheiden lassen will, weil es für ihn ganz angenehm so ist, wie es ist.«

»Verstehe. Und neben diesem ganzen privaten Theater legst du noch so ein klasse Studium hin. Alle Achtung, Dina!«

»Ich will Ärztin werden. Dafür brenne ich. Es ist mir wichtig, mich eines Tages selbstständig zu machen und von niemandem mehr abhängig zu sein. Außerdem will ich es – ehrlich gesagt – all denen zeigen, die meinen, eine wie ich könnte höchstens putzen gehen und Kinder kriegen.«

»Ich bin ganz sicher, dass du das packst, Dina!«

»Danke, das tut gut. Ich wünsche dir auf jeden Fall für morgen bei der Polizei viel Erfolg.«

»Danke, Dina!«

Anna legte das Telefon beiseite. Jans Anrufversuche und Nachrichten ignorierte sie.

* * *

ALS DAS TELEFON läutete, überlegte Sarah Fechner lange, ob sie drangehen sollte. Schließlich erhob sie sich von der Couch und schlich mit schweren Schritten zu dem Gerät, das sie auf der Küchentheke liegen gelassen hatte. Das Display zeigte einen Anruf von Bernhard Flink. An Laras Totenbett hatte er ihr von seiner schweren Krankheit erzählt, nachdem sie ihm Vorwürfe gemacht hatte, weil er erst in letzter Minute eingetroffen war. Sie drückte mit zitterndem Finger auf die Taste.

»Ja, Bernhard, was gibt's?«

»Sarah? Wie geht es dir?«

»Darauf kann ich dir keine Antwort geben. Ich fühle nichts mehr. In mir ist alles nur noch Asche. Ich habe Angst vor der Beerdigung morgen.«

»Ja, ich auch. Ich muss dir leider sagen … Also, es kann sein, dass ich nicht kommen kann.«

»Das kannst du nicht machen!«

»Ich werde alles dransetzen, um dabei zu sein, aber ich habe hohes Fieber. Vermutlich habe ich mich bei Lara angesteckt. Wegen meiner Immunschwäche ist dieses Virus für mich genauso gefährlich, wie es für sie war.«

»Das ist ja furchtbar. Dann hoffe ich, dass du es gut überstehst. Achte auf dich! Ich bin ja nicht alleine morgen. Meine Eltern kommen. Und sogar Florian.«

»Florian?«

»Im Grunde seines Herzens ist er ein guter Junge, Bernhard. Du warst immer viel zu streng mit ihm.« Er hat eine große Sehnsucht nach Anerkennung und Erfolg.

»Möglich. Wir müssen jetzt gemeinsam überlegen, wie es weitergehen soll.«

»Im Moment habe ich dafür überhaupt keinen Sinn.«

»Verstehe. Aber ich habe vielleicht nicht mehr viel Zeit und möchte gerne die letzten Dinge regeln.«

»Lass uns nicht jetzt darüber sprechen. Erst wenn Lara unter der Erde ist, bitte.«

»Noch etwas wollte ich dir sagen. Das Mädchen aus dem Kaufhaus, von dem du mir erzählt hast, du erinnerst dich?«

»Natürlich erinnere ich mich, obwohl es mir vorkommt, als sei das schon Monate her, dabei war es erst letzte Woche.«

»Hast du noch diesen Detektiv engagiert?«

»Nein. Er hat die Ermittlungen von sich aus eingestellt.«

»Gut. Ich denke, wir sollten das auf sich beruhen lassen. Es quält uns zu sehr und diese junge Frau sollte man auch nicht aus ihrem Leben reißen. Das hilft niemandem etwas.«

»Ja, das sehe ich auch so. Dann gute Nacht und gute Besserung für dich.«

* * *

ANNA SASS SEIT über einer Stunde in dem überheizten, kleinen Büro Kommissarin Blum an ihrem Schreibtisch gegenüber. Inzwischen hatten sie den gesamten Fragenkatalog abgearbeitet. Es war Anna gelungen, ruhig und präzise zu antworten und sich nicht von ihrer Version abbringen zu lassen. Sie wusste, dass sie das dem Telefongespräch mit Dina zu verdanken hatte.

»Und Sie sind wirklich der Meinung, der Angriff sei von

dieser Frau ausgegangen?«, hakte die Blum noch einmal nach.

»Ja, so war es. Sie hat sich an mich geklammert. Ich musste mich befreien. Dabei bin ich dann auch gegen die andere Frau gestoßen. Das tut mir leid, aber ich konnte es in dem Moment nicht verhindern. Ist das denn nicht auf irgendeinem Überwachungsvideo zu sehen?«

Die Blum drehte ihr Laptop in Annas Richtung und rief eine Datei auf. »Leider ist viel durch diese Säule verdeckt. Man kann nur erkennen, dass Sie sich den Weg frei kämpfen und dann weglaufen.«

Anna blieb hartnäckig. »Es war genauso, wie ich es Ihnen sagte. Wäre es möglich, dass Sie mir den Namen der Frau nennen? Dann könnte ich sie fragen, warum sie mich unbedingt anzeigen wollte.«

Die Blum schüttelte den Kopf, erzählte etwas von Datenschutz und ging nahtlos zum Drogenthema über. Hier geriet Anna in eine Zwickmühle. Sollte sie zugeben, dass sie der Ärztin nur die Version erzählt hatte, die sie hören wollte? Einmal gelogen, immer gelogen. Auf diese Weise würde sie ihre Glaubwürdigkeit verlieren. Also blieb sie bei der Version für Dr. Kravczyk. Erschöpft, aber erleichtert verließ sie das Polizeipräsidium. Irgendwie hatte sie trotz allem das Gefühl, sich selbst treu geblieben zu sein. So musste es weitergehen. Ihr Handy klingelte. Motte rief an.

»Oh Mann, Anna, was hört man von dir?«

»Nichts Gutes, ich weiß.«

»Kann ich dir irgendwie helfen?«

»Nicht wirklich. Ich komme schon klar.«

»Schade. Aber eines habe ich noch für dich. Du weißt doch, wegen des Autokennzeichens.«

Anna horchte auf. »Hast du etwas herausgefunden?«

»Klar! Name und Adresse mit Telefonnummer, wenn du willst.«

»Kannst du mir das aufs Handy schicken?«

Motte versprach es. Anna verließ nachdenklich das Polizeipräsidium. Über die Motive der Frau hatte sie nichts erfahren können. Konnte sie ihr gefährlich werden? In welcher Verbindung stand sie zum Schattenfeind? Sie beschloss, morgen auf jeden Fall noch nicht in die Uni zu gehen, und schrieb Dina eine kurze Nachricht, ohne Details zu nennen. Sie würde diese Frau zur Rede stellen und dazu bringen, die Anzeige zurückzuziehen.

Wie hieß noch einmal der Paragraf, den Marius zitiert hatte? Sie zückte ihr Handy.

* * *

DAS HAUS LAG in jenem neuen Stadtteil, der vor etwa zehn Jahren auf einer grünen Wiese aus dem Boden gestampft worden war. Inzwischen hatte es auch eine U-Bahnlinie geschafft, sich bis dorthin durchzuwühlen, und Anna hatte nur fünfzehn Minuten aus der Innenstadt bis hierher gebraucht.

Als sie den Schacht verließ, wanderten ihre Blicke über die Gegend, in der sie zuvor noch nie gewesen war. Alles rundherum zeigte jene einförmige Baukastenstruktur, wie sie zurzeit bei allen Architekten groß angesagt war. Überall Flachdächer. Quadratische Rasenflächen oder Kiesbetten. Schnell konnte man erkennen, welche der Gebäude schon ein wenig älter waren, denn ablaufendes Regenwasser hatte dafür gesorgt, dass sich über die Fassaden lange schwarze Schlieren zogen.

Dank ihrer Navi-App wurde sie nach wenigen Minuten fündig. Ah, diese Sarah Fechner wohnte anscheinend schon länger hier. Jedenfalls gehörte dieses dreistöckige Haus mit seiner schlierigen grauen Fassade zu dem Bild, das sie gerade im Kopf gehabt hatte. Besonders trostlos sah ein kleiner Balkon im zweiten Stockwerk aus. Aus den Blumenkästen ragten verdorrte Pflanzenreste, durchzogen vom Graugrün borstiger Unkräuter, die sich während einer langen Zeit der Vernachlässigung angesiedelt hatten. Insofern war Anna nicht sonderlich überrascht, als sie aus der Anordnung der Klingelschilder schließen konnte, dass diese seltsame Frau genau dort wohnte. Auf dem Schild stand noch ein zweiter Name. Lara Flink. Anscheinend wohnte die Fechner hier mit einer Freundin. Sie zögerte einen Augenblick. Doch dann drückte sie lange und anhaltend auf die kleine Taste. Im Lautsprecher der Türsprechanlage meldete sich eine leise, ein wenig raue Stimme. Anna war überrascht, wie ruhig und gefasst sie jetzt klang. »Ja bitte?«

»Guten Tag. Sind Sie Frau Fechner? Frau Sarah Fechner?«

Ein kurzes Zögern. Dann ertönte ein vorsichtiges »Ja«.

»Ich muss Sie dringend sprechen, um etwas mit Ihnen zu klären. Vermutlich können Sie sich denken, worum es geht.«

Das »Nein« bebte zaghaft.

»Ich bin die Frau aus dem Kaufhaus, die Sie angezeigt haben. Ich möchte, dass wir zu einer gütlichen Einigung kommen. Das wäre auch für Sie besser, denn sonst müsste ich meinerseits Anzeige gegen Sie erstatten, wegen falscher Verdächtigung nach Paragraf 164 EsTeGeBe. Das kann bis zu fünf Jahre Freiheitsstrafe nach sich ziehen!«

Statt einer Antwort aus dem Lautsprecher ertönte der Türsummer. Verblüfft betrat Anna das Treppenhaus und wurde kurz darauf von ihrer Kontrahentin in der halb geöffneten Wohnungstür mit einem scheuen und sehr traurigen Lächeln begrüßt. Anna näherte sich argwöhnisch. Sarah Fechner trat einen kleinen Schritt in der Tür zurück und deutete in ein geräumiges, helles Wohnzimmer, das durch die beinahe penible Ordnung und Sauberkeit nicht zu der derangierten Erscheinung der Frau passte. »Treten Sie doch bitte ein!«, kam es mit sanfter Stimme.

Anna machte einen zaghaften Schritt und blieb gleich neben der Tür erneut stehen. Eine Bewegung im Gegenlicht ließ sie erschreckt zusammenfahren. Dann erst erkannte sie, dass auf dem Korbsessel vor der Balkontür eine Katze einen Buckel machte, mit galantem Sprung auf dem Boden landete und dann mit hoch erhobenem Schwanz auf sie zukam.

Sarah Fechner schaute von der Katze zu Anna. »Haben Sie Angst vor Katzen oder sind Sie allergisch? Dann sperre ich Nigra weg.«

Anna schüttelte den Kopf, beugte sich nach unten und

hielt der schwarzen Katze ihre Hand hin. Die schnupperte ausgiebig daran und drückte plötzlich ihren Kopf drängend dagegen. »Ich habe nichts gegen Katzen«, erklärte sie und dachte an ihre Großmutter, die um jede schwarze Katze einen großen Bogen machte.

Sarah Fechners Gesicht erhellte sich um eine Nuance. »Das sieht man. Eigentlich ist sie sehr scheu.«

Anna lächelte. »Für diese Katzennase rieche ich wahrscheinlich einladend wie ein ganzer Zoo.«

»Sind Sie Tierpflegerin?«

»Nein, aber ich lebe auf einem großen Bauernhof.«

»Oh! Das ist sicher sehr schön für Sie.«

Anna sah die Frau alarmiert an. Irgendetwas an der Art, wie sie ihren Satz betont hatte, klang unangemessen traurig. Sie ärgerte sich, dass sie durch die Katze unvorsichtig geworden war und im besten Begriff stand, alles Mögliche über sich auszuplaudern. Annas Lächeln schwand. »Ich bin hier, weil ich wissen will, warum Sie mich wegen Diebstahl und Körperverletzung angezeigt haben. Sie wissen doch genau, wie das wirklich abgelaufen ist! Und bestohlen habe ich Sie schon gar nicht!«

Sarah Fechners Gesicht wurde starr. »Das weiß ich. Ich werde die Anzeige auch umgehend zurückziehen. Entschuldigen Sie bitte vielmals!«

Annas Augenbrauen schnellten in steilen Bögen nach oben. »Wie bitte? Einfach so? Und warum haben Sie mich dann überhaupt angezeigt?«

Sarah Fechner wies auf eine Sitzgruppe mit Bezügen aus

lichtgrauem Wildleder. »Setzen Sie sich bitte. Ich möchte es Ihnen gern erklären.«

Anna schaute argwöhnisch zu den angebotenen Plätzen und wählte dann eine schmale, gepolsterte Fußbank aus, die nicht weit von ihr stand. Sie lud ihren Rucksack daneben ab, öffnete ihre Jacke und setzte sich mit Blick zur Tür auf die vorderste Kante.

Sarah Fechner schaute hinüber zur Theke des offenen Küchenbereichs. »Kann ich Ihnen etwas zu trinken anbieten?«

Anna lehnte sofort ab.

Sarah Fechner nahm ihr gegenüber auf der Couch Platz. Auch sie saß sehr weit vorne auf der Kante, das Gesicht in die Hände gestützt, und schaute zu, wie die Katze sich wieder an Annas Beinen rieb und dann ungeniert zum Sprung ansetzte, um sich ein Plätzchen auf ihrem Schoß zu erobern. Anna rückte ein wenig nach hinten. Die Katze rollte sich schnurrend ein und Annas Hände strichen abwesend über das schwarz glänzende Fell.

Sarah Fechners Augen verfolgten die Bewegungen von Annas Arm über dem Rücken der Katze, als gäbe es dort etwas, was ihre Aufmerksamkeit ganz besonders fesselte. Anna wurde wieder mulmig. Sie schielte vorsichtig in Richtung der Tür. Sarah Fechner hob beschwichtigend die Hände. Dann deutete sie auf ein großes Foto, das neben der Eingangstür an der Wand hing. Es zeigte das Porträt eines Mädchens mit dichtem blondem Haar. Die hellblauen Augen strahlten dem Betrachter entgegen. Um den Mund spielte ein versonnenes Lächeln, das auch ein wenig schnippisch wirkte. Die Wangen glühten, um die Nase tanzten Sommersprossen. Etwas an diesem Gesicht kam ihr auf Anhieb bekannt vor. Trotzdem war sie sich sicher, diesem Mädchen noch nie begegnet zu sein. Sie wendete sich wieder Sarah Fechner zu und merkte an ihrem forschenden Blick, dass sie Annas Reaktion auf das Bild sehr genau studiert hatte. »Das ist meine Tochter. Sie hatte Blutkrebs und ist letzten Freitag gestorben. Gestern haben wir sie beerdigt.«

»Oh, das tut mir sehr leid«, flüsterte Anna.

Sarah Fechner starrte auf ihre Hände. Die Fingerspitzen zuckten, als seien sie an Aktionen beteiligt, die irgendwo in den Gedanken der Frau abliefen. »Das letzte halbe Jahr war eine schreckliche Zeit. So viel Leid! So viel zerstörte Hoffnung! Eine Knochenmarkspende hätte Lara vielleicht helfen können. Verstehen Sie?« Sarah Fechner schaute Anna mit Tränen in den Augen an.

Annas Misstrauen kam ins Wanken. Sie nickte Sarah Fechner zu.

Die nahm Annas Reaktion zum Anlass fortzufahren. »Wissen Sie, bei einer Knochenmarkspende, da werden von einem Spender ...«

Anna unterbrach. »Ich weiß, was das ist. Ich studiere Medizin.«

Sarah Fechners Augen weiteten sich. »Medizin? Wirklich?«

»Ja. Aber ich habe erst mit dem Studium begonnen.«

»Dann sind Sie um die achtzehn Jahre alt?«

»Nein, noch nicht. Ich habe erst im Dezember Geburtstag.«

Sarah Fechner richtete ihren Oberkörper auf. Jetzt hatte sie wieder diesen starren Blick wie damals im Kaufhaus. Ihre Lippen bebten. Anna spannte die Muskeln und schaute zur Tür.

Sarah Fechner unterbrach die Stille, indem sie hörbar einatmete. Mit bebenden Lippen flüsterte sie: »Sind Sie am fünfundzwanzigsten Dezember geboren?«

»Nein, am dreiundzwanzigsten.«

»In der Uniklinik?«

»Nein. Im Sankt Vinzenz.«

»Sankt Vinzenz«, wiederholte Sarah Fechner. In ihrem Kopf schien es zu arbeiten. Dann fragte sie erneut: »Nicht in der Uniklinik, sind Sie sicher?«

Anna drehte ihre Knie ein wenig in Richtung Tür. »Ja, ziemlich sicher. Jedenfalls hat man das in meiner Familie erzählt und bestimmt steht es auch irgendwo in meinen Unterlagen. Warum ist das so wichtig für Sie?«

»Lara wurde am ersten Weihnachtsfeiertag geboren. Sie war ein großes und schweres Kind. 3500 Gramm. 52 Zentimeter. So stand es jedenfalls in den Papieren. Lara sollte eigentlich erst zwei Wochen später kommen. Doch bei mir setzten plötzlich körperliche Komplikationen ein. Ich kam als Notfall in die Uniklinik und es kam zur Kaiserschnittgeburt. Mein damaliger Mann war nicht anwesend. Sein Vater lag im Sterben. Es war sehr hektisch in diesen Weihnachtstagen in der Klinik. Das Personal wechselte ständig. Wir haben unsere Tochter erst am nächsten Tag gesehen. Sie kam mir so zart und klein vor. Die Schwestern beruhigten mich, Eltern könnten sich selten vorstellen, wie winzig die Kinder am Anfang sind. Mein geschiedener Mann, also der Vater meiner Tochter, ist Arzt. Er hörte sie ab und fand die Herztöne zu schwach und unregelmäßig. Die Krankenschwestern beriefen sich auf die erste Untersuchung des Kindes nach der Geburt und dass da doch alle Werte völlig in Ordnung gewesen seien. Wir sollten uns keine Sorgen machen. Alles normal. Aber irgendwo regten sich in mir Zweifel. Ich rief die Stationsärztin und fragte sie, ob es möglich sei, dass mein Kind vertauscht worden war. Die hat das gleich als böse Unterstellung aufgefasst. So was sei unmöglich. Sofort nach der Geburt werde den Kindern dieses Kunststoffarmband mit ihrem Namen umgelegt. Der Druckknopf sei nicht leicht zu öffnen. Auch seien an den Weihnachtstagen keine anderen Kinder auf der Station geboren worden. Die Ärztin diagnostizierte mein Misstrauen und meine Unruhe als die Symptome einer Wochenbettdepression. Das hatte mich so sehr eingeschüchtert, dass ich noch nicht einmal meinem Mann von dem Verdacht erzählte. Beim Kinderkardiologen stellte sich heraus, dass bei der ersten Untersuchung nach Laras Geburt offensichtlich ein schwerer Herzfehler übersehen worden war. Das wurde mit Hektik und Personalmangel an diesem Tag entschuldigt. In den nächsten Monaten ging es um Leben und Tod. Das winzige Kind wurde am Herzen operiert und hat wie durch ein

Wunder alles gut überstanden und sich nach einigen Problemen in den Anfangsjahren sehr gut entwickelt.«

Sarah Fechner suchte Annas Blick und schaute sie lange an. Anna verstand nicht ganz, warum sie ihr diese Geschichte erzählt hatte. Eine gewisse Ahnung keimte in ihr auf, die sie jedoch sofort wieder verwarf. *Unmöglich*!, dachte sie, streichelte mechanisch über das Katzenfell und hörte voller Beklommenheit weiter zu.

»Diese schwierigen Jahre mit dem Kind, das so viel Aufmerksamkeit brauchte, zermürbten unsere Ehe. Eine Weile wollten wir es nicht wahrhaben. Aber als Lara zehn Jahre alt war, kam das endgültige Aus. Dennoch hatte Lara häufig Kontakt zu ihrem Vater. Er hat sich erst in den letzten beiden Jahren zurückgezogen – aber das ist eine andere Geschichte. Die Vergangenheit holte uns jedenfalls schlagartig ein, als sich bei der Suche nach einem Knochenmarkspender plötzlich herausstellte, dass die Gewebedaten von Vater und Mutter so verschieden sind, dass Lara auf keinen Fall unser Kind sein kann. Da haben wir uns auf die Suche nach unserer richtigen Tochter gemacht. Nicht, dass Sie das jetzt falsch verstehen. Es war nicht, weil wir angesichts des möglichen Todes von Lara unbedingt unser eigenes Kind finden wollten. Sie war unsere von Herzen geliebte Tochter. Mit ihr ist auch ein großer Teil von uns selbst gestorben. Aber durch das Aufspüren unserer leiblichen Tochter hätten wir Laras Verwandte gefunden, und die Wahrscheinlichkeit, einen Spender in der Familie zu finden, ist nun einmal sehr hoch. Wir starteten eine Plakataktion. Im Internet und in verschiedenen öffentlichen Gebäuden suchten wir nach einem möglichen Knochenmarkspender. Zusätzlich haben wir Daten wie Blutgruppe und Geburtsort angegeben, in der Hoffnung, so vielleicht schneller auf Verwandte von Lara zu stoßen. Wir haben die Aktion sogar bis nach Polen ausgeweitet, weil ihre Blutgruppe B dort viel häufiger vorkommt als bei uns und die Wahrscheinlichkeit bestand, dass ihre Verwandten polnische Wurzeln haben.«

Anna spürte, wie ein dunkles Gefühl in ihr entstand und bis zur Kehle kroch, wo es ihr die Luft nahm.

Sarah Fechner hielt einen Augenblick inne und studierte Annas Reaktion. Dann fuhr sie fort: »Wir forschten in der Uniklinik nach. In den Akten dort gab es keinen Hinweis auf einen weiblichen Säugling, der damals mit ihr hätte verwechselt werden können. Mein Exmann besorgte über seine Beziehungen die Daten von allen Mädchen, die in der Weihnachtszeit damals in den Kliniken dieser Stadt zur Welt kamen. Es war eine erstaunlich überschaubare Anzahl: neun. Ich beauftragte einen Detektiv, er sollte den Aufenthaltsort dieser Mädchen und ihre Lebensumstände ermitteln, damit ich die Chance hatte, mich mit ihnen in Verbindung zu setzen. Auch gab es noch einen weiteren möglichen Ansatz für die Suche. Ich hatte als Kind ein sehr großes Muttermal am Unterarm. Vielleicht hatte meine Tochter das geerbt und war daran zu erkennen. Leider verliefen alle Bemühungen des Detektivs im Sande. Trotz allem konnte ich es nicht verhindern, täglich an unsere leibliche Tochter zu denken. Jeden Morgen wünschte ich mir, dass es ihr gut geht und dass sie liebevolle Eltern gefunden hat. Ich versuchte mir vorzustellen, wie sie aussieht. Bernhard und ich sind sehr groß. Dunkelhaarig. Ich stellte mir ein groß gewachsenes, schlankes junges Mädchen mit dunklen Augen und lockigem Haar vor. Davon gibt es viele in der Stadt, ich weiß. Doch als ich Sie plötzlich dort in dem Kaufhaus entdeckte, hatte ich das unerklärliche Gefühl des Erkennens. Da gab es Ähnlichkeiten, die ich nicht klar benennen konnte. Sie lagen in Ihrer Haltung, Ihren Gesten, wie Sie sich mit Ihrer Freundin unterhielten. Als Sie Ihre Freundin so ernst und nachdenklich anschauten, hatte ich plötzlich Bernhards Gesicht vor mir. Ich war völlig gebannt von Ihnen, hatte aber immer noch Zweifel, ob mir meine Fantasie nicht einen Streich spielte. Dann entdeckte ich die Narbe an Ihrem Unterarm. Das hat mich völlig aus dem Takt gebracht. Sie wollten davonlaufen und ich wollte Sie nicht wieder verlieren. Da hat Lara noch gelebt. Außer meiner verlorenen Tochter hätten wir auch die Chance gehabt, Laras Verwandtschaft zu finden und sie zu retten. Daher meine Verzweiflung, mit der ich Sie aufzuhalten versuchte.«

Sarah Fechner zog den Ärmel ihres dünnen Wollpullovers nach oben und zeigte ihr eine helle Verfärbung. Anna beugte sich vor. In der Tat sahen sich die Narben ähnlich. Aber völlig identisch waren sie nicht. Anna blickte beklommen hinüber zu dem Bild. Plötzlich spürte sie, wie etwas in ihr zu zittern begann. Ihr Herzschlag pochte in den Ohren. Diese Augen kannte sie. Lebendig schimmernd. Mit einem hintergründigen Zwinkern, mit Lachtränen, aber auch sehr traurig und nachdenklich. In letzter Zeit wie zwei harte Spiegelflächen, die nichts mehr nach innen durchließen. Schnell wendete sie sich ab. Ihr Blick traf sich mit dem von Sarah Fechner, der forschend ihre Reaktion studierte. Schließlich glitt er irgendwo in die Ferne. »Mit der Anzeige hegte ich die Hoffnung, dass die Polizei mir Ihre Identität nennen würde, zumal der eine von den Sicherheitsleuten behauptete, Sie zu kennen.«

Anna lachte bitter auf. »Mich zu kennen? Der merkwürdige Typ hat mich angeblich vor einer einfahrenden S-Bahn gerettet, als ich schon auf den Schienen lag. Vermutlich hat er mich aber selbst da runtergestoßen, um dann als Held dazustehen.«

Sarah Fechner riss erschrocken die Augen auf. »Das ist ja schrecklich! Ihnen ist hoffentlich nichts Ernstes passiert?«

Anna schüttelte den Kopf. »Nur ein paar Schrammen.«

Sarah Fechner atmete erleichtert auf und fuhr dann fort: »Leider wollte mir aus Datenschutzgründen keiner Ihren Namen mitteilen. Nach Laras Tod wollte ich überhaupt nicht mehr wissen, wo sich meine leibliche Tochter befindet, und habe aus den Augen verloren, dass ich Sie in eine unmögliche Lage gebracht habe. Selbstverständlich werde ich diese Anzeige heute noch zurückziehen. Ich hoffe, Sie können mein Handeln jetzt besser verstehen und nehmen es mir nicht übel.«

»Das ist ja eine unglaubliche Geschichte«, hauchte Anna und erschrak, wie rostig ihre Stimme auf einmal klang.

Einige Atemzüge rang sie um Beherrschung. »Warum, meinen Sie, hat jemand die Kinder vertauscht?«

Sarah Fechner sah erstaunt auf. »Ich weiß es nicht und suche selbst ständig nach Erklärungen. Es könnte ein Zufall gewesen sein, eine Unachtsamkeit. Dagegen spricht aber, dass es seinerzeit in der Uniklinik kein zweites Kind gab, das einfach mal so vertauscht worden sein könnte. Aber wer tut so etwas mit Absicht? Wer schmuggelt ein woanders geborenes Kind in ein Krankenhaus, um es gegen ein dort geborenes auszutauschen?« Sarah Fechner sah Anna direkt in die Augen.

Die Verzweiflung in ihrem Blick war echt. Diese Frau spielte ihr nichts vor, wusste Anna plötzlich. Sie räusperte sich, um die Enge in ihrem Hals zu lösen. »Kennen Sie denn jemanden, dem Sie das zutrauen würden?«

Sarah Fechner rang die Hände. »Eigentlich kann man so etwas abgrundtief Böses doch niemandem zutrauen. In dunklen Momenten dachte ich, dass es vielleicht Bernhards Ex-Geliebte war, die er wegen mir verlassen hat. Sie ist Krankenschwester und hätte wohl Gelegenheit gehabt.« Sie schüttelte vehement den Kopf. »Vielleicht gibt es aber auch eine ganz banale Erklärung für dieses unglaubliche Versehen.«

Anna nickte und versuchte ein vorsichtiges Lächeln. »Ich kann mich ja mal in meiner Familie erkundigen, ob es Ungereimtheiten im Zusammenhang mit meiner Geburt gibt.«

Sarah Fechner nickte und hob die Hände. »Zwingen Sie sich zu nichts, was Sie nicht selbst wollen. Es ist jetzt nicht mehr wichtig.«

Anna biss sich auf die Lippe. Sie konnte die Tränen nicht mehr zurückhalten. Wieder schaute sie zu dem Mädchen auf dem Bild, dessen Züge sie nur noch verschwommen wahrnehmen konnte. »Sie hat Mamas Haare und Papas Nase und Augen genau wie Jan.«

Sarah Fechner horchte auf. »Jan?«

Anna nickte. »Das ist mein Bruder. Vielmehr wäre es … ihr Bruder. Er ist vier Jahre älter als ich. Er hat Blutgruppe B.«

Sarah Fechner erhob sich und setzte sich auf den Sessel dicht neben Anna. Sehr um Festigkeit in der Stimme bemüht, sagte sie: »Wir sollten dennoch langsam vorgehen, aus Rücksicht auf das, was wir damit auslösen würden, und es erst einmal für uns behalten, bis wir mehr Anhaltspunkte haben. Ich möchte auch mir und Bernhard keine falschen Hoffnungen machen. Aber ich sage Ihnen schon jetzt, liebe … wie heißen Sie eigentlich?«

»Anna. Anna Dembowski.«

»Anna? Das ist ein sehr schöner Name. Also, liebe Anna, wenn sich herausstellen sollte, dass diese Vertauschung mit Ihnen wirklich stattgefunden hat, dann verlieren Sie nicht Ihre alte Familie und Identität, sondern bekommen noch eine neue hinzu. Bernhard und ich würden Sie unterstützen, wo wir nur können. Und dass Sie ausgerechnet Medizin studieren! Ich glaube, das würde ihn zutiefst freuen.«

Anna schluckte, schloss einen Moment die Augen und sagte dann: »Ich kann immer noch nicht verstehen, wie das passieren konnte.«

In Gedanken sah sie ihre Mutter in einem weißen Krankenbett liegen. Ein am 23. Dezember, um 23 Uhr 45 geborenes Baby schlief neben ihr in einem dieser Klinik-Kinderbettchen mit den verglasten Seitenwänden, sodass die Mutter ihr Kleines immer im Blick haben konnte. Anna wusste ihre Geburtszeit so genau, weil Oma jedes Jahr voller Bedauern bemerkte, dass Anna es wegen fünfzehn Minuten verpasst hatte, ein echtes Christkind zu werden.

In Annas Fantasie tauchte eine Schattengestalt auf, rollte mit vorsichtigem Blick auf die schlafende Mutter das Bettchen mit dem Baby aus dem Zimmer und stellte dafür ein anderes hin. Am 25. Dezember musste das gewesen sein. Da hatte Ina ihr Baby bereits einen ganzen Tag lang gesehen. Im Arm gehalten. Gewickelt. Gestillt. Dann war da plötzlich ein anderes im Bett. Ein größeres und gesünderes mit ganz frischem Nabel und einem ganz anderen Gesicht. Und das hatte sie nicht bemerkt? Keine Fragen gestellt? Anna schaute hinüber zu Sarah Fechner, die ebenfalls ganz in Gedanken versunken vor sich hinstarrte. Dass Sarah Fechner ihr Kind wegen der Narkose nach dem Kaiserschnitt nicht erkennen konnte, war plausibel.

Sarah Fechner hatte Annas Blick bemerkt und schaute sie an. »Fällt Ihnen noch etwas ein?«

Anna verzog gequält das Gesicht und zuckte mit den Schultern. »Ich kann mir darauf so wenig einen Reim machen wie Sie. Aber ich habe plötzlich Angst, dass es vielleicht gewisse Zusammenhänge geben könnte.«

»Welche Zusammenhänge meinen Sie?«

Anna überlegte einen Moment, ob das jetzt passte. Doch dann entschloss sie sich, Sarah Fechner einzuweihen, und berichtete ihr von den Anschlägen gegen sie. Sarah Fechner war ihren Schilderungen gebannt gefolgt und starrte danach eine Weile schweigend vor sich hin. Schließlich sagte sie: »Ich kann mir nicht vorstellen, dass das etwas mit dem Vertauschen der Säuglinge zu tun hat. Schließlich wusste ja niemand davon, und auch wir sind erst jetzt langsam dabei, herauszufinden, was damals geschehen ist. Wären Sie denn bereit, sicherheitshalber einen Gentest durchführen zu lassen?«

»Ein Gentest?«, flüsterte Anna. Irgendwo in einem versteckten Winkel schwelte noch ein Rest Angst und begann sofort wieder aufzuflammen.

Sarah Fechner legte vorsichtig ihre Hand auf Annas Unterarm. Anna zuckte zusammen und Sarah Fechner zog sie hastig wieder zurück. »Entschuldigung«, flüsterte sie. »Ich wollte Sie nicht erschrecken. Ich schlage vor, wir versuchen – jeder für sich – in den nächsten Tagen noch einmal mehr herauszubekommen. Vielleicht gibt es ja Hinweise in Ihrer Familie oder in meiner. Dann treffen wir uns wieder und überlegen weiter.«

* * *

ALS ANNA ZU HAUSE ankam, konnte sie sich gar nicht mehr an den Heimweg mit S-Bahn und Fahrrad erinnern, so sehr hatten die Gedanken in ihrem Kopf um ihre Begegnung mit Sarah Fechner gekreist. Obwohl es draußen bereits dämmerte und ein feiner Niederschlag aus winzigen Eiskristallen durch die feuchtkalte Luft wirbelte, wollte Anna nicht in ihrem Zimmer bleiben. Sie hatte plötzlich das Gefühl, die Wände kämen wie in einem Schraubstock auf sie zu. Immer wenn sie innerlich aufgewühlt war, zog es sie zum Stall. Sich an einen warmen, weichen Pferdehals zu schmiegen, hatte etwas extrem Beruhigendes.

Im Stall war niemand mehr. Die letzten Reitschülerinnen waren gegangen und die Pferde standen malmend und schnaubend in der frischen Streu. Moritz begrüßte sie mit einer teilnahmslosen Gelassenheit. Er war versorgt und wollte offensichtlich seine Ruhe haben. Anna ging trotzdem zu ihm in die Box. Ständig huschten ihr Sätze durch den Kopf: *Jan ist gar nicht mein Bruder. Er und ich sind zwei Fremde, die ein böser Zufall zusammengeführt hat! Papa ist nicht mein Vater. Mama war nie meine Mutter. Ich war für ein ganz anderes Leben vorgesehen. Eigentlich gehöre ich gar nicht hierher.* Auf ihrem Weg zum Stall hatte sie damit begonnen, sich von jedem Tier und jedem Teil des Hofes zu verabschieden und litt dabei Höllenqualen. Im Geiste sah sie sich schon mit Sarah Fechner und einer gesichtslosen Männergestalt in einem weißen Arztkittel an einem Tisch sitzen und eindringlich auf die beiden einreden: Was Ihnen damals als Eltern widerfahren ist, war schrecklich. Auch was Sie anschließend an Schmerz durch den Tod Ihrer Tochter erfahren mussten, war für Sie sehr schlimm. Aber ich kann Ihnen Ihr verlorenes Kind nicht ersetzen und werde das auch nicht tun. Bitte sagen Sie meiner Familie nichts, lassen

Sie mir mein Leben, so wie es ist. Ich will kein anderes. Ich brauche keine neue Familie. Meine Mama ist tot. Ich will keine andere. Bitte verstehen Sie mich! Dabei drängten sich plötzlich wie von selbst Fragen in den Vordergrund. War ihre Familie wirklich so ahnungslos über ihre Herkunft? Wer von ihnen kannte vielleicht die Wahrheit? Und aus welchem Grund war sie ihr verschwiegen worden?

Plötzlich öffnete sich die Stalltür. Durch die Gitter der Boxentür konnte Anna sehen, wie Iris hereinkam, ohne von ihr bemerkt zu werden. Heute bewegte sie sich besonders langsam und mit düsterer Miene, als trage sie an einer schweren Last, obwohl nur ein Zaumzeug über ihrer Schulter baumelte. Sie schlurfte zum Waschbecken neben dem Eingang zur Reithalle und spülte das Mundstück der Trense sorgfältig ab. Dann hängte sie alles auf, ließ sich auf einem Strohballen nieder und zündete sich eine Zigarette an. Anna schüttelte entrüstet den Kopf, machte sich aber nicht bemerkbar. Es war schon interessant zu beobachten, was Iris so alles Verbotenes tat, wenn sie sich allein fühlte. Sie zog ihr Handy aus der Tasche und vertiefte sich eine Weile in ihr Display. Dann rief sie plötzlich jemanden an. »Hi, Sophia, danke für den Link. Aber ich gehe nicht mehr zu solchen Singletreffen, das bringt nichts.«

Anna wusste, dass Sophia eine Freundin war, die Iris manchmal besuchte und mit der sie gemeinsam ausritt. Die Freundin hatte anscheinend einen Vortrag über Männer eingeleitet und Iris und sie tauschten sich darüber aus. »Was denkst du, wie es mir hier geht? Jakob und Jan sind doch die

Schlimmsten! Jakob hat mich heute den ganzen Tag nur angeraunzt. Nachts fürs Bett, da bin ich ihm gerade gut genug. Manchmal frage ich mich, warum ich mir das tagein, tagaus bieten lasse und nicht einfach meine Sachen packe. Aber Jan ist auch so ein Fall. Innerlich ist er ein Vulkan, aber nach außen ein Eisberg, an dem alles abprallt. Und da gibt es ganz schön viel, was er aushalten muss. Jakob kann er nie etwas recht machen. Die Woche über studiert er, und am Wochenende arbeitet er von morgens bis abends auf dem Hof, während die kleine Prinzessin Annabel geschont wird. Jakob nimmt sie bei jeder Gelegenheit in Schutz. Sie müsse lernen. Dabei bricht sich die kleine Hoheit ja wohl keinen Zacken aus der Krone, wenn sie mal wenigstens ein paar Stunden im Hofladen aushelfen würde oder ein paar andere Pferde als ihr eigenes bewegt.«

Noch gestern wäre Anna spätestens jetzt wie eine Furie aus der Box gefahren und hätte Iris heftig zurechtgewiesen. Jetzt stand sie verzagt neben ihrem Pferd und dachte nach, ob diese Frau, die nicht mit ihr verwandt war, nicht sogar recht hatte. Sie selbst hatte ihre Sonderstellung bis jetzt noch nie so empfunden. Doch seit wenigen Stunden betrachtete sie sich aus einer nie gekannten Außenperspektive. So war das also! Jakob schonte sie. Papa! Musste sie sich diese Anrede in Zukunft abgewöhnen und für einen fremden Mann verwenden, der mit ihr mehr genetische Übereinstimmungen aufwies? Nur deshalb? War Papa in Zukunft für sie Herr Dembowski, in dessen Haus sie wohnen durfte, der ihr Studium finanzierte, einschließlich Kost und Logis für ihr Pferd? Was wäre, wenn er plötzlich erfuhr, dass er in die Falsche investiert hatte? Müsste sie ihm dann alles zurückzahlen? Würde er dann plötzlich auf Abstand gehen? Aber war er nicht immer irgendwie auf Abstand gewesen? Ein plötzlicher Kältestrom durchfloss sie. Und wenn er es schon längst wusste? Hatte er am Ende mit dem Tausch sogar etwas zu tun oder war wenigstens eingeweiht worden? Aber warum? Kam die Bedrohung am Ende gar nicht von außen, sondern aus ihrer Familie? Wollte man Anna, das Kuckuckskind, wieder loswerden? Warum? Aus Besitz- und Erbgründen? Solange der Hof hochverschuldet war, war es egal gewesen, ob eine Fremde daran beteiligt war oder nicht. Aber durch den zu erwartenden Riesengewinn änderten sich die Verhältnisse. Gab es da jemanden, der nicht mit Anna teilen wollte? Anna spürte, wie ihre Knie weich wurden, sie sank leise nach unten und setzte sich ins Stroh. Moritz bog den Hals und schnupperte neugierig an ihrem Scheitel. Dann wandte er sich wieder der Futterraufe zu. Er bewegte sich sehr behutsam, um Anna nicht mit den Hufen zu treffen. Anna betrachtete ihn wehmütig aus ihrer Position. Ganz klein und verlassen fühlte sie sich, zusammengekauert neben dem wuchtigen Pferd. Sie lauschte. Iris war immer noch dabei, sich ausgiebig über Annas Charakter zu beschweren.

»Sie hat einfach ein unglaubliches Mundwerk und kann aus purer Laune Giftpfeile abschießen. Besonders Jan muss das ständig aushalten. Wie sie ihn manchmal abkanzelt! Und er steckt es ein, spielt Taxi und den Bodyguard für sie.

Neulich hat er ihr das Leben gerettet und wäre beinahe selbst dabei draufgegangen. Da sagt sie noch nicht einmal Danke dafür, sondern nervt uns alle mit ihren Geschichten, dass ihr irgendeiner an den Kragen will. Beinahe hätte ich ihr gesagt: Wundert dich das? So wie du die Leute immer von oben herab angehst? Irgendwann ist das einmal jemandem zu viel! Besonders um Jan mache ich mir Sorgen. Er schluckt und schluckt. Irgendwann platzt ihm der Kragen und davor habe ich richtig Angst.«

Anna zog die Knie noch enger an den Körper und duckte sich wie ein junger Hase. Ihr Herz klopfte im Hals. Jan? Dieser junge Mann, der nicht ihr Bruder war? Ahnte er das? Wusste er gar davon? Was ging in ihm vor? Voller Grauen dachte sie an das Foto mit den durchstochenen Augen. Wie er es zu verharmlosen versucht hatte! *Das war in einem Moment, in dem ich mal kurzzeitig sauer auf dich war. Ist längst vergessen!* Von wegen, eben hatte sie es gehört, in Jan schlummerte eine lang aufgestaute, verzehrende Wut auf sie. Schon das allein war ein Mordmotiv! Ein bisschen war es hervorgeblitzt, als er sie wegen des Eindringens in sein Zimmer zurechtgewiesen hatte. Und dann sollte dieses verhasste Mädchen auch noch mit ihm das Erbe teilen, wo er doch eigentlich derjenige war, der dafür hart geschuftet und es aus seiner Sicht allein verdient hatte. Noch ein Mordmotiv! Warum aber ging Jan ihr nicht aus dem Weg, sondern kümmerte sich so sehr um sie? Aus der neuen Perspektive betrachtet, war die Antwort sehr einfach: Er tat das alles, um nicht in Verdacht zu kommen und um sie zu kontrollieren. Er wartete nur auf die nächste Gelegenheit. Jan war ein ausgebildeter Jäger. Hatte er nicht manchmal scherzhaft gesagt, er habe die Geduld des Jägers?

Ein Kälteschauder übergoss Anna. Ihr Herz pochte drängend im Hals. Was sollte sie tun? Auf keinen Fall würde sie das Wochenende hier auf dem Hof verbringen und Gefahr laufen, ihm zu begegnen. Wehmütig dachte sie an Dina. Wie unrecht sie ihr getan hatte mit ihrem unsäglichen Verdacht! Und hatte Dina nicht gleich gesagt, dass die stärksten Motive immer in der Familie zu finden sind? Sie musste unbedingt noch einmal mit ihr sprechen. Gleich morgen früh. Vielleicht ließ sie sich sogar darauf ein, dass Anna das Wochenende bei ihr verbringen konnte. Gut, dass ihr Haus so gesichert war. Gut, dass Jan Dinas Adresse nicht kannte. Dort war sie unauffindbar wie Dina selbst. Schon nagten wieder die Zweifel. Konnte sie der Kommilitonin wirklich vertrauen? War das Motive für ihr Versteckspiel wirklich nur dieser heimliche Freund, oder war das nur ein Vorwand, um Anna einzulullen? Ein Restrisiko blieb. Oder doch lieber erst einmal mit Marius reden? Er war Dina gegenüber auch misstrauisch. Aber da wusste er noch nichts von Annas neuem Verdacht gegen Jan.

Sie schickte ihm schnell eine Nachricht aufs Handy, dass sie ihn morgen nach der Vorlesung unbedingt sprechen müsste. Er antwortete sofort. *Geht klar.* Anna lächelte. Er war ein wunderbarer, verlässlicher Freund. Eigentlich würde sie das Wochenende lieber mit ihm als mit Dina in ihrem noblen Stadtgefängnis verbringen. Vielleicht konnten sie gemeinsam irgendwohin fahren, wo niemand sie kannte. Würde er sich darauf einlassen? Sie hoffte es sehr.

Iris erörterte im Telefongespräch mit ihrer Freundin inzwischen das Thema Geschwister. »Ach, egal wie gut sie sich manchmal verstehen: Geschwister sind immer Rivalen. Bei Ina und mir war das auch so. Nach außen sah es so aus, als hielten wir wie Pech und Schwefel zusammen. Aber Ina als die Jüngere und Hübschere hat es immer darauf angelegt, mich auszubooten. Das ist ihr bei den meisten Leuten auch leicht gelungen. Sie sah aus wie ein Püppchen und benahm sich auch so. Sie hatte wunderbar flachsblondes Haar, meines war dunkler und von undefinierbarem Aschblond. Goldmarie und Pechmarie hat uns eine Lehrerin mal genannt. Aber den größten Coup ihres Lebens landete Ina, als sie mir Jakob ausgespannt hat. Ich kannte ihn lange vor ihr, weil ich hier auf dem Hof mein Pferd untergestellt hatte. Ewig lange hatte das gedauert, bis wir mal zusammen ausgegangen sind. Und dann machte ich den Fehler, ihn mit nach Hause zu bringen, um ihn meinen Eltern vorzustellen. Ina war auch da und hat sich von ihrer charmantesten Seite gezeigt. Eine Weile haben sich die beiden hinter meinem Rücken getroffen, weil Jakob nicht den Schneid hatte, mir die Wahrheit zu sagen, ich war nämlich schwanger. Der Kleine hat nach der Geburt nur zwei Tage überlebt, weil er einen schweren Herzfehler hatte. Das scheint bei uns in der Familie zu liegen. Tut mir leid, dass ich dir das alles erzähle, aber mir geht es heute wirklich elend.« Iris' Worte gingen in ein leises Schluchzen über. Sie lauschte weinend den Worten ihrer Freundin, die sie anscheinend zu trösten versuchte.

Anna schlang die Arme um den Oberkörper, als wolle sie sich selbst festhalten. Sie war entsetzt über das, was sie da gerade gehört hatte. Niemals hätte sie gedacht, dass die hochmütige Iris so viel Leid in sich einkapselte. Wie gemein von Mama, ihrer schwangeren Schwester den Mann wegzuschnappen! Lag in der Rivalität der beiden Schwestern vielleicht ein Motiv für das Vertauschen der Kinder? Ganz nachvollziehbar erschien ihr das zwar nicht. Aber wer konnte wirklich verstehen, was in einem tief gekränkten Menschen vorging? Anna spürte zum ersten Mal so etwas wie Mitgefühl für Iris. Sie ärgerte sich sogar über Jakobs ungehobeltes Verhalten dieser Frau gegenüber, das sie bis gestern noch genossen hatte.

* * *

»HALLO, MARIUS, IST es zu spät, dass ich dich noch anrufe?«

»Nein, kein Problem. Ich habe dir doch gesagt, dass du mich jederzeit erreichen kannst. Ist wieder etwas passiert?«

»Ganz furchtbar viel ist passiert. Aber das will ich jetzt gar nicht alles erzählen. Nur dass sich langsam herauskristallisiert, wer vermutlich mein Schattenfeind ist.«

»Oh. Und wer?«

»Jan.«

»Dein Bruder? Na ja, ehrlich gesagt … irgendwie war er mir auf Anhieb unsympathisch.«

»Wahrscheinlich ist er noch nicht einmal mein Bruder.«

»Oh, wie kommst du denn darauf?«

»Das ist eine merkwürdige Geschichte, von der ich selbst noch nicht weiß, ob sie stimmt. Vermutlich hat sie nicht direkt etwas mit seinen Motiven zu tun. Es geht um Geld, Neid und Eifersucht.«

»Habgier. Niedrige Beweggründe. Das sind Mordmotive nach Paragraf 211, Strafgesetzbuch.«

»Ach Marius«, seufzte Anna traurig. »Die Paragrafen sind mir im Moment egal. Ich brauche Zeit und Ruhe, um nachzudenken, wie ich damit umgehen soll. Denn irgendwie muss ich das ja in der Familie auf den Tisch bringen und ich weiß noch nicht, wann und wie. Auf keinen Fall möchte ich am Wochenende hier sein und Jan begegnen. Daher werde ich meine Sachen packen und Dina morgen früh in der Uni fragen, ob ich das Wochenende bei ihr bleiben kann.«

»Willst du morgen echt wieder in die Uni? Hältst du das aus?«

»Ich muss da durch, sonst kann ich es gleich lassen. Ich habe schon so viel versäumt und vor Weihnachten ist die große Anatomieprüfung.«

»Du setzt dich ganz schön unter Druck. Bist du sicher, dass es eine gute Idee ist, bei dieser Dina zu übernachten? Vertraust du ihr inzwischen wieder?«

»In gewisser Weise ja. Aber hundertprozentige Sicherheit gibt es nicht.«

»Warte, lass mich mal nachdenken. Ich glaube, ich habe eine bessere Idee. Wenn ich es recht überlege, ist die sogar genial. Du bekämst deine nötige Ruhe plus exklusiven juristischen Beistand.«

»Das klingt zu schön, um wahr zu sein.«

»Es ist aber wahr. Hör zu, der Plan sieht folgendermaßen aus …«

* * *

GLEICH ZU BEGINN der Vorlesung trat Anna an den Professor heran und entschuldigte sich ausführlich für ihr Fehlverhalten. Das sei ein fürchterlicher Ausrutscher gewesen und es komme bestimmt nicht wieder vor. Der Hochschullehrer sprach etwas von Erfahrungen, aus denen man nur lernen könne, und ließ Anna Platz nehmen. Sie setzte sich wie üblich neben Dina. Beide wagten nicht, auch nur einen Moment miteinander zu wispern, und lauschten bis zur letzten Minute konzentriert und angespannt den Ausführungen des Professors. Auch die anderen Studenten, die anfangs noch neugierig zu ihnen hingeschaut und einander etwas zugeraunt hatten, waren bald wieder zur Tagesordnung übergegangen.

Nach der Vorlesung standen sie noch einen Moment im Wintergarten. »Heute ist in deinem Rucksack aber mehr drin als in meiner Tasche und das will etwas heißen«, stellte Dina amüsiert fest. Anna hatte gestern Abend spät noch bei ihr angerufen und sie teilweise in ihre Pläne eingeweiht. Marius hatte ihr gänzlich davon abgeraten, doch Anna wollte Dina nicht schon wieder verprellen. Dina musterte Anna besorgt. »Wäre es nicht vielleicht besser, du würdest das Wochenende doch bei mir verbringen? Salima ist bei ihrem Verlobten. Du kannst das Zimmer haben.«

»Nein, es ist besser so. Mein Bruder ist nicht zu unterschätzen und Marius ist ihm eher gewachsen als du. Außerdem haben wir einen wirklich guten Plan. Wenn alles vorbei ist, melde ich mich bei dir.«

Dina schien nicht überzeugt. Sie wühlte in ihrer Tasche, zog ein Necessaire hervor und klaubte mit spitzen Fingern ein bunt verpacktes Kondom heraus. Sie hielt es Anna vors Gesicht. »Und daran hast du auch gedacht?«

»Dina! Du überraschst mich immer aufs Neue.«

»Das soll vor Überraschungen schützen. Hast du?«

»Nein, habe ich nicht. Aber im Übrigen habe ich gar nicht vor …«

»Das sagen alle.« Dina steckte Anna ein paar der bunten Päckchen in die Jackentasche.

Anna grinste. »Danke. Aber es ist wirklich so, dass ich nicht gleich ans Bett denke. Dazu kenne ich Marius noch viel zu wenig. Außerdem bin ich für so was gerade eh nicht in der Stimmung. Ich habe ganz andere Probleme.«

»Du glaubst gar nicht, wie schnell sich das ändern kann. Und Männer sind nun mal Männer.« Sie lächelten einander hintergründig an. Über Dinas Gesicht huschte plötzlich ein Schatten. »Und du weißt ehrlich nicht, wohin ihr fahrt?«

Anna wiegte den Kopf. »Nicht genau. Seine Eltern scheinen so eine Art Wochenendhütte zu besitzen. Er meint, das sei genau der richtige Ort, wenn man mal zur Ruhe kommen will.«

»Na, hoffentlich«, sagte Dina.

Anna kicherte. »Jetzt guckst du wie meine Oma, die wittert auch überall Gefahr.«

»Hoffentlich überschätzt sich Marius nicht. Wie soll er dich irgendwo draußen in der Wildnis schützen?«

Anna lächelte. »Ich denke, es ist ein sicheres Versteck.« Sie fasste Dina an beiden Schultern und sah ihr fest in die Augen. »Und du verrätst mich nicht?«

»Nein, natürlich nicht. Versprochen!«

Annas Handy meldete sich. Sie las die Nachricht. »Von Marius«, wisperte sie Dina zu. »Es geht los!« Sie zog den Rucksack auf und wollte das Gebäude gerade durch den Haupteingang verlassen, als sie erschreckt kehrtmachte und zu Dina zurückkehrte. »Jan! Sein Auto parkt da vorne. Was mache ich jetzt?«

Dina zeigte auf einen schmalen Gang neben dem Kaffeeautomaten. »Lauf hier durch zu den Versuchsräumen. Irgendeiner wird offen sein. Dort gibt es Notausgänge nach hinten heraus. So kannst du unauffällig verschwinden.«

* * *

DINA HATTE KAUM das Gebäude verlassen, als Jan auf sie zutrat und nach Anna fragte. Sie zuckte mit den Schultern und tat unwissend. Jan beobachtete sie mit schmalen Augen. Er schien sie zu durchschauen. In Dina schlummerte eine große Angst vor Männern, die sich aggressiv aufbauten. Jan spürte diese Angst. »Du weißt, wo sie ist, und sollst mir nichts sagen, stimmt's?«

Dina wich seinem Blick aus und versuchte an ihm vorbeizukommen. Er hielt sie mit festem Griff am Oberarm zurück. Dina zitterte. Jan schaute sie herausfordernd an. »Sie ist mit diesem Marius zusammen, stimmt's?«

Dina schüttelte stumm den Kopf. In ihren Augen flackerte es.

* * *

INZWISCHEN WAR ANNA geübt im Abschütteln möglicher Verfolger. Auf Umwegen gelangte sie zum Hauptbahnhof, wo Marius sie hinbestellt hatte. Am Brezelstand, hatte er gesagt. Anna sah sich vorsichtig um. Wo war er bloß? Er hatte ihr erklärt, dass sie ihn nicht sofort erkennen würde. So begeistert, wie er ihr gestern von seinem Plan erzählt hatte, schien ihm die ganze Sache richtig Spaß zu machen – als wäre es eine einzige große Schnitzeljagd. Ziel war das Wochenendhaus von Marius' Eltern. Wo das genau lag, hatte er ihr nicht verraten. »So kannst du dich nicht verplappern und den Falschen auf deine Fährte locken«, war sein Argument gewesen. Mit zweimal Umsteigen wären sie fast vier Stunden unterwegs. Marius würde sich unauffällig in gebührendem Abstand zu ihr halten und genau beobachten, wer ihr folgte.

Anna sah sich suchend um. Von Marius war weit und breit nichts zu sehen. Wo steckte er bloß? Ihr wurde mulmig. Sie dachte daran, dass es keine gute Idee war, niemandem zu Hause Bescheid zu geben, dass sie das Wochenende woanders verbringen würde. Anna zog ihr Handy hervor.

Es dauerte eine Weile, bis die Großmutter sich meldete. »Oma, ich rufe an, damit ihr euch keine Sorgen wegen mir macht. Ich bin das ganze Wochenende bei einer Freundin.«

»Ja, Kind, kennen wir die denn?«

»Oma! Hauptsache, ich kenne sie. Sie heißt Dina und ich verstehe mich sehr gut mit ihr. Habt ein schönes Wochenende!«

»Du auch, Annachen. Und wenn die Freundin kein ›-in‹ hat, dann musst du schön vorsichtig sein, Kind!«

Anna grinste kopfschüttelnd und drückte die Taste.

»Hallo, meine Schöne, hier spricht das Biest, wie wäre es mit einer Brezel?«, hörte sie Marius' Stimme hinter sich. Sie drehte sich um und hatte alle Mühe, nicht in schallendes Gelächter auszubrechen. Hinter ihr stand eine sehr groß geratene, langhaarige Blondine mit männlichen Gesichtszügen und einem mühsam überschminkten Bartschatten. Eine riesige Sonnenbrille verdeckte die Hälfte des Gesichtes. Der Lippenstift war grellrot und sehr unprofessionell über die Ränder hinaus aufgetragen.

»Du siehst aus wie eine Tunte«, kicherte sie. »Eine unauffällige Maske ist das ja nicht gerade.«

»Hhm, findest du? Ich dachte, hier am Bahnhof laufen doch viele so herum.«

»Bei diesem Nebelwetter draußen mit so einer Sonnenbrille!«

»Okay, das können wir ändern.« Er griff in eine Tasche seiner schwarzen Outdoorjacke, zog ein Brillengestell mit Fensterglas hervor und setzte es auf die Nase. »Und jetzt?«

»Schon besser, aber den Lippenstift würde ich abwischen!« Sie reichte ihm ein Papiertaschentuch und er befolgte ihren Rat. Sie musterte seine Erscheinung von oben bis unten. »Wo ist dein Gepäck?«

»Alles in meinen Taschen, damit es mich nicht bei meiner Mission behindert«, erklärte er und zeigte auf ihr Handy. »Mit wem hast du da gerade telefoniert?«

»Mit meiner Oma, sie macht sich Sorgen, wenn sie nicht weiß, wo ich bin.«

»Wie? Du hast ihr doch hoffentlich nicht gesagt, dass du mit mir unterwegs bist? Das verstößt ganz klar gegen unsere Abmachung! Dann kannst du ja gleich deinen Bruder anrufen.«

Anna verdrehte die Augen. »Sei nicht so pingelig. Ich habe Oma nur gesagt, dass ich übers Wochenende bei einer Freundin bin, mehr nicht. Das muss sein, sonst suchen sie noch heute Nacht mit dem Hubschrauber und einer Hundertschaft nach mir. Du kennst meine Familie schlecht.«

»Ich weiß nicht, ob ich die wirklich kennenlernen will«, grummelte Marius.

* * *

IRIS SCHLUG DIE Augen auf und griff sofort nach ihrem Handy, das neben ihrem Bett auf dem Nachttisch lag. Vierzehn Uhr! Sie hatte fast drei Stunden geschlafen! Richtig wach und leistungsfähig fühlte sie sich aber noch immer nicht. Heute Vormittag hatte sie einen Rundruf gestartet, alle Reitstunden für den Nachmittag abgesagt und sich in ihr Zimmer zurückgezogen. Kopfschmerzen plagten sie, die Nase kribbelte und im Hals meldete sich ein unangenehmes Stechen und Ziehen. Da war wohl eine saftige Erkältung im Anmarsch. Träge erhob sie sich und öffnete das Gaubenfenster. Sie blickte in einen Himmel mit verschiedenen Grauschattierungen. Daraus lösten sich kleine Schneeflocken, die sich als zarte Sternchen auf den Dachziegeln niederließen, sich dort aber sehr schnell in unscheinbare dunkle Punkte verwandelten. Iris griff nach der Zigarettenschachtel und dem Feuerzeug, die immer auf dem kleinen Tisch in der Fensternische bereitlagen. Jakob wollte nicht, dass im Haus geraucht wurde. Iris legte diese Regel für sich so aus, dass Rauchen am offenen Fenster auch so etwas wie draußen war. Bevor sie den Fensterflügel wieder schloss, ließ sie ihre Blicke über den Bereich des Hofes schweifen, den sie von hier oben aus einsehen konnte. Sie kniff die Augen zusammen, weil sie eine Bewegung bemerkt hatte. Dort unten zwischen den Gebäuden hatte sich die winterliche Dämmerung eingenistet. Sie brauchte einen Moment, bis sie die Gestalt, die sich über den Hof bewegte, als Jan identifizierte. Sie kannte ihn als einen Mann, der es gewohnt war, mit festem und gleichmäßigem Schritt stundenlang durch die Natur zu laufen. Heute erinnerte sie die hastende Zielstrebigkeit seines Ganges eher an einen hungrigen Wolf auf der Spur einer Beute. Sie beugte sich verwundert über die Fensterbank. Was war los mit ihm? Gab es am Ende schon wieder schlechte Nachrichten über Anna? Iris schloss aus der Richtung, die Jan eingeschlagen hatte, dass er gleich ins Haus kommen würde. Dann würde sie erfahren, was geschehen war. Sie schloss das Fenster. Ein leichter Schwindel brachte sie dazu, sich schnell auf der Bettkante niederzulassen. Das Schlagen der Haustür dröhnte durch das Haus. Entfernt hörte sie Jan rufen: »Anna?« Anscheinend suchte er sie unten in der Küche. Dann ertönten seine dumpfen Tritte in hastiger Folge auf der Treppe. Die alten Holzstufen protestierten heftig knarrend und quietschend. Noch auf der Treppe rief er wieder: »Anna? Bist du zu Hause? Anna?«

Iris schüttelte verständnislos den Kopf. Was machte der denn wieder für ein Theater, bloß weil Anna noch nicht eingetroffen war? Nachmittags um zwei! Als sei das ein Problem, wenn eine Siebzehnjährige um diese Zeit nicht unter Dach und Fach war. Nun, bei Anna war das vielleicht wirklich ein Grund zur Sorge. Man musste nur an den Anruf aus der Psychiatrie denken. Machte Jan sich Sorgen, dass vielleicht wieder etwas passiert war? Hatte er versucht, Anna mal wieder von der Uni abzuholen, und sie nicht angetroffen? Schlaues Mädchen, die wusste, wie sie sich der übertriebenen Fürsorge ihres großen Bruders entziehen konnte. Vielleicht war Anna gar nicht in der Uni gewesen. Was war los mit dem Mädchen in letzter Zeit? Offensichtlich nahm sie Drogen und vergriff sich manchmal heftig in der Dosierung. Aber warum tat sie das? Iris wurde aus ihren Gedanken gerissen, weil Jan inzwischen heftig gegen Annas Zimmertür pochte und ständig nach ihr rief. Offensichtlich war wieder alles verriegelt. Hielt sie sich vielleicht doch in ihrem

Zimmer auf und Iris hatte ihr Eintreffen während ihres langen Mittagsschlafes nicht mitbekommen?

Jan hämmerte inzwischen mit wilden Schlägen gegen das Türholz. Iris erhob sich. Der Schwindel in ihrem Kopf regte sich wieder. Sie blieb einen Moment vor dem Bett stehen, um sich notfalls wieder hinzusetzen. Unten war es jetzt still. War ihm geöffnet worden, oder war es ihm gelungen, die Tür aufzubrechen? In ihrer Fantasie entstand plötzlich ein Bild von Anna, die reglos auf ihrem Bett lag, weil sie eine Überdosis von irgendetwas genommen hatte, und von Jan, der in stummem Entsetzen davorstand. Jeden Augenblick erwartete sie einen durchdringenden Schrei von ihm. Sie stand wankend im Zimmer und lauschte angespannt. Die Stille nagte an ihren Nerven. Plötzlich ertönte ein lautes Scheppern und Klirren, das sie in panischem Schrecken zusammenfahren ließ. Es klang, als hätte jemand eine Fensterscheibe eingeschlagen.

Iris stürzte trotz ihrer bebenden Knie aus dem Zimmer und tastete sich am Geländer entlang nach unten. Auf halber Treppe blieb sie stehen. Im düsteren Flurlicht sah sie Jan auf dem Boden knien. Er wühlte in einem Sammelsurium metallisch klingender Gegenstände herum, die auf dem Boden um ihn herum verstreut lagen, und bemerkte nicht, dass Iris an ihn herantrat. Sie erkannte jetzt, dass er eine der kleinen Schubladen der Flurkommode herausgezogen hatte, offenbar so heftig, dass sie mitsamt dem Inhalt auf dem Boden gelandet war. Dort wurden alle möglichen Ersatzschlüssel des Hauses aufbewahrt. Jan hatte sich einige herausgesucht. Er sprang auf und probierte sie nacheinander an Annas Tür aus. Jetzt schaltete Iris sich ein. »Hey, Jan, lass das bleiben! Du kannst da doch nicht einfach reingehen! Das ist Annas Zimmer!«

Jan fuhr herum. Seine Augen wirkten wie im Fieber. Er musterte Iris abwesend und wandte sich dann wortlos wieder seiner Tätigkeit zu. Beide hatten nicht gehört, dass jemand das Haus betreten hatte und die Treppe hinaufgekommen war. Auf der obersten Stufe blieb die alte Frau Dembowski stehen, sah von Iris zu Jan, der inzwischen hastig Nachschub vom Boden aufgehoben hatte und die nächsten Schlüssel probierte. Er nahm keine Notiz von seiner Großmutter und werkelte wie besessen weiter. Die betrachtete das Geschehen kopfschüttelnd. »Kinder, bitte regt euch nicht so auf! Unser Annachen ist nicht da drin! Denkt ihr am Ende, sie hätte sich was angetan? Bitte macht euch keine Sorgen! Ach, Junge, nicht! Du bist ja ganz außer dir!«

Jetzt hielt Jan inne und drehte sich langsam um. Auch Iris schaute die alte Frau erwartungsvoll an: »Weißt du denn, wo sie steckt?«

Frau Dembowski nickte geschäftig. »Ja, ja. Sie hat vorhin angerufen. Extra damit ihr euch keine Sorgen macht, hat sie angerufen und gesagt, sie kommt das ganze Wochenende nicht heim. Sie ist bei einer Freundin.«

Jan ließ die Hände sinken. »Bei welcher Freundin?«, fragte er.

»Tina oder so, hat sie gesagt«, antwortete die Großmutter.

»Du meinst Dina«, sagte Jan.

»Das ist auch möglich. Anna klang sehr munter. Ich glaube, es geht ihr wirklich wieder besser, und mit dem Mädel scheint sie sich gut zu verstehen. Also gönnt ihr das mal!«

* * *

MARIUS WIES MIT einer Augenbewegung in einen anderen Bereich des Bahnhofs. »In fünf Minuten treffen wir uns da drüben bei den Schließfächern.«

Anna grinste. Diese irre Blondine mit ihrem ungelenk konspirativen Verhalten war einfach zu komisch. Wenig später im Gang zu den Schließfächern kam allerdings nicht sie, sondern ein junger Mann mit schlammfarbener Schirmmütze und einer hellbeigen Jacke auf Anna zu. Sie pfiff leise durch die Zähne. »Oh, unser Undercover-Agent ist ja ein wahrer Verwandlungskünstler.«

Er sah sich vorsichtig um. »Es ist eine Wendejacke. Ich kann meine Sachen verschieden kombinieren. So kann unser möglicher Verfolger nicht auf Anhieb erkennen, dass immer dieselbe Person in deiner Nähe ist.«

Anna sah sich ebenfalls vorsichtig um. »Wollen wir hoffen, dass wir ihn erkennen und er nicht zu früh merkt, was los ist. Liegt dieses Wochenendhaus denn sehr einsam?«

»Ein Dorf ist in der Nähe. Dort hält auch der Bus.«

»Oh, wie fortschrittlich, immerhin ein Bus.«

»Das ist wegen der Touristen. Das Haus liegt an einem Stausee.«

Anna grinste. »Oh, dann habe ich ungefähr eine Vorstellung, wo wir hinfahren. Da war ich noch nie.«

»Einmal ist immer das erste Mal.« Er hielt sich den Zeigefinger vor den Mund. »Aber pst, nichts verraten. Der Feind könnte mithören!« Dabei tat er so übertrieben geheimnisvoll, dass Anna wieder lachen musste. Er zog ein Schließfach auf. »Wir schalten unsere Handys aus und hinterlegen sie hier.«

Anna verzog unwillig das Gesicht. »Findest du das nicht ein bisschen übertrieben? Außerdem habe ich dann auch keine Kontaktmöglichkeit zu dir.«

»Hast du mir nicht erklärt, dass dein Schattenfeind mit allen Tricks arbeitet? Für so einen ist Handyortung kein Problem! Wir sind in Kontakt, denn ich werde in deiner Nähe bleiben. Ein Handzeichen genügt und ich bin da.«

Zögerlich schaltete Anna das Handy aus und legte es gehorsam ins Fach. Sie wollte Marius nicht enttäuschen. Er wollte ihr ja nur helfen und war mit Feuereifer bei der Sache.

* * *

FRAU DEMBOWSKI WANDTE sich wieder zum Gehen. »Ich hätte euch ja noch Bescheid gesagt, aber ich konnte doch nicht wissen, dass ihr beide schon hier seid!«

Iris sog ungeduldig die Luft ein. »Es gibt Handys, Oma!«

Die Großmutter griff nach dem Geländer und wandte sich wieder zum Gehen. Mit der freien Hand machte sie eine abfällige Bewegung. »Ihr wisst doch, dass ich die Leute lieber auf richtigen Telefonen anrufe! Und dass unser Annachen sich mal woanders ein schönes Wochenende macht, ist ja kein Drama. Deswegen muss ich euch nicht sofort anklingeln.«

Iris beobachtete mit mildem Lächeln, wie die alte Frau mühsam die Treppe hinunterkletterte und durch die Haustür verschwand. Ein Geräusch ließ sie nach Jan sehen und ihr Gesicht überschattete sich sofort. »Lass das jetzt, Jan, du brauchst da nicht mehr rein!«

Jan ließ sich nicht davon abbringen, den nächsten Schlüssel auszuprobieren. Der drehte sich im Schloss.

»Jan!«, schnarrte sie ihn an und versuchte seinen Arm zu fassen.

Er schüttelte sie ab. »Lass mich!«, zischte er und betrat das Zimmer.

Iris folgte ihm, blieb allerdings in der Tür stehen. »Was willst du denn jetzt noch hier? Du hast doch gehört, sie ist bei ihrer Freundin! Das darf sie! Das geht dich nichts an, verdammt!«

Jan reagierte nicht, sondern sah sich mit stierem Blick im Zimmer um. Ein Blatt, das an der Pinnwand über dem Schreibtisch hing, weckte plötzlich seine Aufmerksamkeit. Iris trat näher heran und konnte erkennen, dass es sich um eine Anzeige handelte, in der jemand ein WG-Zimmer anbot. Jan legte das Blatt auf Annas Schreibtischplatte und wählte eine Nummer. Iris stellte sich dicht neben ihn. »Jan! Mach dich nicht lächerlich! Du kannst ihr doch jetzt nicht hinterhertelefonieren! Sie ist ein erwachsener Mensch! Sie …«

»Ruhe!«, unterbrach er. Anscheinend hatte am anderen

Ende jemand abgehoben. »Dina?«, rief er. »Jetzt weiß ich, dass du mich vorhin angelogen hast. Ist Anna bei dir?«

Iris stand kopfschüttelnd neben ihm und gab ihm mit Gesten und wilden Blicken zu verstehen, dass sie sein Verhalten unmöglich fand. Er ließ sich jedoch nicht beirren. »Ich muss sie dringend sprechen. Hol sie mir ans Telefon. – Wenn ich sage dringend, meine ich dringend. – Sie geht nicht an ihr Handy. Jedenfalls nicht, wenn ich anrufe. – Es ist aber dringend! – Nein, das nützt nichts. Sie würde mich nicht zurückrufen. Jetzt sag mir endlich, wo sie ist! – Hör zu, ich weiß, wo du wohnst, und ich komme sofort vorbei, um nachzusehen. Ist sie bei dir oder nicht? Verdammt noch mal! – Was redest du da? Du weißt doch etwas! Sag es endlich! Ist sie bei diesem Marius? – Das glaube ich dir nicht. Warum holst du sie dann nicht ans Telefon? – Hast du eine Adresse von dem Typ? – Wie heißt er denn mit Nachnamen? – Ach, das weißt du alles nicht. Und das soll ich dir glauben? – Hast du eine Telefonnummer von ihm? – Auch nicht. Verdammt! Kennst du jemanden, der ihn kennt und den man kontaktieren könnte? – Auch nicht? – Weißt du eigentlich überhaupt irgendetwas? – Egal, verlass dich drauf, ich kriege es heraus! – Ich lass mich nicht gerne anlügen! Tschüss.« Jan drückte heftig auf die Taste und knurrte: »Mann, die hat ja wirklich keinen Plan!«

Iris sah ihn beschwörend an. Mit betont ruhiger Stimme sagte sie: »Anna war die ganze Woche viel unterwegs. Ob in der Uni oder nicht, weiß ich nicht. Aber sie war … tja, wie soll man das nennen? Ausgeglichen. Wohlüberlegt. Ruhig.«

Iris schöpfte Hoffnung, als sie registrierte, dass sie Jans Aufmerksamkeit geweckt hatte. Sie setzte ein vorsichtiges Lächeln auf. »Weißt du, erst dachte ich, sie hat vielleicht Medikamente bekommen. Aber das war es nicht. Ich hörte sie hier im Zimmer telefonieren. Sehr vertraulich. Sie nannte ihn Marius.«

Ein verächtlicher Lacher entfuhr Jan. »Ah, da hat mich ja gerade die Richtige zurückhalten wollen, in Annas Zimmer nachzuforschen. Du hast also vor ihrer Tür herumspioniert?«

Iris verzog mit leichtem Trotz das Gesicht. »Vorher hatte sie mich im Stall beim Telefonieren belauscht. Sie glaubte, ich hätte nicht bemerkt, wie sie hinter meinem Rücken aus Moritz' Box schlich. Ich ging ihr nach. Hörte, dass sie in ihrem Zimmer telefonierte, und wollte wissen, ob sie jetzt bei jemandem brühwarm über mich lästert.«

»Oho, und hat sie?«

»Nein, sie redete über diese Dina und über … dich.«

»Mich?«, schrie Jan. »Was hat sie mit diesem Marius über mich zu reden?«

Iris' Blick ergoss sich wie ein Eisregen in Jans erhitztes Gesicht. »Ich habe nicht alles gehört. Aber es fiel das Stichwort Eifersucht. Und ich denke, mit dieser Einschätzung liegt sie wohl richtig, oder?«

Jan sog wutschnaubend die Luft ein. »Ach, was weißt du denn schon? Gar nichts! Ihr habt doch hier alle keine Ahnung! Sag mir lieber, ob du noch mehr über diesen Marius weißt!«

Iris lachte bitter. »Und selbst wenn ich es wüsste, würde ich es dir nicht sagen.«

Jan packte sie hart an beiden Oberarmen. »Sei vorsichtig! Raus mit der Sprache, sonst wirst du das bereuen!«

Iris befreite sich mit einer heftigen Rückwärtsbewegung und stieß ein böses Lachen aus. »Bereuen? Pass nur auf, dass du nicht gerade dabei bist, einen Riesenfehler zu machen, den du dann bereuen wirst. Komm endlich zur Vernunft! Du benimmst dich hier wie ein, wie ein ...« Sie suchte nach Worten.

Jan kam ganz dicht an sie heran und presste die Worte zwischen den Zähnen hervor: »Wie was? Sag es ruhig!«

Iris wich nicht aus. »Wie ein Stalker! Du bist ein Stalker, Jan, und so was ist seit Neuestem strafbar.«

»Aha, danke für deine idiotische Einschätzung. Du bist hier nicht das Gesetz! Und jetzt lass mich endlich in Ruhe!«

Iris schüttelte verständnislos den Kopf. »Du willst es einfach nicht verstehen! Dann renn von mir aus ganz in Ruhe in dein Unglück! Aber sage nicht, ich hätte dich nicht gewarnt!« Sie rieb sich demonstrativ die schmerzenden Oberarme und hoffte, bei ihm so etwas wie Betroffenheit auszulösen. Doch Jan drehte ihr einfach den Rücken zu. Sie blieb stehen und beobachtete, wie er einige Atemzüge lang nachdenklich zum Fenster hinausschaute. Dann nahm er Dinas Anzeige vom Schreibtisch auf. In der Bewegung hielt er plötzlich inne, beugte sich vor und fixierte etwas auf der Arbeitsunterlage. Es schien ihn völlig in Bann zu ziehen.

Iris wollte gerade einen Schritt tun, um herauszufinden, was ihn da so faszinierte, als er herumfuhr. Sie erschrak. Die plötzliche Blässe seiner Haut und der starre Blick ängstigten sie. »Was ist?«, flüsterte sie.

Er trat mit einem Schritt auf sie zu, sodass sie unwillkürlich einen kleinen Sprung nach hinten vollführte. »Wo ist der Ordner mit den Pferdeunterlagen?«, rief er.

Iris sah ihn verständnislos an.

Jan kam einen bedrohlichen Schritt näher. »Wo? Sag schon!«

»Welche Unterlagen?«, flüsterte sie.

»Von Tara. Der Kaufvertrag. Wo?«

»Unten im Büro. In einem Ordner mit der Aufschrift …« Sie kam gar nicht mehr dazu, ihren Satz zu beenden. Jan drängte sie so heftig zur Seite, dass sie gegen eine Kante des Kleiderschrankes fiel und sich die Stirn anrammte. Polternd sprang er die Treppe hinunter. Sie hörte ihn laut mit jemandem reden. Dann wurde eine Tür so heftig aufgerissen, dass sie mit der Klinke gegen die Wand schlug. Kurze Zeit später fiel die Haustür ins Schloss. Stille.

* * *

ANNA TRAT EIN wenig aus dem Bereich mit den Schließfächern hervor und spähte vorsichtig auf das rege Treiben in der Bahnhofsvorhalle, soweit sie diese von hier aus einsehen konnte. Die Menschen strebten bepackt mit Taschen, Rucksäcken und mit ratternden Rollkoffern ihren Bahnsteigen oder dem Ausgang zu. Manche drängten sich an den Verkaufsständen. Niemand kam ihr verdächtig vor. Im Gang hinter sich hörte sie die Klappe des Faches ins Schloss fallen. »So, es kann losgehen«, hörte sie Marius zufrieden sagen. Er raunte ihr eine Uhrzeit und eine Ziffer zu. Sie setzte sich in Bewegung, um den Bahnsteig zu finden.

* * *

MOTTE ÖFFNETE DIE Tür. Als er Jans Gesicht sah, fragte er erschrocken: »Ist etwas mit Anna?«

»In gewisser Weise ja. Kennst du diesen Marius, mit dem sie anscheinend gerade zusammen ist?«

»Aha, Marius heißt der also. Meinst du diesen Jura-Studenten, mit dem sie öfter in der Uni zusammenhängt?«

»Jura-Student. Etwa so groß wie ich. Dunkle, kurz geschnittene Haare, ein bisschen lockig.«

»Ja, ja, dann meinen wir wohl denselben. Nee, kennen tue ich den nicht wirklich. Aber ich habe das Gefühl, Anna fährt voll auf den ab.«

Jan nickte. »Hast du irgendeine Idee, wo der jetzt mit Anna sein könnte?«

»Warum rufst du sie nicht einfach auf dem Handy an?«

»Das ist ausgeschaltet. Du kannst es gerne selbst probieren.«

Motte zog sein Handy aus der Hosentasche, wählte eine Nummer und hielt das Gerät eine Weile ans Ohr. Dann schüttelte er den Kopf. »Du hast recht.« Er musterte Jan mit bedenklicher Miene. »Hey Jan, ich glaube, du machst dir da gerade völlig unnötig einen Kopf. Anna macht sich mit dem

Typen eine schöne Zeit. Das müssen wir schlucken, auch wenn es uns nicht gefällt.«

Jans Blick hatte sich bei Mottes »uns« deutlich verfinstert. »Oh, Mann, Motte, du laberst manchmal vielleicht einen Scheiß! Darum geht es gerade gar nicht.«

»Worum dann?«, fragte Motte.

Jan antwortete nicht mehr, sondern machte nur eine abfällige Handbewegung und wandte sich zum Gehen. »Warte«, rief Motte beflissen. »Einen kleinen Tipp könnte ich dir geben.« Jan drehte sich wieder um. Motte tänzelte ein wenig verlegen herum. »Es ist so«, begann er zögerlich, »ich hab da so eine App.«

Jan wurde ungeduldig. »Was für eine App?«

Motte grinste unsicher. »Na ja, so eine App, die einem sagt, wo die Freunde gerade sind. Das hatten wir in der Schule mit unserer Tutorengruppe. Daher weiß ich das auch von Anna. Vorhin, als ihr Handy noch eingeschaltet war, hab ich zufällig mal geschaut, wo sie gerade ist.«

Jan trat dicht an Motte heran. »Zufällig? Aha! Und wo ist sie?«, zischte er.

Motte machte erschrocken einen Schritt zurück. »Am Hauptbahnhof war das.«

»Hauptbahnhof?«, rief Jan.

Motte nickte.

Jan spurtete zu seinem Auto. Mit durchdrehenden Reifen fuhr er davon.

Motte sah ihm kopfschüttelnd nach. »Alter!«, sagte er leise vor sich hin.

* * *

DER ZUG WAR noch nicht eingefahren. Anna suchte mit vorsichtigen Blicken den Bahnsteig und dessen Umgebung ab. Sie konnte nichts Verdächtiges entdecken und wandte sich wieder um in Richtung der Bahnhofshalle. Ein Schmunzeln glitt über ihr Gesicht, als sie die Blondine wieder entdeckte. Diesmal hatte sie die Haare im Nacken zusammengebunden und die Schirmmütze darüber gezogen. Auf ihre Brillen hatte sie verzichtet. Die Jacke zeigte ihre helle Seite. Ein fesches Outdoor-Girl, das sich irgendwo draußen mit Freunden verabredet hatte. Sie stellte sich in Hörweite zu Anna und sah in eine andere Richtung.

Anna schaute am Bahnsteig entlang und murmelte unauffällig: »Alles okay?«

»Ja und nein«, raunte die Blondine. »Vorhin in der Nähe des Eingangstors war da einer, der sah von Weitem deinem Bruder ähnlich.«

Annas Augen weiteten sich sofort. »Woher sollte er denn wissen, dass wir hier sind?«

»Du bist dir sicher, dass er dir nicht von der Uni her gefolgt ist?«

»Ziemlich sicher«, rief Anna verzweifelt. Sie vergaß dabei ganz, dass sie eigentlich nicht mit der Blondine redete, und schaute Marius hilfesuchend an.

»Schau mich nicht an!«, zischte er. Schnell drehte sie sich weg und hörte, wie die Blondine leise sagte: »Ziemlich ist nicht ganz hundert Prozent.«

»Was soll ich jetzt tun?«, wimmerte Anna.

»Geh am Bahnsteig entlang und stell dich da vorne hinter die Automaten. Der Zug fährt gleich ein. Nimm den letzten Waggon und such dir dort ein Abteil. Ich steige vorne ein und komme dann zu dir durch. So kann ich herausfinden, ob er zugestiegen ist.«

Anna nickte zaghaft und machte sich auf den Weg. Es gefiel ihr nicht, sich so weit von Marius zu entfernen.

* * *

DINA STAND HINTER dem Vorhang in ihrer Wohnung und schaute hinunter auf die Straße. Sie grübelte darüber nach, woher Jan Dembowski ihre Adresse kennen könnte. Unten auf der Straße war nichts Verdächtiges zu entdecken. Dennoch hatte Dina ein mulmiges Gefühl. Warum war auch heute Nachmittag niemand hier? Wenigstens Youssra könnte doch bald kommen! Ohne den Blick von der Straße zu lassen, wählte Dina schnell deren Nummer. Besetzt. Heute hatte sich wirklich alles gegen sie verschworen! Plötzlich läutete ihr Handy. Im Glauben, dass Youssra sie zurückrief, nahm sie ab.

»Anna ist gar nicht bei dir! Du lügst für sie!«, schnarrte Jans Stimme.

Dina lauschte steif vor Angst, brachte es noch nicht einmal fertig, das Gespräch zu beenden. Im Hintergrund hörte sie vielfältige Geräusche. Jan rief wohl von unterwegs an. Eine Lautsprecherdurchsage. Menschenstimmen. Der war am Bahnhof!

Jan rief: »Hey, jetzt hast du wohl deine Sprache verloren! Ich weiß, dass sie mit diesem Marius unterwegs ist. Sag schon, wo wollten sie hin? Es nützt dir nichts, wenn du es mir jetzt verschweigst. Ich finde es sowieso heraus! Es verschafft den beiden nur ein bisschen Vorsprung. Aber ich schwöre dir, du hilfst Anna nicht damit. Ganz im Gegenteil.« Jetzt klang seine Stimme so, als könne man durchaus mit ihm reden.

»Ich weiß echt nicht viel, nur dass sie zur Wochenendhütte seiner Eltern gefahren sind.«

»Na bitte, das ist doch schon was. Und wo ist die?«

»Das weiß ich wirklich nicht! Glaub mir bitte und lass mich jetzt in Ruhe!«, schluchzte Dina. »Und Anna solltest du auch endlich in Frieden lassen! Was du da tust, ist …« Sie stockte und lauschte.

Aufgelegt. Sie war ihn los. Bebend atmete sie auf. Doch wirkliche Erleichterung brachte das nicht. Sie musste Anna warnen. Schnell wählte sie deren Handynummer. Mailbox.

* * *

DER ZUG FUHR EIN. Anna wartete, bis die meisten Passagiere eingestiegen waren. Vorsichtig lugte sie hinter dem Automaten hervor und schaute am Bahnsteig entlang. Nur noch wenige Leute hielten sich dort auf. Auch von Marius war nichts mehr zu sehen. Das steigerte ihre Angst. Sollte sie wirklich einsteigen? Die Lautsprecheransage zum Türenschließen erklang bereits. Schnell setzte sich Anna in Bewegung, lief zur Tür des letzten Waggons, schaute sich ein letztes Mal um und sprang hinein.

* * *

IRIS HIELT SICH mit zitternder Hand die Stirn und tapste mit vorsichtigen Schritten die Treppe hinab in Richtung Küche, um sich ein Kühlkissen zu besorgen. Die halb geöffnete Kellertüre stand ihr unten im Weg. Sie griff nach der Klinke und zog sie zu. Dabei entdeckte sie plötzlich Jakob, der dahinter im Flur zwischen Küche und Bürotür stand.

Iris sah ihn an, als sei er ein Geist. »Es ist doch bitte nicht wahr, dass du die ganze Zeit hier unten warst und mitgehört hast, was sich da oben abspielt, ohne dich einzuschalten?«

Jakob stand einen Moment regungslos, als müsse er ihre Frage erst noch wirken lassen. Dann rieb er sich mit einer flüchtigen Bewegung das Kinn. »Doch, war ich. Ich habe im Büro die Bestellungen gemacht. Das Stroh ist noch einmal teurer geworden, aber wir haben nicht mehr genug. Schlecht kalkuliert.«

»Das Stroh!«, flüsterte Iris entgeistert. Dann wurde sie laut. »Sag mal, bekommst du eigentlich mit, was hier mit deiner Familie los ist?«

Er zuckte mit den Schultern und wich ein wenig zur Seite, damit sie an ihm vorbei in die Küche konnte. Er folgte ihr und schaute ihr mit betretener Miene zu, wie sie sich ein Kühlkissen aus dem Eisfach nahm, es in ein Handtuch einwickelte, gegen die Stirn presste und sich zum Küchentisch tastete. Jakob sprang herbei und rückte ihr einen Stuhl zurecht. Iris ließ sich mit finsterer Miene darauf nieder. Jakob nahm eine Tasse aus dem Schrank und goss ihr aus der Thermoskanne ein wenig Kaffee ein. Sie nickte und schnupperte angewidert an der abgestandenen Brühe. Inzwischen hatte auch Jakob sich eine Tasse gefüllt und setzte sich ihr gegenüber an den Tisch. »So außer sich habe ich den Jungen seit seiner Kindheit nicht erlebt. Ist etwas nicht in Ordnung wegen dem Pferdekauf?«

Iris richtete den Oberkörper auf und sah Jakob entgeistert an. »Jakob, du verstehst es anscheinend immer noch nicht. Es geht hier gerade um alles andere als um Strohpreise und Pferde!«

Jakob nahm einen tiefen Schluck aus seiner Tasse. »Alles andere ist Kinderkram. Wenn Anna mal ein Wochenende woanders ist, ist das kein Grund, hier so herumzuschreien. Das gilt für Jan, aber auch für dich.«

* * *

JAN STECKTE SEIN Handy ein und beobachtete das Treiben in der Bahnhofshalle. Wie viele Menschen an einem Freitagnachmittag hier unterwegs waren! Kaum möglich, hier einzelne auszumachen. Während sein Blick wie ein Scanner über die Köpfe glitt, machte er sich in Richtung der Bahnsteige auf den Weg.

* * *

ANNA SUCHTE SICH ein Abteil, in dem nur eine alte,

etwas korpulente Frau auf einem Platz gleich neben der Tür saß. Mit ihrem Mantel und ihrer Handtasche hatte sie auch den Platz neben sich belegt. Gerade war sie damit beschäftigt, sich eine Zeitschrift zurechtzublättern.

»Ist hier noch frei?«, fragte Anna.

Die Frau blinzelte über ihre Brillenränder. »Ich denke schon. Ich bin auch erst gerade zugestiegen. Das Abteil war leer.«

Anna wählte den Platz am Fenster und äugte sofort durch die Scheiben. Der Bahnsteig direkt davor war menschenleer. Hoffentlich war Marius im Zug! Ihr Kopfkino zeigte einen anderen Film. Da waren zwei kräftige Hände, die Marius von hinten packten und ihn daran hinderten einzusteigen. Dann wurde er vom Zug weg durch die gleichgültige Menge bugsiert. Gegenwehr war zwecklos. Sie erinnerte sich, wie Jan ihr von seiner Nahkampfausbildung bei der Bundeswehr vorgeschwärmt und ihr einige seiner schmerzhaften Griffe demonstriert hatte. Damals fand sie das sogar noch lustig und wollte einiges davon lernen.

* * *

IRIS STIESS EIN splitterndes Lachen aus. »Ja, ich weiß. Anna hat euch im Griff, selbst wenn sie nicht da ist. Das gilt für dich, vor allem aber für Jan!«

Jakob warf Iris finstere Blicke zu. »Das Mädchen ist in Ordnung. Du kannst sie einfach nicht leiden, weil sie so patent ist. Das ist Neid. Wahrscheinlich wolltest du selbst immer so sein.«

Iris stöhnte auf. »Ach, Jakob, wende deine psychologischen Kenntnisse bitte auf deine Rinder an. Von denen verstehst du mehr! Und falls du es noch nicht gemerkt hast: Ich bin eine Frau aus Fleisch und Blut, die weiß, was sie will, und Anna ist ein siebzehnjähriges Mädchen, das nur glaubt, genau zu wissen, was es will. Und wenn Anna sich mit mir anlegt, gebe ich ihr Kontra. Das hättet ihr auch ab und zu mal tun sollen, statt ihr jeden Wunsch von den Augen abzulesen.«

Jakob schaute nachdenklich über den Tisch und suchte Iris' Blick. »Du weißt doch, woran das liegt.«

Iris nickte. »Auch wenn es nicht so aussieht, Jakob. Aber ich mag Anna. Ich finde es toll, dass sie sich von dir und Jan nicht die Butter vom Brot nehmen lässt.«

»Dass dir so was gefällt, kann ich mir ja denken«, kommentierte Jakob.

Iris schmunzelte. »Anna ist schon okay!«

Jakobs Gesicht hellte sich auf. »Ja, sie ist schon etwas Besonderes, die Anna«, bestätigte er.

Iris studierte seine Miene. »Du sagst ›die Anna‹. Du bringst es nicht über dich, ›meine Anna‹ zu sagen. Wie gut hätte es ihr getan, wenn du sie einfach nur wie eine eigene Tochter behandelt hättest statt wie einen zugeflogenen Engel.«

»Das ist aber nicht so einfach. Immer wenn ich sie ansehe, denke ich, wer guckt mich da eigentlich an? Welches Leben steht ihr eigentlich zu?«

»Niemandem steht irgendein Leben zu. Du hättest sie

einfach nur annehmen müssen. Dazu gehört außer Wünscheerfüllen auch, dass man einem Kind einmal etwas verbietet oder etwas abverlangt. So musste sie sich alles selbst zusammenreimen und hat sich eingebildet, du wünschst dir diesen Schulerfolg, dieses Studium. Du hast gar nicht gemerkt, wie dieses Mädchen um deine Anerkennung gekämpft hat.«

* * *

JAN SCHAUTE HINAUF zur elektronischen Anzeigetafel, die ankündigte, welche Züge in der nächsten halben Stunde abfahren würden. Das waren etwa fünfzehn. Würde es etwas bringen, der Reihe nach jetzt alle infrage kommenden Bahnsteige abzulaufen? Er spürte, wie seine Nervosität wuchs. Wochenendhütte, hatte Dina gesagt. Vielleicht halfen ihm die Ziele und Richtungen der Züge weiter. Er studierte die Angaben. Gab es da typische Wochenendgebiete? Da waren einige dabei. Er musste seine Suche irgendwie eingrenzen. Erneut zog er sein Handy hervor und rief dort an, wo er es schon mehrmals in der letzten halben Stunde probiert hatte. Wieder meldete sich niemand. Also musste er doch jeden einzelnen Bahnsteig abklappern und hoffen, dass er Glück hatte.

* * *

EIN DUMPFES RUCKEN ging durch den Zug, ohne dass er wirklich anfuhr. Die Frau sah von ihrer Zeitung auf und direkt in Annas schreckstarre Augen. Durch das faltige Gesicht zog sich ein kleines Lächeln. »Keine Angst!«, sagte die Alte. »Ich kenne das schon, denn ich fahre öfter mit diesem Zug. Da ist jetzt die neue Lokomotive vorne drangekoppelt worden. Das ist hier doch ein Sackbahnhof. Jetzt ist der letzte Waggon der erste.«

Was als Beruhigung gedacht war, erschreckte Anna zutiefst. Letzter Waggon, hatte Marius gesagt. Saß sie jetzt vielleicht auch noch falsch? Würden sie sich wegen dieses dummen Missverständnisses am Ende noch verpassen? Anna starrte zum Fenster hinaus, damit die Frau ihre Tränen nicht sehen konnte. Der tolle Plan war alles andere als das. Sie hätte wissen müssen, dass sie sich damit in eine viel bedrohlichere Situation manövrierte, als wenn sie das Wochenende einfach nur bei Dina verbracht hätte. Noch hatte sie die Möglichkeit auszusteigen. Oder waren die Türen schon verriegelt?

* * *

IRIS SAH JAKOB mit dem Blick einer tadelnden Lehrerin an. »Auch wenn man nichts tut, Jakob, tut man etwas. Und dein eigener Sohn, mit dem bist du ganz anders umgesprungen. Dem hast du mehr als deutlich gesagt, was du von ihm erwartest.«

»Das hat ihm ja wohl nicht geschadet.«

Iris lachte leise auf. »Das denkst du. Außerdem bist du inkonsequent. Du hattest beschlossen, Annas Herkunft nicht aufzudecken, also hättest du auch nicht daran rühren dürfen und sie einfach weiter so behandeln sollen wie in ihrer Kinderzeit. Fast elf Jahre lang hattest du immerhin geglaubt, dass sie deine Tochter ist.«

Jakob schüttelte den Kopf. »Ich hatte von Anfang an einen Verdacht. Erst hieß es, sie hat wahrscheinlich einen schlimmen Herzfehler, und dann kommt Ina plötzlich mit einem völlig gesunden Kind aus der Klinik.«

»Aber in deiner üblichen Art hast du es nicht zur Sprache gebracht, sondern es ausgeschwiegen.«

»An manchem rührt man besser nicht. Und lässt es, wie es ist. Man hätte es doch nicht ändern können.«

»Hast du auch noch so gedacht, als du plötzlich wusstest, dass du nicht ihr Vater sein kannst?«

»Du weißt doch, wie das damals abgelaufen ist!«

* * *

ZU SPÄT! JETZT fuhr der Zug wirklich an. Ganz langsam erst, dann immer schneller flogen draußen die Bahnsteige und das breite Schienenfeld des Großstadtbahnhofs vorbei. Von außen rannen feuchte Schlieren die Scheiben hinab. Auch das noch! Regen! Ab und an klebten sogar Eissternchen dazwischen, die sich sehr schnell wieder auflösten. Die finsteren Wolken verdüsterten den Winternachmittag zusätzlich und passten zu Annas Gedanken. Vielleicht brauchte es Jan gar nicht, um Marius vom Einsteigen abzuhalten? Was, wenn er es sich einfach anders überlegt hatte? Es gab sicher Schöneres, was man an einem Wochenende unternehmen konnte, als es mit einem Nervenbündel in einer kalten, feuchten Hütte zu verbringen und sich in einer Endlosschleife Probleme anzuhören. Es war ihm wirklich nicht zu verübeln, wenn er gar nicht eingestiegen war. Stattdessen würde vielleicht Jan hier auftauchen und sie wütend zur Rede stellen.

Na toll! Super Plan!

* * *

IRIS BETRACHTETE DEN schillernden Kaffeespiegel in ihrer Tasse. Ihre Gedanken wanderten zurück. Damals war Jakob nach Annas Fahrradunfall aus der Klinik gekommen. In seinem Gesicht hatte sie gelesen, dass etwas sehr Schlimmes passiert sein musste. Erst dachte sie, es sei etwas mit Anna. Doch Omas Anruf in der Klinik ergab, dass sie die Operation gut überstanden hatte. Der Arzt hätte gesagt: Sie hat A, das sei zum Glück keine seltene Blutgruppe! Dadurch sei auch der große Blutverlust schnell auszugleichen gewesen.

Jakob tat, was er immer tat, wenn ihn etwas aus dem Takt gebracht hatte. Er stürzte sich in die Arbeit. Iris blieb hartnäckig, versorgte ihn mit Essen und sprach ihn immer wieder an. Draußen in der Feldscheune kam er ihr nach langer Zeit wieder nahe. Wie sehr hatte sie es sich gewünscht, dass er ihre Schwester vergessen und sich ihr wieder zuwenden würde. Da erzählte er ihr, was ihn so sehr erschüttert hatte. Jakob hatte Blutgruppe B und konnte Anna kein Blut spenden. Noch schlimmer. Der Arzt hatte ihn beiseitegenommen und ihm gesagt, es könne daher auch nicht sein, dass er Annas Vater sei.

Jakob war zutiefst erschüttert. Was hatte Ina ihm angetan? Mit wem hatte sie heimlich ein Verhältnis gehabt? Jakob flehte Iris an, ihm alles zu sagen, was sie über Ina wusste. »Ihr hingt doch immer zusammen. Ina hat dir doch alles erzählt. Bitte Iris, sag mir, mit wem sie etwas hatte. Ich verspreche dir auch, ich werde keinen Aufstand deswegen machen. Aber wenn Anna das Kind von einem anderen ist, dann hat sie auch kein Recht auf das Erbe des Hofs. Der steht dann nur Jan zu. Das muss auch klar sein. Iris, wer ist es?«

Iris hatte ihm damals hoch und heilig geschworen, sie wisse es nicht. So ganz gelogen war das auch nicht.

* * *

ANNA LEGTE DEN Kopf gegen die Scheibe und schaute traurig in die vorbeifliegende Nebellandschaft. Die Tür des Abteils wurde plötzlich laut ratternd aufgezogen. Anna fuhr herum, griff fluchtbereit nach den Trägern ihres Rucksackes und schaute dann erschrocken zum Verursacher des Lärms. Der entpuppte sich als die Folklore-Version der Blondine. Unter einer Häkelmütze quollen zwei unbeholfen geflochtene Zöpfe hervor. Sie trug ein kariertes Flanellhemd und hielt ihre Jacke lässig über einem Unterarm. Der Anblick löste in Anna sofort Heiterkeit aus. Die Blondine fragte freundlich lächelnd: »Ist hier noch Platz?«

Die alte Frau kam Anna zuvor und antwortete kühl: »Sehen Sie doch!«

Die herb männlichen Gesichtszüge der Blondine und der

bröckelig übertünchte Bartschatten hatten wohl ihren Argwohn erregt. Marius bedankte sich artig und nahm gegenüber von Anna am Fenster Platz. Den ersten Teil der Fahrt verbrachten sie schweigend, warfen sich aber hin und wieder augenzwinkernd Blicke zu, was Annas Launepegel stetig anhob. Als ein lautes Schnarchen ankündigte, dass die Alte eingeschlafen war, ließ sich Anna von Marius im Flüsterton berichten, dass er ohne Probleme in den Zug gekommen war und beim Durchlaufen der Wagen akribisch jeden Fahrgast inspiziert hatte. »Jan sitzt hundertprozentig nicht in diesem Zug!«

»Was für ein Glück«, seufzte Anna zufrieden und streckte Marius ihre Hände entgegen. »Ich will einfach nicht, dass er uns hinterherkommt. Ich will, dass es endlich aufhört, und mit dir einfach nur ein schönes Wochenende verbringen.«

* * *

JAN SAH ANGESPANNT einem Zug hinterher. So brachte das nichts. Dieses Herumlaufen von Bahnsteig zu Bahnsteig verschwendete nur kostbare Zeit. Es musste eine andere Möglichkeit geben, Annas Aufenthaltsort herauszufinden. *Wochenendhütte der Eltern,* wiederholte er in Gedanken. Je mehr er darüber nachdachte, desto klarer wurde ihm, dass dies die einzige Möglichkeit war, die er überhaupt hatte. Er beschäftigte sich eine Weile mit den Suchfunktionen seines Handys.

* * *

SIE WAREN AM Umsteigebahnhof angekommen. Die Orientierung war einfach, denn es gab nur einen Bummelzug, der in zwanzig Minuten abfahren und sie in den nächsten Ort bringen würde. Insgeheim lobte Anna Marius für seine scharfsinnige Planung. Ihr unauffällig zu folgen, war bei dieser Art zu reisen für ihren Schattenfeind wirklich sehr schwer. Die Anzahl der Fahrgäste nahm mit zunehmender Strecke stetig ab. Im Sommer mochte die waldreiche Landschaft ein Paradies für Touristen sein. Doch bei diesem nebelfeuchten Novemberwetter schien nur unterwegs zu sein, wer unbedingt musste. Außer ihr saßen noch zwei ältere Frauen auf den rissigen Holzbänken und warteten auf den nächsten Zug. Eine davon war die Schnarcherin. Ein junger Mann betrat den Bahnsteig. Er trug eine schwarze Jacke. Seine sorgfältig nass gekämmten Haare lagen mit scharf gezogenem Seitenscheitel eng am Kopf. Eine Hornbrille mit runden Gläsern ließ ihn wie einen braven, strebsamen Schüler aussehen. Er zwinkerte Anna zu und stellte sich wenige Meter von ihr entfernt vor den Glaskasten mit den Fahrplänen. Dabei murmelte er gut hörbar für sie vor sich hin. »Oh, prima! An der Endstation muss man nur fünf Minuten auf den Bus zum Stausee warten. Da hat die Bahn sich ja wirklich mal was Kundenfreundliches einfallen lassen!« Einen Sekundenbruchteil lang schaute er zu Anna und blinzelte ihr verschwörerisch zu. Dann ging er einige Schritte weiter und hielt nach dem Zug Ausschau. Anna sah ihm unauffällig hinterher und fühlte sich immer sicherer. Jetzt war sie informiert, wie die Reise weitergehen würde.

Eine warme Vorfreude auf das Wochenende mit Marius durchströmte sie.

* * *

JAN WÄHLTE DIE NUMMER. Eine angenehme Frauenstimme meldete sich freundlich, aber mit professioneller Routine. »Bankhaus Winkler und Blomberg. Mein Name ist Alexandra Mertens. Womit kann ich Ihnen weiterhelfen?«

»Mein Name ist Jan Dembowski. Herr Direktor Winkler kennt mich persönlich. Ist er vielleicht zu sprechen?«

»Nein, bedaure, Herr Direktor Winkler befindet sich auf Geschäftsreise. Da müssten Sie es am Montag noch einmal probieren. Oder, wenn Sie ihn privat kennen, am Wochenende zu Hause.«

»Zu Hause habe ich seit heute Mittag schon mehrfach angerufen. Da geht keiner ran. Ich bin ein Kommilitone von Marius. Und eigentlich will ich ihn sprechen.«

Es entstand eine nachdenkliche Pause. Dann sagte die Frauenstimme leicht irritiert: »Aber wenn Sie den jungen Herrn Winkler kennen, warum rufen Sie ihn nicht auf seinem Handy an?«

»Die Nummer habe ich leider nicht. Vielleicht könnten Sie mir die geben?«

»Ich bin nicht befugt, private Nummern herauszugeben.«

Jan spürte die wachsende Kühle im Ton der Sekretärin. Er spielte den verzweifelten Kommilitonen. »Marius hat heute in der Uni aus Versehen wichtige Unterlagen von mir eingesteckt. Er hat mir heute zufällig erzählt, dass er zur

Wochenendhütte seiner Eltern fährt, weil er dort in Ruhe lernen kann. Vielleicht hat er meine Sachen mitgenommen. Bitte sagen Sie mir, wo ich ihn finden kann. Ich würde sogar hinfahren und mir die Unterlagen persönlich holen. Bitte!«

»Wochenendhütte?«, fragte die Sekretärin belustigt.

Jan griff die Stimmung auf und lachte mit. »Ja, Hütte«, sagte er und verstand plötzlich, worauf Alexandra Mertens anspielte. »Ich kann mir natürlich vorstellen, dass die Familie von Herrn Direktor Winkler alles andere als eine kleine Hütte für das Wochenende besitzt.«

»Das kann man wohl sagen«, bestätigte sie kichernd. »Es ist ein Ferienhaus mit Sauna und Schwimmbad. Da hält man es auch bei diesem fürchterlichen Novemberwetter gut aus.«

»Das glaube ich. Könnten Sie mir sagen, wie ich dorthin komme? Ich verrate auch niemandem, dass Sie es mir gesagt haben.«

* * *

DAS SONORE BRUMMEN des Busmotors und die heiße Luft aus der Heizung ließen Anna schläfrig werden. Bei der nächsten Haltestelle war Endstation. Ein kurzer Blick nach hinten verriet, dass nur noch zwei Leute außer ihr im Bus saßen. Die Schnarcherin und hinten auf der Rückbank eine Blondine mit Hornbrille, grauer Strickmütze und schwarzer Jacke. Um den Hals hatte sie einen bunten Schlauchschal gewickelt, der die untere Hälfte ihres Gesichtes vollständig bedeckte. Der Bus hielt, Anna kletterte steifbeinig hinaus und atmete die kalte Luft ein, die stark nach feuchter Erde und Fichtennadeln roch. Der Busfahrer war ausgestiegen und zündete sich eine Zigarette an. Die Schnarcherin blieb bei ihm stehen und wechselte ein paar Worte mit ihm. Hinter sich hörte Anna die Blondine raunen: »Du gehst jetzt da drüben in den Lebensmittelladen und kaufst ein bisschen was ein. Ich bleibe hier draußen und beobachte, ob jemand dir folgt. Danach gehst du die Straße entlang bis zur Kirche. Dort warte ich auf dich.«

Anna konnte sich gerade noch beherrschen, um sich nicht durch ein Kopfnicken zu verraten. Der Busfahrer und die alte Frau musterten sie neugierig. Die Blondine hinter ihr war in der Dunkelheit verschwunden. Gegenüber lockten die hell erleuchteten Fenster einer Lebensmittelkette, die Anna kannte. Sofort meldete sich ihr Hunger wieder und sie ärgerte sich, nicht genug Geld eingesteckt zu haben. Im Laden gab es kaum Kundschaft. Die Schnarcherin hatte kurz nach Anna den Laden betreten und lief nun unschlüssig suchend an den Regalen entlang. Eigentlich sah diese behäbige Frau mit ihrem Watschelgang und dem asthmatisch pfeifenden Atem sehr unverdächtig aus. Aber vielleicht informierte sie jemanden. Anna erschrak, als sie die Alte am Ende einer Regalgasse mit ihrem Handy telefonieren sah. Anna beschloss, den Weg zur Kirche nachher auf Umwegen anzutreten. Während sie im Kopf ständig nachrechnete, füllte sie den Einkaufskorb mit einer Flasche Rotwein, Käse und einem Paket Toastbrot. Sie verließ den Laden und drückte sich seitlich am Gebäude entlang zu einem dahinter liegenden Kundenparkplatz. Dort stand ein einziges Fahrzeug. Es war silbergrau lackiert.

* * *

DER ASPHALT GLÄNZTE vor Nässe. In den Fahrrinnen hatten sich Pfützen gebildet. Schneeflocken wirbelten gegen die Windschutzscheibe und verschleierten die Sicht, obwohl die Scheibenwischer auf höchster Stufe dagegen arbeiteten. Das Wasser prasselte gegen das Bodenblech. Manchmal kam der Wagen bedenklich ins Schlingern, doch Jan verminderte die Geschwindigkeit nicht. Er hatte nicht mehr viel Zeit. Das Ferienhaus war weit weg! Aber wenn Anna und dieser Marius wirklich mit dem Zug gefahren waren, würde er mit dem Auto ihren Vorsprung wettmachen können. Jan trat das Gaspedal durch.

* * *

»WO BLEIBST DU DENN? Ich friere hier bald fest und dachte schon, du hättest dich auf diesem winzigen Abschnitt von Dorfstraße verlaufen«, flüsterte Marius, als er plötzlich aus dem Schatten einer Mauer hervortrat und zu ihr kam.

Anna fuhr erschrocken herum. Die Blondine hatte sich in einen jungen Mann mit schwarzer Jacke und heller Schirmmütze verwandelt. Erleichtert hauchte Anna: »Oh, da bist du, ich hatte schon Angst, du wartest nicht. Aber ich bin über diesen schmalen Weg hinter den Häusern herum und dann von da vorne gekommen.«

Marius zog Anna am Oberarm aus dem Lichthof der Laterne heraus. »Das war unnötig. Ich hätte dir schon signalisiert, wenn Gefahr droht. Aber die Luft ist rein. Kein Schattenfeind weit und breit.«

Annas Blicke wanderten über die menschenleere Straße. Der Schnee fiel jetzt in dicken Flocken und tanzte im Laternenlicht. Sie erzählte Marius nichts von dem Fahrzeug auf dem Kundenparkplatz, das ihr im ersten Moment einen großen Schrecken eingejagt hatte. Auf ihrem Weg hierher hatte sie sich längst damit beruhigt, dass es viele Kleinwagen mit dieser Lackierung gab. Sie schaute Marius zuversichtlich an. »Ich glaube, du hast recht. Aber die alte Watscheltante, die uns auf dem ganzen Weg gefolgt ist, kam mir verdächtig vor.«

»Die ist bestimmt harmlos und gehört hier ins Dorf.« Er fasste Anna sanft am Arm und zog sie in Richtung einer steinernen Treppe, die neben der Kirche den Berg hinaufführte. »Hier lang. Da oben geht es in den Wald.«

Beide sahen sich noch einmal prüfend um, dann machten sie sich an den Aufstieg. Im Wald war es stockfinster. Der Weg war matschig und mit Fallholz und nassem Laub übersät. Pappige, große Schneeflocken bissen in die Augen. Nach den ersten Metern stöhnte Anna: »Das ist nicht dein Ernst! Hier kommt man ja nicht voran, ohne sich die Knochen zu brechen. Wie weit ist es noch?«

»Etwa zwanzig Minuten.« Er zog eine Taschenlampe hervor und stimmte eine Triumphmelodie an. »Ta-Ta-Ta-Taaaa, hiermit geht es sofort besser!«

Sie folgten konzentriert dem Strahl der Lampe. Anna trug ihren Rucksack und die Tasche mit den Einkäufen. Schnaufend blieb sie stehen. »Sag mal, gibt es keinen anderen Weg zu diesem Haus?«

Marius drehte sich um. »Wir sind gleich da. Das hier ist die Abkürzung. Andersherum würde es doppelt so lange dauern.« Er drehte sich um und setzte sich wieder in Bewegung.

Anna stapfte ihm hinterher. »Andersherum ist vermutlich eine schön asphaltierte Zufahrtsstraße.«

»So ist es«, bestätigte Marius gut gelaunt. Er wandte sich zu ihr um und streckte ihr die freie Hand entgegen. »Komm, ich nehme dir wenigstens die Tüte ab.«

Na endlich, dachte Anna und reichte sie ihm. »Schlau, du kennst das Wetter hier und hast wenigstens an Handschuhe gedacht, während ich mir die Flossen abfriere.«

Auch mit der Tüte in der Hand setzte Marius den Aufstieg leichtfüßig fort. Nach wenigen Metern wurde er jedoch wieder von Anna unterbrochen. »Stopp! Mach das Licht aus!«

Er gehorchte sofort. Anna lauschte in die tropfende Stille und versuchte verzweifelt die Dunkelheit mit den Augen zu durchdringen. »Ich hab etwas gehört. Irgendwo hinter uns hat ein Ast geknackt.«

»In einem Wald knackt doch immer etwas«, versuchte Marius sie zu beruhigen.

Anna lauschte weiter angestrengt. »Ich glaube, es war eine ziemlich dumme Idee, ausgerechnet vor Jan in einen dunklen Wald zu flüchten.«

Marius trat dicht an sie heran. »Anna, er ist uns nicht gefolgt. Wo soll er denn gewesen sein?«

»Er braucht nicht mit der Bahn zu fahren. Er hat einen Geländewagen. Damit kommt er überallhin, wenn er will.«

»Aber ein Auto hätten wir doch erst recht gehört und gesehen hier in diesem einsamen Kaff. Auch habe ich genau deswegen nicht den Weg über die Straße gewählt. Hier kann er uns noch nicht einmal mit einem Fahrrad hinterher. Aber woher soll er denn überhaupt wissen, wo wir sind?«

»Vielleicht hat er dich längst ausspioniert und herausgefunden, dass deine Eltern dieses Wochenendhaus haben. Er wartet dort oben auf uns. Marius! Jan kann mit Waffen umgehen! Dagegen helfen deine Muskeln nicht! Lass uns wieder umkehren! Es ist viel zu riskant.«

»Blödsinn, so einfach kann man nicht herausbekommen, wo wir sind!«

»Eure Adresse, eure Telefonnummer, euer Haus in der Stadt kann man in aller Seelenruhe im Internet finden. Ihr habt nichts geschützt!«

»Oh, da hat aber jemand schon fleißig recherchiert. Ich hoffe, du hast nur Gutes über mich gefunden?«

Anna erschrak. Plötzlich fühlte sie sich wieder ganz klein und elend. »Tut mir leid, dass ich dir hinterherspioniert habe. Aber das war, als ich noch keine Telefonnummer von dir hatte und unbedingt mit dir sprechen wollte.«

Er fasste eine ihrer Locken und kringelte sie unbeholfen um seinen behandschuhten Finger. »Schon gut. Von dir gibt es sogar einen Film bei YouTube, in dem du erklärst, wie man einen Traber reitet.«

»Oh, das ist schon zwei Jahre her. Das hast du dir angeschaut?«

»Klar. Ich wollte dich sehen. Komm, wir gehen weiter. Gleich gibt es ein warmes Kaminfeuer und endlich etwas zu essen.«

Als Anna kaum noch glauben konnte, dass dieser unwirtliche Weg noch ein Ende nehmen würde, traten sie unvermittelt auf eine Lichtung. Dunkel zeichneten sich die Umrisse eines großen Wohnhauses gegen den nächtlichen Winterhimmel ab. Sie gingen über eine mit gefrorenem Schnee überkrustete Rasenfläche darauf zu. Nach dem holperigen Waldweg fühlte sich das unter den Sohlen wie ein weicher Teppich an. Nach wenigen Metern sprangen plötzlich rund um das Haus von Bewegungsmeldern gesteuerte Lampen an und ließen die Fassade hell erstrahlen. Von wegen Holzhütte! Anna blieb fasziniert stehen, als habe eine Fee gerade mit ihrem Zauberstab getippt. Marius fasste Anna sanft am Unterarm und zog sie weiter. Sie waren von der Rückseite des Grundstücks gekommen. Die Rasenfläche ging in eine mit Platten belegte Terrasse seitlich am Haus über. Die Terrassentüren waren mit hölzernen Klappläden verschlossen. Ein Blick nach oben verriet Anna, dass das erste Stockwerk über den weiß verputzten Steinen des Erdgeschosses aus dunklem Holz bestand. Schwere Balken trugen das wuchtige Dach. So sahen Sicherheit und Geborgenheit aus. Ein hölzerner Balkon verlief über die gesamte

Breite des hinteren Giebels. Auch hier waren alle Fenster mit Läden verschlossen. Massives Holz. Innen garantiert mit schweren eisernen Riegeln gesichert. Das war gut. Sie gingen über die Terrasse um das Haus herum nach vorne. Jetzt sprangen zusätzlich noch kugelige Gartenlampen an, die zwischen den Pflanzen und Steinen unregelmäßig verteilt waren und einen üppigen Wildgarten in ein zauberhaftes Licht setzten. Bizarrer Schnee glitzerte auf Graswedeln und den letzten Herbstblüten. Anna kam sich vor wie im Märchen. Angst und Erschöpfung waren mit einem Mal wie weggeweht. Selbst die pappigen Schneeflocken, die sie vorhin noch so geplagt hatten, gehörten plötzlich auf ganz andere Weise zu diesem magischen Bild. Die Welt schien sich in schimmernden Punkten aufzulösen und gleichzeitig neu zu erfinden. Und alles rundherum geschah so sanft und leise. Nur ein heimliches Knistern erfüllte die Luft. Anna konnte sich nicht entsinnen, je in ihrem Leben schon einmal an einem Ort gewesen zu sein, der so still war, dass man den Schneefall hören konnte. Das Wunder wärmte ihr Herz und verscheuchte endgültig alle Sorgen. In ihr pochte es wohlig und warm, fest und regelmäßig. Ihre Augen wanderten durch die Glitzerwelt zu ihren Füßen. Es gab keine Spuren im Schnee außer ihren eigenen. Wie beruhigend! Da war niemand, wirklich niemand, nur sie und Marius in dieser traumhaften Welt. Anna stieß einen Laut der Bewunderung aus und erkannte in Marius' Miene sichtliche Freude, dass er ihr das bieten konnte. Auch seine düstere Kleidung war mit schimmernden Sternchen überpudert. Er zog sie weiter vor das Haus. Sie folgte und hatte das Gefühl zu schweben. An der Vorderfront waren die unteren Fenster durch schmiedeeiserne Gitter gesichert. *Sicher, sicher, sicher*, rauschte es Anna durch den Kopf. Sie spürte, wie ein lange nicht mehr gekannter Übermut in ihr aufschäumte. »Wow!«, rief sie. »Das hier ist alles andere als eine klapprige Wochenendbleibe mitten im Wald!«

Marius lächelte und deutete nach oben. Auch hier gab es einen hölzernen Balkon vor dem Giebel, der gleichzeitig als Vordach über der Haustür fungierte. Hier fanden sie mit zwei großen Schritten Schutz vor den immer dichter werdenden, nassen Flocken. Nah am Haus blieben sie nicht liegen. Da drin ist es bereits warm, wusste Anna plötzlich. Am Ende war Marius gestern schon hier gewesen und hatte alles vorbereitet.

Er deutete mit einer ausladenden Handbewegung in Richtung Garten. »Es ist nicht mitten im Wald. Das denkst du nur, weil wir hinten herum gekommen sind. Es liegt am Waldrand. Das ist ein Südhang. Oben vom Vorderbalkon hast du einen schönen Blick auf den See.«

Anna folgte Marius' Handbewegung, und ihre Blicke glitten von Felsen zu Felsen den Hang hinab, wo sich der terrassenförmig angelegte Steingarten außerhalb der Lichtkegel der Gartenlampen in der dunklen Tiefe verlor. »Im Sommer muss es hier traumhaft sein!«, schwärmte sie.

Marius genoss sichtlich, dass Annas Laune sich schlagartig gebessert hatte. »Leider dauert es lange, bis sich das Wasser im See erwärmt hat, wir liegen hier tausend Meter hoch, da ist es fürs Schwimmen lange Zeit zu kalt. Aber mit dem Boot auf dem See ist es super.«

»Habt ihr am Ende auch noch ein Boot?«

Marius nickte voller Besitzerstolz. »Ein Stück Strand mit Bootshaus gehört dazu. So und jetzt rein ins Warme.«

Erst jetzt fiel Anna wieder ein, wie sehr sie eigentlich fror. Marius ging suchend am Rand des Steingartens entlang. Schließlich bückte er sich. »Ah, hier ist er, der Herzstein.«

Anna hatte ihm verwundert zugeschaut. »Ein Herzstein?«

»Ja, er hat so eine Form. Familiengeheimnis. Darunter ist der Haustürschlüssel versteckt.«

Anna erwiderte sein augenzwinkerndes Lächeln. Es schmeichelte ihr, dass Marius kein Problem damit hatte, sie einzuweihen. Er kippte einen Stein in der Größe eines Fußballs. Zwei gleichmäßige Wölbungen am oberen Ende gaben ihm eine auffällige Form. Der dunkle Stein war mit hellen Quarzadern durchzogen, was die Fantasie eines Mediziners an Herzkranzgefäße erinnern konnte. Marius zog einen durchsichtigen Kunststoffbeutel hervor und daraus einen Schlüssel mit einem silbernen Herz als Anhänger, den er ihr triumphierend entgegenhielt. Marius' Gesicht wirkte auf Anna wie das eines ausgelassenen Kindes und sie spürte ein wohliges Klopfen in der Brust. Herz schien in diesem Haus ein Thema zu sein. Wie passend!

Er öffnete. Wie erwartet strömte Anna angenehme Wärme entgegen. Es roch würzig nach Holz und Leder. In einem Windfang zogen sie ihre Jacken aus. Marius betätigte den

Lichtschalter und Anna sah sich ergriffen in einem großen Wohnraum mit ledernen Sitzmöbeln, antiken Schränken und einem offenen Kamin um. Marius brachte die Einkäufe in die Küche und öffnete verschiedene Schranktüren, um Gläser und Teller hervorzuholen. Anna war ihm gefolgt. »Du kennst dich ja prima aus. Bist du öfter hier?«

»Ich habe den ganzen Sommer hier verbracht.«

»Mit deinen Eltern?«

»Ohne natürlich. Sie wussten nichts davon.«

Anna lachte. »Was? Du warst bestimmt nicht allein hier, oder?«

Er grinste verschmitzt. »Verrate ich nicht!«

Anna schüttelte lachend den Kopf, aber irgendwo in ihr zwickte es. »Du bist mir ja vielleicht einer. Und deine Eltern haben echt nichts davon mitbekommen?«

»Nein, sie kommen nicht mehr so oft hierher. Für mich war es schon als kleiner Junge das absolute Paradies.«

»Das kann ich verstehen. Aber es ist doch bestimmt ein Haufen Arbeit, das alles in Schuss zu halten. Und dann dieses riesige Grundstück!«

»Jeden Montag und Donnerstag kommt ein Hausmeisterehepaar und kümmert sich um alles.«

»Aha, dann war dein Aufenthalt hier doch nicht so geheim.«

»Jeden Montag und Donnerstag waren wir unten am See oder irgendwo in der Gegend unterwegs. Du weißt doch inzwischen, dass ich ein Meister der Tarnung bin.«

»Erwischt! Das Wir hat dich jetzt verraten!«

* * *

JAKOB SCHAUTE IRIS herausfordernd an. »Und ich bin mir bis heute nicht sicher, ob du nicht damals schon mehr gewusst hast. Auf jeden Fall warst du ja nicht übermäßig überrascht, als ich bei der Suche nach Inas angeblichem Liebhaber plötzlich von ihrem Arzt gesagt bekam, dass sie mit ihrer Blutgruppe auch nicht Annas Mutter sein kann. Plötzlich war klar, das Kind muss in der Klinik vertauscht worden sein. Und du willst davon wirklich nichts gewusst haben?«

Iris begegnete ihm mit steinernem Blick. »Nein, Jakob«, sagte sie mit leicht bebender Stimme. »Aber wenn wir jetzt gerade dabei sind, einiges von damals ans Licht zu holen: Warum hast du nie nach deiner wirklichen Tochter gesucht? Das verstehe ich bis heute nicht.«

Er lehnte sich über die Tischplatte in ihre Richtung und sah sie eindringlich an. »Das verstehst du wirklich nicht? Hat Ina dir nicht erzählt, wie ich damals auf die Nachricht reagiert habe, dass das Kind herzkrank sei?«

»Nein, das hat sie mir nicht erzählt«, sagte Iris. Sie sah Jakob aufmerksam an. »Was hätte sie mir denn erzählen sollen?« Zu ihrer völligen Verblüffung stellte sie fest, dass sie zum ersten Mal in ihrem Leben Tränen in Jakobs Augen sah.

Er brauchte eine ganze Weile, bis er sich wieder so sehr im Griff hatte, dass er sprechen konnte. »Als es nach Annas Geburt hieß, dass da etwas nicht stimmt mit den Herztönen und mit den Blutwerten. Also Sauerstoff und so. Da hab ich … und das ist mir wirklich nur so rausgerutscht, weil ich auch so schrecklich geschockt darüber war … da hab ich zu Ina gesagt: Ich will kein Kind, das wochenlang an Schläuchen hängt und dann am Ende behindert ist. Und dann habe ich noch gesagt, wenn es eine Katze wäre, würde man es ersäufen!«

Iris' Augen weiteten sich vor Entsetzen. »Jakob, das ist unmöglich! Wie kannst du einer Mutter so etwas sagen? Du bist so ein grober Klotz!«

Aus Jakobs Augen strömten jetzt die Tränen. »Ich weiß«, flüsterte er. »Ich habe es auch sofort zurückgenommen und mich entschuldigt, aber Ina konnte mir nicht verzeihen. Erst als sie dann mit der Kleinen nach Hause kam, ging es langsam wieder besser mit uns. Aber ein Riss ist immer geblieben. Auch hatte ich immer einen Verdacht, dass da etwas in der Klinik nicht mit rechten Dingen abgelaufen ist, und als ich dann viele Jahre später erfahren musste, dass Anna nicht unser Kind ist, da habe ich geahnt, dass Ina in ihrer Verzweiflung etwas sehr Schlimmes getan hat.«

* * *

MARIUS LEGTE EINEN Scheit trockenes Holz aus dem Vorratskorb nach. Er fing sofort knisternd Feuer. Dann kehrte er wieder auf den Platz neben Anna zurück. Sie hatten sich das Zweisitzsofa vor den Kamin gezogen. Jeder hielt ein bauchiges Glas mit dem letzten Rotwein. Käse und Brot waren weitgehend aufgegessen. Satt und in stiller Einkehr schauten sie in die Flammen. Der Wein hatte Annas Zunge gelöst. Jetzt kannte Marius ihre ganze Geschichte. »So ein Wahnsinn!«, sagte er leise. »Und du meinst, dass diese Frau die Wahrheit sagt?«

»Erst dachte ich, sie lügt mich aus irgendwelchen Gründen an. Aber das Foto von dieser Tochter hatte sehr viel Ähnlichkeit mit der Familie Dembowski.«

»Willst du das denn durch einen Gentest überprüfen lassen?«

»Ich weiß noch nicht. Am liebsten wäre mir, es bliebe alles, wie es ist. Wie ist das rechtlich? Können diese Fechners von mir einen Gentest verlangen?«

»Das müsste ich genauer nachlesen. Auf jeden Fall könnten sie es verlangen, wenn du Ansprüche auf Erbe und Besitz stellen würdest.«

»Will ich aber gar nicht. Ich habe mit diesen Leuten doch gar nichts zu tun. Am liebsten wäre mir, sie lebten ihr Leben so weiter und ich meines.«

»Das sagst du jetzt. Was aber, wenn deine jetzige Familie da nicht mitmacht? Bei denen hättest du dann kein Erbrecht. Wenn du plötzlich völlig mittellos und ohne jede Unterstützung dastehen würdest, würdest du auf einmal doch anders darüber denken und dich an deine leiblichen Eltern wenden. Wie schätzt du die Dembowskis denn ein?«

»Ich glaube, Papa und die Großeltern würden mich nicht im Stich lassen.«

»Ist dieser Bauernhof denn viel wert?«

»Inzwischen wohl ja, mein Va… äh, also Herr Dembowski wird durch einen Grundstücksverkauf einen Millionengewinn machen.«

»Der diesem Jan im Erbfall in voller Höhe zustünde, wenn herauskäme, dass du nicht das leibliche Kind der Dembowskis bist.«

»Ja, so ist das wohl. Ich kann einfach immer noch nicht glauben, dass Jan …«

»Wenn es um Geld geht, hört die Liebe auf. Vor allem, weil er ja sehr viel Geld für seinen Traum vom Bioparadies braucht und du gerade gesagt hast, dass du da nicht mitmachen wirst. Du stehst also seiner Zukunft im Weg.«

»Aber ich könnte doch jetzt alles aufklären. Ich könnte ihm sagen, dass er der Alleinerbe ist, weil ich gar nicht seine Schwester bin. Dann würde sich alles klären und er ließe von mir ab.«

Marius schob die Lippen vor und sah Anna zweifelnd an. »Und wenn er das längst weiß?«

Anna kniff irritiert die Augen zusammen. »Dann würde es aber doch gar keinen Sinn machen, dass er mich aus dem Weg haben will.«

Marius wiegte den Kopf und schaute nachdenklich vor sich hin. Jetzt sah er aus wie ein Anwalt vor Gericht, der nach der passenden Argumentation suchte. Nur die Augen waren ein bisschen zu glasig. »Vielleicht bist du ihm als vertauschte Schwester viel gefährlicher. Nehmen wir mal an, dieser Umtausch ist ein gut gehütetes Familiengeheimnis. Die haben sich damals absichtlich ein gesundes Kind aus der Uniklinik geholt und deinen Bruder irgendwann später in dieses Wissen eingeweiht. Vielleicht als er volljährig wurde und um ihn zu warnen, was auf dem Spiel steht.«

»Was soll denn auf dem Spiel stehen?«, fragte Anna verwundert.

»Die Dembowskis haben sich strafbar gemacht. Von den leiblichen Eltern könnte eine Klage auf Schadenersatz kommen oder so was in der Art.«

»Aber ist das nicht alles längst verjährt?«

Marius kicherte. Auch bei ihm zeigte der Alkohol Wirkung. »Ho, ho, wer studiert denn hier Jura?« Er räusperte sich. »Nun, du hast recht. Man müsste das prüfen. Aber eines ist auf jeden Fall nicht verjährt, und zwar seine Mordanschläge auf dich. In dem Moment, wo du deine Herkunft aufdeckst, deckst du auch sein Motiv auf, und er ist dran. So wie du die Haltung seines Vaters zu dir geschildert hast, wäre das ein Grund für ihn, Jan zu enterben. Vermutlich steckt hier sowieso das eigentliche Motiv.«

»Was meinst du damit?«, fragte Anna. Ihr müder Kopf hatte Schwierigkeiten mitzudenken. Marius versuchte es wieder mit seiner Anwaltsmiene, die ihm ein wenig schief geriet. Anna grinste. *Der beschwipste Anwalt hat das Wort,* dachte sie mit angenehmer Albernheit und versuchte, so zu tun, als höre sie ihm sachlich interessiert zu.

Marius leerte sein Glas und stellte es mit Schwung vor sich ab. »Jan hat mitbekommen, dass du bei seinem Vater einen gewaltigen Stein im Brett hast. Für ihn scheint es inzwischen egal zu sein, ob du seine echte Tochter bist oder nicht. Er würde dich als Erbin einsetzen.«

Anna leerte ebenfalls ihr Glas und stellte es neben dem von Marius ab.

Marius deutete mit dem Finger darauf. »Soll ich noch eine Flasche aus dem Keller holen? Da gibt es Besseres als diesen Billigfusel aus dem Dorfladen.«

Anna ließ den letzten Schluck des sauren Weines die Kehle hinablaufen und kniff kopfschüttelnd die Augen zu. »Nein, lass mal. Wir sollten wachsam bleiben.«

Eine Weile schauten sie nachdenklich in das warme Dämmerlicht der letzten Kaminglut.

Plötzlich durchzuckte es Anna. »Aber wenn er das alles doch schon lange wusste. Warum beginnt er mit diesen Anschlägen erst jetzt?«

»Gute Frage«, sagte Marius. »Die Antwort kann ich dir geben. Weil es gerade jetzt mehr als günstig für Jan wäre, dass deine Herkunft unklar bleibt.«

Anna sah ihn verständnislos an. »Und wieso?«

Marius zeigte ein überlegenes Lächeln. »Er weiß, dass du neuerdings die Einzige bist, die seinem großen Erbe noch im Weg steht. Sonst niemand mehr. Denn die echte Tochter ist seit Kurzem tot. Wenn er dich jetzt unauffällig beseitigt, hat er gewonnen.«

Anna verstand immer noch nicht. »Aber er weiß doch gar nichts von Lara!«

»Sagst du! Glaubst du, dass er nicht wissen wollte, wo sie ist, nachdem er von dem Tausch erfahren hatte?«

»Du meinst, er hat nach ihr gesucht und sie längst gefunden?«

»Das ist doch gar nicht so abwegig, oder? Und wirklich schwer, das herauszufinden, ist es auch nicht.«

Anna starrte entsetzt vor sich hin. Plötzlich stand ihr alles klar vor Augen. Natürlich! Jan war intelligent und hartnäckig. Er hatte die Suche nach der echten Schwester längst erfolgreich beendet. Als er dann erfuhr, dass sie todkrank war, reifte sein Plan. Jetzt war ihm nur noch Anna im Weg. Und die musste so schnell wie möglich weg, bevor ihm jemand draufkommen würde. Schlau war das eingefädelt. Wie ein Unfall sollte es aussehen. Oder wie ein Selbstmord! Was für ein perfider Plan! Überall stand sie inzwischen da als eine, die psychische Probleme hatte und der man ihre merkwürdigen Geschichten nicht glauben konnte. Kein Wunder, wenn so eine sich umbringt! Das sollte also der Schlussakkord sein, den Jan vorbereitete. Gut, dass sie ihn mit Marius' Hilfe entlarvt hatte. Dieses Wochenende an einem sicheren Ort verschaffte ihr zum Glück die nötige Zeit zum Nachdenken. Wie konnte sie Jan zuvorkommen und seine Pläne durchkreuzen? Mit Papa reden? Das fürchtete Jan bestimmt am meisten und er würde es mit aller Macht zu verhindern versuchen. Er hatte nicht mehr viel Zeit. Anna holte tief Luft und sah Marius von der Seite an. »Ich habe immer noch ein mulmiges Gefühl, dass Jan uns hier finden könnte.«

»Wir werden heute Nacht alles verrammeln. Und ein Schießgewehr gibt es hier auch.«

»Mach jetzt bitte keine Witze, ich habe echt Schiss!«

»Brauchst du aber nicht«, beruhigte er. »Apropos Vater.

Hat diese Frau Fechner dir von deinem leiblichen Vater nichts erzählt?«

»Doch, schon. Dass er Arzt ist und sich darüber freuen würde, dass ich Medizin studiere. Ach ja und Bernhard heißt er.«

»So, so«, sagte Marius und starrte ins Leere.

* * *

IRIS BEUGTE SICH über den Tisch und sah Jakob beschwörend an. »Und bei all dem Drama mit den vertauschten Töchtern hast du deinen leiblichen Sohn völlig aus den Augen verloren! Ich versuche dir seit Jahren klarzumachen, dass es ein schlimmer Fehler war, Jan mit dem Wissen, dass Anna nicht seine Schwester ist, völlig alleine zu lassen. Das Einzige, was du getan hast, war ihn anzuschnauzen, wenn er ihr zu nahe gekommen ist. Damit hast du ihn in ein seelisches Chaos gestürzt!«

»Jetzt übertreib mal nicht so! Was sollte ich denn machen? Ich hätte ihm das niemals verraten, aber er hat dich und mich belauscht, als wir darüber sprachen. Da hab ich ihn zusammengestaucht und gesagt, so, Junge, jetzt weißt du Bescheid, aber Gnade dir Gott, wenn du Anna jemals etwas davon sagst. Und lass in Zukunft die Finger von dem Mädchen.«

Iris schüttelte verständnislos den Kopf. »Jan war damals in der Pubertät! Du hast einen Vierzehnjährigen plötzlich damit konfrontiert, dass das Mädchen, das mit ihm Tür an Tür lebt, eigentlich eine Fremde ist. Du hast ihm die Chance genommen, sie mit den Augen eines Bruders zu sehen. Sie hingegen hat ihn altersgemäß angezickt, wie Schwestern ihre Brüder nun einmal anzicken. Und er? Was hat er dabei empfunden? Deine Angusrinder guckst du genauer an als deinen Sohn, Jakob!«

Jakob brauste auf. »Du bildest dir etwas ein! Er kümmert sich um sie, wie das große Brüder nun einmal tun. Und ansonsten geht er ihr aus dem Weg, wie es sich gehört.«

»Er kümmert sich ein bisschen viel! Und eben nicht wie ein Bruder. Genauer gesagt, bewacht er sie wie ein eifersüchtiger, abgewiesener Liebhaber. Du hättest ihn mal sehen sollen, wie es vorhin in ihm gebrodelt hat, als er sich ausmalte, dass Anna das Wochenende vielleicht mit ihrem Freund verbringt. Er setzt jetzt alles daran, sie ausfindig zu machen. Und du solltest zum lieben Gott beten, dass sie sich ein gutes Versteck gesucht haben, denn Jan ist im Moment in einem Zustand, da ist ihm alles zuzutrauen.«

»Du übertreibst schon wieder. Jan ist ein gestandener Kerl. Der hat sich im Griff.«

»Dein Wort in Gottes Ohr«, sagte Iris und nahm einen tiefen Schluck aus ihrer Kaffeetasse.

Jakob beobachtete sie nachdenklich dabei. »Jan hat sich gar nicht wegen Annas Freund aufgeregt. Es ging um das Pferd, diese Traberstute. Ich hatte da auch kein gutes Gefühl bei dem Kauf. Vielleicht ist Jan plötzlich etwas aufgefallen, und er denkt, die hätten uns übers Ohr gehauen.«

»Hat er denn den Ordner mitgenommen?«

»Nicht den ganzen. Er kam ins Büro, zog sich den Ordner,

nahm ein paar Blätter heraus und steckte sie ein. Dann ist er in den Keller.«

»In den Keller? Was wollte er dort?«

Iris und Jakob schauten sich an. Dann erstarrten ihre Mienen gleichzeitig. Beide errieten, woran der andere jetzt dachte. Jakob sprang auf und verschwand nach unten. Iris blieb am Tisch sitzen und schloss die Augen. Als Jakob die Küche wieder betrat, las Iris an seinem Gesicht ab, was geschehen war.

»Der Jagdrevolver«, sagte Jakob.

»Bist du sicher?«, flüsterte Iris.

Jakob nickte. »Nur er und ich kennen die Kombination vom Stahlschrank. Was sollen wir jetzt tun?«

»Die Polizei?«, wisperte Iris.

»Aber doch nicht bei dem eigenen Sohn!«, rief Jakob entsetzt.

* * *

»SOLL ICH NICHT doch noch Rotwein aus dem Keller holen?«, fragte Marius.

»Nein danke. Ich denke, es ist besser, wenn wir heute Nacht fit bleiben.«

»Fit wofür?«, fragte er und sah sie mit einem seltsam bitteren Lächeln an.

Das ging Anna durch und durch. Was war auf einmal los mit ihm? Plötzlich hatte sie eine Erklärung. Seine gute Laune war nur gespielt. Er hatte genauso viel Angst wie sie, dass Jan da draußen irgendwo lauerte.

Marius hatte ihren forschenden Blick bemerkt. Er löste sich aus seiner Erstarrung und erhob sich von der Couch. Mit gespielt belanglosem Ton sagte er: »Wir sollten jetzt schlafen gehen. Du kannst oben das große Zimmer nach hinten hinaus nehmen.«

»Nicht nach hinten hinaus zum Wald!«, bettelte Anna. »Lass mich in das Zimmer nach vorne heraus mit dem Balkon zum See.«

Marius blieb einen Moment nachdenklich stehen. Dann kam wieder Bewegung in ihn. »Wenn es sein muss, richte ich es dir.« Er verschwand in den ersten Stock.

Anna blieb zurück. Sie lauschte nach oben. Schranktüren klappten auf und zu. Schubladen wurden geleert. Was war das jetzt wieder? Hatte er Sorge, sie könnte sich an irgendeiner Unordnung stören? Im Flur über ihr dröhnte der Holzboden.

»Zimmerservice«, rief Marius und sprang die Treppe hinunter. »Dein Bett ist frisch bezogen«, meldete er übertrieben gut gelaunt.

Anna spielte mit und lächelte ihn dankbar an. »Merci! Ich werde die Tür abschließen und jeden Riegel an den Fensterläden kontrollieren.«

»Mach nur, er wird bestimmt nicht kommen«, beruhigte Marius sie.

Anna erhob sich und griff nach ihrem Rucksack. Marius beobachtete sie dabei ein wenig unschlüssig. Sie wünschte sich, dass er jetzt auf sie zukäme und ihr einen innigen Gute-Nacht-Kuss gäbe! Er machte jedoch keine Anstalten.

Sie selbst hatte keinen Mut, sich ihm zuzuwenden, und schlurfte enttäuscht Richtung Treppe.

»Das Bad ist oben die erste Tür rechts, gleich über der Küche«, rief er ihr hinterher.

Sie wandte sich um und lächelte zaghaft. Die Antwort in seiner Miene geriet etwas schief. Er schlug schnell den Blick nieder und machte sich daran, den Tisch abzuräumen. Dabei sagte er: »Gute Nacht! Schlaf gut.«

Anna nickte stumm und verschwand nach oben. Im Zimmer angekommen, merkte sie beim Anblick des gemütlichen Landhausbettes, wie müde und abgekämpft sie war. Schnell schlüpfte sie unter die Decke und zog sie bis zum Kinn. Der Stoff fühlte sich ein bisschen feucht an. Dieses Zimmer war wohl lange nicht benutzt und geheizt worden. Im Schein der gelblichen Nachttischlampe, die lange Schatten warf, ließ Anna ihre Blicke wandern, ohne den Kopf zu rühren. Das Muster des Vorhangs mit Häuschen und Bäumchen in Kartoffeldruckart erinnerte eher an ein Kinderzimmer. Was hatte Marius hier eigentlich zu räumen gehabt, bevor er sie hineinließ? Peinliche Erinnerungen beseitigen? Kindergemälde und Basteleien? Schämte er sich vor ihr für die Relikte seiner Kindheit? So wenig vertraute er ihr? Anna nagte verzweifelt an der Unterlippe. Warum hatte er sofort akzeptiert, dass sie lieber alleine schlafen wollte? Jeder andere Kerl in seinem Alter hätte da ein bisschen mehr gedrängelt oder zumindest enttäuschten Dackelblick gezeigt, um sie weich zu kriegen. Sprach das jetzt für Marius oder gegen ihn? Hatte er einfach eine gute Erziehung oder eher

Probleme mit Frauen? Eigentlich hätte sie sich jetzt gerne an ihn gekuschelt.

Ein Knacken zerriss die Stille und ließ Anna zusammenfahren. Was war das? Plötzlich war die Angst wieder da. Ein einsames Haus in einem dichten Wald war alles andere als ein gutes Versteck vor Jan. Wenn er sie finden wollte, war er längst da. Eine eiskalte Nacht im finsteren Wald war nicht wirklich eine Herausforderung für ihn. Morgen früh würde er zuschlagen. Was heißt schlagen? Schießen! In ihr hallte das Geräusch von Gewehrschüssen zwischen Bäumen wider. Wenn sie morgen früh das Haus verließen, würde er sie erwischen. Vielleicht nur Anna. Vielleicht sie beide. Vielleicht nur Marius. Bloß nicht! Sie sah ihn hingestreckt im Schnee liegen mit ungläubigem Staunen in den toten Augen. Ein feines rotes Rinnsal bahnte sich im Mundwinkel einen Weg zum glitzernden Leichentuch des verschneiten Untergrundes. Beinahe kitschig. Schrecklich kitschig.

Wieder knackte es. Es war hier im Zimmer. Da schlich doch niemand herum, oder? Sie schielte hinüber zur Zimmertür. Den Schlüssel hatte sie vorhin umgedreht. Daran erinnerte sie sich genau. Und wenn er gar nicht da draußen lauerte, sondern längst hier im Zimmer war? Unter dem Bett! Er lag da und wartete nur noch darauf, dass sie das Licht löschte und die ersten ruhigen Atemzüge tat. Warum hatte sie vorhin versäumt, unter dem Bett nachzuschauen? Das musste sie nachholen. Jetzt sofort! Eins, zwei, drei. Sie sprang blitzschnell aus dem Bett, fiel auf die Knie, beugte sich hinab und starrte in den dunklen Spalt. Ihre Muskeln waren extrem gespannt, bereit, sofort aufzuspringen und zur Tür zu rennen, bevor der mögliche Verfolger hervorgekrochen wäre. Es dauerte einen Moment, bis sich ihre Augen an die Dunkelheit gewöhnt hatten. Sie atmete erleichtert auf. Da war niemand. Aber halt! Etwas lag dort. Etwas Kleines. Undefinierbare Umrisse. Ein hingeworfener Schal? Ein vergessenes Kuscheltier? Sie griff tastend über den Boden und zog einen Schuh hervor und dann noch einen. Es waren abgetretene Ballerinas aus hellem Leder. *Tja, Marius,* dachte sie, *da hast du vorhin bei deiner Räumerei nicht alle Spuren deiner Freundin aus dem Sommer beseitigen können!*

* * *

JAN FUHR DIE nächtliche Landstraße entlang. Trotz der schlechten Sichtverhältnisse verminderte er seine Geschwindigkeit nicht. Er hatte wegen der vielen Staus auf der Autobahn viel Zeit verloren. Bestimmt war Anna mit diesem Typen längst eingetroffen. Was machte der gerade mit ihr? Jan biss die Zähne zusammen und schaute auf das Display seines Navigationsgerätes. Es kündigte an, dass er das Ziel in einer halben Stunde erreicht haben würde. Gut! Er stockte. Und wie sah sein eigener Plan aus? Er musste nachdenken! Am Straßenrand entdeckte er eine Einbuchtung, die in einen schmalen Parkplatz mündete. Dort machte er halt und versuchte in der gleichen Reihenfolge per Handy die Nummern zu erreichen, die er seit einigen Stunden angerufen hatte. Niemand ging ran. Stattdessen sah er Anrufversuche von Jakob und Iris. Für die beiden würde er unerreichbar bleiben. Nachdenklich starrte er durch die Windschutzscheibe. Wenigstens hatte es aufgehört zu schneien. Er öffnete das Handschuhfach, nahm den Revolver heraus und lud ihn mit ruhigen Handbewegungen. Dann legte er die Waffe wieder zurück und fuhr weiter.

* * *

SARAH FECHNER SCHLUG die Augen auf. Die Leuchtziffern der Uhr neben ihrem Bett zeigten fünf Uhr am Morgen. Draußen herrschte noch stockfinstere Nacht. Sie schlang sich den Morgenmantel um und trat hinaus auf ihren Balkon. Warum sollte sie sich noch einmal hinlegen und mit düsteren Gedanken im Bett herumwälzen? Sie nahm ihr Handy und schrieb eine Nachricht an Bernhard. *Bin schon wach und fahre gleich los. Dann kann ich noch ein paar Kleinigkeiten für uns einkaufen. Bis später. LG*

Als sie in der Tiefgarage den Kofferraum öffnete, um ihre gepackte Tasche ins Auto zu laden, sah sie, dass die Jagdwaffen noch immer darin lagen. Einen Augenblick überlegte sie, ob sie auf dem Hinweg bei ihren Eltern vorbeifahren sollte, um sie wieder zurückzubringen.

* * *

IRGENDWANN WAR ANNA trotz der Aufregungen in einen traumlosen Schlaf gefallen. Erstaunt schlug sie plötzlich die Augen auf und sah sich verwundert um. Durch die Ritzen der Klappläden war ein erstes Morgendämmern zu erahnen und verscheuchte endgültig die Gespenster der

Nacht. Rundherum tiefe Stille. Da war niemand! Alles nur Einbildung! Geklapper aus dem Innern des Hauses ließ sie aufhorchen. Jetzt wusste sie, was sie geweckt hatte. Wollte Marius sie mit einem Frühstück überraschen? Prima! Sie sollten sich einen gemütlichen gemeinsamen Sonntag machen und alles andere einfach vergessen.

* * *

SARAH FECHNER WAR bereits eine Stunde unterwegs, als eine Nachricht von Bernhard Flink auf ihrem Handy eintraf. Sie fuhr an einer Raststätte von der Autobahn ab, um sich einen Kaffee zu genehmigen, und las, was er ihr geschrieben hatte.

Fieber weiter gesunken. Ich werde auch gleich fahren und bin etwa eine Stunde nach dir auf der Sonnenhalde.

Sie saß an einem Fensterplatz und schaute hinaus. Draußen war es immer noch dunkel. Als sie mit Bernhard am Donnerstagabend telefoniert und ihm von Annas Besuch berichtet hatte, war ihnen beiden klar geworden, dass sie sich in Ruhe zusammensetzen und alles Weitere besprechen mussten. Lange rätselten sie über den passenden Ort und waren dann sehr schnell auf die Sonnenhalde gekommen. So viele schöne gemeinsame Erinnerungen mit Lara hingen daran.

* * *

IRIS HATTE SEHR schlecht geschlafen in dieser Nacht. Immer wieder hatten heftige Hustenanfälle sie geschüttelt.

Etwa jede Stunde hatte sie versucht, Jan zu erreichen. Sie wusste, dass Jakob da unten in seinem Schlafzimmer dasselbe tat. Sie brachte es nicht fertig, zu ihm zu gehen. Auch den ersten Morgenkaffee bereitete sie nicht unten, sondern in ihrer kleinen Küche unter dem Dach zu. Dort saß sie am Tisch und starrte auf ihr Spiegelbild in der dunklen Scheibe der Dachbalkontür. Ganz langsam kam sie wieder angeschlichen, die Erinnerung an jene ferne Zeit, in der sie ihrer Schwester ein Versprechen gab, an das sie sich bis zum heutigen Tag gehalten hatte. Zum ersten Mal überlegte sie, ob es nicht besser wäre, dieses Geheimnis gegenüber Jakob zu lüften. Ina war lange tot. Was band Iris dann noch?

In ihren Ohren klangen plötzlich wieder jene heiser geflüsterten Worte, die Ina ihr wenige Stunden vor ihrem Tod anvertraut hatte. »Iris, ich habe eine schwere Sünde begangen. Ich beichte sie dir und versprich mir, es niemals jemandem zu erzählen! Du weißt doch noch, als unsere kleine Anna damals am ersten Weihnachtstag in die Universitätsklinik zur Herzuntersuchung musste. Ich konnte nicht mit, weil ich noch so schlecht dran war. Stundenlang lag ich in meinem Zimmer im Sankt Vinzenz und fürchtete das Schlimmste. Am Nachmittag dann schob eine Schwester mir das Bettchen mit der Kleinen ins Zimmer und sagte: ›Frau Dembowski, machen Sie sich keine Sorgen! Das war ein falscher Verdacht. Ihr Töchterchen ist kerngesund.‹ Wie glücklich war ich. Doch als ich mein Baby in den Arm nahm, wusste ich sofort, dass es nicht meine Tochter war, obwohl sie die Hemdchen und Strampler trug, die ich Anna am

Morgen angezogen hatte. Auch das Armband am Handgelenk zeigte unseren Namen. Da hatte jemand eine furchtbare Verwechslung begangen. Wo war mein Kind? Ich wollte gleich die Schwester rufen. Aber da war dieses gesunde Baby in meinem Arm. So voller Kraft und Leben und Hunger. Ganz anders als meines. Ich dachte, ich halte es noch ein Weilchen, nur um dieses Gefühl zu genießen. Ich dachte, gleich kommen sie bestimmt und klären den Irrtum auf. Aber die ganze Nacht kam niemand. Am Morgen dachte ich das erste Mal darüber nach, dass ich dieses Kind behalten wollte. Wie einfach würde alles sein, mit einem gesunden Baby nach Hause zurückzukehren. Also sagte ich nichts. Bis auf den heutigen Tag haben sich Annas richtige Eltern nie gemeldet. Jahrelang hatte ich Angst, dass sie das noch tun würden. Ich hätte Anna nicht wieder hergeben können.«

* * *

JAN SCHRECKTE AUF und sah sich verwundert um. Mit dem Handrücken wischte er über die beschlagene Windschutzscheibe und sah, dass er auf dem Kundenparkplatz eines Lebensmittelgeschäftes stand. Langsam sickerte die Erinnerung in sein Bewusstsein zurück. Heute Nacht hatte er hier geparkt, war ausgestiegen und hatte sich im Dorf umgesehen. Es war das Übliche: ein Laden, eine Kneipe, eine Kirche, Wohnhäuser und ein paar kleine Handwerksbetriebe. Alle Fenster dunkel. Um diese späte Stunde war hier niemand mehr unterwegs, den er nach dem Ferienhaus der Winklers fragen konnte. Irgendwen unter einem Vorwand herauszuklingeln hätte nur Ärger gebracht. So war er wieder in sein Auto gestiegen und hatte sich in eine Decke gehüllt, um wenigstens ein paar Minuten auszuruhen. Nur so lange, bis ihm eine bessere Idee käme, wie er weitermachen sollte. Die Müdigkeit hatte sich jedoch plötzlich über ihn geworfen wie ein schwarzes Tuch und ihn bis eben in einen narkoseähnlichen Schlaf fallen lassen. Im Lebensmittelladen war jetzt Licht. Er reckte den Hals und versuchte durch die Scheiben des Ladens jemanden zu entdecken, als er hinter sich ein Klingelgeräusch vernahm. Er drehte sich um. Eine Frau mit voll beladenem Fahrradanhänger war damit beschäftigt, Zeitungen auszutragen. Schnell lief er zu ihr. Unterwegs setzte er das freundlichste Gesicht auf, das er bei seiner schwarzen Stimmung zustande brachte. Es wirkte. Die Frau wusste tatsächlich, wo sich das Ferienhaus der Winklers befand. Es war ein wenig außerhalb. Da hätte er hier im Dorf lange suchen können.

* * *

IN ERWARTUNG EINES gedeckten Frühstückstisches und Kaffeeduftes stieg Anna nach einem ausgiebigen Aufenthalt in dem schicken Bad die Treppe hinunter und blieb erstaunt auf halber Höhe stehen. Das Wohnzimmer war picobello aufgeräumt. Das Sofa stand wieder an seinem Platz, der Kamin war ausgekehrt. Aus der Küche drang Geschirrgeklapper. Dort fand sie Marius mit Gummihandschuhen und Wischtuch bewaffnet vor.

»Ah, da bist du. Und? Gut geschlafen?«, begrüßte er sie.

Sie schaute zu, wie er ein Glas abtrocknete, im Licht genau prüfte, ob es keine Schlieren zeigte, noch einmal kräftig rieb und es dann in den Schrank stellte. Auf der Arbeitsplatte standen die frisch abgetrockneten Rotweingläser. Anna griff danach, um sie zurück in den Wohnzimmerschrank zu bringen. Mit einer energischen Handbewegung entwand er sie ihr jedoch. »Lass, ich mach das!«

Anna beobachtete irritiert, wie er die Gläser erneut abwischte, sich zielstrebig an ihr vorbeidrängte und sie im Wohnzimmerschrank unterbrachte. Er schob sie genau zurecht, damit sie wie die anderen im gleichen Abstand zueinander standen. Anna hatte eine spöttische Bemerkung auf den Lippen, doch sie hielt sich zurück. Sie wollte heute nichts zu schlechter Stimmung beitragen und schaute stattdessen zu, wie Marius einen Matchsack mit einer Flasche Prosecco, einer Packung Toastbrot und zwei Sektgläsern bepackte, die er vorher sorgfältig in Küchentücher einwickelte.

»Was gibt das?«, fragte sie.

Er sah sie mit einem seltsamen Gesichtsausdruck an. Darin mischten sich Abenteuerlust, dunkle Vorfreude und geschäftige Überlegenheit. »Überraschung! Heute ist um kurz vor acht Sonnenaufgang und es soll gutes Wetter geben. Wir begrüßen die ersten Strahlen bei einem Frühstück auf dem See.«

* * *

JAN HATTE NOCH zwei weitere Frühaufsteher fragen müssen. Jetzt stand er endlich vor seinem Ziel und wusste nicht, ob er so viel Prunk bewundern oder verabscheuen sollte. Die Sekretärin hatte nicht zu viel versprochen. So was als Wochenendhütte zu bezeichnen, wäre wirklich mehr als untertrieben. Er betrat das Grundstück und lief vorsichtig rund um das Haus. Alle Läden waren geschlossen. Es schien niemand da zu sein. Oder?

* * *

ANNA HATTE MARIUS wenigstens davon überzeugen können, einen Weg durch den dichten Wald hangabwärts zu nehmen. Am Seeufer blieben sie stehen und schauten in die Runde. Die meisten Hänge waren dicht bewaldet. Weit in der Ferne blinkten die Dächer des Dorfes. Der Nebel war inzwischen so hoch gestiegen, dass der Blick über das stille, dunkle Wasser des riesigen Sees vollkommen frei war. *Freies Schussfeld,* dachte sie und versuchte sich nichts anmerken zu lassen.

Wenig später saß sie mit mulmigen Gefühlen neben Marius in einem Elektroboot, dessen Motor leise surrte, und sah sich mit ängstlichen Blicken um. Alles jedoch schien harmlos. Eine blasse Sonnenscheibe stand vom zarten Morgendunst umhüllt am Himmel und ließ das Wasser schimmern wie Perlmutt. Die Luft war kalt. Das bisschen Fahrtwind reichte bereits, um Annas Nasenspitze in einen Eiszapfen zu verwandeln. Vergeblich versuchte sie, die Zaubergefühle des vergangenen Abends wieder heraufzubeschwören. Doch die über dem Wasser aufsteigenden Nebelschleier blieben nichts als kalter Dunst. Die Fee hatte sich verzogen. Anna spürte in sich nur sperrige Nüchternheit. Frühstück auf einem See im November! Was war das für ein abgedrehtes Event? Marius schien es jedoch zu genießen. Er steuerte konzentriert auf die Mitte des Sees zu. Anna schaute sehnsüchtig zum Ufer zurück. »Es reicht, Marius. Hier ist genug See-Feeling. Du musst nicht noch weiter hinausfahren!«

Sie wusste, dass ihr Tonfall nicht nett klang, und ermahnte sich selbst: *Sei keine Spielverderberin und lass ihm seinen Spaß!*

Sie setzte sich ein Lächeln ins Gesicht, das ihr deutlich schief geriet, weil sie in den Augenwinkeln die dichten Wälder an den Ufern scannte. Er ist da! Er zielt gerade auf dich!

Marius lächelte zurück. Auch seine Miene war längst nicht mehr so entspannt. Fürchtete er wie sie, dass Jan ihnen gefolgt war? Oder war seine Stimmung hin, weil sie so deutlich gezeigt hatte, wie wenig ihr seine Überraschung gefiel? Er wich ihrem Blick aus und konzentrierte sich ganz auf das Boot. Sie atmete geräuschvoll ein. »Lass doch! Hast du nicht gehört? Ich möchte nicht, dass wir noch weiter hinausfahren!«

Er jedoch beschleunigte weiter. »Noch ein Stück, dann sind wir außer Sichtweite und ganz unter uns!«, erklärte er.

Anna wandte sich mit stummem Ärger ab. Ganz in der Ferne bemerkte sie plötzlich ein Boot. »Da ist noch jemand«, rief sie.

Marius schaute blinzelnd in die Richtung. »Der ist weit weg. Hast du Angst, dass das Jan ist?«

»Man kann nie wissen«, sagte sie und hoffte vergeblich, dass das ein Grund zur Umkehr für Marius werden könnte.

* * *

SONNENHALDE, DACHTE SARAH FECHNER und lenkte ihren Wagen in den Carport in der Nähe des Hauses. Sie blinzelte in die Wintersonne und genoss die Helligkeit. Langsam ging sie auf den Eingang zu und sah sich um. Letzte Schneereste lagen ausgebreitet wie ein löcheriger Pelz auf dem nassen Untergrund. Sie schaute über die Rasenfläche neben dem Haus. Was waren das für dunkle Flecken? Fußspuren vom Waldrand her? Nein, das konnte eigentlich nicht sein. Sie ließ ihre Blicke weiterwandern. Nicht viel hatte sich verändert in den letzten acht Jahren. Sie legte ihre Tasche auf der Holzbank neben dem Eingang ab und ließ ihre Blicke über den Steingarten wandern. Da war er, ihr Glücksstein, den sie nach Laras Herzoperation unten am See gefunden und hier hinaufgebracht hatten. Sie ging darauf zu und stutzte. Rundherum war die Erde ein wenig aufgewühlt, als sei der Stein erst vor Kurzem verschoben worden. Mit bösen Vorahnungen wälzte sie ihn herum. Der Schlüssel war weg! Mit zitternden Fingerspitzen wischte sie über das Display ihres Handys. Bernhard meldete sich von unterwegs und lauschte ihren Schilderungen. Er konnte sich das Fehlen des Schlüssels nicht erklären. »In etwa einer Stunde bin ich da. Bleib du aber besser nicht allein am Haus. Vielleicht wurde eingebrochen. Fahr am besten hinunter ins Dorf zu den Zirners. Die haben ja auch einen Schlüssel!«

Sarah Fechner versprach, das zu tun. Sie schnupperte die feuchte Waldluft, die ihr in sanften Wellen entgegenströmte, und sog sie tief in ihre Lungen ein. In ihr war eine felsige Ruhe, ein abgrundtiefes Nichts. Das Gefühl, nach der überstandenen Katastrophe durch nichts mehr verletzbar zu sein. Sie warf noch einen letzten Blick in die Runde und fuhr hinab ins Dorf.

Die Zirners wohnten in der Nähe des Lebensmittelladens. Sarah Fechner parkte auf dem Kundenparkplatz neben einem silberfarbenen Kleinwagen, dessen Kennzeichen verriet, dass er aus der gleichen Stadt kam wie sie. Nachdenklich trat sie näher. Dieses Auto kannte sie. Das war doch nicht möglich!

* * *

MARIUS SCHALTETE DEN Motor aus. Die plötzliche Stille hatte nichts mehr von der Magie des gestrigen Abends. Sie kroch herum wie eine züngelnde Schlange und ließ Anna erstarren, ohne dass sie sich das erklären konnte. Die Wellen des schwarzen Wassers klatschten wie nasse Lappen gegen die hohl klingende Bordwand. Das Boot schaukelte ächzend. Warum war alles plötzlich so anders? So kalt? So grell? Anna suchte in Marius' Gesicht nach einer Antwort. Da lauerte etwas in seiner Miene, auch wenn er es zu verbergen suchte. Was war das? Enttäuschung über sie oder etwas anderes?

Er bleckte die Zähne. »So. Frühstück!«, sagte er und begann, den Matchsack auszupacken.

Anna empfand seine betont schwungvollen Bewegungen völlig übertrieben. Was geschah hier gerade? Es war, als schöbe sich zwischen sie und Marius plötzlich ein giftiger Nebel. Passenderweise fuchtelte er in der Luft herum, als wolle er etwas vertreiben, hatte aber eigentlich nur das Band am Matchsack umständlich lösen wollen. Seine Hand verschwand darin, zog die Packung Toastbrot hervor und warf sie ihr in den Schoß. Dann beförderte er die Sektflasche zutage. Der Korken knallte und Marius räumte ihn sofort in die Tasche zurück. Von dort holte er die Sektgläser hervor und drückte eines in Annas klamme Hand. Seine Bewegungen wirkten hektisch, wie einstudiert. Warum war er so nervös? Aus seinem Verhalten konnte Anna nur schließen, dass er den Ablauf in Gedanken mehrfach durchgespielt hatte und deshalb so verkrampft schien, weil er einem genauen Plan folgte. Beim Anblick des Sektglases in ihrer Hand schoss Anna ein Gedanke durch den Kopf. Oh nein, bloß nicht! Marius bereitete hier gerade ein feierlich zelebriertes Liebesgeständnis vor. Deshalb die ganze Zurückhaltung gestern. Er wollte etwas Besonderes inszenieren. Anna rutschte unruhig hin und her. Hoffentlich kam jetzt nicht so was wie ein Antrag. Das wollte sie nicht! Sie wollte ihn nicht! War das auf einmal möglich?

Marius schenkte ihr und sich ein und stellte die Flasche in eine dafür vorgesehene Halterung. Anna war zur Puppe erstarrt und fixierte die sprudelnde Flüssigkeit im Glas, während es in ihrem Kopf fieberhaft arbeitete.

»Ich mach dir jetzt einen Prosecco-Aperol«, kündigte

Marius an. Triumphierender Schwung in der Stimme, durchzogen von einer seltsamen Getriebenheit. Was war das?

Anna schaute ihm mit lauernder Spannung zu, wie er mit seinen dicken Handschuhen versuchte, eine kleine, nicht etikettierte Schraubflasche zu öffnen, in der sich eine rote Flüssigkeit befand. Wieder jagte ein Blitz durch ihren Körper. Ihre Hand breitete sich schützend über die Öffnung ihres Glases. »Lass«, hörte sie sich sagen.

In seinen Augen war grenzenloses Erstaunen. Und noch etwas anderes, das in ihr plötzlich alle Widerborsten aufrichtete. Marius war nicht der, mit dem sie Romantik auf einem See genießen wollte. Wieso war ihr das jetzt auf einmal so klar? Wie konnte sie ihm das begreiflich machen? Sie sagte mit mechanischer Stimme: »Lass, Marius, ich habe bei der Kälte gerade echt keine Lust auf Sekt. Und Aperol mag ich sowieso nicht.«

Er reagierte darauf mit einem Gesicht, als habe sie gerade seine Jacke angezündet. Dann entglitten seine Züge. »Was fällt dir ein? Natürlich trinkst du das jetzt!«, fuhr er sie an.

Das brachte sie endgültig gegen ihn auf. Jahrelange Übung im Kampf mit einem großen Bruder ließ sie sofort in den passenden Modus kommen. Sie lachte abschätzig. »Hey Marius, wie bist du eigentlich drauf heute Morgen? Ich habe ja alles Mögliche bis jetzt mitgemacht, um dir die Laune nicht zu verderben. Aber bei dieser Saukälte diese Brause zu trinken und dazu noch angematschtes Toastbrot aus der Tüte zu lutschen ist einfach das Gegenteil von gutem Frühstück. Echt jetzt! Komm, lass uns zurück ins Haus fahren! Mir ist jetzt eher nach einer Tasse mit heißem Kaffee.«

Er schaute sie immer noch so an. So, als sei ihr nicht erlaubt, sich ihm zu widersetzen. Seine Gesichtshaut wurde blass, beinahe grau. Mit Marmorstimme presste er hervor: »Okay. Es war gut gemeint von mir. Dann gehst du eben ohne.«

»Ohne was, bitte?« Ein verwundertes Lächeln stand in ihrem Gesicht. Doch je mehr sie seine steinerne Miene studierte, umso mehr erstarrten auch ihre Züge. Mit spröder Stimme hakte sie nach: »Ohne was soll ich gehen?«

»Ohne Betäubung«, kam es eiskalt.

Annas Blicke irrten über sein Gesicht und suchten nach einer Erklärung. »Sag mal, Marius, spinnst du? Hast du irgendwas genommen?«

Seine Augen wurden schmal. »Ich bin so klar wie noch nie. Du machst hier jetzt den Abgang. Los, spring!« Er holte aus und schubste sie.

Sie fiel hart gegen die Bordwand und klammerte sich sofort an der Reling fest. Er versuchte ihre Hände zu lösen. Sie trat nach ihm. Er wich zurück und sie hockten sich atemlos gegenüber. Anna war von einem inneren Eismeer durchströmt. Jetzt stand ihr die Gewissheit klar vor Augen. »Du also«, flüsterte sie. »Du, Marius. Warum? Sag mir wenigstens warum?«

Sein Gesicht war verzerrt vor Abscheu und Bitternis. Diese Maske musste sie durchdringen, mit Worten auflösen, sonst hätte sie keine Chance mehr. »Marius, was ist?«, flüsterte sie. »Das muss ein Missverständnis sein. Das kann man klären. Bitte, lass uns darüber reden!«, flehte sie.

Doch seine Miene blieb steinhart. »Es gibt nichts zu reden. Es gibt nur eine Lösung: Du musst weg. Meinst du, ich lass mir das noch einmal gefallen? Ich bin jetzt dran und nicht du. Jahrelang habe ich zusehen müssen, wie Lara neben mir wie im Schlaraffenland gelebt hat. Dabei hätte mir das auch alles zugestanden. Stattdessen war ich der Loser auf der ganzen Linie. Doch dann wurde sie sterbenskrank. Und ich wusste, dass der Alte auch bald weg ist. Eigentlich bin dann nur noch ich übrig. Der einzige leibliche Sohn und Erbe. Doch plötzlich muss ich erfahren, dass es dich gibt. Da verstehst du doch hoffentlich, dass ich gar nicht anders kann. Ich mache das nicht noch einmal mit. Ich nehme mir nur, was mir längst zusteht. So, jetzt weißt du es.«

Anna hatte sein Gerede nur teilweise verstanden. Hatte er ihr gestern nicht ähnliche Motive für ihren Bruder Jan genannt? Das hatte so plausibel geklungen. Wer war Marius? Er sprach von Lara. Offensichtlich hatte er etwas mit Sarah Fechners Familie zu tun. Was immer ihn trieb, sie musste ihn durch Reden in Schach halten. Körperlich war er ihr absolut überlegen. Ihre Stimme bebte. »Hör zu, Marius, ich verstehe nicht so richtig, was du mir sagen willst. Bist du benachteiligt worden, weil man Lara und mich als Säuglinge vertauscht hat?«

Er lachte ein grausames Lachen. »Benachteiligt? Man merkt, du blickst wirklich nicht durch. Es war mein Vorteil. Eine geradezu geniale Idee meiner Mutter. Spontan entstanden, als sie plötzlich die Gelegenheit sah, den Fechners ein todkrankes Kind unterzuschieben. Sie hat dabei nur an mich gedacht. Damit ich als künftiger Erbe des Flink-Imperiums nicht teilen muss. Leider haben sie Lara nach allen Regeln der Kunst gepäppelt und sie hat überlebt. Das war vorübergehend Pech für mich, hat sich später aber wieder zu meinem Besten gewendet, als der Teufel ihr diese Krankheit geschickt hat.«

Anna überlegte. Wer war Marius und wer war die Mutter, von der er sprach? Sarah Fechner? Nein, das machte keinen Sinn. Dann erinnerte sie sich, dass Sarah Fechner ihr gegenüber von einem Verdacht gegen ihre Vorgängerin gesprochen hatte. Aber wenn dieser Bernhard auch Marius' Vater war. Dann … dann stand sie gerade vor ihrem Halbbruder!

»Du heißt gar nicht Marius Winkler«, flüsterte sie. »Wer bist du?«

»Das tut jetzt nichts mehr zur Sache. Du wirst ohne Antwort in dein nasses Grab gehen.«

Sie erschauerte und umklammerte verzweifelt mit beiden Händen die Reling. Sie würde alles tun, damit es ihm nicht so leicht gelang, sie über Bord zu werfen. Sie sah, wie er sie genau beobachtete und es in ihm nur noch den einen Gedanken zu geben schien, nämlich, wie er sie am schnellsten ins Wasser befördern konnte. Womit konnte sie sich wehren? Sie schielte nach der Sektflasche!

Er hatte ihre Blicke bemerkt. »Vergiss es!«, zischte er. »Du wirst jetzt hier ins Wasser springen. Das ist so eiskalt. Da bist du nach drei Minuten weg.«

»Das ist Mord, Marius, das weißt du doch selbst am besten. Willst du lebenslänglich ins Gefängnis?«

Er lachte verächtlich. »Zwei Semester Jura hab ich unter anderem. Zu mehr hat es leider nicht gereicht. Aber dafür war ich gut, was? Kann man alles googeln.«

»Marius, noch kannst du zurück. Lass uns auf der Stelle mit diesem Wahnsinn aufhören! Ich verspreche, ich werde nie jemandem von dem erzählen, was hier auf dem See passiert ist. Es bleibt unter uns und dann regeln wir alles. Ich werde keine Ansprüche stellen. Du kannst alles haben, wovon du meinst, dass es dir zusteht.«

Wieder lachte er. »Da wird Bernhard nicht mitmachen. Sobald er weiß, dass du seine echte Tochter bist, ein Supergirl mit Traumnoten und Medizinstudium! Da bin ich so was von abgemeldet!«

»Aber das weiß er doch schon. Sarah Fechner hat ihm bestimmt längst gesagt, dass es mich gibt.«

»Er muss dann leider den nächsten Schicksalsschlag ertragen. Du vergisst, Anna, dass du psychisch sehr gestört bist und Drogen nimmst und daher alle Welt versteht, warum du jetzt leider in den See gegangen bist.«

»Damit kommst du nicht durch!«

»Und wie ich damit durchkomme. Mein Plan ist perfekt. Nur du wurdest hier in der Gegend gesehen. Von mir gibt es keine Spuren. Nachher werde ich im Haus noch deine Sachen beseitigen und dann warst auch du nicht dort. Deine letzte Spur endet im Dorf an der Bushaltestelle. Du schreibst eine traurige WhatsApp an alle, die dich lieben. Und dann findet man deine Leiche hier im See. Jetzt weißt du, warum ich erst einmal aufgehört habe, mit dir zu rangeln. Ich möchte nämlich an dir keine Spuren hinterlassen. Es soll schön so aussehen, wie es ist, nämlich dass du einfach nur ins Wasser gegangen bist, weil du deine Wahnvorstellungen nicht mehr ausgehalten hast. Möchtest du nicht doch lieber etwas zur Betäubung trinken? Dann wird es nicht so schlimm für dich. Du siehst, ich bin geradezu nett zu dir. Also?«

»Du hast einen Riesenfehler gemacht, Marius. Dein Plan geht nicht auf. Wenn du mein Handy für diese Nachricht benutzt, dann kann die Polizei nachweisen, dass es hier nicht eingeloggt war, sondern zuletzt am Hauptbahnhof.«

Er grinste, griff in seine Jackentasche und zog Annas Handy hervor. »Irrtum. Dein Handy wird bald eingeschaltet werden und sich hier an diesem Ort ins Netz einloggen. Und mit wem außer dir kann es die Reise hierher angetreten haben? Als PIN das eigene Geburtsdatum zu nehmen, ist ein bisschen fantasielos. In deinem nächsten Leben solltest du das ändern. Deinen Abschiedstext werde ich bald eintippen und werfe dir das Gerät dann hinterher. Mein Handy ist zuletzt am Hauptbahnhof eingeloggt gewesen. Das ist unter anderem mein Alibi.«

In Anna überschlugen sich die Gedanken. »Dein Plan ist nur halb so perfekt, wie du denkst«, rief sie. »Auf der Rückfahrt werden dich die Überwachungskameras auf den Bahnhöfen aufnehmen. Irgendjemand könnte dich erkennen! Dina weiß, dass du mit mir unterwegs bist!«

Er lachte wieder dieses eiskalte Lachen. »Nein, du irrst

dich. Mein Plan ist perfekt! Dinas Aussage nützt nichts. Das Bewegungsprofil meines Handys beweist, dass ich die ganze Nacht am Bahnhof war. Ich würde aussagen, dass ich auf Kneipentour war. Aus Frust darüber, dass wir beide uns dort gestritten haben und du alleine in den Zug gestiegen bist. Nachher setze ich mich in mein Auto, fahre blitzschnell zurück, mache fröhlich weiter und sammle Zeugen dafür.«

»Du bist mit deinem Auto da? Was ist, wenn das jemand erkennt?«

»Hör auf, Anna Oberschlau, versteh endlich, dass du raus bist. Mein Auto kann keiner erkennen, weil ich gar keines habe. Es ist das von meiner Mutter und das kennt hier sowieso niemand. Und sollte es doch jemandem aufgefallen sein, so wird meine Mutter genug Geschichten parat haben, warum sie es hier in der Gegend geparkt hat. Für mich geht sie nämlich durch die Hölle. So, und jetzt, Anna, lass es uns endlich zu Ende bringen. Du weißt gar nicht, wie sehr du mich gerade nervst.«

Anna sah in seinem Gesicht den Ausdruck tiefster Selbstzufriedenheit, die mit jedem seiner Worte auch noch gewachsen war. *Ich will nicht sterben,* wimmerte es in ihr.

* * *

JAN RIEB SICH die steifgefrorenen Hände und rüttelte an jedem Laden. Das Haus war völlig verrammelt. Er schaute zum Dach hinauf. Es war traditionsgemäß mit Reet gedeckt. Gab es eine Möglichkeit, da hinaufzuklettern und ein Loch durchzubohren? In dem Moment klingelte sein Handy.

»Hi, Jan, hier ist Marius. Sorry, mein Handy war ausgeschaltet. Ich wollte mir mit Lena ein paar schöne Stunden machen, ohne dass meine Familie ständig nervt. Die meinen nämlich, ich dürfte zurzeit nur fürs Examen lernen. Gibt es Ärger wegen Tara?«

Jan räusperte sich. Seine Stimme schien völlig eingerostet. »Nein, nein, mit dem Pferd ist alles in Ordnung. Es ist wegen meiner Schwester.«

»Deine Schwester? Die kenne ich kaum. Wie hieß sie doch gleich?«

»Anna«, krächzte Jan.

»Ist was mit dir? Du klingst so komisch?«

»Hör zu, ich habe den Verdacht, dass Anna mit einem Typen unterwegs ist, der sich für dich ausgibt. Ich bin da leider erst zu spät draufgekommen, und ich fürchte, der hat nichts Gutes mit ihr vor. Es gab in letzter Zeit mehrere Mordanschläge auf sie.«

»Echt jetzt?«, kam es entsetzt. Dann entstand eine nachdenkliche Pause, bis Marius Winkler weitersprach. »Einer, der sich für mich ausgibt, sagst du? Da kommt mir gerade ein Gedanke. Vor drei Wochen wurde an der Uni mein Koffer geklaut. Auf einigen Unterlagen steht mein Name. Mit diesen Utensilien könnte man durchaus Marius Winkler spielen. Und du meinst echt, dass der deine Schwester umbringen will? Warum denn?«

Jan ging nicht auf die Frage ein. Hektisch redete er weiter. »Kann es sein, dass der Kerl herausgefunden hat, wo euer Ferienhaus ist?«

»Nee, das glaube ich nicht. Jedenfalls war davon nichts in meinem Koffer zu finden. Wie kommst du jetzt darauf?«

»Anna hat ihrer Freundin erzählt, dass sie mit dem Typen ins Wochenendhaus seiner Eltern fährt. Da dachte ich, er benutzt dafür vielleicht auch eures.«

»Hhm. Das könnte natürlich sein. Von unserer Familie ist gerade keiner dort. Wer fährt schon im Winter gerne ans Wasser. Ich könnte bei den Nachbarn anrufen und bitten, dass sie mal nachschauen, ob sich da jemand Fremdes eingenistet hat.«

»Nein, nicht nötig. Hier ist niemand.«

»Was? Bist du am Ende hingefahren? So weit?«

»Ja. Die ganze Nacht durch. Aber umsonst.« Ein trockenes Schluchzen löste sich aus Jans Kehle. »Ich weiß jetzt wirklich nicht mehr, wo ich noch nach Anna suchen soll.«

»Das tut mir leid, Jan. Kann ich dir irgendwie helfen?«

»Nein«, flüsterte Jan. Von Ferne her klang das gleichmäßige Rauschen der Wellen.

* * *

FRAU ZIRNER ZEIGTE auf den Stuhl neben dem Bett. Sarah Fechner kam erstaunt näher. »Diesen Rucksack kenne ich. Gibt es diese Art denn inzwischen öfter?«

»Ich weiß nicht«, sagte Frau Zirner. »Gestern war ich doch meine Schwester besuchen. Die wohnt bei Ihnen ganz in der Nähe. Auf der Rückfahrt war da eine junge Frau. Hübsch. Dunkle Locken. Die hatte auch so einen Rucksack und ist sogar bis hierher gefahren. Ich habe sie am Schluss noch im Laden gesehen. Ein bisschen merkwürdig war die schon. Ich hatte das Gefühl, die beobachtet mich und hat mich ganz seltsam angeguckt, als ich meinen Mann angerufen hatte, um zu fragen, ob wir noch genug Eier zu Hause haben.«

Sarah Fechner hörte längst nicht mehr zu. Sie hatte Annas Portemonnaie und den Ausweis im Rucksack gefunden. Einen Moment hielt sie nachdenklich inne, dann lief sie plötzlich nach unten.

An der Eingangstür stand Herr Zirner. »Ich habe im Müll eine leere Rotweinflasche gefunden. Nicht aus Ihrem Weinkeller. Eher eine billige Sorte aus dem Laden unten.«

Sarah Fechner nickte stumm und schaute weiter nachdenklich in die Runde. Plötzlich verfing sich ihr Blick am Schlüsselbrett. »Der Bootsschlüssel! Der hing doch immer hier.«

Herr Zirner beugte sich blinzelnd vor. »Sie meinen den mit dem kleinen Segelboot als Anhänger? Tja, das verstehe ich nicht. Der hing da am Donnerstag noch. Das weiß ich ganz genau!«

* * *

MARIUS KAM MIT einem Schritt dicht an sie heran und richtete sich zu seiner vollen Größe auf. »Komm, machen wir es kurz. Du gehst jetzt schwimmen.«

Anna klammerte ihre Hände mit aller Macht um das Metallgestänge der Reling. Sie wusste, dass sie das bei der Kälte nicht lange durchhalten würde. Er betrachtete mit böser Amüsiertheit ihre verkrampften Finger, dann kam sein Angriff plötzlich aus der anderen Richtung. Er umfasste ihre Fußknöchel und versuchte ihre Beine zusammenzupressen und gleichzeitig anzuheben. Auf diese Weise wollte er sie mit den Beinen zuerst nach draußen befördern. Anna gelang es, einen Fuß wieder frei zu bekommen. Sie strampelte und schrie gleichzeitig gellend um Hilfe. Hilflos wie ein Insekt lag sie auf dem Rücken. Welche Chance gab es für sie noch, aus dieser aussichtslosen Situation herauszukommen? Keine. Das schien auch ihr Gegner sehr genau zu wissen. Er richtete sich dicht vor ihr zu seiner vollen Größe auf, spannte die Schultern und sah mit siegesgewisser Verachtung auf sie herab. »Ja, mach nur weiter so. Was denkst du, wie schnell dir dabei die Kräfte ausgehen.« Er hob die Arme. Sie schrie nach Leibeskräften um Hilfe. Er fuhr sie an: »Lass dein sinnloses Geschrei. Es nützt …«

Ein scharfer Knall zerschnitt die Stille. Marius wurde mit Wucht über Bord geschleudert. Das Wasser schäumte auf. Er schrie erbärmlich. Seine helle Jacke färbte sich an der Schulter blutrot.

EPILOG

Dichter Nebel ließ die Umrisse der hohen, alten Bäume im Hintergrund milchig verschwimmen. Von außen dröhnte gedämpft der Großstadtverkehr über die verwitterte Friedhofsmauer. Hier drin schien die Zeit den Atem anzuhalten. Anna fühlte sich als Teil eines Standbildes, das ihr nach wie vor Rätsel aufgab. Ihr Blick hatte sich an dem provisorischen, feucht glänzenden Holzkreuz verfangen, das hilflos zwischen den Resten des Blumenschmuckes steckte. Das meiste war schon abgeräumt worden. Ganz obenauf lag jetzt schief wie eine groteske Krone ein neues Gesteck. Iris hatte es aus Tannenzweigen und allerlei Trockenblüten und -früchten zusammengestellt, die Jan aus dem Wald mitgebracht hatte. Er stand jetzt wie Anna reglos davor. Einige Zeit hatten sie sich damit beschäftigt, eine passende Ablagestelle auf dem Grab für ihr Mitbringsel zu finden. Doch egal, wo sie es auch platziert hatten, es wirkte mit seinen aufrechten Stängeln und frischen Zweigen über den erschöpften Blüten des Begräbnistages wie ein Fremdkörper. Beinahe hätten sie dabei wie früher einen geschwisterlichen Streit entfacht. Doch wie auf ein unsichtbares Kommando hin hatten sie sich plötzlich zurückgehalten und in stiller

Übereinkunft die jetzige Position gewählt. Eine Weile hing jeder von ihnen schweigend seinen Gedanken nach.

Plötzlich fragte Jan: »Meinst du, sie hätte überlebt, wenn sie uns früher für die Knochenmarkspende gefunden hätten?«

Anna schüttelte traurig den Kopf. »Ich denke, leider nicht. Sie ist ja an den Folgen der Infektion gestorben.«

»Schade, noch so jung. Und du meinst, sie sah mir wirklich ähnlich? Ich hätte sie gerne kennengelernt.«

»Ich auch. Bernhard und Sarah haben Filme und Fotos. Sie haben angeboten, die mit uns anzuschauen.« Das Wörtchen »uns« hatte sie dabei besonders betont. Anna lauschte gebannt in das Schweigen hinein, das sich zwischen ihr und Jan jetzt auftat wie eine tiefe Gletscherspalte. Zu ihrer Erleichterung antwortete er plötzlich in einem lange nicht mehr gehörten coolen Brudersound: »Wenn du Pech hast, ist dein neuer Halbbruder auf einigen Bildern mit drauf.«

Anna fuhr entsetzt herum. »Nein, bloß nicht! Dem möchte ich möglichst nie wieder begegnen.«

»Kann ich verstehen.« War da ein kleiner Triumph in Jans Stimme zu hören? Sie schaute ihn forschend an. Er begegnete ihrem Blick mit verschmitztem Lächeln. »Wie hat er das denn überhaupt alles überstanden, der Arme? Weißt du etwas?«

Da war er wieder, ihr großer Bruder. Dieses provozierende Zwinkern in seinen Augen! In Anna breitete sich ein wärmendes Gefühl aus, dessen Herkunft sie nicht genau erklären konnte. Da war etwas, was ihr plötzlich die Last nahm und alles leichter zu machen schien. Ausgerechnet jetzt. Ausgerechnet hier auf diesem verschwommenen, tropfenden Friedhof, wo alles den Moderhauch der Vergänglichkeit trug? Was war das? Sie atmete bebend ein und antwortete dann bemüht sachlich: »Er ist noch im Krankenhaus. Die Schulter ist ziemlich zerschmettert. Er war auch stark unterkühlt, aber er wird's überleben.«

Jan blieb bei seinem saloppen Ton. »Na, das ist doch schön für ihn. So ist er bloß mit ein paar Schrammen davongekommen. Er hätte tot sein können und darf sich bei dir bedanken, dass du ihm den Rettungsring zugeworfen und ihn ans Ufer gebracht hast.«

Einige Atemzüge lang starrten sie auf das welke Grab, ohne es wirklich wahrzunehmen. Anna hüstelte mit der Faust vor dem Mund und fragte mit rauer Stimme: »Meinst du, Sarah hat absichtlich auf die Schulter gezielt, um ihn zu schonen? Kann man aus der Entfernung so genau anvisieren?«

Jan schob die Lippen vor und dachte nach. Anna beobachtete ihn von der Seite. Anscheinend überlegte er, welche Erklärung er ihr zumuten konnte. Das war eigentlich Antwort genug.

In Jans Blick stand jetzt wieder die ernsthafte Aufmerksamkeit, die sie so sehr an ihm schätzte. Großer Bruder Bär! Bruder? Wieder war da dieses Gefühl in ihr. So gut, so stark. Was war das bloß? Eigentlich entdeckte sie doch gerade nur die Dinge wieder, die sie schon seit Langem kannte. Sie sah, dass ein kleines, buntes Herbstblättchen sich in seinen

Haaren verfangen hatte. Früher hätte sie einfach danach gegriffen und es entfernt. Jetzt zuckte ihre Hand und hielt sofort in der Bewegung inne. Stattdessen hakte Anna leise nach: »Hätte sie ihn getötet?«

Jan deutete ein stummes Nicken an und wich ihren Blicken aus. Er schaute über das Grab hinweg in die nebulöse Ferne. »Ja, Anna, sie wollte ihn töten. Er hat einfach nur saumäßiges Glück gehabt.«

Anna nickte mit steifem Hals. »Und mein Glück war, dass Sarah plötzlich wie aus dem Nichts aufgetaucht ist.«

Jan räusperte sich. »Wieso war sie eigentlich auf einmal zur richtigen Zeit am richtigen Ort? Das kann doch kein Zufall gewesen sein.«

Anna wiegte den Kopf. »Teils, teils. Sie hatte sich an dem Wochenende mit Bernhard im Jagdhaus verabredet, um die neue Situation durchzusprechen. Als sie im Dorf ankam, sah sie auf dem Parkplatz das Auto von Sabine Hermann stehen und ärgerte sich darüber, dass anscheinend ausgerechnet die in der Nähe zu sein schien. Im Jagdhaus fand sie meinen Rucksack und ahnte plötzlich, wer mit Sabine Hermanns Auto gekommen war. Sie erinnerte sich, dass ich ihr von den Anschlägen auf mich erzählt hatte. Der Bootsschlüssel war weg, und sie ahnte, dass wir auf dem Wasser waren. Sie sah uns in weiter Ferne auf dem See. Sie hatte kein Fernglas und erinnerte sich, dass das Gewehr, das sich zufällig noch in ihrem Kofferraum befand, ein Zielfernrohr hat. Sie legte es an und erkannte auf Anhieb die gefährliche Situation. Da hat sie nicht mehr lange überlegt und abgedrückt.«

Jan pfiff leicht durch die Zähne. »Mannomann. Eine Frau, die mit einem geladenen Gewehr im Kofferraum durch die Gegend fährt und dann, wenn's drauf ankommt, ohne mit der Wimper zu zucken aufs Ganze geht! Da braucht man keinen Gentest, um festzustellen, dass das deine Mutter ist.«

Anna schielte ihn von der Seite an. »Jetzt mach dich nicht auch noch lustig!«

Jans Gesicht verdüsterte sich sofort. Leise sagte er: »Tu ich ja gar nicht, ich meine es ernst. Ich kann verstehen, dass sie so gehandelt hat. Ich hätte das auch getan. Die Pistole lag schon im Auto. Mit der hätte ich allerdings auf die Entfernung nichts ausrichten können. Insofern bin ich sogar ganz froh, dass nicht ich es war, der dich gefunden hat, sondern sie. Ich war längst aus dem Spiel, denn ich hatte leider nach dem Ferienhaus der echten Winklers an der Nordsee gesucht. Der Typ hat das wirklich perfekt geplant. Nur den unglaublichen Zufall, den hat er nicht mit einkalkuliert.«

Anna wurde erst jetzt richtig bewusst, wie knapp sie dem Tode entronnen war. Dennoch ging der Schrecken nur bis zu einer bestimmten Tiefe. Dort stieß er an einen festen Widerstand. Da war dieses Bollwerk aus Ruhe und Sicherheit, das sie seit einigen Minuten in sich entdeckt hatte. Da war auch eine angenehme Sehnsucht nach Leben. Es fühlte sich so ähnlich an wie in den magischen Momenten vor dem abendlichen Jagdhaus, hatte aber nichts mit Marius alias Florian zu tun. »Ich verstehe immer noch nicht, wie er mich so täuschen konnte«, sagte sie leise und schaute Jan von der Seite an. »Aber du, du warst von Anfang an skeptisch.«

Jan trat ein wenig dichter an sie heran und hob leicht hilflos die Arme. Dann ließ er sie plötzlich wieder sinken und trat mit einem entschlossenen Schritt zurück. Er lachte trocken auf. »Bevor du mich jetzt zum großen Hellseher machst, sag ich dir besser gleich, dass ich nicht skeptisch war, weil ich einen Verdacht geschöpft hatte, sondern aus ganz anderen blöden Gründen. Vergiss es einfach!«

»Nichts vergesse ich«, protestierte Anna. »Ich will jetzt die ganze Wahrheit. Klar und schonungslos. Schließlich bist du ihm doch draufgekommen. Wie eigentlich?«

»Im Grunde viel zu spät. Wenn wir uns damals, als wir uns über ihn unterhielten, nicht so angegiftet hätten und du mir seinen Nachnamen gesagt hättest, wäre er früher aufgeflogen. So aber haben wir bloß davon geredet, dass ich einen ›anderen‹ Marius kenne. Ein totales Alarmstufe-Rot-Gefühl im Bauch hatte ich dann plötzlich an besagtem Freitag. Als ich auf der Schreibunterlage in deinem Zimmer dann seinen vollständigen Namen sah, war mir plötzlich alles sonnenklar. Dein Typ benutzte die Identität von Marius Winkler, den ich zufällig kenne. Also musste auch er hinter den Anschlägen auf dich stecken. Ich musste dich unbedingt finden. Aus Taras Kaufunterlagen habe ich die Adresse und Telefonnummer des echten Marius Winkler herausgefunden, in der Hoffnung, dass der mir weiterhelfen könnte. Aber bei denen war niemand zu erreichen. Du gingst auch nicht an dein Handy. Ich dachte, ich dreh durch. In so eine Situation will ich in meinem ganzen Leben nicht mehr kommen, Annabel, das kannst du mir glauben.«

Anna schluckte. Ihre Augen wurden glasig. »Ich auch nicht. Nie wieder!«, flüsterte sie. »Hab ich mich eigentlich jemals ordentlich bedankt bei dir?«

Er reckte den Hals. »Bei mir? Wofür?«

Anna lächelte sanft. »Jetzt tu mal nicht so! Du weißt genau, wofür. Wenn du mit Tara nicht diesen Teufelsritt riskiert hättest, wäre ich bereits an dieser Stelle der Geschichte gestorben.« Sie stellte sich ganz dicht vor ihn. »Danke, Jan, wirklich echt und ehrlich: danke! Und sorry, dass ich das nicht längst gesagt habe. Und sorry auch dafür, dass ich blöde Kuh eine Weile lang sogar dachte, du würdest hinter allem stecken.«

»Ich?« Er trat erneut einen halben Schritt zurück. Sie sah, wie es hinter seiner Stirn arbeitete. Dann schlug er sich plötzlich mit der flachen Hand dagegen. »Ach so, ja, verstehe. Du dachtest, ich wollte dich aus dem Weg räumen, um das tolle Erbe für mich allein zu haben.«

Anna blickte beschämt zu Boden.

Jan musterte sie kopfschüttelnd. »Anna, so ein Blödsinn! So was unterstellst du mir? Alles in der Welt hätte ich mit dir geteilt. So war das doch immer zwischen uns. Es wäre besser gewesen, wir beide hätten geredet und alles auf den Tisch gebracht. Aber eigentlich war es auch mein Fehler, dass ich dir nicht längst alles erklärt hatte. Egal, dass ich es Papa versprochen hatte, dir niemals zu sagen, dass du nicht seine Tochter bist … und nicht meine Schwester.«

»Warum eigentlich?«

»Ich denke, er wollte dich damit nicht belasten.«

»Das meinte ich nicht mit meiner Frage, ich meinte, warum hast du es mir nicht verraten?«

Jan zog die Nase kraus. Für Anna sah er jetzt aus wie ein junger Hund, der nicht so recht wusste, was er mit dem Schmetterling vor seiner Schnauze anfangen sollte. Sie lächelte. »Komm, raus mit der Sprache! Wie du vielleicht gemerkt hast, machen wir gerade reinen Tisch.«

Jan grunzte und erwiderte ihr Lächeln – allerdings ein wenig scheu. »Einerseits wollte ich dich ähnlich wie er schonen, denn die Botschaft war ja äußerst heftig. Andererseits hat es mir gefallen. Es gefiel mir, dieses Geheimnis zu kennen, mit dir zusammen zu sein, dein unbedingtes Vertrauen zu haben, das du mir vielleicht nicht entgegengebracht hättest, wenn du gewusst hättest, dass ich nicht dein Bruder bin. Also kein sonderlich ehrenwertes Motiv von mir, die Klappe zu halten.«

Anna grinste. »Wer weiß, vielleicht hätte ich es im umgekehrten Fall auch nicht anders gemacht. Seit wann weißt du überhaupt, dass ich nicht deine Schwester bin?«

»Es war damals, als du mit dem Milzriss im Krankenhaus lagst. Papa war völlig außer sich, als er aus der Klinik zurückkam, und hat mit Iris in der Küche Krisensitzung abgehalten. Da habe ich an der Tür gelauscht und erfahren, dass er kein Blut spenden konnte, weil er nicht dein Vater ist. Er dachte, Mama hätte ihn betrogen, und wollte von Iris wissen mit wem. Iris ist dann plötzlich aus der Küche davongestürmt und ich hatte mich hinter der Tür versteckt. Als Papa dann herauskam, hat er mich dort entdeckt, mich am

Wickel gepackt und mir gedroht, dass er mich zu Kleinholz verarbeitet, wenn ich dir das jemals erzähle. Einige Zeit später hat er von dem Arzt erfahren, dass Mama auch nicht deine Mutter sein kann. Das hat ihn endgültig umgehauen. Er hat mich damals beiseitegenommen und mir gesagt: »Hör zu, Jan, nicht dass du denkst, deine Mutter hätte mich betrogen. So war es nicht. Die Babys sind in der Klinik vertauscht worden. Das bleibt ein Familiengeheimnis. Hast du verstanden? Und denk dran, sie ist noch nicht einmal deine Halbschwester. Sie ist ein fremdes Mädchen. Ich erwarte von dir, dass du Abstand zu ihr hältst!‹«

Anna atmete geräuschvoll ein. »Und hat er es erreicht? Bist du auf Abstand gegangen?«

»Hast du das nicht gemerkt?«

»Nicht wirklich. Jedenfalls muss ich selbst jetzt erst einmal auf Abstand gehen.«

»Wie meinst du das?«

»Auf Abstand, so wie man ein Bild betrachtet, um es vollständig zu überblicken. Ich muss erst einmal kapieren, was das für mich heißt, dass du nicht mein Bruder bist. Ich muss dich mit den Augen von Anna anschauen und nicht aus der Perspektive deiner Schwester. Dazu brauche ich eine Weile Übung, die du mir schon voraushast.«

Jan grinste. »Das ist ein echter Vorteil. Aber genauso wenig, wie man automatisch zusammengehört, weil man miteinander verwandt ist, genauso wenig muss man nicht zusammengehören, weil man nicht verwandt ist.«

»Das klingt jetzt kompliziert.«

»Es ist kompliziert.«

Beide lachten. Jans Gesicht wurde schnell wieder ernst. »Und genauso wenig musst du zu deinem echten halben Bruder halten, obwohl er dir das angetan hat.«

Annas Augen schleuderten Blitze. »Der? Nie im Leben will ich mit dem noch etwas zu tun haben. Was er getan hat, ist schon schlimm genug. Aber er setzt noch eins drauf. Anstatt dass er jetzt endlich den Mut hätte zuzugeben, was er für einen Mist gebaut hat, redet er sich noch heraus, und seine Mutter steht voll hinter ihrem Goldstück.«

»Was erzählt er denn?«

»Er streitet alles ab. Und es ist ihm ja leider wirklich nicht viel nachzuweisen. Auf dem Boot gab es keine Zeugen. Er sagt, ich wäre im Streit plötzlich wie eine Furie auf ihn los. Da hätte er mich abgewehrt. Sarah hätte das durch ihr Zielfernrohr falsch interpretiert und geschossen. Er hat sie wegen versuchten Totschlags angezeigt.«

»Der Herr Möchtegern-Jurist! Das ist ja echt der Hammer!«

»Das kannst du laut sagen. Seine Mutter streitet übrigens auch ab, dass sie uns als Babys vertauscht hat, und Marius, äh, ich meine Florian, will mir das jetzt auch nicht mehr erzählt haben. Ich würde aus Rache lügen, weil er auf dem See mit mir Schluss gemacht hätte.«

Jan lachte bitter auf. »Der Typ ist ja echt eine Nummer! Am Ende kommt er mit dieser Story vor Gericht noch durch.« Plötzlich wandelte sich Jans ernster Gesichtsausdruck in sein ihr wohlvertrautes spitzbübisches Lächeln.

»Obwohl. Wenn ich es mir so recht überlege, kann ich mir schon gut vorstellen, dass du wie eine Furie auf den armen Flori losgegangen bist. Vor allem, weil du ja erfahren hast, dass er dein Bruder ist, und mit Brüdern pflegst du ja bekanntermaßen ziemlich übel umzugehen.«

Anna schüttelte den Kopf und prustete los. Mit Wucht boxte sie ihm gegen den Oberarm.

Er tat, als sei er schwer getroffen, und sackte ein wenig zusammen. »Autsch. Das war die Anna-Rechte, wie ich sie kenne.«

Anna nickte zufrieden. »Ich denke, wir sollten uns hier jetzt nicht prügeln. Erstens kennen wir uns kaum und zweitens sind wir auf einem Friedhof mit der Betonung auf ›Fried‹.«

Jan tat gespielt einsichtig und deutete auf das Kreuz. »Da steht noch das falsche Geburtsdatum.«

»Das hatte man bei ihrer Beerdigung ja noch nicht gewusst. Und wenn du es so willst, steht da auch der falsche Name. Denn eigentlich heißt sie Anna und ich bin Lara Flink, geboren am 25. Dezember.«

»Wirst du das ändern?«

»Das Geburtsdatum wohl schon. Den Vornamen auf keinen Fall. Den Nachnamen, weiß ich noch nicht.«

»Ziemlich kompliziert, wie das nun so weitergeht.«

»Ich will mir über alles jetzt noch einmal neu Gedanken machen. Eine Art *Reset*.«

»Aha. Und was ist ›alles‹?«

»Studium. Ob ich weiter Medizin mache zum Beispiel.

Ich werde die Anatomieprüfung schreiben und danach ein Semester pausieren. Vielleicht mache ich auch etwas ganz anderes.«

»Aha, und das wäre?«

»Iris und ich hatten die Idee, dass ich vielleicht eine Ausbildung als Reittherapeutin mache. Dann könnten wir zusammen etwas anbieten.«

»Du und Iris? Auf unserem Hof?«

»Auf *eurem* Hof, ja.«

»Klingt gut.«

»Ist nur so eine Idee. Auf jeden Fall ziehe ich erst einmal zu Dina.«

»Damit sparst du dir auf jeden Fall das häufige S-Bahn-Fahren.«

»Auf jeden Fall. Aber du denkst doch nicht, dass ich davor Angst habe?«

»Wie käme ich dazu?«

Anna trat dicht vor ihn. »Warte mal und beug dich mal runter!«

Er gehorchte zögerlich. Sie hob die Hand und griff mit spitzen Fingern in sein Haar. »Du hast da was!« Sie klaubte das Blättchen heraus. Es fiel in sanften Schwüngen zwischen ihren Füßen auf den Boden.

Steven James

Das tote Mädchen

ca. 380 Seiten, ISBN 978-3-570-31007-6

Als ein totes Mädchen im Lake Algonquin gefunden wird, glaubt der 16-jährige Daniel, wie alle anderen auch, dass seine zwei Jahre jüngere Mitschülerin Emily durch einen tragischen Unfall ums Leben kam. Doch bei ihrer Beerdigung hat er eine Vision von ihr, wie sie ihn um Hilfe bittet. Daniel glaubt, dass sie ermordet wurde. Doch keiner will ihm glauben. Es fällt Daniel immer schwerer, zwischen seinen Visionen und der Realität zu unterscheiden. Doch er muss den wahren Killer stellen, bevor dieser wieder tötet …

cbt

www.cbt-buecher.de

30275